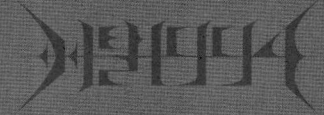

메탈, 1994
Jelgava'94

초판 1쇄 2025년 6월 26일

지은이 야니스 요녜브스 Jānis Joņevs
옮긴이 성현준
펴낸이 김미체
표지디자인 이형은

펴낸곳 도서출판 나무야미안해
주소 서울 도봉구 우이천로 32길 67, 4-702
전화 02 741 7719 ● 팩스 0303 0300 7719
홈페이지 www.sorrytree.net ● 전자우편 mglx@sorrytree.net
출판등록 제2016-23호

ISBN 979 11 89474 27 0 (03890)

＊ 값은 뒤표지에 있습니다.

메탈, 1994

야니스 요네브스 Jānis Joņevs 지음

성현준 옮김

"수요일날 언덕에 썰매를 타러 갔다.
언덕은 무지 높았지만 길지는 않았다.
썰매에서 떨어질 정도는 아니었다.
그래도 한 번쯤은 떨어져보고 싶었다, 언젠가는."
- 군타스. 일기장. 4학년.

다음 이야기는 실제 사건들을 기반으로 한다.

충성

1

    1994년. 체크무늬 남방을 입은 남자들이 거리를 따라 걷는다. 옐가바는 고요히 진동하고 있었다. 나는 도서관 입구에 서서 그들이 지나가길 기다렸다.
    나는 그들을 조금 무서워했다. 내가 원체 겁이 좀 많아서 말이다. 조금 기다리다 나와서 보니 하늘이 참 맑았다.
    1994년 4월 5일이었다.
    두어 걸음 가서 보니, 그들이 식료품점 앞에 서서 인도를 아예 가로막고 있었다. 내가 겁쟁이여서 그런 게 아니라, 그저 티 나게 그들을 피해 길을 건너면 그들이 기분 상해할 것 같았고, 그러고 싶지 않았을 뿐이다. 그래서 나는 왼쪽으로 돌아서 아파트 뒤뜰 몇 개를 가로질러서 집에 가는 지름길로 가기로 했다. 나는 보통 그런 후미진 곳은 축구쟁이들이나 그와 동급의 좀 질 떨어지는 부류에게 양보하고 큰 길로 다니지만, 오늘만은 당당하게 첫 번째 뒤뜰을 향해 성큼성큼 걸어갔다.
    도서관 바로 뒤에는 이상하게 생긴 구조물이 하나 있었다—무슨 용도인지 알 수 없는 벽돌로 만든 정육면체였다. 뭐, 지옥의 변소로 이어지는 환풍구라던가 그런 거였을지도. 이 정육면체 위에는 또다른 패거리가 앉아있었다. 학교 날라리들—나보다 두 살 많은 우고(별명이었다, 날라리라면 하나쯤 있는)와 내가 모르지만 그와 별반 다르지 않은 나머지 둘. 셋 다 담배를 피우고 있었다.
    난 다른 생각을 하려 노력하며 그들의 눈을 피해 지나가려 했다. 부질

없는 짓이었다.

우고가 나를 향해 외쳤다:

- 안경 예쁜데!"

패거리 중 하나가 끼어들었다:

- 도망가지 말고. 얘기 좀 하게 이리 와.

멈춰 서서 그들을 마주하자, 불쌍하고 가녀린 내 품 속의 책들이 되려 그들을 도발하고 있다는 느낌이 들었다.

우고가 책들을 보고는 물었다:

- 이게 다 뭐하는 책이야?"

두 번째 녀석이 짖었다:

- 털어놔, 뭐하는 책이냐고 묻잖아!"

몇 가지 재수없는 답변이 떠올랐지만, 그냥 조용히 답하기로 했다:

- 그냥 이것저것."

날 심문하던 두 날라리들이 세 번째 녀석을 향해 돌아섰다. 아마 내가 보기에만 그랬을 지는 몰라도 그는 묘하게 긴장된 눈빛으로 이야기했다:

- 담배 내놔.

같은 시각, 아주 멀리, 바다 건너 수 천 킬로미터 떨어진 다른 대륙에서 누군가의 손이 20구경 레밍턴 샷건을 훑으며, 노리쇠를 당겨 약실을 확인하고 있었다—응, 장전되어 있구나.

하지면 이곳의 나는 그저 고개만 젓고 있었다. 악의가 있었거나 나눠주기 싫어서 그런 것이 아니라 그냥 담배7- 없었을 뿐이다. 세 번째 녀석도 동요하지 않고 말했다:

- 그럼 대신 1라트 줘.

난 답했다:

- 없는데.

내 아쉬운 마음을 보여주기 위해 난 양손을 활짝 벌렸고, 덕분에 책이 모조리 땅에 떨어졌다. 내가 주우려고 몸을 숙이자 놈은 멈추라고 손짓했고, 덕에 한 때 세상을 정복할 거라 믿던 나란 사나이는 옐가바의 흙바닥에 처박혀버린 듯했다. 그 놈은 계속해서 이야기했다:

- 50산팀이라도 내놔.

나는 다시 빈 손을 보였다. 놈은 소심해졌다:

- 20산팀.

난 또 아쉬운 동작을 해 보였지만, 이번엔 거짓말이었다. 놈은 말했다:

- 아주 간땡이가 부었구만.

놈이 일어났다.

바로 그 순간 바다 건너 저 멀리에선, 20구경 레밍턴이 마치 영화에 나오는 것처럼 철컥하며 당겨졌고, 발사될 준비를 마쳤다. 총구는 누군가의 관자놀이에 겨눠졌다.

여기선, 3번 날라리가 한 발짝 더 가깝게 다가왔다. 놈의 턱을 가까이서 보니 머리에서 경보가 울리기 시작했다: 여기만 아니라면 어디라도 좋으니 도망칠 수만 있다면, 제발.

저기 저 멀리에선, 총탄이 표적을 맞추었다. 두개골이 바스러지고, 살점이 찢겨져 나갔다. 총성이 인근 실외수영장에 작은 잔물결을 일으켰지만, 이웃들이나 근처 골목에 있던 사람들은 아무것도 듣지 못했다.

하지만 난 느꼈다. 머릿속 경보가 조용해지면서, 대신 음악 같은 무엇인가가 울리기 시작했다. 무슨 일이 일어난 것 같았지만, 대체 그게 무엇인지는 알 수가 없었다. 그리고 또다른 일이 일어날 것 같은 기분도 들었는데, 그건 또 무엇인지 알 길이 없었다. 심지어 갑자기 난 얻어맞고 싶은 기분이 들었다. 최소한 누군가 나를 후드려 팬다면 이 무엇인가가 시작될 것 같았기 때문이다. 난 고개를 기울여 날라리 패거리들 너머를 바라보며, 뭔가 기억해내려고 애쓰는 듯이 이마를 긁었다.

우고가 갑자기 벌떡 일어나 무슨 말을 하고싶은 듯 손짓을 해대기 시작했다. 나중에 들어서 알았지만, 그는 그때 그 총성을 똑똑히 들었다고 한다.

우고 옆에 앉았던 두 번째 녀석은 이 대 3개 코드로 이루어진 요상한 코드진행이 들렸다고, 이 코드진행을 들으니 너무 행복해서 울 뻔했다고 나중에 알려줬다. 손가락에 들려 있던 담배가 떨어지며 녀석의 셔츠에 구멍이 났지만, 나는 그저 멍청한 미소를 띤 채 앉아있기만 했다.

나중에 내 앞에 서 있던 세 번째 놈만 아무것도 못 들었다고 비꼬는 듯이 이야기했다. 당시엔 그저 명상하는 것 같은 내 표정에 당황해서, 친구들에게 이 멍청한 놈 얼굴 좀 보라며 돌아섰다고 한다. 하지만 우고는 두 팔을 브이자로 뻗고 있었고, 나머지 하나는 자기 셔츠가 타는 지도 모르고 낄낄대고 있었던 것이다. 결정적으로 놈이 빈정 상하게 된 것은 그 두 친구가 내 책을 줍는 것을 도와주는 동안 내가 아직 꺼지지 않은 담배꽁초를 주워 천천히 내 생에 첫 담배를 만끽했을 때였다.

우리가 그때 왜 그랬는지 우리도 이해가지 않았다.

취한 듯한 기분으로 집에 갔다. 품 안의 책들은 더 이상 재미있게 느껴지지 않았다. 식탁에 책을 두고, 가족들과 말도 섞지 않고, '베이사이드 얄개들'도 보지 않았다. 대신 창 밖의 옐가바를 바라보며, 손가락 마디로 창문 유리에 장단을 두드렸다. 난 이제 내가 숙제를 하고 싶지도, 할 필요도 없다는 걸 알았지만 내가 뭘 하고 싶은지, 뭘 해야 하는지는 몰랐다. 그날 밤, 난 불이 꺼진 책상 앞에 오랫동안 앉아 있었다. 내가 혼자 쓰는 방이 아니었기 때문에 끌 수 있는 불은 내 책상 스탠드뿐이었지만 말이다.

며칠 뒤, SWH 라디오에서 밴드 너바나Nirvana의 리드 보컬 커트 어쩌고가 사망한 채 발견됐다고 했다. 초기 보도는 물론 그것을 자살로 발표했다. 라디오 디제이는 그의 연민과 조의를 표했고, 바로 이어 이 비참한 사건이 프레디 머큐리가 죽었을 때 그랬던 것처럼 팬들의 부자연스러운 급증으로 이어지지 않았으면 좋겠다고 말했다.

하, 하, 하, 하, 하, 하.

디제이 양반, 프레디 머큐리는 개뿔. '머큐리Mercury' 대신 싸구려 '메르쿠르스Merkurs'나 한잔하시지 그래.

디제이의 소망은 실현되지 않았다. 만약 그가 1997년 11년 마이클 허친스의 아름답도록 마음 아픈 자살 이후 INXS의 팬이 늘지 않았던 때까지 그 소망을 가지고 있었다면 좋았을 걸. 왜냐하면 그때, 1994년 4월에는, 이 사건이 우리 인생을 완전 뒤바꿔 놓았기 때문이다.

이 모든 것을 내가 이해하는 데에는 며칠 더 걸렸다: 내가 본능적으로 모은 수많은 음침한 뮤지션들의 뉴스 기사, 사람을 취하게 하는 물질에 대한 나의 이론적이고 자학적인 관심, 우울함의 미학에 대한 직감과 그를 증명하기 위한 여정을 계획하는 것 말이다. 하지만 지금은, 그냥 기분이 이상했다. 달랐다.

2

그때까지 나는 착한 아이였다. 무조건적으로 부모님 말을 들었고, 선생님 말을 들었고, 공부도 곧잘 했었다. 변호사나 대통령 같은 뛰어난 커리어를 쌓아 세계에 질서를 가져오고, 세상의 부정적인 사람들을 모조리 없애 버릴 꿈도 갖고 있었다. 난 똑똑하고, 부유하고 유명해지고 싶었다. 똑똑한 게 중요했다―똑똑하면 전반적으로 선했고, 선하게 살면 세상이 자연스럽게 돈, 명예와 행복이라는 보상을 주기 때문이다. 아마 아름다운 여자도 있겠지 했다, 비록 당시에는 연애 방면에서 허탕만 치고 있었지만. 나는 똑똑하지만 가난한 것, 선하지만 행복하지 않은 것, 그리고 외로운 것을 믿지 않았다. 세상은 옳게 되어야만 했고, 나는 옳은 세상에서 옳게 살고 싶었다.

그런데 갑자기 나는 전선의 반대편에 와 있었다. 마치 내가 지난 14년 동안 삶에 대한 지식을 쌓아온 것이 아니라, 설명할 수 없고 부질없기까지 한 것을 갈망하고 비통해하기 위해 공을 들인 것 같았다. 왜, 대체 왜? 누가 커트 코베인처럼 되고 싶어할까? 평생을 우울해하면서 남도 우울하게 만들고, 못생긴 아줌탱이랑 결혼했다가 자살까지 했는데? 차라리 테이크 댓Take That의 멤버같은 사람이 되는 게 낫지 않을까? 예쁘게 생긋 웃어나 주면 예쁜 여자들이 좋아해주고, 돈도 꽤나 벌고. 하지만 그때는, 우리 같은 사람들 한 무더기(아니, 무더기 라기보다는 무더기에 속하지 못한 한 패거리)가 성공한 자들을 증오하고 타락한 자들을 숭배하기 시작한 때였다.

나는 학교 옆 수풀 사이에 앉아서 '집시 집'을 보고 있었다. 길게 지은 목조 건물 옆에 가짜 창문들이 그려져 있었다(실제로 그 곳엔 집시들이 대대로 살고 있었고, 내가 어릴 때 어른들은 집시에게 이빨을 보이면 안된다고 하곤 했다). 멀리에 알루난스 공원이 어렴풋이 보였고, 색이 화려한 숲이 있었다—동네 사람들은 이 숲을 '똥통'이라고 불렀다. 나는 우고와 다른 사람들 몇과 함께 담배를 피우고 있었다. 뚱한 표정을 한 꽤 유명한 양아치들도 몇 있었다. "유령"은 남다른 생활방식을 고수하던 집안의 삼형제인지 오형제인지 중 하나였고, 그의 형 "코쟁이" 형은 우리 학교도 아니었는데 우리랑 어울리기 위해 수풀 속으로 찾아오곤 했다. 멋있게 생겼지만 무서운 "DJ"도 거기 있었다. DJ는 맨날 나에게 시비를 걸었다. 물론 나는 DJ에게 제대로 쫄아 있었기 때문에 항상 무심한 척하며 안절부절하곤 했다. 머리가 어정쩡하게 길던(그 땐 아직 제대로 된 장발은 없었다) 이름 모르는 3명도 있었다—하나는 금발머리, 하나는 갈색머리, 하나는 떡진 머리.

코쟁이 형이 말하고 있었다. 그는 나이가 많았다. 최소한 우리보다 2살은 많았기 때문에 말에서 그 삶의 경험이 묻어났지만, 말투는 명랑한 슬픔을 띠고 있었다.

- 웬 미국 또라이가 입에 샷건을 물고 '내가 코베인이다!' 했는데, 총이 지 혼자 발사됐대.
- 그래서 어떻게 됐어?
- 죽었지.
- 샷건이 원래 무지 민감해.

코쟁이 형은 이 쓸모없는 정보를 제공한 친구를 슬프게 바라봤다.

- 아주 탄도학 전문가 납셨구나.

그 친구는 떡진 머리를 긁적거렸다.

- 아주탄이 뭔데?!

잠깐동안 모두가 숙연해졌다. 나도 질문이 있었다:

- 입에 샷건 총구를 물고 어떻게 말을 했을까?

말하자 마자 부끄러웠다. 내 머릿속의 논리가 튀어나오는 것을 막을 수가 없었다. 하지만 막아야 했다. DJ가 비웃더니 말했다:

- 코베인은 평생 입에 총을 문 채로 노래했어. 네가 뭘 알겠냐?

그러곤 갑자기 학교를 가리키며 외쳤다:

- 다들 좆이나 까라지!

모두들 잠시 조용해졌다. '똥통' 쪽으로부터 불어오는 바람에 「Something in the Way」가 실려오는 것이 들렸다.

금발 친구(학교 밖에서 본 적 있었다)가 타다 만 담배 꽁초에 불을 붙이며 말했다:

- 커트는 종이상자에 갇혀 살았어. 평생을 복통에 시달리면서. 그러니까 약을 한 거지.

이 말에 DJ가 또 발동이 걸려서는 손을 번쩍 들더니 씩씩댔다:

- 그리고 그렇게 하는게 옳아! 우리도 다 그렇게 되어야 해. 왜냐면 저 새끼들이—또 학교를 가리켰다—그러면 안된다고 하니까. 하지만 우린 커트 편이잖아. 최소한 나는 그래.

떡진 머리 친구가 중얼거렸다:

- 약을 어디서 구하는데?

DJ가 귀찮다는 듯이, 하지만 비밀스럽게 '집시 집' 쪽을 가리켰.

코쟁이 형도 끼어들었다:

- 술 마시는 것도 괜찮아. 보드카.

DJ가 맞다는 듯 끄덕거리는데 유령이 진지하게 털어놓았다:

— 근데 보드카는 생으로 마시기 너무 어려워.

갑자기 모두들 열성적으로 끼어들기 시작했다:

— 한 입 마시고 담배 피우면 돼!

— 유피Yuppi랑 섞어 마시면 좀 나아, 금발 친구가 말했다.

난 머릿속으로 이 레시피들을 다 기록했다. 참고로 유피는 90년대 초반에 유명했던 음료용 믹스 분말이었다—물에 섞으면 레모네이드가 되는 그런. 나도 끼어들었다:

— 보드카 빨대로 마시면 좋아. 자켓 안주머니에 병을 넣고, 빨대로 빨아 마시면 돼. 장난 아니야, 뿅간다니까.

난 내가 한 적 없는 일에 대해 부자연스러울 정도로 자연스러운 어투로 이야기하고 있었다. 당시에 내가 보드카를 접해본 건 한잔하신 아버지의 입김을 맡아본 것 밖엔 없었기 때문이다. 빨대로 하는 장난질은 우리 누나가 자기 반 남자아이들 이야기할 때 알려준 것이다. 말하면서 문득 이런 생각이 들었다—자켓 안주머니에서 입까지 닿을 만큼 긴 빨대가 어딨어? 나는 거짓말을 하고 있었다. 그리고 새로 사귀었고 아직 친하지 않은 내 친구들, 거짓과 위선을 증오하는 이들이 나의 정체를 알아채고 범생이들의 무리로 보내버릴 게 분명했다. 작별 인사랍시고 내 안경에 주먹이나 한 방 꽂아주겠지.

— 뭔 자켓?

DJ가 도발하듯 말하며 팔을 들어 본인의 너덜너덜한 청자켓을 보였다. 온통 볼펜으로 낙서되어 있었다: 'Hate', 'Incesticide', 그리고 'Fuck'으로.

어머니 아버지께서는 내가 그런 것 못 입게 하실 텐데.

유령이 끼어들었다:

- 나는 아무래도 맥주 맛이 나은 것 같아. 한 번 먹어봤는데—무엇 때문인지 그는 '집시 집' 쪽을 흘깃 쳐다보고는, 목소리를 높여 계속했다—한번 엄청 많이 먹어봤는데…

그 쪽에는 여자애 하나가 서서 우리 쪽을 쳐다보고 있었다. 긴 머리, 짧은 치마, 묵직한 부츠. DJ가 벌떡 일어나 그녀를 향해 달려갔다. 둘은 키스를 나누고는 같이 떠났다. 그냥 그렇게, 손에 손잡고. 그녀는 조그만 미니 백팩을 하고 있었다. 그 땐 그게 유행이었다.

우고가 갑작스레 "와인도 맛있다"는 말을 꺼내며 침묵을 깼다. 난 옛날 리슐리외 추기공작이 오찬 도중에 스웨덴의 왕에게 몰래 대접하던 토카이 와인을 떠올렸다. 마치 액체로 된 루비처럼 잔 속에서 반짝이던.

- 와인은 너무 비싸잖아!

그냥 입에서 터져 나왔다. 우고는 한 번, 두 번 날 비웃더니 주머니에서 병을 하나 꺼냈다. 우고가 먼지를 불어내니 '수수께끼[Riddle]'라는 이름의 라벨이 눈에 들어왔다. 우리는 모두들:

- 으흠! 오호! 야, 따 봐.

우고는 와인을 병 째로 나눠 마시자고 제안했다. 우리는 받아들였다. 하지만 난 가슴이 쿵쾅대기 시작했다. 이제 곧 수업시간인데. 학생들은 수업에 가야 하는데. 나는 마음도, 외모도 반항아였고, 담배도 피웠는데, 솔직히 이정도 하면 된 거 아닌가? 수업도 가고, 옷도 단정히 입고, 부모님 말씀도 듣게 해줘, 가슴 깊은 곳에서만큼은 나도 너희와 함께니까. 허나 지금 이 순간, 그 가슴은 그저 불안감에 쿵쾅대고만 있었다.

하지만 그 병에는 술이 들어있었다. 난 계속 술에 대해 비밀스러운 관심을 갖고 있었다. 마치 내가 미치광이들, 폭군들, 재난 등에도 관심이 있던 것처럼 말이다. 몇 년 전에 우리 반 여자애들 몇 명이 역사책에서 고문법을 묘사한 부분을 복사해서 우리에게 읽어준 적이 있었다. 고통과 격앙된 감정에 대한 관심은 나에게 자연스럽게 느껴졌다—그곳 어딘가에는 생명이 있었다. 피어날 수밖에 없는 그 어떤 생명이. 술도 같은 원리였다. 와인병에 담긴 술이 마치 액화된 고통처럼 반짝거렸다.

그리고 여자들은 술 잘 먹는 남자를 좋아한다고 했다(작가 루돌프스 블라우마니도 그렇게 말했었다). 최소한 묵직한 부츠를 신은 다리가 늘씬한 여자애들은 좋아하는 게 분명했다. 커트의 세상에 사는 여자들. 난 손을 내밀었다. 우고가 물었다:

- 와인 오프너 있는 사람?

나와 나머지 아이들은 마치 마술처럼 와인 오프너가 나타날 수도 있을 것 마냥 바지 주머니를 더듬거리기 시작했다. 아무도 안 갖고 있네—아이고, 섭해서 어쩌나, 어이가 없네, 그래도 어쩌겠어? 우리 그냥 학교로 돌아가야겠다. 그때, 코쟁이 형이 끼어들며 코르크를 뽑는 게 아니라 반대로, 병 안쪽으로 밀어 넣어서 병을 따는 법도 있다고 말했다. 쓸 만한 도구만 있으면 된다고, 예를 들어 열쇠라던지, 단단한 나뭇가지나 펜이라던지. 우린 바로 펜을 찾아 수풀 속을 뒤지기 시작했지만, 안 친한 떡진 머리 친구가 갑자기

- 아, 맞다! 급식실에 가보면 되지. 주방에는 하나 있을 거 아니야!

라고 외치더니 학교를 향해 달려갔다. 그 친구가 떠나는 모습을 보며 나는 학교 급식실 주방에 와인 오프너가 있을 리가 없지, 만약 있다고 하더라도 수상해 보이는 학생에게 그걸 갖게 해 줄 리가 있나 하는 생각이 들었다. 그냥 도망치는 걸 거야. 죄악으로부터, 타락으로부터, 우리에게 남겨진 '수수께끼'로부터. 조금은 부럽기도 했지만, 어떤 면에서는 안심

이 되는 느낌이었다―떡진 머리 친구가 전형적으로 내 몫이었던 두려움과 배신을 대신 이행해줬으니 말이다. 그가 학교 건물의 묵직한 문을 열었고, 학교 종소리가 울리더니, 문이 철컥하고 닫히는 소리가 들렸다―그리고 아무 소리도 없었다.

    수 년이 지나고 반평생이 지난 뒤, 이 책이 프랑스에서 출판된 지 얼마 안 된 시점에 나는 편지를 한 통 받았다.

    '책 잘 읽었다. 그리고 맞아, 나도 학교 옆 수풀에서 와인 마시던 날 기억나. 그래서 너가 쓴 이야기에 정정을 하나 했으면 해. 실제로는 이랬어―내가 그날 와인 오프너를 가지러 뛰어간 것까지는 맞는데, 도망친 건 아니야. 내가 당시에 급식실이랑 주방에서 일하던 직원들 쪽에 연줄이 좀 있었거든. 왜냐하면 내가 조리사랑 청소부들 모두랑 다 자봤고, 주기적으로 술도 마시던 사이였으니까 말이야. 학교에 그걸 아는 사람이 몇 없어, 잘 나가는 사람들 밖에 몰라. 이 편지는 지금 프랑스 낭시 시에서 쓰는 거야. 난 여기 헤어용품 만드는 회사 다니고 하루에 보르도 샴페인 두 병씩 따면서 살고 있어, 뭔 말인지 알지?'

3

나도 학교로 돌아가기는 했다. 학교에선 바닥에 칠한 왁스와 분필투성이 걸레 냄새가 났다. 그리고 우리가 어떻게 행동하고 어떻게 살아야 하는지 가르쳤다. 가끔은 머리통을 얻어맞기도 했다. 모두들 소리지르며 사방을 뛰어다녔다.

난 전반적으로 성적이 좋은 편이었다. 체육만 빼고. 짧게 말해, 찐따였다.

학교에선 그 구분이 명확했다. 찐따들은 성적이 좋았지만 세상 모든 걸 무서워했고, 날라리들은 힘이 세고 운동신경이 좋았지만 머리가 나빴다. 여자애들은 예쁘거나 존재감이 없거나 둘 중 하나였다.

유르기스와 나는 찐따 집단에 속해 있었다. 우리는 같은 건물에 살았고, 유치원도 같이 다녔고, 1학년 때부터 옆자리 짝꿍이었다. 어릴 땐 집에서 맨날 같이 놀곤 했었다. 식탁 의자로 배를 만들고 놀거나 카페트에 앉아 장난감 병정들로 전쟁놀이를 하던 우리는, 커서 학교에선 그냥저냥 어울리는 사이가 됐다.

하지만, 그러다 뭔가 바뀌었다.

하루는 유르기스와 내가 학교 건물 입구 옆의 야자나무 뒤에서 무슨 음모를 꾸미고 있었다. 그러다 여느 때와 같이 웬 날라리 하나가 오더니 종이를 낚아채서 버리려는 듯 구겨버렸다.

오늘의 날라리는 우고였다.

우고는 이번 찐따가 나였다는 걸 알아차리고는 구긴 종이를 그냥 내

려놓더니 말했다:

- 하이!
- 하이!

나도 똑같이 대답했다. 그러더니 우고는 간단한 손인사를 하고 떠났다. 우리를 병신들이라고 부르지도 않고 말이다. 난 가슴이 벅차오르도록 자랑스러웠다. 봐, 틀은 깨질 수 있는 거였어! 세상이 변하고 있어! 커트 만세! 커트가 우릴 보호해준 거야. 완벽한 코드와 총 한 발 덕에 우린 구원받은 거라고.

나는 유르기스를 보며 이 기쁜 순간을 함께하려 했다.

그런데 그 놈이 한다는 말이 가관이었다:

- 너 요즘 쟤네랑 어울려?

얼굴은 잔뜩 상처받고, 배신당한 표정을 하고 말이다. 난 바로:

- 왜? 잘 풀렸잖아 지금!
- 그래서 쟤네랑 친한 거야? 담배도 피우고, 쟤네랑 수풀 속에서 몰래 와인도 마시고?

이 놈은 지금 우고가 우리 어깨를 비틀어서 고문을 하는 편이 나았을 거라는 건가? 아니면 내가 승리한 게 질투가 나서 그러는 건가? 어찌됐건 유르기스는 이어서 중얼거렸다:

- 너 미쳤구나.

그렇게 말하면 너는 뭐가 되냐? 나는 아무렇지 않은 듯 말했다:

- 됐어, 계획은 여기까지다. 이제. 실제로 세계를 정복할 시간이야.

유르기스가 답했다:

- 그건 그냥 장난이잖아.

아닌데―나는 항상 진지했는데.

내가 물었다:

- 너 너바나 안 들어?

놈이 답했다:

- 걔네 싫어. 맨날 소리만 꽥꽥 지르잖아.

거기까지였다. 인생은 두 갈래로 갈라져 있었고, 어쩌다 보니 나는 반대쪽에 와 있었다.

하지만 사실 그렇게 나쁘진 않아 보였다, 내가 미쳤다는 게. 다들 그러고 싶지 않나? 일상에서 벗어나고, 평범함을 탈피하고 존재를 확인받고 싶지 않냐는 말이다. 커트도 미치지 않았던가? 나도 그렇다. 나도 코베인처럼 될 수 있었던 것이다.

그렇게 나는 친구 하나를 잃었다.

선생님 하나도.

책상에 '커트 코베인 1967-1994'라고 새겼다. 라우두피테 선생님이 그걸 보시더니:

- 야니스, 너마저 이러면 어떡하니? 넌 모범생이잖아.

그녀는 날 그 쪽에 계속 두고 싶어했다. 그때까지 나는 범생이 비슷한 역할이었다. 반에서 쉼표를 담당하기도 했다. 그게 무슨 말이냐 하면, 라우두피테 선생님의 받아쓰기 시험은 선생님께서 글을 한 번 낭독하신 뒤 한 번 더 읽어서 다 받아쓰도록 하는 식으로 진행됐었는데, 낭독을 하실 때 쉼표가 들어가야 하는 곳마다 펜으로 책상을 쳐서 반 친구들에게 신호를 주는 것이었다. 데이브 그롤처럼 빠르고 정확하게 '톡'—사실 그 땐 데이브 그롤이 존재한다는 것도 몰랐지만. 다들 내 신호에 따라 쉼표를 넣곤 했다, 세미콜론이나 줄임표 같은 건 알아서 해야 했지만 말이다. 선생님 코앞에서 몰래 배신자 역할을 하는 것은 꽤나 짜릿했었다.

선생님들은 사실 그렇게 착하지 않아도 된다. 우리 1학년 때 담임 선생님 리엘칼네 여사님이 생각난다. 친절하고 모성애 넘치기로는 거의 유명인사 급이었다. 우리 부모님은 이렇게 말씀하시곤 했다:

- 운 좋은 줄 알아! 너희 선생님처럼 좋은 분 말씀 안 듣기만 해봐, 아주 그냥….

젠장. 리엘칼네는 무슨 동화책에서 튀어나온 것 같은 사람이었다. 우리가 말썽을 피울 때면 그녀는 손에 얼굴을 묻은 채 주저앉아 버렸다. 그녀가 하는 말만 들어보면 우리는 사상 최악의 아이들이었다.

사람에게는 나빠질 권리가 있다. 범죄와 그에 해당되는 처벌은 가게에서 가격을 매기듯이 계산되어야 한다. 예를 들어, 살인한 사람에게는 사형을, 화장실에 낙서한 사람에게는 벌점을. 계산은 깔끔하게, 구질구질한 감정소비 없이.

나빠지는 것을 금지한다는 건 커트의 시대에는 용납될 수 없었다. 그렇게 운명적으로 우리는 부르코바 여사를 만나게 되었다. 부르코바 여사는 남편이 검사였다. 목소리는 날카로웠고, 체격은 남자아이 같았다. 무엇보다, 그녀는 신경질적이고 불공평하며 말도 안 될 정도로 쉽게 화가 나곤 했다. 그렇게 우린 나빠질 권리를 되찾았다.

됐어, 이제 모범생 안 해. 하지만 그렇다고 완전히 관둘 순 없었다. 그랬다가는 집에서 대판 혼이 날 것이 뻔했기 때문이다.

부르코바 이야기가 중요한 게 아니다. 지금 나에게 소리치고 있는 것은 라우두피테 선생님이였다. 하지만 마침 반 아이들이 돌려가며 듣는 워크맨이 나한테 있었고, 난 음악을 듣느라 그 소리를 듣지 못했다. 카세트도 내 것이 아니었다. 처음 듣는 음악이었구. 펄 잼Pearl Jam의「텐Ten」이였다.

마침 가장 중요한 곡을 듣고 있었다. 한 번 다 듣고 나서 카세트를 정지한 다음, 테이프를 꺼내 펜 뚜껑을 써서 되감았다. 배터리를 아끼기 위해. 그리고 다시 그 곡을 들었다. 이건 나에 대한 노래였다. 나도 노래의 주인공처럼 조용하고 침울했었고, "집에서 그림을 그리"곤 했다. 내가 15살이 아니라는 것만 빼면 모든 게 다 들어맞았다. 뭐 어때, 기다리면 되지. 그때까지 나를 알아주는 사람이 없으면 나도 그네들 앞에서 권총으로 내 머리통을 터뜨려버릴 거야. 그러면 알겠지. 그리고 노래 자체에 꽤 근사한 헌정이 될 수도 있겠다. 그러면 나에게 이것이 얼마나 중요한지 알게 될 거야. 우리 반 놈들 다.

"제레미, 오늘은 학교에서 할 말을 했네.[Jeremy spoke in class today.]"

그리고 이 노래가 배경에 조용히 깔려 있으면 좋겠다. 너무 좋아. 아니다, 좀 과한가?

누군가가 내 어깨를 툭 쳤다. 보나마나 워크맨 돌려달라고 떼쓰는 거겠지. 꺼져, 쉼표는 네가 알아서 치던지 해. 그래도 툭툭 치는 것이 멈추지 않자, 나는 혼잣말로 고급진 욕질을 선보였다. 하지만 혼잣말도 꽤나 크게 나올 수 있다 보다. 특히 최고 볼륨으로 「Jeremy」를 듣고 있다면 더욱.

내 곁에 서있던 건 라우두피테 여사님, 우리 담임 선생님이었다. 바로 내 책상 앞에 말이다. 슬픔이 가득한 표정을 하신 채로 나에게 몇 분째 훈계를 하고 계셨는데 나는 전혀 듣지 않고 있던 것이다. 욕지거리를 중얼대면서. 반 전체가 난리가 났다. 유르기스만 빼고.

나는 교실에서 쫓겨났고, 부모님을 모셔오라는 명령을 받았다. 이게 뭐 별거라고! 반에 더 병신 같은 짓 한 놈이 없는 것도 아니고. 심지어 나는 처음 하는 거였는데.

복도에 혼자 서 있었다. 꼬맹이 하나가 우다다 달려오다 미끄러지더니—바닥에 왁스칠은 냄새만 나라고 하는 게 아니었나보다—다시 허겁지겁 일어나서, 내가 비웃나 슬쩍 살펴보고는 화장실을 향해 사라졌다.

　나는 친구 하나와 선생님 하나를 잃었다. 하지만 전혀 아쉽지 않았다. 저 먼 지평선에는 또다른 친구들과 선생님들이 있었으니까. 하나같이 외로운 미치광이들 말이다. 거기 선 채로 나는 그런 생각을 하고 있었다. 웬 꼬맹이가 화장실에서 똥을 싸는 동안.

4

　책상 스탠드를 켰다. 원래 그건 우리 누나가 쓰던 낡은 스탠드였다. 누나가 스탠드를 바나나에 붙어있던 스티커로 도배를 해놓았었다: '에콰도르', '콜롬비아', '코스타 리카'. 그 스티커들이 별로 마음에 들지는 않았지만 뜯어내기는 또 좀 그랬다. 나에게는 스티커가 따로 없었으니까. 그래서 난 종이에 'I feel stupid / And contagious'라고 쓴 뒤 침을 묻혀서 스탠드에 붙였다.

　검은색 크라운 카세트 플레이어를 열었다. 몇 년 전에 아버지께서 핀란드에서 가져오신 것이었다. 몇 년 동안은 새것처럼 잘 작동하더니, 몇 달 전부터 맛이 가기 시작했다. 카세트를 넣고 닫은 뒤 재생 버튼을 눌렀다. 정적. 다시 열어서 카세트를 뺀 뒤 (맨날 걸려서 빼는 것도 고역이었다) 보니, 플레이어의 릴 축이 하나 튀어나와 있었다. 꾹 눌러봤더니 다시 튀어나왔다. 아예 뽑아보니 아래 있는 스프링이 문제였다. 스프링을 빼 버리고 릴 축을 다시 꽂은 다음, 카세트를 다시 넣고 재생 버튼을 눌렀다. 이번엔 말을 들었다. 그 땐 내가 좀 금손이었다.

　너바나의 인세스티사이드Incesticide, 1992년발 수수께끼 같은 앨범. 앉아서 집중했다. 「Sliver」는 정말 달랐다, 너바나답지 않았다. 그리고 이건 대체 무엇에 대한 노래란 말인가? 잃어버린 유년 시절? 「Molly's Lips」도, 이 곡은 거의 유행가 같은 느낌도 들어서 좋아하기 두려웠다. 「Polly」는 내가 알던 네버마인드Nevermind 버전에 비해 훨씬 강하고 유치한 느낌이었다. 네버마인드 때는 그 노래가 앵무새나 고양이에 대한 것인 줄 알

앉었다. "폴리는 과자가 먹고싶대[Polly wants a cracker]". 그게 실제로 일어난 끔찍한 사건에 대한 것인 줄은 전혀 모르고 있었다. 그저 '고양이에 대한 노래라니, 참신한 걸'이라 생각했을 뿐. 마지막 노래 「Aneurysm」이 제일 아름다웠다. "널 너무 사랑해서 속이 메스꺼워[Love you so much, makes me sick]"라는 가사밖에 알아듣지 못했지만 내가 이해하지 못한 것들이 얼마나 아름다운지 이해하기엔 그 정도로 충분했다. 볼륨을 키우지 않을 수 없었다.

다른 방에 있던 누나가 불쑥 들어왔다.

- 대체 뭘 듣고 있는 거야?

- 너바나.

- 또, 또, 참내. 다른 거 틀어. 좀 조용한 걸로.

나랑 같이 라우두피테 선생님한테 가 줄 누나 말을 안 들을 수는 없었다. 어짜피 마지막 노래도 끝났겠다, 그냥 카세트를 꺼내기로 했다. 이제 뭘 듣지? 카를리스가 나에게 테라피The-apy의 트러블검Troublegum을 빌려줬었다. 바로 투입.

너바나는 아니었다―완전 달랐다. 하지만 들어는 봐야지. "내 여자친구는 / 상담 좀 받아보라네[My girlfriend says / That I need help]" 이건 무슨 헛소리인가, 난 여자친구가 없는데. "내 남자친구는 / 그냥 나가 죽으래[My boyfriend says / I'd be better off dead]" 좀 낫네. "진탕 퍼마실 거야 / 돌아와서 확 조져줄게[I'm gonna get drunk / Come round and fuck you up]" 와 씨, 가사가 이보다 확 와 닿을 순 없지. "사람들은 죄다 쓰레기야[All people are shit]"―이건 꽤 대단한 걸. 포인트는 침울하고, 타협 따윈 없다는 것.

아버지께서 방에 들어와서 TV를 켜시곤 소파에 앉으셨다. 소파는 조금 기울었고 망가져 있었다. 어릴 때 누나랑 같이 그 위에서 뛰고 놀곤 했었다, 물론 엄청 오래 전이지만. 아버지가 보시는 뭔지도 모를 스포츠 방송 위로 들을 수 있도록 볼륨을 조금 키웠다. 우리 TV에 리모콘이라도 있었다면 아버지께서도 방송 볼륨을 높이셨겠지만, 그냥 이렇게 말씀하셨다:

- 너 그거 소리 좀 줄여라.

뭐 테라피가 별다른 게 있었던 건 아니었으니까. 와일드한 맛이 없었다. 카세트를 빼고 나인 인치 네일즈Nine Inch Nails를 틀었다. 바로 이거야! 다운워드 스파이럴The Downward Spiral. 이쯤은 되어야지. 타블로이드지 바카라 지냐스에서 그 밴드에 대한 기사를 본 적이 있었다. 리더인 트렌트 레즈너가 자기 친구들이 모두 자살한 일이라던가 하는 것들에 대해 이야기하는. 그 후 상가에서 카세트를 발견했고, 사서 바로 집으로 달려왔었다. 자살하기 가장 좋은 방법에 대해 배우고 싶어 안달이 난 채로.

완전히 달랐다. 이건 완벽했다. 쿵쾅거리고 쨍그랑거렸다—너무 아름다웠다. 이건 인더스트리얼 음악이었다. "상처받고 멍들어, 온몸이 부서진 채 / 그렇게 넌 날 두고 떠났지[Black and blue and broken bones / You left me]" 언제쯤에야 누군가 날 떠나줄까? "이제 아무것도 날 말릴 수 없어 / 아무것도 필요 없어[Nothing can stop me now / 'Cause I don't care]" 맞아. 아무것도 날 말릴 수 없지.

- 좀 줄이래도. 끄던가. 그딴 게 좋을 리가 없지 않느냐. 어디 좋아할 구석이 있다고.

끔찍했다. 나는 바스러져 가는 진정한 예술의 마지막 수호자가 된 기분이 들었다. 그래서, 당연히 끄지 않았다. 지금은 이런 가사가 나오고 있었다: "난 모든 게 알고 싶어 / 어디에든 다 있고 싶어… 의미 있는 것을 하고 싶어[I want to know everything / I want to be everywhere… I want to do something that matters]" 보세요, 아버지. 난 하고 싶은 게 생겼고 지금 그걸 하고 있어요, 여기 카세트 스테레오 옆에서. 당신에게 저항하는 거에요.

그때, 「Hurt」가 흘러나왔다. 그 곡이 너무 아름다워서, 나는 잠시 세상을 용서하고 볼륨을 높여 모두와 나누기로 했다. 이런 노래는 싫어할래야 싫어할 수가 없지. 누구든지 들으면 바로 이해할 수 있잖아. "다 가져가도 돼 / 내 먼지의 제국따위[You can have it all / My empire of dirt]".

그리고 우리 아버지는 아무 말도 하지 않으셨다. 분명 이 고통의 아름다움이 아버지를 압도하고, 행복을 느끼게 했던 것이겠지.

카세트 재생이 끝났다. 이제 뭘 듣지? 내 음악 컬렉션은 아직 그리 방대하지 않았다. 스톤 템플 파일럿츠Stone Temple Pilots. 누군가 직접 녹음한 사제 카세트테이프. 재생.

아버지께서 자리에서 들썩거리셨다.

- 적당히 해!

아버지는 이건 적당히의 반도 못된다는 걸 모르셨다. 당시의 나도 몰랐던 걸 아셨을 리가. 알겠어요, 알았다고요. 볼륨을 낮췄다. 스테레오에 기대서 음악에 빠져들었다.

어머니께서 방에 들어오셨다. 허리에 앞치마를 두르신 채.

- 저녁 다 됐어요.

아버지도 나도 아무 대답도 하지 않았다. 그건 우리 둘 다 솔직히 좀 무례했던 것 같다. 그땐 예의 바른 것이 사람이 갖출 수 있는 가장 가치 있는 것일 수 있다고 생각하지 못했었다.

우리집 고양이가 방으로 어슬렁대며 들어오더니 주변을 한 번 둘러보고는 부엌으로 다시 돌아갔다.

- 고양이도 네 그 음악인지 뭔지 듣고 역정을 내지 않느냐.

일어나 부엌으로 가서 앉아 감자 팬케이크를 먹기 시작했다. 내가 항상 한 장씩 떠 와서 먹고 있으면 어머니께서 오다가다 내 접시에 한 장씩 더 얹어 주시곤 했다. 어머니께서 그러시는 게 싫다고 누누히 말씀드렸었는데. 다 먹긴 했지만, 내 기분은 이미 상해버렸다. 심지어는 팬케익에 링곤베리 잼을 발라서 먹으라고 하신다―내가 뭘 몰라도 한참 모른다고, 인생의 즐거움을 놓치며 산다고.

인생의 즐거움 따위 원하지도 않는다고요, 링곤베리 잼 먹으라고 명령하지 마세요! 투쟁은 시작되었다.

그때 난 깨달았다―지금은 미니스트리Ministry를 들어야 해! 서둘러 방으로 향했다. 미니스트리(내각)은 밴드 이름으로는 가히 천재적인 아이디어였다. 전에 RBS TV채널에서 틀어준 그들의 뮤직비디오에서 자동차가 서로 충돌하는 장면을 본 적이 있다. 음악도 마치 차들이 충돌하는 것 같은 사운드였다. 스테레오에 얼굴을 가까이 대고 집중해서 들었다.

- 됐다, 됐어. 그만 자라.

- 한 곡만 더 듣고요.

이건 조금 더 크게 들어야 했다. 세상에, 사운드가 어쩜! 천둥처럼 울려 퍼지는 드럼소리란! 거기다 기타까지! 어쩜 이렇게 아름다운 게 있을 수 있다는 말인가?!

- 야니스, 적당히 하라고 했다.

온 가족이 거기 서서 나를 쳐다보고 있었다.

- 야니스, 우리 생각도 좀 해야지.

하지만 미니스트리는 외치고 있었다:

- "그럼 우린 어떡하라고?[What about us?]"

자러 가기 싫은 사람들은 어떡하라고?

우리 누나도 거들었다:

- 좀 뭐라 해보세요, 아빠. 내 말은 들은 체도 안 한다니까? 저 쓰레기 같은 거만 듣고 점점 이상해질 줄만 알았지!

다들 나에게 화나 있었다, 나처럼 착한 아이에게 말이다. 라트갈레의 가장 내륙 지방, 그 중에서도 가장 아름다운 곳에서 오신 우리 아버지, 당신의 동생이 죽어갈 때 의사가 너무 멀리 있다며 흐느끼셨던, 마당에 대포를 설치하던 독일군에게 둥근 사탕을 받으셨던, 결국 북극권 반대편 공항이 땅에서 솟아오르는 곳에서 복무하시며 평생 일, 일, 성실히 일만 하시던 우리 아버지. 스탈린이 죽었을 때 통곡하라는 선생님의 명령을 거부하셨던 그때만큼 아름다우신, 여전히 아름다우신 우리 어머니, 바리케이드 저항에 참가하시고 아버지도 같이 가도록 설득하신 우리 어머니도. 그리고 우리 누나, 성인군자 같은 우리 누나, 곧 아무에게도 말을 하지 않고 자신의 고요한 꿈나라에 살며 많은 사람들이 좋아할 시를 쓰게 될 우리 누나까지.

하지만, "우린 어떡하라고?"

결국 난 스테레오를 끄고, 내 조소를 숨기며 잠자리에 들었다.

5

미니스트리는 정말 대단했다. 지저스 존스Jesus Jones, 소닉 유스Sonic Youth, KMFDM, 사이코폼프Psychopomps, 그리고 템플 오브 더 도그Temple of the Dog도. 이건 1학년부터 나와 같은 반이었던 카를리스에게 배운 것이었다. 전에는 축구공으로 내 배를 맞춘 적이 있는 덜떨어진 양아치라 생각했는데, 최근에 무슨 이유에선지 우리는 다시 말을 섞기 시작했다. 카를리스는 무슨 마약이나 무기, 심지어 신비로운 존재인 것 마냥 내게 카세트 테이프를 빌려주었다. 대부분 그의 형 것이었다. 카를리스와 그의 형은 1994년 4월 5일 한참 전부터 너바나를 들었다고 했다. 그게 말이 되나?

너바나. 여전히 최고였다. 크랜베리스Cranberries보다, 크랜베리스의 보컬 돌로레스 오리오던의 호수처럼 푸른 눈보다 좋았다.

- 그 아줌마 알콜중독이야.

내 친구 푸폴스의 평이었다. 이 친구도 좀 별난 놈이었다. 푸폴스라는 별명은 '버들강아지'라는 뜻이었다. 하지만 생긴 것만 보슬보슬한 버들강아지를 닮았지 성격은 개 같고, 예민하고 걷잡을 없었다. 전에 우리는 아시리아의 궁수들과 '콜시카의 형제'에 대한 이야기를 나누곤 했었다. 정말 끝도 없이 계속 대화를 나누던 것이 기억난다. 대화를 계속 이어 가기 위해 내가 푸폴스를 집 앞까지 바래다주면 또 푸폴스가 날 집까지 바래다줄 정도로. 이제 우리의 화제가 음악과 그 음악'적'인 생활방식으로 넘어온 것이다.

난 '수수께끼[Riddle]'라는 이름이 이 와인 브랜드에 얽힌 전설을 나타내는 것이 아니라 그것이 어디서 난 건지, 무엇으로 만든 건지, 알코올 도수가 어떻게 되는지를 나타낸다는 것을 알았다. 우리는 어느 짓다 만 저택에서 자주 그 와인을 마셨다. 어느 젊은 커플이 결혼 예식장으로 쓰려고 했던 것 같은 저택이었다. 이제 그곳엔 우리와 술담배밖에 남지 않았다. 학교에서 유르기스에게 이 사실을 알려줬을 때 계속 이 말만 반복했다:

— 너 미쳤구나.

그 말을 들은 나는 기분이 좋았다. 하지만 적당히 해야지. 조금은 미쳐도 되지만, 너무 미치면 안돼. 여자애들이 그런 걸 좋아한다고 하니까. 사실 당시에 그 전략이 먹히고 있는 것 같지는 않았지만, 나는 먹히지 않는 게 익숙해서 괜찮았다—여자애들이 나에게 관심이 없다는 것 정도는 알 나이였으니까 말이다. 그래도 난 미친놈이었다. 아주 쪼금, 합리적인 범위 안에서 미친 사람. 안 잡아먹을 테니 걱정 말라구.

푸폴스는 우리가 술을 많이 마셔야 한다고 굳게 믿는 쪽이었다. 마실 수 있는 한 최대한 많이. 우리는 취하는 것이 목적이었으니까! 하지만 우리 중에 진짜로 취하는 데 성공했던 것은 카를리스 밖에 없었다. 집에 가는 길에 토까지 했는데, 그걸 본 그의 첫째 사촌형이 이렇게 말했다고 한다:

— 우리 애기, 이제 어른 다 됐구나.

하지만 우리는 아직 취해본 적이 없었다. 맥주 두 병 정도를 5명이서 나눠 마시고, 보드카를 온 패거리가 같이 나누어 마셨는데… 여전히 말짱했다. 집에 가자 마자 스테레오 옆에 앉아 나인 인치 네일스를 크게 틀고 내 안에 무언가 바뀌었는지 살펴보려 애썼다. 아무것도 변하지 않았다.

버려진 저택에서 만나던 패거리에 실제 성인 여자 두 명이 더 합류했다. 18살이었다. 이 둘은 수 년 전에 이미 취하는 데 성공했던, 소위 '짬밥이 되는' 사람들이었기 때문에 우리에게 조언을 해줄 수 있었다.

- 술 먹기 전에 뭐 먹지 마. 빈 속에 먹어야 더 빨리 올라와.
- 술 종류를 섞어서 마셔봐. 후회 안 할 걸.

에바는 미술 선생님이었다. 가끔 날 처다보며 눈으로 뭐라 말을 하는 것 같았다. 하지만 난 유령을 대하듯 그녀를 대했다: 오다가다 가끔 보이긴 하지만 실제로 존재하지는 않는 것처럼. 하지만 그들의 조언은 기억해 두었다.

그 조언을 들은 주 목요일에 학교 댄스 시간을 땡땡이 쳤다. 솔직히 말하자면 매번 땡땡이 치긴 했지만, 이번에는 내가 뭔가 놓친 것 같은 기분이 들었다. 금요일 아침, 온 학교가 소문으로 술렁대고 있었기 때문이다. 듣자 하니 이번 댄스 시간은 상당히 재미있었다고 한다. 우리 반 친구 아르티스가 드디어 꿈을 이루었던 것이다. 꿈이라 하면, 물론 꽐라가 되어서 체육관 한가운데에 기절해버리는 꿈 말이다. 얼마나 정신을 놓았는지 교장이 와서 깨워도 꿈쩍을 안했더란다. 당시 우리 학교 응급상자는 스멜링 솔트 정도 밖에 갖춰지지 않은 형편이라 결국 앰뷸런스를 불러서 병원에 보냈다고 한다. 재밌는 일은 항상 다른 사람에게만 일어나는 것 같다.

푸폴스도 목요일 밤에 제대로 뽕을 뽑았다고 한다. 누구랑 마셨는지는 기억이 안 나지만, 보드카 반 리터를 마시고 집에 갔다고 한다. 집 앞에쯤 도착해서 몸을 못 가누고 쓰러졌는데, 갑자기 우리 반 친구들이 나타나서는 5층까지 부축해서 푸폴스 아버지께 넘겨줬단다. 푸폴스 아버지는 우리 학교 역사, 정치, 그리고 독일어 선생님이셨다. 반 친구들이:

- 이 앞에 쓰러져 있어서….

라고 이야기하자, 아버지께서 직접 푸폴스를 방에 끌고 가셨다고 한다. 다음 날, 푸폴스의 동생이 학교에 일찌각치 와서는 아침에 형이 아버지께 심문을 받을 때 남자답게 굴복하지 않았다고 알려줬다.

- 너 술 어디서 마셨어?
- 안 마셨어!
- 안 마시긴. 어젯밤에 사방에 토악질을 해놓고 지금 그게 할 말이야!
- 토 안 했다고!

에바에게 이 이야기를 해 주니, 약간 홀린 듯 중얼거렸다:

- 난 사고뭉치들이 좋더라… 나쁜 남자 있잖아 왜.

그날, 난 특훈을 위해 떠났다. 도시 곳곳에 흩어진 두세 동네에서 내 친구들 또한 나처럼 부모님께 "집에 늦게 올 거니까 먼저 주무세요"하고 간절히 비는 듯한 눈빛을 한 채 집을 나섰다. 옐가바의 바람이 똑똑히 속삭이고 있었다: 제군들, 오늘밤 제군들은 취할 것이다.

불타오르는 투지로 가득 찬 나는 금요일 밤 3라트를 챙겨서 카를리스와 함께 5번가를 향해 걸었다. 그곳에서 우린 술 많이 마시기로 유명한 괴짜 친구들을 만났다. 30분쯤 뒤, 우린 찝스의 집에 도착했다. 찝스는 졸린 얼굴로(찝스는 항상 졸렸다) 우리를 마중 나와서, 같이 놀 순 있지만 일단 옐가바에 가서 현찰을 좀 받아와야 한다고 했다. 35분 뒤, 우리는 다시 옐가바로 왔고, 찝스는 누군가와 말을 좀 나누더니 신기하게도 10라트를 받아 든 채:

- 술 먹자!

라고 말하며 돌아왔다. 카를리스는 더 이상 못 걷겠다며 술 마시러 가기를 포기했다. 하지만 찝스는 한 말은 지키는 사람이었다. 결국 찝스와 나만 5번가를 향해 걸어서 돌아갔다. 40분 뒤, 우리와 5번가 출신 얌생이 한 명은 4번가 쪽 '국경도시[Bordertown]'라는 이름의 구멍가게에서 샴페인이랑 맥주를 한 병씩 샀다. 우린 바로 버려진 빌딩 하나에 들어가 샴페인 반 병을 비운 뒤 거기에 맥주를 타서 마셨다. 얌생이가 말했다:

- 이상한데. 쓴데 달아.

난 잠자코 마시며 집중했다. 취하기만을 기다리면서. 허나 말짱 꽝이었다. 병이 모두 비자, 집에 제 때 가고 혼나지 않기 위해 버스 막차를 타러 갈 시간이었다. 온 길을 따라 걸으니 다시 구멍가게가 나왔는데, 그곳에 얌생이의 형이 있었다. 그 형이 찝스를 졸라 몰도바 산 싸구려 꼬냑을 샀고, 나를 버스 정류장까지 데려다주는 데 합류했다. 도착하자 마자 꼬냑 병뚜껑을 따긴 했는데, 이상하게도 찝스와 얌생이는 마실 생각을 하지 않았다. 덕분에 나와 얌생이네 형만 꼬냑을 꽤나 빠른 페이스로 마시기 시작했고, 버스가 도착할 때에 딱 맞추어 병을 비웠다. 버스에 올라타며 나는 속으로:

- 또 실패했구만.

하고 생각했지만, 사실 더 이상 그게 문제가 아니었다. 자리에 어떻게 앉아도 편하지가 않았다. 그 자리에 앉은 건 내가 아니라, 내가 주인공인 영화 속의 나였고, 진짜 나는 영화 속의 내가 자리에서 뒤척거리는 것을 바라보고 있었다. 그닥 재미있는 영화는 아니었지만, 처음 보는 광경이라 무심한 관심을 갖고 한동안 지켜보았다. 어느새 버스가 엘가바에 도착했고, 나는 꼭두각시 '나'를 조종해서 버스를 내리게 해야겠다는 생각이 들었다. 그때 즈음이었다:

- 이건가?

드디어 취한 건가? 드디어 의식의 문을 열어젖히고 또 다른 세상에 도달한 건가?

　버스가 멈췄다. 내릴 곳까지 두 정류장 남았다. 길가에 물 펌프가 보였다. 옳지! 얼굴에 찬물을 좀 끼얹으면 가면을 벗듯이 정신이 들 거야. 닫히는 문에 끼었지만, 여차저차 낑겨서 내릴 수 있었다.

　노을빛이 옐가바에 대한 이 영화를 지워내고 있었다. 태양이 하늘에서 서서히 내려오며 아파트 건물들, 버려진 저택, 성 안나 성당의 거대한 탑을 집어삼켰다. 난 내가 어디도 갈 필요 없고, 지금 이 순간은 영원할 것이란 것을 서서히 깨달았다. 펌프 앞에 작은 로봇처럼 기대 선 나는 핸들을 잡고 꾹, 꾹, 얼굴에 폭포를 쏟아냈다. 만신창이가 된 내 얼굴에서 무심한 물이 뚝뚝 떨어졌다.

6

구체적으로 말하진 않겠지만, 난 다시는 술을 먹지 않기로 마음을 먹었다. '특훈'의 밤 사건 때문에 부모님께서 평균 길이를 갓 넘은 내 머리를 자르라고 분부하셨고, 옐가바의 얼터너티브 록 클럽 '고물상'의 첫 오프닝에 가는 것을 금하셨다. 내 사회생활은 끝났고 나는 감금되었다. 언더그라운드 씬으로 가려면 또 다른 길을 택해야 했다.

답은 그리 멀리 있지 않았다. 잘록한 허리, 잘빠진 히프에 G스트링을 걸치고 있었다. 물론 스트링이 5개 더 있긴 했다. 그렇다, 바로 기타였다.

카를리스의 형이 자기 친구들 중에 기타 치는 걸로 유명했던 친구 이야기를 해줬다. 군대에 끌려가던 그 날까지 기타만 쳤던. 어느 날, 소대장이 온 소대를 전원 집합시키더니 짖었더랜다:

- 여기 기타 치는 사람 있나?
- 저…저 칠 줄 알지 말입니다.
- 너바나 칠 줄 아나?
- 네, 그렇습니다!
- 그럼 가지. 나 좀 가르쳐주게.

그렇게 둘은 고급진 간부 숙소에서 기타 연습을 했다고 한다. 나머지 병사들이 지뢰밭에서 스멀스멀 올라오는 엉겅퀴 제초작업을 하는 동안.

너바나를 연주할 수 있으면 전쟁도 비껴 지나가나 보다.

우리 어머니께서는 점점 심해지는 나의 사춘기 불안감을 쥐꼬리만큼이라도 생산적인 방식으로 발산하기를 바라는 마음으로 내게 8라트짜리 기타를 사 주셨다.

녀석을 들어올리고, 머릿속을 비운 뒤, 너바나에 정신을 집중하고 마음이 가는 대로 소리를 내보려 했다. 하지만 기타에서는 내 마음의 소리가 전해지지 않았다. 알고 보니 튜닝이 제대로 되지 않은 것이었다.

난 기타를 린넨 재질 가방에 넣고는 친구들을 만나러 갔다. 대부분 지르츠 또는 에드빈스라는 친구들을 찾아가는 것을 추천했다. 소문에 의하면 그 친구들은 튜닝을 얼마나 잘하는지, 튜닝한 다음 그냥 기타 줄을 쓸기만 해도 보헤미안 랩소디가 흘러나온다고 했다. 하지만 결국 우린 그들 도움 없이 어째저째 튜닝을 하긴 했다. 튜닝을 하는 사람마다 칠 줄 아는 레퍼토리를 막 쳐대기 시작했다. 카를리스의 형은 「Come as You Are」의 인트로, 「Plateau」의 인트로랑 비스므레한 것, 우연히 얻어 걸린 INXS 노래에 나올 법한 코드 몇 개를 칠 줄 알았다. 나는 아무것도 치지 못했다. 집에 돌아와서는 몇 시간 동안 기타를 들고 앉은 채 기타가 나에게 말을 걸어 주길 기다렸지만, 그는 아무 말도 없었다. 한 줄씩 튕길 땐 만족스러운 소리가 났지만, 한 줄이라도 더하는 순간 개판이 되어버리는 것이었다.

난 반평생이 지나고 나서야 「The Man Who Sold the World」의 인트로를 어떻게 치는지 대충 알 수 있었다. 그 다음 악보를 보고 비틀즈 노래도 몇 개 배웠다. 누군가가 나에게 에릭 클랩튼의 「Tears in Heaven」도 가르쳐줬다─누구나 한 20초동안 우수에 빠진 음악가인 척할 수 있는 노래 말이다.

─ 됐다! 이야, 나 기타에 재능 있나 봐.

기타줄이 내 말을 듣기 시작했다. 내가 알고 있던 코드들을 합치고, 나만의 코드를 몇 개 만들어 넣자 독특하고 마음이 아리도록 아름다운

곡들이 나의 천재적인 손가락을 타고 살아나기 시작했다. 물론 내 우상들이 연주하던, 누구나 다 아는 노래들도 함께. 부모님께서 내 연주를 들으시더니 말씀하셨다:

― 좀 자라.

난 점점 실력이 늘어갔다. 손길 하나하나마다 뭔가 익숙하면서도 완전히 새로운 명곡들이 흘러나오는 것이었다. 실험을 하나 해보기로 했다 ― 아무 프렛도 짚지 않은 오픈 스트링들을 순서대로 튕겼다. 그랬더니 너바나의 「Where Did You Sleep Last Night」이 완벽하게 연주되는 것이었다. 뭔가 께름칙해진 기분으로, 잠자리로 향했다.

다음날 우리 담임 선생님께서 전학생 하나를 소개하셨다. 머리카락은 금발이었고, 몸매 라인은 기타의 곡선을 닮지 않았다 할 수 없었다. 그리고 얼굴엔 뭔가 맹해 보이는 미소를 띠고 있었다. 듣자 하니 그녀의 이름은 밀레디야―마이 레이디였다. 반의 모든 남정네들로부터 뿜어진 고요한 늑대 울음소리가 그녀를 향해 흘러 들기 시작했다.

쉬는 시간이 되자, 모두들 그녀 주변에 몰려들어 그녀를 쳐다보지 않는 척하며 수다를 떨기 시작했다:

― 나 어제 개 쩌는 3점슛 넣었는데.

― 잘도 그랬겠다, 돼지새끼야.

― 우린 어제 집시 존나 패고 놀았어.

― 너가 집시들한테 처맞았다는 거지?

카를리스는 아무 말도 하지 않고 대놓고 밀레디야를 쳐다보고 있었다. 나는 그런 건강치 못한 집착에 빠져들지 않았다. 난 대중을 좇지 않았으니까. 난 금욕적인 비웃음을 띠며 콘스탄티노폴리스를 포위한 십자군을 떠올렸다. 아니, 사실 너바나 콘서트장에서 예수님을 만났다는 케이트 모스 생각을 하고 있었다. 대체 뭔 약을 한 걸까? 어디서 구할 수 있을까? 약 하면 기타 치는 데 도움된다 하던데.

밀레디야의 팬들이 막 서로 밀치기 시작하더니, 멀대같이 키만 큰 에드문드 새끼가 날 세게 밀었다. 난 그냥 세상을 등지고 자리에 돌아가 앉기로 했다.

그러지 말 걸 그랬다. 서로 괴롭히는 건 이제 다 했는지, 갑자기 이 빡대가리들이 무언의 만장일치로 나에게 남성성 과시를 하기로 한 것이다.

- 앉아서 뭐하냐? 너바나 노래나 불러 봐!
- 너네 남자끼리 수풀 속에 들어가서 뭐하고 노는 거냐?
- 너네 다 괴짜지? 그렇지? 너네 정상 아니지?

솔직히 말하면 꽤나 그럴듯한 질문들이었고, 밀레디야가 직접 나에게 물어봤다면 기꺼이 대답해줬을 것이다. 이 잘난 체하기 바쁜 머저리들 말고. 난 고개를 숙여 혹시 가방에 우지uzi나 다른 자동소총이 있진 않을까 뒤지기 시작했다. 하지만 수업 종이 울렸고, 고결하신 라우두피테 여사님께서 입장하시어 모두를 진정시키셨다. 물론 여사님 본인은 점점 더 열불이 나셨지만 말이다.

우리 반은 명청이들이 넘쳐났다. 명청이들 말고 책상에 엎드려 꿈꾸기 바쁜, 명청이만큼 쓸모없는 녀석들도 많았다. 하지만 밀레디야는 별다른 격려 없이도 발표를 잘 하는 아이였다. 첫 수업에서, 심지어 꽤나 지적인 답변을 했다. 너가 그렇게 똑똑하면 나 기타에 대해서 좀 알려줘 봐. 내가 연주하는 모든 게 근사하게 들린다는 이 망상을 없애는 법 좀 알려줘봐. 어려운 길, 진정한 길은 어떻게 가는 거지?

그때, 라우두피테 여사님이 나에게 라트비아의 시인 야니스 루젠스에 대해 말해보라고 시키셨다. 루젠스는 사실 꽤 괜찮은 사람이었고, 괴짜

기도 했다. 한 번은 동네 공무원을 타 지역 출신 부농에게 원숭이 보여주듯 보여서 골탕을 먹인 적도 있다고 한다.

- 여보시오, 원숭이 한 번 보고 가지 않겠소?
- 좋지라, 그걸 마다할 사람이 누구 있당가?
- 저 안에 있소이다, 유리창 뒤에.

농부가 시청 안에 들어갔더니 진짜 원숭이가 있었다. 유리창 뒤에 정말 원숭이가 한 마리 앉아있는 것이었다(실은 털과 수염이 엄청 많이 난 공무원이었지만 말이다). 신이 난 농부는 공무원을 채찍 손잡이로 쿡쿡 찌르며 웃기 시작했다:

- 이거 보소, 쿡쿡 찌릉게 기분 나빠하는구마이! 사람이랑 똑같어부러!

하지만 지금 그 이야기를 우리 반 사람들, 이 사람 말 안 듣고 낄낄대는 농부들 앞에서 재연하고 있자니 되려 내가 루겐스의 원숭이가 된 기분이었다.

수업이 끝나고 나는 카를리스와 펄 잼에 대해 이야기를 나누고 싶었다. 내 설자리를 되찾고, 원숭이가 아닌 인간이 되어 반에서 제일 멋진 친구에게 내 존재감을 입증 받고 싶었다. 하지만 카를리스는 밀레디야와 이야기를 나누고 있었다.

둘이 대체 할 얘기가 뭐가 있다는 거야?

교실을 떠나려 발을 옮겼다. 내가 문에 거의 다 와갈 때쯤 그녀가 나에게 말을 걸었다:

- 너 라트비아 문학 좋아해?
- 뭐?

온 학교가 서둘러 우리를 지나쳐갔다. 밀레디야가 미소지으며 말했다:

-"쇠뿔도 단숨에 빼라!"

그녀가 또 다시 미소를 지었고, 세상은 두 쪽이 났다.

- 그냥 말장난이야, 속담. 문학적인 건 아니지만. 나 시골 출신이거든. 그, 다름이 아니라…

내 의심스러운 눈길이 어느새 그녀 입술 위쪽으로 향했다.

- 너 정말 너바나 좋아하는 거 아니지?

뭘 하자는 건지 알 길이 없었다. 한 번 떠보는 건가? 네 배후에 누가 있더냐, 소녀여?

- 좋아하는데.

- 이상하네. 그보단 교양 있을 것처럼 생겨서는.

그리곤 그냥 돌아서서 떠났다. 그녀의 펄럭이는 치마가 그녀 뒤를 따라갔다.

방과 후 여기저기 헤매기 시작했다. 뒤뜰은 더 이상 무섭지 않았고, 난 이제 그냥 바로 그 안으로 가로질러 갔다. 이렇게 하면 어머니의 직장 동료들에게 내가 담배 피우는 것을 들킬 위험을 줄일 수 있었다. 쓰레기통 옆에 서서 담배에 불을 붙이고, 하늘에 대고 중얼거렸다:

- 밀레디야랑 나 사이에 아무 일도 없게 해주세요, 제발요. 그딴 건 필요 없단 말이에요. 차라리 기타 진짜로 치는 법이나 배우고 싶다고요!

왜 우리는 누군가가 우리 개인적인 소원에 신경을 써야 하고, 그걸 이행해줘야 하는 것처럼 행동할까? 집에 가서 기타를 집어들었을 때, 나는 여전히 아무것도 치지 못했다. 다음 날 학교에 갔을 때, 밀레디야는 여전히 내게 눈길조차 주지 않았고 말이다.

7

내게 새 친구들과 관심사가 생기긴 했지만, 그래도 내 옛 습관 몇 가지는 유지했다. 예를 들어, 책은 계속 읽었다. 물론 〈아이반호〉 따위나 읽을 때는 한참 지난 건 알고 있었다. 이제는 좀 일반적이지 않은 책을 읽을 때였다. 까뮈의 〈이방인〉이라든가, 〈페스트〉라든가. 그럼 쉬는 시간에 밀레디야와 몇 분이라도 단 둘이 있을 기회가 생긴다면 이야기 걸 거리가 생기겠지. 에바가 나에게 샐린저의 〈호밀밭의 파수꾼〉을 빌려줬다. 당시의 나는 이게 존 레논을 총으로 쏜 마크 챕먼이 경찰들이 자기 집에 쳐들어오길 기다리며 읽고 있었던 책이라는 사실에 매료됐었다. 존 레논도 아직 좋아했지만—커트도 그를 좋아했으니 좋아해도 되는 거였다—그렇다고 그의 암살사건에 설레지 않는 건 또 아니었다. 그 사건이 내가 태어난 해에 일어났다는 사실도 그렇고, 샐린저의 책도 그렇고, 모든 게 들어맞는 것이었다. 책 자체가 재밌기도 했다. 샐린저의 주인공은 본인이 윌리엄 서머셋 모옴이나 토마스 하디 같은 작가에게 전화를 걸어 말을 나누고 싶어할지 고민했다. 나는 샐린저와 말을 나누고 싶을까? 뭐 그럴지도. 뭘 물어보지? 글쎄. 그냥 내 말을 좀 들어줬으면 하고 바랄 것 같다.

그리고 그 눈치 빠른 여자애가 알아챘듯이, 난 라트비아 문학도 좋아했다. 당시의 나는 안드리스 푸린스의 책들을 집어삼키듯이 읽었다. 그냥 평범한 것들에 대한 소설이었다. 그의 주인공들이 간혹 고대의 아즈텍인들이나 외계인을 만나기도 했지만, 알코올중독자나 펑크들에 대한 작품들도 있었다. 무언가를 위해 죽도록 슬퍼하다가, 그걸 극복해내는 학생들. 술을 마시고 음악을 많이 듣는, 학교도 싫어하는 그런 학생들 말이다.

그건 그렇고, 누군가는 카프카가 한 말에 대해 논해야 한다. "어느 지점을 넘으면, 다시는 돌아올 수 없다. 반드시 그 지점에 도달하여야 한다."[1] 그 지점은 대체 어디 있는 거지? 우리는 아직 진정하게 자유롭지 않고, 언제든지 나자빠질 위기에 처해 있는 걸. 진짜 벗어나려면 어떤 단계를 거쳐야 하는 것일까?

그때의 우리는 카프카를 읽지 않았지만, 다른 접근법을 제안하는 책을 읽었다. 꽤 유명한 책이었다―체코 작가 라데크 욘의 〈메멘토 Memento〉. 마약의 해로움에 대한 교훈적인 책이었다. 하지만 나나 나 같은 수많은 찐따들에게는 〈메멘토〉가 마약의 힘을 찬양하는 경전으로 떠받들어졌다. 그래, 미칼의 여자친구와 친구들은 모조리 죽고 본인은 미치긴 했지만, 삶이 원래 그런 거니까. 그것이야 말로 우리가 원하던 것이었다―고상한 척하지 않는 것. 그 말인즉슨, 내가 진정 살고 싶다면, 나에겐 마약이 필요했다.

대체 어디서 구할 수 있을까? 신문에서는 우리가 마약의 위험에 사방으로 노출되어 있다고, 그 어느 때보다 마약을 구하기 쉬운 시대라고들 했다. 하지만 대체 어디에 있다는 거지? 에바는 대마초를 구해다 줄 수 있는 친구 하나가 있다고 했었다. 가티스는 펜으로 대마초 피우는 시범을 보이곤 했지만 정작 어디서 구할 줄은 몰랐다. 라디오에서는 학생들에게서 알약을 압수했지만, 학생들은 길가에서 주운 알약이라 우겼다는 범죄보도가 나왔다. 나도 혹시나 해서 길가를 주시하며 다녔지만 마약을

---

[1] 역자 注: 막스 브로트, 〈취라우의 잠언집(Die Zürauer Aphorismen)〉 中

찾진 못했다.

다른 학교 주변을 돌아다니고 농구장에서 담배를 피우던 녀석들은 소련군이 철수하면서 좋은 물건을 다 놓고 갔다고 했다. 버려진 군부대의 약장이나 벙커의 방독면 주머니를 뒤지면 'FOV'라는 표시가 있는 알약들이 있는데, 이건 음독이나 중독 상황에 쓰는 약이라고 한다. 어떤 여자애의 말에 따르면, 아침에 커피랑 같이 이 약을 먹었더니 하루 종일 괴물 두 마리에게 쫓겼다고, 한 놈은 길고 잘 휘는 여러 마디로 나뉘어진 파이프 모양이었고 나머지 하나는 둥글둥글하고 털이 많이 난 놈이었다고 한다. 다른 학교 출신 잉구스는 그 약을 한 움큼 먹고 집에 가서 무선전화기 놓는 곳에 망치를 대신 걸어 놓은 적이 있다고 한다.

- 충전해야 돼.

파라핀은 FOV 반 알을 라이터 끝으로 갈아서 가루를 코로 들이킨 적이 있댄다. 얼마 안가서 양쪽 콧구멍에서 피를 쏟으며 이러다 사람이 죽는구나 했다고 한다. 어찌나 아름다운지.

나만 FOV 알약을 못 찾았다. 분명 내 주변에 널렸다는데 말이다. 파라핀은 더 찾기 쉬운 약물도 알고 있었다. 어느 날 철물점 종업원에게 가서는:

- 모멘트 본드 다섯 통 주세요!

- 그리 많이 사서 뭐 하려고?

- 제 생일 축하하려고요!

뭐, 바나나로 뽕가는 방법도 있다고 하니 말 다했다. 어떻게 하는 지만 알았다면 바나나 정도는 시도해봤을 텐데. 본드는 너무 독해, 머리 아프잖아.

언제는 다른 학교 근처 아스팔트 길바닥에 앉아 있었다. 난 마약에 대해 이야기하고 있었다. 내가 약에 대해 엄청 체계적으로 알고 있는 것은 아니었지만, 꽤나 폭넓게 알고 있었다.

ㅡ 가끔은 막 꿀렁이는 꽃이 보인대. 엄청 크고, 심장처럼 꿀렁대고ㅡㅡ

ㅡ 어디에?

ㅡ 저기 바닥에… 방구석 반쯤 꽉 찰 만큼 크게 핀대.

사알스가 빨대를 씹으며 내 말을 바로잡았다.

ㅡ 그거 먹으면 아찔하고, 히스테리 급으로 예민해져. 알약으로 된 거. 기회 되면 먹어봐야 돼, 온몸이 딱딱하게 굳는다니까.

ㅡ 고추도 딱딱하게 굳냐?

ㅡ 네 건 안 굳을 걸.

아스팔트 속에서 작은 석영 결정이 반짝거렸다. 약 먹고 뿅간 상태에서 그걸 보면 어떨 지 궁금했다. 조그만 행성들 같아 보일 것 같아. 조그만 요정들이 사는 행성들.

그때, 집시 한 명이 우리 쪽을 향해 걸어왔다. 순간 온몸이 공포로 얼어붙었다. 집시를 무서워하는 건 당연한 것이었다. 집시가 키셀리스에게 인사하고는 우리와 합류했다. 날라리답게 쭈그려 앉아서는 낮은 목소리로 이야기로 뭔가 이야기했다. 그러다 키셀리스가 나를 가리켰고, 집시가 갑자기 일어나더니 자기 좀 따라오라고 손짓을 하는 것이었다.

나는 내가 사나운 개를 무서워하듯이 집시를 무서워했다.

나도 일어났다. 머릿속에 경보음이 울리기 시작했다. 집시가 몇 걸음 더 갔고, 나도 따라갔다. 집시가 손을 내밀었다. 악수를 세게 하는 사람은 아니었다. 그냥 내 손을 가볍게 잡더니 바로 놓았다.

ㅡ 찰흙 필요해?

집시는 이 질문을 하면서 내 머리 뒤쪽을 노려보고 있었다. 찰흙이야 좋지, 옛날에 찰흙으로 동물도 만들고 그랬었는데. 내가 제일 좋아하는 동물인 하마도 많이 만들고. 근데 지금 나더러 찰흙 갖고 뭘 어쩌라고?

― 말아서 피우는 법 알려줄게. 벨라모르 구할 곳도 소개해주고.

가면 갈수록 무슨 말을 하는지 알 수가 없었다. 그래서 그냥 답했다:

― 좋네! 그쯤이면 되겠다.

집시의 눈길이 조금 내 얼굴 쪽으로 옮겨왔지만, 여전히 내 뒤쪽을 살피고 있었다.

― 얼만큼 필요한데?

난 아직도 무슨 말을 할지 모르겠어서, 그냥:

― 적당히.

집시가 주변을 슬쩍 둘러봤다. 나도 따라했다. 아이들은 아스팔트 길가의 같은 장소에 앉아 있었고, 가위바위보로 지는 사람이 딱밤을 맞는 놀이를 하고 있었다. 이기는 사람이 진 사람의 머리에 손바닥을 얹고는 가운데 손가락을 뒤로 당겼다가 놔서 때리는 식이었다. 때리고 나면 가위바위보를 또 하고, 또 때리고. 사알스는 이걸 유별나게 잘했다. 같이 하고싶지만 못하는 내 팔자라니.

― 이틀 뒤에 여기서 봐. 11시, 여기 아무도 없을 때. 4라트.

우린 다시 패거리로 돌아갔다. 아무도 별다른 말을 하지 않았고, 대화는 자연스럽게 이어졌다. 하지만 난 내가 지금 범죄에 동조하고 있다는 걸 알았다. 난 마약을 사기로 한 것이다.

이 경험을 누구와든 나누면 좀 나을 것 같았다. 길에서 돌아다니는 가티스를 만났다. 이 친구는 우리 어두운 장래의 전조 같은 모습이었다. 항상 뒷골목에서 돌아다녔고, 과묵했고, 약간 못된 데다 세상에 대한 불만으로 가득했었다. 자신은 다른 길을 가야 한다고 믿던 친구였다. 결국 이 친구에게 털어놓기로 했다.

가티스는 이렇게 말하지 않았다:

- 세상에! 그건 안돼! 집시랑 마약 뒤엔 내리막길 인생밖에 남지 않아!

대신 이렇게 말했다:

- 멋진데!

잘 했다는 듯이 끄덕이더니, 조용히 덧붙였다:

- 나도 좀 나눠주고 그러면 더 멋있겠다.

내가 하려던 것이 바로 그것이었다—나눠주는 것. 내 맘을 알아준 데 너무 감동해서 사러 가는 데 같이 가자고 말하는 것을 까먹어 버렸다.

그래서 결국 집시와의 약속 장소에 나 혼자 가게 되었다. 다른 학교 쪽으로 돌아서 가는데, 마침 밀레디야를 만났다. 난 아무 일도 없는 척하며 좀 같이 걸어줄까 하고 제안했다. 별다른 말이 떠오르지 않았었다. 그랬더니 밀레디야가 물었다:

- 여기서 뭐 하는 거야?

좀 범상치 않은 일을 생각해내려 애썼지간, 머릿속에 떠오르는 건 진실뿐이었다:

- 집시한테 대마초 사려고.

그녀는 세상에서 가장 달콤한 단어로 답했다:

- 너 미쳤구나.

항상 그렇듯이 부드럽고 장난스러운 말투였다. 난 내가 다구리 맞을 수도 있다고 덧붙였고, 그녀는 미소를 지었다. 밀레디야가 비석 공방을 바라보더니 가볍게 웃으며 말했다:

- 반 애들이 다 우리 둘 사귀는 줄 알더라.

나도 웃음을 터뜨렸다. 참, 별 얘기를 다 하고 앉았네. 약 빤 거야 뭐야.

밀레디야와 함께 유치원 즈음까지 같이 걸은 뒤, 나는 다른 학교 쪽으로 돌아가기 시작했다. 문득 그런 생각이 들었다—대체 내가 여기서 뭐하고 있는 거지?

집시는 금방 나타났다. 악수하기 위해 손을 내밀고는 이렇게 물었다:

- 하나면 돼?

영화에 나오는 것 같았다. 그가 내게 손짓하고, 우리는 집시들 구역 한가운데까지 걸어갔다. 그곳은 험한 동네였다. 외딴 곳에 있는, 못과 페인트칠한 판자로 쌓아 올린 도시 속의 도시였다. 사방에 들려오는 집시들의 요상한 외국어 때문에 지나는 행인들에게는 외국처럼 느껴지는 곳이었다. 키와 덩치가 제각각인 남자들 몇이 우리에게 다가왔다. 집시가 말했다:

- 쫄지 마. 너가 완전 백인이긴 하지만 걱정 안 해도 돼. 나랑 있으니까.

그러더니 갑자기 나를 똑바로 쳐다봤다.

- 넌 그냥 일반 학생이잖아. 머리 스타일도 일반 학생답고.

내 마음에 났던 상처를 다시 찢는 말이었다. 앞서 말했듯, 난 난생 처음 술에 취한 덕에 머리를 잘라야 했다. 이제 난 그냥 흔한 일반 학생 같아 보이는 것이었다. 집시가 이어 말했다:

- 그 장발 미친놈들이랑 전쟁중이거든.

그는 옐가바 외곽을 가리켰다:

- 그 놈들 본진이 우즈바라 공원 쪽이야. 우리 쪽 사람들이 단체로 가서 개네랑 붙었어.

커트가 기가 막힐! 이 집시는 지금 메뎀 저택 쪽에서 개최된, 당시에는 유일했던 대규모 언더그라운드 클럽 파티에 대해 말하고 있었던 것이다, 내가 마침 가지 못했던. 집시들과 패싸움이 났었다고 듣기는 했었다.

- 거기 그 놈들이 쫙 깔려 있었다니까! 우리가 원래 입구 쪽에서 붙고 있었어, 앞에 계단 쪽에. 처음엔 우리가 이기고 있었는데 갑자기 문이 열리면서 막 한 백 놈 정도가 쏟아져 나오는 거야! 그 새끼들 다 머리가 북실북실한 장발이었어.

집시가 흥분한 듯 격한 몸짓을 해 보였다. 갈색 눈을 부릅뜨면서. 뭐, 일단 내가 알기로는 백명까진 아니었다.

- 처음 나온 새끼는 쇠파이프를 들고 있었고!

사실 빗자루 손잡이였다—싸움에 이긴 장발 놈들이 내게 알려줬었다.

- 거기서 빠져나올 수 있어서 다행이지. 그래도 언젠가 다시 치러 갈 거야. 너 혹시 걔네 다음에 언제 모이는 지 알아?

몰랐다. 우리는 작은 나무 판자집 앞에 멈춰 섰다.

- 4라트 줘.

집시는 서두르는 듯, 동시에 매우 사무적으로 말했다. 나는 돈을 건네었고, 그는 판자집에 들어갔다. 그냥 걸어 들어갔다, 노크도 하지 않은 채. 난 밖에서 한참을 기다리면서 생각했다—해 떨어질 때까지 여기 이 집시 구역에 있는 건 끔찍하겠다는 생각 말이다. 난 깨닫기 시작했다. 아주 전형적인 사기에 넘어간 거야. 교훈 얻은 거지, 4라트 정도면 치룰 만한 대가인 거고.

당시에 4라트는 꽤 큰 돈이었다.

하지만 결국 집시는 판자집에서 나왔다. 오늘은 물건이 없다고 한다. 내일 다시 오라고.

바로 집으로 향했다. 속시원하고 기뻤다. 돈 없이, 대마초 없이도.

다음날, 난 께름칙한 기분으로 다시 판자집을 찾았다. 집시의 형인 것 같은 사람이 커다란 몽키스패너를 들고 나왔다. "아니, 도알라스 집에 없어." 마음이 놓인 나는 다시 집으로 향했다. 다른 학교 근처에서도 집시는 보이지 않았다. 책에 나온 것과 똑같았다—말하자면, 나는 떡을 사려다 통수를 맞은 것이었다.

하지만 통수를 맞은 게 오래가진 않았다. 어느 날, 키셀리스가 나에게 다가와 속삭였다:

- 도알라스가 너 주래.

그리곤 손을 내미는 것이었다. 주먹에 뭔가 쥐고 있었다. 뭘 주려는 거지? 그 귀한 '찰흙' 주려는 건가? 아니었다. 그건 그냥 내 4라트였다.

- 지금은 구할 수가 없어서 돈 돌려주는 거래. 자기는 정직한 집시라던데.

믿기지 않는 노릇이었다. 모든 게, 이 거래와 관련된 모든 일이 잘못되었던 것이다.

뭐, 상관없었다. 가난뱅이 스타일로 뽕가는 방법도 알고 있었으니까. 그리고 그걸 하는 데에는 돈도 집시도 필요 없었다. 다른 학교 패거리들이 수풀 옆에 벽돌 담 쪽에서 자주 하던 것이다.

볼딘스가 해보기로 자처하며 벽 옆에 쭈그려 앉았다. 그가 앉은 채로 숨을 17번 크게 쉬고(모두가 같이 세어 줬다), 17번째 숨을 들이마신 후 숨을 참고 벽에 등을 댄 채 일어나자 이 '의식'의 진행자와 그의 조수가 다가와 볼딘스의 명치 바로 아래쪽을 꾹 눌렀다. 그러자 이 의식의 지원자 볼딘스는 바로 기절해버렸다—그의 머리가 가슴팍으로 툭 떨어지더니, 몸이 벽을 따라 스르륵 흘러내리고 결국 옆으로 넘어갔고, 얼굴이 아스팔트 바닥에 살포시 내려앉았다. 진행자와 조수가 뺨을 가볍게 쳐서 깨우니, 볼딘스가 깨서 자기가 본 것을 이야기해줬다:

- 악마. 뿔나고 삼지창 들고 있는 악마들. 막 노래를 부르고 있었어.

젖꼭지가 피투성이인 여자들이 바닥을 핥고 있고. 하늘에는 막 괴물들이 날아다녔어, 토하면서. 됐지, 이제 꺼져. 나 집 갈 거야.

나는 볼딘스의 상상력이 정말 그렇게 둔부했는지 의심스러웠고, 그가 말한 내용 중에 완전히 독창적인 것은 없었다는 점을 되새겼다. 동화야 동화, 자기가 동화에서 본 거 얘기한 거라고. 이제 와서 보니, 볼딘스가 거짓말을 한 것은 아니었다. 그는 미래를 본 것이었다. 그가 본 것들은 금방 현실이 되었다.

8

옐가바에서는 그런지, 얼터너티브 록과 더불어 뭐라 설명할 순 없지만 아마 언더그라운드의 가장 순수한 형태인 듯한 장르의 음악이 점점 더 결연하게 울려 퍼지고 있었다. 내 성적은 전에 비해 형편없어졌다. 푸 폴스는 계속 돌아다니며 갈수록 더 음침해 보이는 친구들을 끌어 모았다. 에바는 새 직장에서 잘릴 위기에 처해 있었다.

나에겐 기타가 있었고, 밴드를 모집할 계획이 있었다. 다만 아직 뚜렷한 컨셉이 없었고, 그 나무 쪼가리를 연주하는 법을 몰랐을 뿐. 너바나 곡 하나는 칠 줄 알았다, 「Sappy」.

그런데, 나중에 알고 보니 이미 옐가바에는 밴드가 몇 개 생겨 있었다. 점점 더 많은 사람들이 함께 합주를 했다느니, 기타 줄에 손가락을 베었다느니 하는 이야기를 하고 있었다. 심지어는 공연도 있었다.

오늘은 옐가바의 언더그라운드 씬 전체가 옐가바 예술 대학교에 통째로 몰려드는 날이었다.

임베실 호그Imbecile Hog – 우리 반 친구 우고의 밴드이자, 펑크 중에서 가장 펑크한 밴드.

위드 컷With Cut – 다른 학교 출신 중에선 최고의 밴드였다. 드럼은 마렉스, 보컬은 에릭스, 긴츠… 아무튼 유명했다, 옐가바 그런지로.

샤이니 헤어리스Shiny Hairless – 옐가바 언더그라운드의 전설이었다. 나중에 가선 헤를리스Herlis나 치트루스Citruss처럼 대중가요 같아졌지만, 이 때 까지만 해도 꽤나 순수 언더그라운드 파였다.

프론트라인Frontline - 숄리스의 밴드. 엄청나게 우울한 사운드였다. 이들 덕분에 나중에 조이 디비전을 듣게 됐다.

난 화장실 창가에서 담배를 피우고 있었다. 여러 학생들이 붓에서 씻어낸 물감 냄새가 어찌나 독한지 담배 냄새가 다 묻혔다(당시엔 또 세면대가 아닌 변기통에 씻는 게 정석이었다). 첫 번째 밴드가 준비하는 소리가 문 너머로 들려왔고, 나는 뭔가 엄청난 기분이 들기 시작했다—여기서 지금 역사적인 일이 일어나고 있는 거야. 너바나나 픽시즈가 초창기에 그들의 학교에서 공연했던때처럼.

누군가가 창 밖에서 날 불렀다. 밖을 보니 처음 보는 애들이 몇 명 있었다. 그 중 하나가 물었다:

- 너 지금 입장해 있는 거 맞지?

난 끄덕이며 담배를 한 모금 빨았다.

- 어떻게 하면 들어갈 수 있냐?

정문은 찾기 쉽고 들어가기도 쉬웠지만, 입구에 인당 1라트의 입장료를 걷는 경비가 있었다. 내안에서 너그러움이 휘몰아쳤다.

- 저기 구석으로 돌아서 가봐. 반대쪽 창문에서 만나.

말해주며 손가락으로 방향을 가리켜 주고 담배를 한 모금 더 빨았다.

나는 그 창문까지 이어지는 비밀 복도와 계단을 알고 있었다.

내가 도착할 때쯤 그들은 이미 도착해서 기다리고 있었다. 난 바닥에서 그리 높이 있지 않은 창문을 열었다. 네 명 다 올라오는 데 고생을 했다—특히 손에 따인 술병을 들고 있던 친구는 더. 그 친구가 다급한 듯 나에게 병을 넘겨주어서, 한 입 털어 넘기려던 참에 몽땅 뿜어버리고 말았다. 올라온 놈들 중 하나가 미친 듯이 지퍼를 내리고 벽에 오줌을 싸고 있는 것이었다. 싼다는 단어로는 부족했다—무슨 1년 동안 오줌을 참고 있던 사람처럼 벽을 오줌으로 포격하고 있었다. 심지어 폴짝폴짝 뛰며 벽 전체에, 이 공연의 장중함에 오줌을 쳐 바르고 있었다. 나머지 놈들은 웃느라 정신이 없었다. 한 놈이 물었다:

- 대체 얼마나 싸려는 거야?

대충 분위기가 가라앉고 나서 깨달았다: 이 친구가 사람들이 지나다니는 밖에서 오줌을 누는 것을 너무 부끄러워한 나머지 그랬던 것일 수도 있다고. 예술학교의 벽을 더럽힌 장본인께서는 수줍음을 많이 타는 편이었다. '수줍음'이야말로 이 오줌파티의 진짜 원인이었던 것이다. 실로 우리가 당시에 벌인 수많은 멍청한 일들이, 대부분 따지고 보면 우리의 예민함과 연약함에서 비롯되었던 것 같다.

수줍음을 많이 타는 낯선 친구가 바지 지퍼를 다시 올린 뒤, 우리는 윗층으로 향했다. 임베실 호그가 방금 공연을 마쳤었다. 90년대 옐가바 펑크였다—날카롭고 빨랐다.

한 쪽 구석에 에바와 친구들이 있었다. 1.5리터짜리 판타스티카 레몬에이드 한 병을 돌려 마시고 있었다. 바이바가 병을 나에게 건네며 말했다:

- 날 좀 세운 거야!

믿거나 말거나, 당시의 나는 어찌나 순진했던지 대체 병 어디에 날을 세웠는지 실제로 들여다보기까지 했다.

카를리스와 친구들도 들어왔다. 이 패거리는 망갈리Mangali 생수병을 들고 있었다. 병 안에는 갈색 액체가 들어있었다—얼핏 보이면 순수해 보이는 조합, 생수와 콜라. 그네들이 다가오더니 가티스가 그놈의 1라트 문제 때문에 못 들어오고 있다고 했다. 결국 내가 데리러 가게 됐다.

정문 반대쪽 창문으로 들어오게 할 수도 있었지만 내 친구를 오줌범벅이 된 복도로 데려오고 싶지 않았다.

가티스는 밖에서 잔뜩 짜증이 난 얼굴로 서 있었다.

- 그래서, 나 들여 보내줄 수 있어?

난 잠시 생각에 잠겼다. 별다른 수가 떠오르지 않았다. 가티스가 말했다:

- 도장 한 번 복제해보자.

가티스는 주머니에 보드카를 댓병으로 가지고 있었다. 내 손등에 찍힌 입장 스탬프에 보드카가 부어졌고, 가티스가 그 위에 자기 손등을 맞대 눌렀다. 묘하게 다정한 순간이 지나고, 우리 둘은 가티스의 손을 보았다: 도장 같은 건 없고, 그저 장밋빛 얼룩의 흔적 밖에 남지 않았다. 내 손을 보니, 내 도장은 아예 흔적도 남지 않았다.

가티스는 한숨을 쉬고 코를 훌쩍이더니, 바로 정문을 향해 성큼성큼 걸어갔다. 나도 따라갔다.

그렇게 성큼성큼 걸어서 경비 앞을 지나쳤다. 경비도 지나가는 가티스를 봤지만 아무 말도 하지 않았다. 긴 장탈머리를 하고 이 세상의 것이 아닌 걸음걸이로 오는 것이 마치 거기 있어야만 할 사람같이 보였던 것이 분명하다. 경비가 나는 좀 더 오랫동안 쳐다보길래 본능적으로 가티스를 향해 손짓을 해 보이며—같이 왔어요—안쪽으로 들어갔다.

학교 강당이 음악으로 쿵쾅대고 있었다 위드 컷이 관객들이 설레며 기다리거나 떼창을 할 틈도 주지 않고 바로 그들의 히트 싱글을 쏟아내고 있었다.

네가 보이지 않아, 나도 보이지 않아.

너와 내 주위에 지옥이 불타올라.

뒤로는 잘 안 들리는 가사가 우루루 나왔고, 후렴구가 뒤따랐다:

Fire—Fire!

Fire—Fire!

Fire—Fire!

Fire—Fire!

팬 몇 명이 무대 앞에서 펄쩍펄쩍 뛰어다녔다. 대부분의 관객들은 바닥에 앉아서 벽에 등을 기대고 있었다. 내 친구들은 담배를 피우거나 토하러 가기 편한 문 가에 앉아서 '갈색 음료'를 돌려가며 마시고 있었다.

위드 컷이 다음 곡을 미친 듯이 후드려 패고 있었다.

생명이 있던 사람들!

떨이 있던 사람들!

말해 뭐해, 떨이 있었으면 생명도 당연히 있었겠지. 그런데 내 생명은 어디 가서 찾으라는 건데? 마이크에 대고 소리지르고 있는 긴츠를 바라보았다. 고통스러운 진실에 대해 열변을 토하는 락스타. 그를 부러워하는 사람이 여기 있다는 것을 알고나 있을까?

여기 살아가는 우린

도무지 알지 못하네,

우리가 왜 서로를 죽이는지.

서로의 생각, 마음을 죽여가면서

함께 살아가는 법을 알지 못하네.

난 무대로 다가가 팬들 무리에 끼어들었다. 맨 앞줄까지 가는 것은 어렵지 않았다. 나도 새로 익힌 춤동작으로 무장한 채, 펄쩍펄쩍 뛰면서 다른 사람들은 어떻게 노나 남몰래 훔쳐보았다. 이건 그냥 막 뛰어다니는 것이 아니었다. 이건 평생동안 본인이 몸치인 것을 부끄러워하던 사람들을 위해 십자군 단장 가르니에가 인도하는 연구소 같은 곳에서 비밀스럽게 개발한 치료용 춤 동작이었다. 펄쩍펄쩍 뛰어다니다 보니 언더그라운드 문화와, 내 주위 모든 사람들과 온전하게 가까워진 느낌이 들었다. 특히 오늘 이 예술학교에 올 수 없었던 사람들과 더. 그들에 대한 따뜻한 생각을 하다 보니 주위 누구보다 더 높게 뛰어오르고 있었다. 그러나 노래는 끝이 났고, 노래가 끝나자 마자 난 주변 눈치를 보며 다시 움츠러들었다.

다시 여자들이 있는 쪽으로 향했다. 에바가 내 어깨에 손을 얹더니 날을 세운 레모네이드를 건넸다. 사춘기 신경질이 충만했던 나에게 이런 몸짓은 그저 짜증이 날 뿐이었다. 무대에선 그래도 의미 있는 가사가 들려왔다.

No future. 미래는 없어.

살고 싶지만 나 살 수가 없어.

에바는 나코트네Nakotne라는 동네 출신이었다—나코트네는 라트비아어로 '미래'라는 뜻이었다. 나코트네는 옐가바 바로 바깥쪽에 있었다. 하지만 With Cut이 똑똑히 말했다: "미래는 없어." 그래서 난 에바랑 더 이상 어울리지 않고, 록큰롤에 내 자신을 온전히 바치기로 마음을 먹었다.

이 노래를 마지막으로, 이 옐가바 그런지 밴드는 공연 세트를 마쳤다. 앵콜 따윈 없었다—그 땐 그런 전통 자체가 없었다. 관객들이 공연 도중에 "집으로 꺼져, 소 같은 새끼들아!"라고 외치지만 않으면 성공한 것으로 쳤던 시절이다 보니 말이다. With Cut의 기타리스트 가티스가 특별한 호평을 받고 나서 흐뭇한 미소를 띤 채 우리를 향해 걸어오고 있었다.

— 어떤 여자애가 내 연주가 제일 시끄러워서 좋았대.

하지만 우리 가티스는 조금 냉소적인 편인지라, 그저 한 마디로 받아

칠 따름이었다:

— 응, With Cut 노래 존나 구려.

말이 끝나자 마자 가티스는 그 밴드와 얘기를 나누러 가버렸다. 어째 이 놈은 모르는 사람이 없었다. 난 '존나 구림'에 대해 생각하기 위해 남았다. 저 녀석은 그걸 어떻게 아는 거지? 얘네는 진짜 밴드, 진짜 언더그라운드에서 진정한 옐가바 그런지를 연주하는 밴드잖아. 어떻게 좋지 않을 수 있다는 거지?

에바랑 바이바가 옥상에 올라가자고 했다. 나는 또 다른 친구들에게 같이 가자고 불렀다. 녹슨 철제 사다리로 우리 손에 줄을 그으며 올라가 보니, 하늘은 벌써 어둑어둑해져 있었다. 지붕 위에 모여 있다는 사실 외에는 서로 전혀 알지 못하는 두 패거리가, 약속이라도 한 듯 담배에 불을 붙였다. 유일한 공통분모였던 나도 담배를 한 대 붙여 물었다. 아름다웠지만 밤 공기가 싸늘했다. 덕에 지붕 위에 있는 것이 그리 편하지는 않았지만, 아무도 그 자리를 떠나려 하지 않았다.

다음 밴드가 공연 시작한 건 아무도 신경 안 쓰나? 옐가바와 그 주변 도시들의 록큰롤 역사에 대해 신경 쓰는 사람은 진정 나 밖에 없는 건가? 그렇다고 내가 뭐라 말할 건, 밴드들 공연한다고 얘기해줄 건 아니었다. 친구들에게 존나 구린 밴드들을 보러 가자고 할 생각은 없었다. 그 놈들 따위 전혀 부럽지 않았다.

아무 밴드나, 웬 어중이떠중이 밴드나 하고 싶은 마음은 내게 더 이상 있지 않았다.

최소한 너바나 쯤은 되는 밴드가 하고 싶었다.

9

우리는 틈만 나면 옥상에 올라가곤 했다. 지붕 위가 좋았다. 우린 그 짓다 만 예술학교 옥상 위에 자주 올라가곤 했다. 이 세상을 잘 볼 수 있는, 이 세상 것이 아닌 또다른 세상. 높은 곳에서 내려다볼 수 있는. 그 위에선 담배를 피워도 아무도 보지 못했다. 가끔 우리는 "수수께끼"를 한두 병 까기도 했다.

인근의 9층짜리 아파트 건물에는 더 높은 지붕이 있었다. 그 빌딩은 쥬코바Żukovka[2], 라트비아어 식으로 하면 쥬체네Żucene 라는 동네에 있었다. 여기서는 옥상 문 밖으로 나올 때 조심해야 했다.

하지만 그럴 가치가 있었다. 여기 서있다 보면 모든 게 다 보였고—짓다 만 성당이라던가, 짓다 만 학교라던가—마치 내 인생이 성공한 것 같은 기분이 들었다. 한 쪽으로는 마을 한 가운데를 따라 뱀처럼 구불대며 내려오는 리엘라 대로가 보였다. 그 길을 따라 3개의 똑같이 생긴 건물들이 있었고, 그 건물들의 창문 없는 한 쪽 면에는 각각 '노동', '평화', '자유'라는 단어가 쓰여 있었다.

아래쪽에는 총기난사 사건이나 갱단 체포 사건이 잦기로 유명한 카페가 보였다. 그 땐 어딜 가나 그런 흉흉한 괴담이 돌았지만, 이 카페에서는 사건이 일어나는 것을 내가 직접 목격한 적이 있다. 카페가 포위됐고, 이상한 옷을 입은 경찰들을 실은 밴이 왔었다. 경찰들은 모두 우지를

---

[2] 역자 注: 소련 시기 비행사 니콜라이 쥬코프스키의 이름을 따서 지어진 동네 이름. 소련연방을 탈퇴하는 과정에서 라트비아인들과 러시아인들의 대립이 잦았었다.

한 정씩 들고 있었다. 얼마 되지 않아 그들이 카페에서 어떤 사람을 연행해서 나왔다. 팔은 등 뒤로 한참 들어올려지고, 머리는 아래로 축 처진 채. 원산폭격 하듯이.

참 험한 시기였다. 당시에는 악명높은 이반스 하리토노프스가 옐가바 중앙 교도소를 휘어잡고 있었다. 그는 거기 수감되어 있는 동안 라트비아어를 배우고, 컴퓨터를 다루는 법을 배우고, 책을 읽고 운동을 했다. 심지어 그의 친구들이 가끔 가로자 가의 교통을 통제하고는 교도소 담장 너머로 온갖가지 물건을 다 넘겨주기도 했지만, 경찰들은 아무 대처도 할 수 없었다. 파를리에루페 교도소는 더 심했다. 그곳은 전에 나에게서 스테레오를 빌려달라고 했던 유리스네 형이 복역중인 곳이었다. 난 당연히 거절했었다. 그런 사람한테 어떻게 빌려줘? 덕분에 그 형은 다른 곳에서 스테레오를 얻어서 술값을 때우는 데 썼고, 나에게는 위험한 적이 하나 늘게 되었다.

아파트 반대쪽에서는 리엘라 가가 도아벨레 고속도로로 이어져서 나코트네까지 이어졌다. 에바도 그때 우리와 함께 옥상 위에 있었지만, 나코트네 쪽으로는 오줌도 안 누기로 한 내 마음은 변함이 없었다. 대체 그 사람은, 그 아름다운 아가씨는 고삐리들이랑 옥상에서 어울리면서 뭘 하고 있었단 말인가? 당시엔 나에게도 그녀에게도 그 질문을 하지 않았다. 당시의 나는 사람이 갈 만하다고 느낄 장소가 옥상밖에 없을 거라고 생각했기 때문이다. 세계 최악의 장소 말이다.

가티스, 시니스와 카착스도 거기 있었다. 우리에겐 1.5리터들이 맥주 2병이 있었다. 버스정류장 쪽에서 리터당 50산팀으로 맥주를 받아올 수 있었다. 맛도 그럭저럭 괜찮은 편이었다, 차가울 때 마시면. 하지만 정류장에서 주체네까지 걸어오면 항상 맥주가 뜨뜻해져 있어서 얼마나 맛이 있는 지 알 길이 없었을 따름이다. 헐리우드 한 갑이랑 요요도 있었다, 그 90년대 중반에 유행했던 장난감 말이다.

시니스가 옥상 모서리에 서서 아래를 바라봤다.

- 무섭지만 않았으면 여기서 바로 뛰어내릴 텐데!

그리고는 우리를 쳐다보고, 다시 아래를 바라봤다.

- 삶엔 아무 의미도 없어.

에바가 낮은 목소리로 답했다:

- 의미 없는 게 재미인 거야.

그녀는 시니스를 바라봤다.

- 너 너무 바깥 쪽에 서 있지 마.

- 괜찮아. 무서워서 못 뛰어.

- 야, 시니스, 모서리에서 떨어지라고.

- 어느 쪽으로 떨어질까?

- 아 좀, 그만해.

나도 모서리에 올라타서 같이 하기 시작했다. 신발 끝을 모서리 바깥으로 나가게 한 다음 몸을 살짝 앞으로 기울였다. 이건 내가 발명한 놀이였다. 1층 지면이 보일 정도까지 앞으로 기울이는 것이다. 집 양탄자 위에서 서서 하면 이 앞으로 기울이는 동작이 거의 느껴지지 않을 정도지만, 그 위에서는 확실히 느껴질 수밖에 없었다. 나 혼자 거기 서서 기울이기 놀이를 하고 있는데 아무도 날 불러주지 않아서 점점 앞으로 더 기울고 있었다. 다행이도 가티스가 말을 꺼냈다:

- 한 잔 할래?

시인 에두아르즈 베이덴바움스와 다르지 않게, 난 죽음과 맥주를 맞바꿨다. 몸을 다시 꼿꼿이 세워서 다리에 힘이 들어간 것을 느끼며 가티스에게 돌아가려던 참이었다. 두 발짝쯤 갔나, 갑자기 발이 어디 걸려서 나자빠져버리는 바람에 팔을 다쳤다. 모두들 웃음을 빵하고 터뜨렸지만, 좀 진지한 편인 에바는 웃지 않았다. 발을 내려다보니 망할 요요 줄에 걸린 것이었다.

몸을 일으켜서 일단 신발에 묶인 줄부터 풀기 시작했다.

- 이 병신 같은 게 대체 왜 여기 있는 거야?

요요는 당시에 엄청 유행 중이었기 때문에, 당연히 병신 같은 것이었다.

- 어떤 새끼야, 여기다 놓은 거?

난 끈질기게 추궁했다. 반응하는 놈이 시니스밖에 없었다:

- 왜 그걸 나한테 물어? 나는 평생 저거 손도 대본 적이 없는 사람이야!

에바와 가티스 쪽을 노려봤다. 에바는 기분 상한 듯 고개를 돌렸고, 가티스는 썩은 미소를 띠며 맥주를 한 입 들이켰다. 난 아직 맥주에 손도 못 댔는데.

옐가바를 내려다보았다. 온통 회색인데다 거무칙칙한 광경이었다. 50년 전, 이 도시 전체가 박살이 나 있었다. 모든 것이 무너지고 불태워졌었다. 그리고 난 뒤 다시 세워진 것이었다—5층짜리 건물들, 교도소들, 창고들로 말이다. 밴드 이노켄티이스 마르플스 Inokentijs Mārpls 뮤지션 담비스는 운전해서 옐가바를 지나치며 이 건물들에는 꿈도 희망도 없다고 평했다. 이 동네 사람들은 이상향이 없다고.

- 이제 뭐하지, 우리?

아무도 뾰족한 답이 없었다. 맥주는 다 떨어졌지만 아무도 떠나고 싶어하지 않았다. 사실 갈 곳도 딱히 없었다.

- 우리 이제 뭐 해야 되냐고?

시니스가 조금씩 초조해하고 있었다. 가티스가 느긋하게 답했다:

– 부산 좀 작작 떨어. 요요나 가지고 놀던가.

우리 사이 옥상 바닥에 아직 그 장난감이 놓여있었다. 시니스는 이걸 기회삼아 앞서서 주장하던 것을 한 번 더 강조하기 시작했다:

– 아니 씨발, 저거 평생 만져본 적도 없다니까!

– 그럼 한 번 만져봐. 혹시 아냐, 네 맘에 들 지.

시니스가 애꿎은 요요를 집어 들더니 옥상 모서리 쪽으로 내던졌다. 본인도 떨어져볼까 말까 하던 그 곳으로 말이다. 우리 모두 요요가 바닥을 치기만을 기다리며 얼어붙었다.

그리고—유리가 와장창 깨지는 소리, 곧이어 러시아어로 욕하는 소리. 하필 자동차 앞유리를 뚫고 들어간 것이었다. 자동차 앞유리인 것 같았다—아무도 모서리로 가서 확인할 엄두는 내지 못했다. 아래쪽 사람들은 요요가 옥상에서 떨어졌다는 것을 금세 알아채고는 우리를 죽여버릴 거라고 윽박지르기 시작했다.

카착스가 시니스에게 대체 왜 그랬냐고 물었다.

– 왜? 이거 대박이야, 우리가 고프닉 녀석 차 유리를 박살낸 거잖아!

– '우리'가 박살냈다고?

– 그래, 그렇다 이거지. 너네 친구 꼭 팔아 넘겨라!

아래에서는 계속 소리를 질러 대고 있었다. 지금은 옥상의 호모 분들께서 귀한 얼굴을 좀 보여주십사, 내려와서 말씀 좀 나누십사 요청하고 있었다. 아무도 움직이지 않았다.

아래 쪽 사람들이 그럼 본인들이 직접 올라와서 옥상의 쓰레기 분들을 만나 뵙겠다고 하고 있었다. 우리는 우리 대로 속닥거렸다:

– 저 놈들이 저 요요 어디서 떨어졌는지 정확히 봤을까?

- 어떻게 알아. 봤을 리가 있냐?

아래 분들은 우리가 어디 있는지 다 봤다며, 이제 올라가고 있다고 이야기하고 있었다. 갑자기 옥상에 있는 것이 그리 달갑지 않아지기 시작했다. 여기 있기 싫었다. 그렇다고 저기 있고 싶지도 않았다. 그럼 어디? 저 멀리, 집에서 어머니랑 있고 싶었다.

아래 분들이 조용해졌다. 아주 단호하게 말이다.

- 엘리베이터 타고 올라오나 봐.
- 토끼자!

시니스가 또 모서리 쪽으로 달리기 시작했다.

- 아니, 엘리베이터 타자고.
- 쟤네가 타고 올라오고 있잖아.
- 엘리베이터 두 개야. 지금 가야 돼.

우리는 옥상 출입구를 통해 우르르 몰려갔다. 엘리베이터를 타려면 녹슨 사다리를 타고 내려가야 했다.

- 얼른, 서둘러!

난 출입구로 밀려났고, 바로 디딤대를 잡고 내려가기 시작했다. 두 칸쯤 내려갔을 때야 에바보다 먼저 내려간 것이 얼마나 무례한 일인지 깨닫게 됐다. 뭐였더라, 전에 어머니께서 사다리를 오르거나 내려갈 때 두 가지 선택지가 있다고 알려주셨었는데. 하나는 여자를 먼저 보내야 하고, 나머지는 여자보다 먼저 가야 한다고... 내려갈 때는 어떻게 해야 되더라? 위를 올려다보니 에바는 벌써 내려오고 있었고, 팬티는 초록색이었다. 그러다 에바가 내 얼굴을 밟았고, 난 다시 내려가기 시작했다. 아드레날린이 두 배가 된 채로 말이다.

엘리베이터 하나는 누가 봐도 사용 중이었다. 점점 더 가까워지면서

웅 하는 소리가 들려왔다.

- 다른 엘리베이터로!

다른 엘리베이터도 사용 중이었다. 우리를 죽이러 오는 사람들이 너무 많았거나, 웬 늙다리 할망구가 만두를 사서 집에 가는 중이었겠지.

- 계단으로 가!

계단으로 우다다 뛰어내려가는 길에 7층쯤에서 깡패로 가득 차 있는 듯한 엘리베이터가 올라가는 소리가 들렸다.

우리는 건물 현관 쪽에서 멈췄다. 아주 잠깐이었지만 복도에서 오줌 냄새가 단계별로 나는 것을 맡을 수 있었다—신선한 오줌부터 묵은 오줌까지. 에바가 문을 밀쳐 열었고 우리는 거리르 나섰다.

그 곳엔 정말 차가 있었다. 앞유리는 박살이 나 있었다. 츄리닝을 입은 남자 셋과 빨간 자켓을 입은 남자 한 명이 그 옆에 서서는, 다들 누가 봐도 불편할 정도의 격정을 띤 채 우리를 노려보고 있었다. 우리는 말없이 갈 길을 가려 했지만, 어디로 갈 지 말을 맞추질 않았던 터라 제각기 다른 방향을 향해 걷기 시작했다. 에바와 나는 심지어 부딪히기까지 했다. 에바의 코가 내 뺨을 찔렀다.

빨간 자켓을 입은 남자가 우리를 불렀다:

- 어이!

옥상에서 들었던 것과 같은 바로 그 목소리였다. 남자들은 우리를 잡으러 올라온 적이 없었던 것이다.

- 일루 와봐!

무릎이 덜컥거렸다. 아무도 움직이려 하지 않았지만, 그런다고 빨간 자켓을 입은 남자가 의심을 덜 하는 것 같진 않았다.

- 뭐하는 새끼들이야, 너휘?

그의 손에서 망할 요요가 흔들리고 있었다.

- 이거 너네 거냐?

아무도 나서서 그 장난감이 우리 것이 아니라는 걸 얘기하려 들지 못했다. 갑자기 츄리닝을 입은 놈들 중 하나가 말을 꺼냈다. 아마 그 패거리 중에서는 좀 똑똑한 놈이었나 보다.

- 이 놈들은 아닐 거야. 이렇게 생긴 놈들은 뽕 빨고 칼로 자해할 줄이나 알지.

그러더니 우리 쪽에 다가와서 가티스를 걷어차는 것이었다:

- 머리 좀 잘라, 이 새끼야!

우리 중에 가티스만 장발이었다. 나머지는 찢은 청바지와 슬픈 눈빛만 걸친 정도였지만, 우리 부류를 알아보기엔 그것으로 충분했었다.

- 꺼져 이제!

그렇게 우린 그곳을 떠났다. 난생 처음으로 난 어딘가에 속한 기분이 들었다―남다른 어딘가에 말이다. 그리고 이 남다름이 우리를 구원했던 것이다.

우리가 방금까지 있었던 곳을 올려다보니, 사방이 하늘로 떠오르는 것 같은 느낌이 들었다.

10

아마 여러분은 궁금해할 지도 모른다. 내가 록큰롤이니, 마약이니에 대해 이야기하고 있는데, 섹스 이야기는 왜 없는지. 90년대 중반에는 그래도 세상이 그나마 좀 자유로웠고, 노는 여자들은 유성매직으로 청바지 뒤에 "Rape Me"라고 적고 다니던 시절이 아닌가?

맞다. 그쯤이 학교에서 성교육을 시작했던 때이기도 하다. 우리 선생님은 왠지 모르게 허둥지둥하셨고, 얼굴에 마비가 온 듯한 미소를 지으셨다. 선생님은 우리가 성에 대해, 생식기관이라던가, 키스라던가 하는 것에 대해 배울 때가 되었다고 하셨다. 첫 성교육 수업이 끝나갈 때쯤, 선생님이 말씀하셨다:

- 다음 시간까지 해올 숙제 하나 냅니다. 여러분의 꽃을 그려오세요.

교실이 쥐 죽은 듯 조용해졌다. 나 같은 경우는 프로이트식으로 숙제를 이해했기 때문에 조용해졌던 것인데, 나중에 물어보니 반 친구들 몇몇도 나와 똑같은 오해를 했었다고 한다. 고상하신 줄만 알았던 선생님이 그런 야한 말을 한다는 게 놀라웠지만, 성에 대해서 배우기 시작하면 그렇게 되는 건가보다 했다. 뭐 그건 그렇다 치고, 이 숙제는 도대체 어떻게 해야 한다는 것인가? 나는 그려야 하는 그 대상과 그리 친하지 못했던 상태라, 정확히 그릴 자신이 없었다. 그리고 실제 크기에 맞춰서 그리라는 건가, 아니면… 몇몇 놀란 아이들이 목소리를 높였다:

- 뭐라구요? 뭘 그려야 한다구요?

- 여러분의 꽃을 그려오라고요! 꼬-출 그리면 돼요!

- 네? 뭐, 뭘요?

- 꽃을 그리라고요, 해바라기라던가, 진달래라던가! 집 주변에 꽃 한 송이쯤은 피지 않나요?

나중에 알고 보니 이 숙제는 일종의 심리검사 같은 것이었다. 우리가 꽃을 그려서 제출하면 전문가가 그걸 분석해서 우리가 섹스가 됐건 뭐가 됐건 그런 걸 좋아하는 성향이 있는지 아니면 그냥 게이인지 분석을 해주는 그런 검사 말이다.

우린 학교에서 배우는 것보다 삶에서 직접 배우고 있는 게 많았다. 어느 날 밤, 가티스와 에드가스는 버스 정류장 쪽 술집에 갔다. 앉자 마자 가져온 돈을 모조리 술에 써버린 둘은 이제 뭐하나 하고 거기 앉아 있었다. 그걸 본 바텐더가 둘이 안쓰러워 보였는지 브랜디콕을 줬다고 한다, 그것도 공짜로. 친구들은 기분 좋게 받아 마셨고, 바텐더는 각각 한 잔씩 더 따라주었다. 90년대에는 간혹가다 그렇게 착한 사람이 있었다. 아니면 엄청난 부자였거나. 금방 가티스와 에드가스 빼고는 다른 손님이 남지 않았고, 바텐더는 매장을 정리하며 둘에게 자기 집에 가서 한 잔 더 하자고 초대했다. 둘은 비록 이 바텐더를 알진 못했지만 서서히 알아갈 수 있는 사람이라 생각했던 것이, 지금까지 꽤 정직한 사람인 듯한 모습만 보였었기 때문이다. 결국, 셋이 함께 바텐더의 집에 가게 되었다. 바텐더는 약속한 대로 가티스와 에드가스에게 술을 주었고, 나아가 진정 배려 깊은 사람답게 본인은 거의 마시지 않았다. 우리 친구들은 그들의 호스트를 크게 신경 쓰지 않았고, 결국 둘 다 정신을 잃을 때까지 편하게 마시고 즐겼더랜다.

에드가스는 누군가의 손이 자기 바지 지퍼를 내리는 느낌에 잠에서 깼다. 눈을 떠서 보니, 호스트가 자기 바지 춤에 손을 대고 있었다고 한다. 그리고 손님이 잠을 더 편히 주무실 수 있도록 거추장스러운 겉옷을 벗겨드리겠다는 변명을 하는 대신, 그저 무슨 연극 연기하듯 엉거주춤 도망가면서 술에 취해 인사불성인 척을 했다고 한다.

그 시절의 사회는 지금처럼 금욕주의적이지 않았다. 레즈비언들이 결혼식 손님들과 함께 자유의 동상 곁을 누볐고, 이런 광경은 행인들에게 우호적이거나 호기심 어린 미소 외의 반응을 일으키지 못했다. 에드가스는 그저 이제 집에 가서 엄마아빠가 보고 싶었던 것이다. 가티스를 깨워도 일어나지 않자, 에드가스는 그의 귀에 대고 소리를 질렀다:

- 가티스, 일어나! 안 일어나면 똥꼬 따인다!

그 말을 들은 가티스도 벌떡 일어났고, 둘은 바텐더에게 인사도 하지 못하고 도망쳐 나왔다고 한다.

두 친구는 반쯤 깼지만 아직 취한 상태로, 정체성이 모호해진 상태로 집까지 걸어가고 있었다. 라이니스 공원쯤 왔을 때, 에드가스의 화가 갑자기 끓어올랐다. 마침 똑같이 밤을 헤매는 한 무리를 만났는데, 하필 두 사람의 긴 장발머리를 놀려 대는 농담을 던진 것이다. 화를 참지 못한 에드가스는 농담을 거칠게 받아 쳤고, 결국 무리 중 몇 명이 가티스를 잡아 두는 동안 두 녀석이 에드가스의 눈탱이를 밤탱이로 만들어 버렸다.

이게 내 빼어난 친구들이 겪은 성性적 모험담이었다. 하지만 내게는 아무것도 없었다.

대신 난 집에 앉아서 책을 볼 수 있었다. 위에 말한 에드가스의 집에 가서 영화를 볼 수도 있었다. 그 친구는 매일 영화를 봤고, 대부분 공포 영화였지만 간혹 남녀관계에 대한 비밀스런 옇화를 틀어줄 때도 있었다. 내가 틀어 달라고 부탁한 적은 없지만, 가끔 콘인이 신이 나서 그런 영화를 틀 때면 애처롭고 신비로운, 다정하고 사랑스러운 미인들이 화면에

뜨곤 했다.

하지만 이 날은 에드가스가 집에 없었다. 돌아오는 길에 나는 뭔 생각이었는지 에바의 집에 들렀다. 에바는 집값이 가장 저렴한 동네에 살았다. 사람들은 거의 판자촌 수준이었던 이 동네를 "쿠르얏니크Курятник", 즉 닭장이라고 불렀다. 대부분의 아파트들은 비었거나 출입이 금지됐었지만, 몇몇 빌딩에는 아직 사람들이 살고 있었다. 그 동네 아파트 정원에서 에바를 만났다. 그녀가 말했다:

- 빨리, 빨리! 잉가도 오고 있어, 무슨 술 구했다던데.

그래서 나도 갔다. 정확히 어떻게 된 건지는 기억이 안 나지만, 에바가 자물쇠를 따고 나서 열쇠를 뽑지 않았던 것 같다. 집 안에 들어가서 내 뒤에 문을 닫았더니, 자물쇠가 철컥 하면서 잠겨버리고 우린 방 안에 갇히게 된 것이었다―무슨 영화도 아니고. 우린 바로 문들 마구 두들기기 시작했지만, 금방 우리가 할 수 있는 것이 없다는 걸 깨달았다. 이 층에 사람이 살고 있는 집은 여기밖에 없는 듯했으니까.

- 이를 어쩐다?

에바가 심란한 목소리로 말했다. 그러더니 마치 운명과 재앙 앞에서의 인류의 절망을 표현하듯 침대에 털썩 쓰러지는 것이었다. 달리 할 게 없는 것도 사실이었는지라 나는 그냥 그녀를 바라보았다. 그녀의 셔츠 자락이 살짝 말려 올라가서 그녀의 배가 보였다: 날씬하고 탄탄했다. 드러난 살갗의 반대편에서는 그녀의 청바지가 선을 긋고 있었다. 그때의 우리는 슬슬 소위 '똥싼바지'라 불리는 통 넓은 바지를 입는 패거리로 정체성을 세우던 랩하는 놈들과 우리를 차별화하기 위해, 우리가 찾을 수 있는 한 가장 꽉 붙는 청바지를 입고 다녔었다.

에바의 청바지는 특히 더 붙는 것 같았다. 옷감이 그녀의 허벅지 안쪽을 타이트하게 감싸고 있었다. 그리고, 그 데님 옷감 아래 무엇이 있을까 상상을 하게 된 나에겐 약간의 묵직함, 압박감이 느껴졌다. 물론 내 가슴 말고 다른 곳에 말이다.

이 안타까운 상황에 그녀를 위로해주기 위해, 나는 침대 옆에 그녀 곁에 앉아 키스를 해 주었다. 사실 전에 몇 번 키스한 적은 있었지만, 이번에는 침대 위에서 하고 있었다. 난 밀레디야를 잊은 것도, 나코트네가 없다는 걸, 미래가 없다는 걸 잊은 것도, 콘서트에서 에바가 내 어깨에 손을 얹은 게 짜증났다는 걸 잊은 것도 아니었다. 다만 세상과 분리된 우리 둘만의 순간이 지금 바로 이 순간, 이곳에 있다는 것만 알고 있었다. 옷자락 아래로 드러난 그녀의 맨 살갗에 손을 대기에는 너무 부끄러워서, 차라리 그녀의 가슴에 내 손을 얹어버렸다.

에바는 실망하거나 단번에 반한 눈빛이 아닌, 놀란 눈빛으로 나를 바라봤다. 이 젊은 여자, 열여덟 살 한창 나이의 꽃다운 처녀는 당연히 놀랄 만도 했다. 열여덟 살에 사람이 뭘 알겠는가? 열네 살 때면 몰라도, 열여덟이면 정말 알다가도 모를 때다. 에바는 눈을 돌렸지만 몸을 움직이진 않았다. 그녀의 가슴이 내 손 안에서 솟아올랐다가 다시 꺼졌다. 내 발 아래의 땅도 솟고 꺼지는 듯했다. 긴장했던 것이다.

내가 대체 왜 긴장을 한 걸까? 거기서 대체 무슨 일이 일어난다고? 결국 일어날 것이었던 일만 일어날 것을. 잉가가 약속대로 술을 들고 나타나서는 자물쇠를 땄다. 에바는 서둘러 잉가 마중을 나가서는 우리를 구해줘서 고맙다고, 열쇠 때문에 우리가 어떻게 갇히게 됐는지 자초지종을 이야기했다. 나와 내 손은 침대에 외로이 남겨둔 채 말이다.

잉가는 술만 가져온 게 아니라, 웬 긴 금괄머리를 한, 뒤에서 사람들이 본 조비라고 놀리는 젊은 예술가 바이바와 내가 모르는 남자 하나를 더 데리고 왔다. 기다리고 기다렸던 술이 따라졌고, 모두들 즐거운 시간을 보냈다. 나는 스테레오 옆에 쭈그려 앉아서 너바나, 나인 인치 네일스, 스톤 로지즈Stone Roses를 틀었고, 에바는 펭귄 오케스트라인지 뭔지를 틀어 달라고 졸랐다. 뭐, 뭔가 기발하고 예술적인 음악이겠지, 현실적이고 아름답게 인생을 노래하는.

하지만, 아무래도 그런 건 좀 질리잖아.

11

    로즈힙 열매를 먹으며 걷다가 시가지 외곽, 온 세상의 가장자리인 그곳까지 가버렸다. 낯선 나무들과 어디로 가는지 모를 덤불길이 끊임없이 늘어져 있었다. 간단히 말하자면, 어느새 내가 미아가 되어 있던 것이었다. 하지만 나는 계속 걸었다. 침착하게 걸었다, 도깨비라도 나타나서 날 집 쪽으로 데려다주길 기다리면서.

    걷다 보니 친숙한 노래가 들려왔다. 분명 내가 아주 잘 아는 노랜데, 하는 절박한 상태를 지나 그 노래가 대체 무슨 노래인지 알아차리는 데에는 몇 초 정도 더 걸렸다. 맞네, 맞아, 이건 「Sappy」야! 내가 기타로 칠 줄 아는 유일한 너바나 노래. 맨날 치곤 했었지, 세상 모든 걱정거리들을 잊어버리기 위해서.

    노래가 약간 이상하게 들리긴 했지만 일단 그냥 따라가 보았다. 어쨌든 좋은 사람들이 나올 테니까, 조금 이상하더라도 말이다. 혹시 알아? 진짜 삶 다운 삶을 사는 곳으로 나를 데려다 줄지도 모르잖아.

    숲을 벗어나니 차고들이 늘어선 길이 나왔다. 노래가 멈추더니, 차고들 중 하나에서 익숙하게 생긴 집시 한 명이 걸어 나왔다. 내가 가려고 뒤돌아서자 집시가 나를 불렀다:

    – 어이, 기다려봐. 도망가지 말고.

    물론 나는 하나도 겁먹지 않았기 때문에, 그대로 멈춰 섰다.

    – 우리 얘기 좀 하자, 친구야.

    그러더니 내 소맷자락을 잡고는 열린 차고 문 쪽으로 나를 데리고 가는 것이었다.

- 너 우리 부류 같은데.

불이 반쯤 다 꺼진 차고 안으로 들어갔다. 머리 끝까지 약에 절은 뒤 장기가 털릴 준비는 되어 있었다. 털린 나의 장기는 아마 칙칙한 동네 분위기에 침울해진 바나나 상인들이 가져다 팔겠지. 차고는 달달한 냄새가 나는 연기로 그득했지만, 주변에 어수선한 책장, 애들이 타는 썰매, 평생 수리해도 안 고쳐질 것처럼 생긴 오토바이 한 대가 있고, 그 가운데에 드럼세트가 있는 건 보였다. 그리고 남자 두 명이 각각 술 대신 아이스티를 한 병씩 든 채 캠핑의자에 앉아있었다.

집시가 나를 소개했다:

- 잘됐다. 내가 한참 찾았다니까. 봐, 결국 하나 건졌어. 이 친구라고.

한 남자가 나를 훑어보더니 물었다:

- 기타 칠 줄 알아?

유난히 크리스트 노보셀릭을 닮은 남자였다. 이런 미친! 크리스트 노보셀릭 맞잖아!

집시가 약간 언짢은 목소리로 답했다:

- 당연하지, 말이라고 하냐. 독일어도 할 줄 알아.

그리고 집시는 다름아닌 팻 스미어였다. 언플러그드 공연 영상에서 수백 번, 아니, 수천 번은 봤던 바로 그 사람 말이다. 드럼 뒤편에 앉은 데이브 그롤이 목소리를 높였다.

- 패트, 다 떨어졌다 야!

그리고는 왼손을 들어올리자, 손가락 사이에 보일락 말락하는 물건이 연기를 내며 타고 있었다. 패트는 짜증난 듯—이런, 젠장—중얼거리곤 손짓을 하더니 이내 고개를 끄덕이고 차고 밖으로 나섰다.

- 너도 좀 피우게 주고 싶은데 다 떨어져서 그럴 수가 없네, 라고 크리스트가 설명을 덧붙였다.

머릿속이 혼란스러운 와중에 그 놈의 대마초는 피울 기회 한 번이 안 주어지네, 하는 생각이 들었다.

침울하고 산만해진 크리스트가 베이스를 집어들더니 「Sappy」 중의 몇 마디를 연주하기 시작했다.

- 둠 두룸 두루루 둠 두루 둠둠두두. 같이 해볼래?

데이브가 드럼세트 뒤에서 뛰쳐나와서는 나를 향해 걸어왔다: - 왜 잔뜩 쫄아있어, 앉아! 하더니, 종이박스 하나를 내 쪽으로 밀어주는 것이었다. 앉자 마자 엉덩이가 박스 안쪽으로 빠-져버렸고, 뒤로 내동댕이쳐지면서 비명을 지를 뻔했다. 자빠지고 나서는 그들이 나를 놀리길 기다렸지만 따로 그러진 않았다; 그냥 빤히 쳐다브기만 하는 것이었다.

- 저기, 뭔가 좀 잊고 계신 게 아닌가요? 여러분 원래 시애틀에 계셔야 하잖아요.

그제서야 그들이 빵 하고 웃음을 터뜨렸다. 크리스트가 설명을 시작했다 (데이브는 드럼으로 조용한 리듬을 치기 시작했다):

- 시애틀이라니 뭔 소리야. 헛소리도 참, 장난해? 우리 원래 옐가바 출신이야, 몇 년 동안 같이 연주하던. 모든 곡을 다 같이했지. 미국에서 무슨 경연대회 같은 데 참가하려고 하는데 주최 측에서 그러는거야—옐가바 출신 그룹은 안 받아요, 하고. 그렇게 시작된 거지, 시애틀 출신이라고 거짓말하면서. 그게 아예 굳어져버린 거고. 이렇게 뜰 줄을 누가 알았겠냐고. 오 이런, 망할 망할 망할.

우리는 차고의 고요함 가운데 앉아있었다. 머리속이 텅 빈 느낌이었다. 데이브가 갑자기 심벌을 쳤고, 난 또 자빠졌다. 이번에도 그들은 웃지 앉았고, 그냥 과자 한 봉지를 까서 먹기 시작했다.

크리스트가 말했다:

— 우리 공연 한 번 더 해야 돼. 아마 이게 역대 최고로 중요한 공연일 수도 있어. 6월 성 엘레이다 축일 공연이 취소됐다는 소식에도 불구하고 우리를 기다려준 진국 팬들을 위해서 이 유령 콘서트를 바쳐야 해.

데이브가 과자를 한 입 가득 문 채 대답했다:

— 다 사실이야, 정말로.

크리스트가 고개를 끄덕였다.

— 그리고, 커트가 있어야 돼. 이 콘서트 하려면 커트가 꼭 와줘야 돼.

과자 씹는 소리, 내 심장이 쿵쾅거리는 소리, 밖에 비둘기가 우는 소리만 빼면 쥐 죽은 듯 고요했다.

— 그래서 계속 찾고 있었던 거야. 외모가 적합한 애들은 몇 명 찾았는데, 계속 두 가지 문제가 있었어. 다들 우리 부류가 아니거나, 기타를 못 치거나 둘 중 하나였던 거지. 너 정도면 외모도 어울리고, 우리 부류인 것 같으니까. 그리고 기타도, 어이 어이 어이! 곧잘 치잖아.

말이 끝나기도 전에 데이브가 드럼 뒤에서 카운트를 넣었다—원, 투, 쓰리, 포—마치 합주를 시작하자고 말하려는 듯 말이다.

나는 고개를 저었다.

— 왜 그래?

— 저 기타 못 쳐요.

그들은 상당히 록큰롤스러운 짜증을 담아 손을 홰홰 내치며 말했다:

— 야, 됐어. 그냥 지인들 앞에서 하는 공연 같은 거야, 하우스 파티 같은 거. 천재 수준으로 치는 걸 바라는 것도 아니고! 우리 「Sappy」는 꼭 연주하기로 했단 말이야, 어떻게든 해 봐야지. 팻도 있으니까. 다 끝나면 기

타 부수고, 좀 뛰어놀고, 간식거리 좀 주워 먹고 하다가—아디오스!

난 이미 떠나려고 일어서고 있었다. 얼마나 세차게 '싫어요'하며 고개를 저었는지 침이 흐를 지경이었다.

- 싫어요, 어떻게 치는 지 몰라요. 못하죠, 제가 어떻게 그런 걸…

그러다 나는 이마를 탁 쳤다:

- 아 맞다, 깜빡하고 있었네. 저 사실… 손목시계를 내려다보려 했는데 하필 찬 시계가 없었다. 그냥 서둘러 나오면서, 사과하듯 뒤를 향해 소리쳤다:

- 저 사실 집에 가야 해요, 우리집 새끼 그양이들 눈 뜰 때가 돼서요.

그렇게 밖에 나오자 마자 나는 손에 마치 나비를 잡아 둔 것 마냥 소중히 뭔가를 들고 돌아오던 패트와 부딪힐 뻔했다. 펄쩍 뛰며 날 피한 패트가 말했다:

- 어휴, 어딜 그리 급히 가!

집을 향해 나서자 마자 익숙한 길이 나왔다. 금방 집에 도착했다. 심지어 금방 집에 도착했다. 금방 집에 도착했다. 심지어 RBS 음악차트 방영 시간이 되기도 전이었다.

12

너바나는 RBS 음악차트에서 항상 1위였다. 몇 주 전부터 계속 그랬다. 어허, 이거 참 아름답고 오래가지 못할 오해구만, 하는 생각이 들었다. 「About a Girl」이 정말 좋은 노래인 건 사실이긴 했다. 물론 나는 블리치Bleach에 실린 앨범 버전이 더 좋았다. 커트가 샤우팅을 하는 버전 말이다, 어쩜 그리 샤우팅을 하는지! 하지만 샤우팅 없는 언플러그드 버전도 인정할 수밖에 없는 명곡이었다. 다만, 그게 왜 1위에 올라있는 거지? 이해할 수가 없었다.

다음날 학교에서는 아이들이 때늦은 문집을 돌려보고 있었다. '나의 첫사랑' 부분은 더 이상 궁금하지도 않았다(대체 이 곳에 이름 한 번 언급되려면 언제까지 기다려야 하는 건지, 기다리다 지쳐버렸다). 전처럼 재밌는 시 같은 것도 없었다, 이를테면:

"달콤한 그 사람 없이
내 삶에는 빛이 없지."

이번에는 '제일 좋아하는 음악' 부분으로 넘겼다. 그리고 깜짝 놀랐다. 너바나, 또 너바나. 펑크 날라리가 썼건, 올A를 받는 수줍은 모범생이 썼건 간에 너바나로 도배되어 있는 것이었다. 커트의 이름이 반 친구들 모두의 책상 하나하나에 다 새겨져 있었다. 그나마 다행인 것은 선생님께서 수업 계획안에 커트를 포함시키지 않으셨다는 것이다. 다행이다,

정말 다행이야.

토요일에는 쟁여두고 먹을 팬케익을 좀 사러 갔는데, 세상에 이게 웬걸? 가게에 있는 모든 사람들의 옷에 커트가 프린트되어있고, 그의 푸른 눈이 나를 쳐다보고 있는 것이었다. 웃는 얼굴, 찡그린 얼굴… 그리고 이건 또 뭔가? 눈에 띄는 구멍가게마다 「Smells Like Teen Spirit」이나 「In Bloom」, 심지어는 「Sliver」을 틀고 있었다. 몇몇 가게는 「Zombie」나 「Self Esteem」 같은 곡을 틀어 주기도 했다. 가게 주인 겸 DJ를 맡은 사람들은 순전 박자에 맞지도 않게 궁뎅이를 흔들어 대고 있는 뚱뚱한 아줌마들이었는데 말이다. 사람들이 그걸 보고도 아무렇지도 않은 듯, 납득한 듯 물건을 사는 것이었다.

난 카를리스를 찾아갔다. 카를리스는 집에 없었지만, 대신 푸폴스가 그의 집 앞 복도에 서서 크로켓을 먹고 있었다. 난 그에게 내가 본 것을 알려주었다.

푸폴스는 되려 발끈했다:

- 너바나가 원시인들 마냥 쿵쾅대는 머저리 약쟁이들이라고 하던 게 누군데? 부정적인 음악이라고, 아니 그게 음악이긴 하냐고 하던 게 누구였냐고?

나는 격앙된 궁금함을 참지 못하고 물었다:

- 누가 그랬는데?

푸폴스의 얼굴이 노을 아래의 버들강아지처럼 붉어지더니, 말을 우루루 쏟아내며 입에서 거대한 크로켓 파편을 튀겨대기 시작했다:

- 좋은 영향이라곤 눈 씻고도 찾아볼 수 없는 파괴적인 유행일 뿐이라고 할 땐 언제고? 사람들이 마이클 잭슨처럼 긍정적인 메시지가 담긴 음악을 듣는 편이 낫다고, 마이클 잭슨이 춤도 훨씬 잘 추지 않냐며?

- 누가, 대체 누가?!
- 그러던 사람들이, 참 내, 이제 다 너바나를 듣고 앉았네.

난 무릎을 탁 치며 말했다:

- 내 말이 그 말이야! 사람들이 이제 다 우리가 된 줄 안다니까! 어제까지만 해도 커트 코베인이 악쓸 줄만 안다고 하던 사람들이 이제 커트 노래 나오면 악쓰면서 따라 부르고 앉았다고!
- 사춘기 애들이 관심종자 짓 하는 거라고, 튀고 싶어서 그런 거라고 하더니만 이제 무슨 기성품 작업복마냥 개나 소나 다 입고 다니지.
- 누구야!? 대체 누가 이렇게 손바닥 뒤집듯이 아니었던 척할 수 있는 거냐고!? 망할 머저리 똥통같은 놈들! 누구냐고?!

푸폴스가 손가락을 들어 무시하기 힘들 만큼 단호하게 나를 가리켰다.

- 뭐, 왜 그렇게 쳐다봐? 답하라니까! 그 놈들이 대체 누구냐고?

푸폴스가 손가락을 내 얼굴에 더 가까이 가져다 대면서 그대로 내 눈을 찔러버렸다. 미칠 듯이 아픈 와중에 본능적으로 양손이 위로 올라갔고, 그 중 하나가 푸폴스의 콧등을 후려쳐 버렸다.

푸폴스는 참 별난 코를 갖고 있었다. 정말 말도 안되는 타이밍에 피를 뿜어낼 각만 재고 있는 것 같았기 때문이다. 전에, 아주 오래 전에 학교 뒤 수풀 속에서 주먹다짐을 한 적이 있는데 그때도 코를 때린 덕에 간신히 맞아 죽을 위기를 넘겼었다. 이번에도 푸폴스의 코에서 피가 콸콸 쏟아졌다.

- 으악, 미안해! 미안! 일부러 그런 거 아니야!

푸폴스도 내 얼굴이 눈물범벅이 되는 꼴을 바라보고 있었다. 거의 손가락으로 눈을 파낸 수준이었으니 그럴 만도 했다. 코 밑에 댄 손바닥에 고이는 피 너머로 내가 눈물을 뚝뚝 흘리는 꼴을 노려보는 것이었다.

- 너 똘아이냐? 내 코는 왜 쳐? 그리고 똘 기집애처럼 주절거리고 앉았어? 너잖아, 얼마전 까지만 해도 커트 코베인은 파괴적인 머저리고 마이클 잭슨은 인류애적인 댄서라고 하던 거.

이상하네. 하나도 기억 안 나는데. 아니, 물론 내가 마이클 잭슨 음악을 들었던 건 사실이고 거울 앞에서 춤 동작도 따라하긴 했었지, 특히 유명한 바짓가랑이 움켜쥐는 걸 따라하려고 애썼고. 근데 그건 한참 옛날 일이잖아. 나는 이 새로운 음악 장르를 일찍이 받아들인 사람이었다고. 내가 진짜 그런 말을 했다면 기억이라도 나지 않을까?

바로 그때, 가티스가 복도로 쾅 하고 들어서서는, 거기 서서 울고 피를 쏟고 있는 우리를 보고 말했다:

- 정신 나갔구만, 씨뷔얽…

하더니 바로 사방에 토를 하는 것이었다. 나중에 알게 된 것이지만, 가티스는 가티스는 인근 공원에서 욜쉬(보드카+맥주)를 마시다 왔었고, 그 때문에 당연히 속이 좋지 않았었다고 한다.

복도를 치울 수 있을 만큼 치운 뒤, 우린 가티스에게 대체 무슨 일이 일어나고 있던 것인지 말해 주었다. 가티스가 말했다:

- 요즘 커트코베인 안 듣는 사람이 어딨냐? 아니 그니까, 너바나 듣는 사람들 중에 정신머리 똑바로 박힌 사람이 있긴 하냐고?

그러다 카를리스가 와서 우릴 쫓아냈다.

가티스는 계속 토하러 집에 갔다. 푸폴스는 인상을 구기고 코를 잡은 채 아파트 정원을 가로질러 어기적어기적 걸어갔다.

그리고 모두의 기분을 잡친 나는 여름날의 밤을 헤매기 시작했다.

그날 난 집에 들어가지 않아도 됐다. 나머지 가족들이 나만 옐가바에 두고 오졸니에키에 있는 우리 오두막에 놀러갔었기 때문이다.

그저 걸으며 우리 시대에 대해, 우리 시대의 특성에 대한 생각에 잠겼다. 우리에겐 대체 뭐가 필요한 걸까? 우린 우릴 막는 벽을 돌파하는 것과 영영 뒤처지는 것 사이에서 줄타기를 하고 있었다. 난 그걸 느낄 수 있었다. 그 느낌은 점차 강렬해지면서 거의 본능인 것처럼 다가왔다—도시에 자유가 범람하고 있었다. 아니, 범람하고 있다기보다는 사람을 뼛속까지 적셔버리는 가랑비처럼 흩뿌리고 있었다.

정말 말도 안 되는 일이다. 자유가 비처럼 내리고 있는데, 도시는 마치 죽은 듯 잠들어 있다는 건. 마치 길거리에 선 채 창문 너머로 사랑하는 사람을 보며, 창문에 대고 사랑하는 마음을 쏟아내는 것과 같다—그래도, 계속 쏟아내다 보면 창문이 열리지 않을까?

밀레디야 생각도 났다. 우리가 얼마나 서로에게 어울리지 않았는지, 그녀가 날 좋아하지 않아서 얼마나 다행인지, 그녀가 카를리스의 형을 만나게 되어 얼마나 다행인지 하는 생각이 들었다.

와 씨, 담배 땡기네.

걷다 보니 옐가바 성에 도착해 있었다. 될 대로 돼라 하는 마음으로, 집 방향이 아닌 파를리에루페 교도소 쪽 동네로 가는 다리를 건너기로 했다.

건너다 말고 옆의 난간 아래를 내려다보았다. 다리에 오른 거의 모든 사람은 난간 아래를 내려다본다. 떨어지고 싶은 유혹, 그 깊이를 느껴보고 싶은 마음 때문이다. 그러다 다리 건너편, 즉 파를리에루페 쪽을 쳐다보았다.

사람들 한 무리가 다가오고 있었다. 그들의 검은 그림자가 조용하고 신속하게 가까워지면서, 점차 머리를 빡빡 민 젊은이들과 중년 남자들로 바뀌어 갔다. 한두 명이 아니었다. 그리고 그들은 부자연스러울 정도로 조용했다—소리를 지르지도, 욕을 하지도 않았다. 걸음걸이도 부자연스럽긴 마찬가지였다—빠르다 못해 무리 중의 몇몇은 뛰고 있을 정도였다. 나는 리엘루페 강물에 뛰어들고 싶은 마음이었다: 그 고요한, 돌처럼 굳은 얼굴을 한 군단이 나를 향해 달려오고 있었으니 말이다.

나는 난간에 꼭 붙어서 내가 그들 사이에 섞여 들 수 있기를, 그들의 주의를 벗어날 수 있기를 빌었다. 대체 무슨 일이 일어나고 있는 거야? 누가 나 잡으려고 깡패 군단을 보낸 건가? 그들이 더 가까이 다가왔다, 불편할 정도로 가깝게. 거의 내 곁을 스칠 정도였다. 무리 맨 끝의 놈들이 지나갈 때 한 놈이 나를 뚫어져라 쳐다봤지만, 멈추진 않았다. 나도 떠나가는 그들의 모습을 바라보았다. 깡패들이 사람을 가만히 내버려 두다니. 뭐하는 놈들이지? 깡패 귀신인가?

얼굴을 손바닥으로 문질러 닦고, 그냥 내가 이상한 상상을 한 셈 치기로 했다. 집에나 가야지. 하지만 일단 잠깐 서서 정신을 좀 차려야 했다. 도시가 앞서 본 귀신들을 완전히 삼켜 버리기 전에 그들과 재회하는 일은 최대한 피하고 싶었기 때문이다.

그 곳에서 얼이 빠진 채 얼마나 오래 서 있었는지 기억도 나지 않을 참에, 갑자기 차 한 대가 내 옆에 멈춰 섰다. 경찰차였다. 경찰관 몇 명이 내리더니 말했다:

- 움직이지 마! 두 손 들어!

경찰관 하나가 나에게 달려오더니 나를 난간에 밀어 부쳤다.

- 좆만한 새끼가!

경찰관 두 명이 내 팔을 제압하더니, 세 번째 경찰관이 내 얼굴에 손전등을 비췄다. 그날 밤에 겪은 일들을 겪고 나서는 이제 그러려니 했다. 그저, 내 바지에 똥이나 지리지 않기 위해 노력할 뿐이었다. 하지만 그 와중에도 내가 정신줄을 아예 놓아버리지 않을 수 있게 해주는 것이 있었다. 경찰들이 고요하게 날 수색하고 있는 동안 무언가를 들었기 때문이다. 약 2초 동안, 경찰차에서 흘러나오는 「About a Girl」이 들렸던 것이다. 우리의 적도 우리의 음악을 듣고 있다니.

- 이 놈은 아닌 것 같습니다. 머리 좀 보십시오!

그러더니 경찰관이 내 머리카락을 아플 만큼 세게 집어 당겼다.

- 대체 여기서 뭐하고 있는 거야? 미쳤어? 당장 꺼져!

무슨 말을 하는 지 알 수 없는 목소리가 경찰 무전기에서 바지직대며 너바나의 노래에 섞여 들었다. 경찰관들은 다시 경찰차에 낑겨 타더니, 끼이익 하며 헛도는 타이어와 함께 이내 시내 방향으로 쏜살같이 달려갔다.

그때는 몰랐지만, 다음 날 젬갈레 지역신문에는 이런 기사가 실렸다: "옐가바 시민 분들 주의하세요. 낯선 사람에게 문을 열어주지 말고, 거리에 있는 사람을 차에 태워주지 마세요!" 이 반인도적인 울분의 표출은 그날 밤에 일어난 일들 때문이었다. 파를리에루페 교도소 제4수감동에서 89명의 수감자가 세탁실 벽에 파낸 구멍을 통해서 탈옥한 것이었다. 세계 기록이었다! 역시, 옐가바가 짱이다.

이 도시가 새로이 떠맡게 된 자유를 가지고 어떻게 할 건지는 아직 알 길이 없었다. 경찰관들은 도난된 차량에 탄 사람들이 쏜 총에 맞았고, 부모들은 아이들이 밖에 돌아다니지 못하게 했다(결국 산책이라는 행위에도 의미라는 게 부여되었다). 나에게는 이 범죄자들이 그냥 일종의 상징이었다. 우리를 막는 벽을 돌파하는 그 전반적인 과정에 대한 은유랄까.

하지만 그날 다리에서 내가 생각하던 것은 그게 아니었다. 나는 배신자가 된 기분이었다. 아니, 커트가 우리를 배신한 것 같았기 때문에 나도 이제 그를 배신하고 나아갈 것이라고 생각했다. 우리를 자유롭게 해주기 위해 또 다른 누군가가 목숨을 희생한 것 같은 기분이었다.
  가을이 가까워지고 있었다. 강물 안에서 차갑게 식은 달이 떨고 있었다.

달

1

옐가바에서 리가로 가는 길은 볼거리가 별로 없다. 언덕도, 골짜기도 없다 보니 할 일이라고는 그저 상상하는 것 정도뿐이다. 무슨 지역 전체가 상상력을 키우는 데에 특화된 것처럼 느껴질 정도이지만, 리가 역 기차에서 기어나와 주변에 뭐가 있는지 알게 될 때 즈음에는 친구들에게 얘기해주지 않곤 못 배길 것 같은 풍경이 펼쳐져 있다. 하지만 그들에게 당신의 이런 시상詩想 따위가 무슨 소용이 있을까? 이미 같이 바라보고 있는 것을. 아마 그들도 당신과 똑같은 생각을 하고 있고, 그렇기 때문에 당신이나 그들이나 그저 둘러만 보게 되는 것일지도 모른다.

보라, 펼쳐진 젬갈레 분지. 평평하고 흉흉하다. 이곳엔 숨을 곳도, 구원도 없다. 드문드문한 자작나무 숲을 비추는 햇빛이 그 안에 숨겨진 공동묘지를 드러낸다. 먼 곳 저 편에는 리투아니아가, 아름다운 그 나라에 조금 덜 가서는 메이테네Meitene(라트비아어로 '소녀'라는 뜻이다)라는 마을의 기차역이 보인다. 저기에 살면 얼마나 좋을까. 거기서 이 쪽에 조금 더 가까운 곳에는 저주받은 엘레야 저택이 있고, 그 다음에 옐가바가 보인다—여기는 노코멘트. 그 다음 있는 것이 오알라이네, 모든 것이 끝난 땅, 살아 움직이는 악몽 같은 라트비아 무정부주의의 고장이자 그 곳만의 법도가 있는 소외된 구역이 있다.

그 날의 우리는 그 곳에 있었다.

과거의 우린 무정부주의를 지지하는 것처럼 보이는 부류였다. 동그라미가 쳐진 삐죽삐죽한 A자를 그려 대곤 했으니 말이다. 하지만 오알라이네의 무정부주의는 실제로 사악하고 괴즌한 규칙들로 이루어진, 진짜배기 무정부주의였다. 옐가바의 약쟁이들은 모두 여기서 약을 처음 접했고, 구입하는 것도 여기서 했다. 이 동네에선 MDMA가 공장 규모로 제조되었고, 경찰들은 그걸 수 백 킬로그램씩 압류해서 불태워 폐기하곤 했다. 언제는 카를리스가 친구들 몇 명과 함께 농구 친선경기를 뛰러 갔었는데, 타고 간 버스가 돌팔매질을 당했다고 한다. 나도 기차 탔을 때 비슷한 일을 겪은 적이 있다. 기차가 오알라이네 역에서 슬슬 출발할 때쯤 갑자기 사방에서 돌이 날아오는 것이었다. 하나는 열차 반대편의 창문을 맞췄고, 하나는 내 창문을 아슬아슬하게 빗나가 옆 창문에 맞았다. 내가 참 재수 하나는 끝내주게 좋다.

하지만 지금 우린 이 도시의 훌륭한 표즌이었다. 우리가 기차보다 덩치가 작은 것도 한 몫 했지만, 아무리 메탈을 좋아한다고 해도 몸까지 Metal(금속)이 되는 건 아니었으니까. 메탈은 그냥 우리 마음 속에만 있는 것이었다.

무엇보다 이 곳은 머리카락이 사회적으로 용납될 정도보다 긴 젊은 사람들이 올 만한 곳이 아니었다. 내 머리는 어깨에 닿을랑 말랑 했었고, 가티스(사실 이제 그 이름으로 부르는 사람은 가티스네 어머니와 선생님들 밖에 없었다)의 머리는 어깨에 닿을 정도였다. 기른 시간은 나보다 오래됐지만, 머리가 아래로 길게 자라는 게 아니라 옆으로 넓게 퍼지며 자라던 가티스는, 그저 덤덤히 "어쩌라고, 나보단 토니스가 더 푸들같이 생겼거든." 에드가스의 머리가 정확히 얼마나 긴 지 말하기는 애매했지만, 일반적인 기준보다 긴 것은 분명했다.

우리 청바지는 여느 때보다 꽉 붙었고, 무릎 쪽은 찢어져 있었다. 신발 혓바닥은 잡아 뺀 채로, 티셔츠는 검은 걸 입고 있었다. 가티스에게는 오비츄어리Obituary 티셔츠가 있었다. 우리 사이에서는 오비츄어리가 대세였다. 뭐, 80년대부터 활동하던 옛날 밴드긴 했지만 그들은 마이애미가 낳은 데스 메탈의 선구자였고, 우리는 메탈헤드였으니까. 가티스가 특히 데스 메탈을 좋아했기 때문에 우리는 가티스를 '데스'라고 불렀다
　믿기지가 않는 것은 그 셔츠가 바자회에서 구한 것이라는 사실이었다. 메탈 굿즈를 그런 곳에서 구한다는 건 정말 기적이었다. 그 이후로 우리는 바자회란 바자회는 다 들쑤시고 다니며 옷더미들을 뒤졌다. 심지어 난 어머니께 혹시라도 보이면 사달라고 리스트까지 만들어 드렸었다: 데스Death, 카니발 콥스Cannibal Corpse, 애널 컨트Anal Cunt, 브루털 트루스 Brutal Truth, 히포크리시Hypocrisy. 어머니는 내가 부탁한 셔츠는 하나도 찾지 못하셨지만, 베이사이드 얄개들의 잭 모리스처럼 환히 웃는 남자 셋이 그려진 마이클 런스 투 락Michael Learns to Rock 티셔츠를 사다 주신 적은 있다. 내가 아무리 저항적인 허무주의자라고 해도, 어머니의 이런 모습이 너무 귀여워서 마음이 아릴 지경이었다. 하지만, 차마 그 티셔츠를 입을 순 없었다.
　데스 녀석은 어떻게 50산팀에 오비츄어리 티셔츠를 구하고도 행복할 줄을 몰랐다. 녀석은 좀 미신적이라 그 티셔츠를 사면서 액운이 딸려왔다고 믿었다(말은 그렇게 해도 무슨 오비츄어리의 신도인 것 마냥 그 셔츠를 안 입고 다닐 생각은 하지 못했다). 심지어 지금도 투덜대고 있었다:
　- 내가 그랬잖아! 말했어, 안했어? 내가 이 티셔츠 입으면 항상 뭔가 잘못된다니까!
　방금 우린 옐가바에서 리가로 가는 기차에서 쫓겨난 상황이었다. 별 시덥잖은 이유 때문에 말이다—그깟 티켓 없는게 뭐 어때서 쫓아내고 그러는지. 검표원 무리는 우리 헤어스타일을 보자 마자 다음 역에서 우릴

버리고 갔다. 기차는 떠나갔고 우리는 오알리이네에 남아 있었다.

- 야, 이제 어쩌냐?

데스는 기차가 떠나간 곳을 바라보았지만, 기차는 이미 떠난 지 오래였다. 에드가스는 언제나 제안을 할 준비가 되어 있었다:

- 들개를 잡아서 가죽을 벗겨 팔면 되지!

미친놈. 에드가스는 데스 옆집에 살았고, 약간 똘끼가 있는 데다 호러 영화를 광적으로 좋아했기 때문에 다들 그를 좀비라고 불렀다.

- 그 전에 이 동네 사람들이 우리 가죽을 벗길 걸.

우린 매의 눈으로 우리 앞에 펼쳐진 도시를, 수풀이 그득한 이 도시를 자세히 둘러보았다. 주변에 사람이 한 명도 브이지 않았지만, 수풀 속은 조금 미심쩍었다.

- 일단 여기서 벗어나자.

그렇게 우린 국도를 향해 갔다.

여기서는 젬갈레 분지가 더 잘 보였다. 오늘따라 옐가바 쪽의 지평선이 리가보다 더 사랑스러워 보였다. 평소에는 리가에 못 가서 안달이었는데 말이다. 사실 우린 리가 자체에 관심을 갖고 있는 게 아니라, 리가를 지나야 있는 '비르쟈'에 더 끌렸었다. 그 곳이야 말로 우리 세상의 핵심지였다. 심지어 사람들이 그 곳을 '펑크 비트쟈'라고 부르기도 했었다. 우리 어머니 말씀에 따르면 70년대에 히피들이 그 곳에서 음반을 거래했다고 한다. 비케르니엑스 숲 안에 있었고, 18번 버스나 전차를 타고 갈 수 있었다. 여긴 온갖 인간 군상이 모여드는 곳이었다—소외된 자들, 무법자들, 어디에도 속해 있고 싶지 않아 하는 사람들이 모여서 자기 할 일을 하는 곳이었고, 그들이 뭘 하는지는 오알라이네도, 온 세상도 알지 못했다.

그래서 그들이 대체 무엇을 했느냐? 지금의 우리는 그곳 사람들이 서로 카세트테이프를 교환한다는 것 정도 밖에 몰랐고, 그것만으로 갈 이유는 충분했다. 우린 테이프가 필요했기 때문이다. 너바나랑 펄 잼만으론 이제 부족했다.

난 가끔 몰래 너바나를 듣기도 했지만, 주로 새로 구한 테이프들을 들었다. 티아마트Tiamat의 와일드허니Wildhoney 라던가. 전에 라디오 방송 '락에이드'에서 들었었는데, 동화 이야기처럼 좋았다. 아니, 동화 만큼이나 어두웠고, 동화 만큼이나 우울했다. 보컬이 곰처럼 그로울링을 하면 여자들의 목소리가 따라 울렸는데, 난 이 여자들이 알몸으로 노래하는 건 아닌지 상상하곤 했다. 데스가 본인이 평소에 쓰는 경로를 통해 이 씨디를 구해다 줬다. 카를리스 같은 경우는 네이팜 데스Napalm Death의 하모니 커럽션Harmony Corruption을 갖고 있었다—이건 뭔가 다른 차원의 것이었다, 사람이 아닌 듯한 힘과 스피드로 때려부수는. 데스는 엔툼드Entombed의 울버린 블루스Wolverine Blues, 카니발 콥스의 이튼 백 투 라이프Eaten Back to Life, 모비드 엔젤Morbid Angel의 얼터 오브 매드니스Altars of Madness, 그리고 기억 안나는 것 몇 가지 더 가지고 있었다. 개중에 세상 제일 좋아하던 아스픽스Asphyx 앨범도 있었고, 신보인 라스트 원 온 어스 Last One on Earth만 구하면 삶에 여한이 없을 거라고 하곤 했다.

난 태어나 이런 음악을 들어본 적이 없었고, 하다 못해 이런 게 있을 거라 상상하지도 못했었다. 이건 완전히 다른, 끝내주는 세상이었다. 데스, 좀비와 함께 다른 세상으로 가는 길의 보도블럭에 앉아있는 기분 또한 끝내줬다..

- 씨발! 개새끼! 호로새끼!

좀비는 90년대 느낌으로 분노를 풀고 있었다. 우리가 잡으려던 차가 또 한 대 쌩 하고 지나간 것이다. 온 몸을 동원한 좀비의 몸짓과 연기를 하는 듯한 포즈가 멋스럽긴 했지만 차를 서게 하는 데는 큰 효용이 없었다. 해를 보니(손목시계 하나 차고 온 사람이 없었다) 벌써 15분째 저러고 있었다. 데스가 시무룩하게 말을 꺼냈다:

- 우리 비르쟈 못 가겠다. 10시에 시작한다고 했는데.

- 그러니까 앉아서 궁뎅이 땀내고 있지만 말고 일어나서 좀 도와줘봐! 내 팔 떨어지겠다.

좀비는 지칠 줄을 몰랐다. 이제는 길가에서 긴 갈대 같은 잡초를 뽑아서 투명한 적과 칼싸움을 하듯 휘두르고 있었다.

내가 한 번 차를 잡아 보기로 했다. 소형 버스 하나가 오는 게 보였지만, 난 손을 내리고 뒷짐을 진 채 돌아설 수밖에 없었다. 우린 버스 차비 낼 돈이 없었기 때문이다. 쥐굴리 한 대가 또 지나갔다. 운전하는 남편은 전방만 주시했고, 그의 아내는 웃으면서 '안돼요'라고 고개를 저었다. 뒷자리는 텅텅 비었는 데 말이다. 우리 부모님 나이대 정도로 보였다. 우리 부모님은 차 잡는 사람들 보이면 무조건 차 세우셨었는데. 곧 이어 아우디인지 뭔지(내가 차종을 잘 모른다, 아버지께서 모시던 쥐굴리 정도나 알아보지)가 왔고, 다음은 어떤 친절한 사람이 모는 외제차가 왔다. 이 사람은 이제 국도에서 내린다고 엄지손가락으로 오른쪽을 가리키며, 이것만 아니면 차를 세웠을 거라 시늉했다. 아주 짧지만 인간적인 교류였다. 다음 운전자도 무슨 손짓을 해 보였지만 좀체 무슨 말을 하는지 알 수가 없었다. 무슨 말이지? "차 마련하기 전에는 집에나 처박혀 있어라 이 꼬꼬마 녀석아." 뭐 대충 이런 뜻인가?

이렇게 난 운전자들과 소통하고 있었다. 나는 점진적이며 건설적인 소통방식을 고수했지만, 저들과의 소통은 항상 순식간에 지나가 버렸다.

그렇게 한 자리에 선 채로 수천 대 차들이 지나가는 퍼레이드와 소통하는 나의 앞으로, 우리에게 신호를 보내며 속도를 낮추는 자동차 한 대가 보였고, 데스는 좀비도 데리고 타려고 어디 갔나 찾기 시작했다. 하지만 차에 탄 건 우리보다 몇 살 안 많은 양아치들이었고, 누가 봐도 오알라이네에서 오는 길이었다. 속도를 낮추면서 다가온 차 속에서는 우릴 비웃는 소리가 들렸고, 이내 악셀을 밟으며 저 멀리로 사라졌다. 그나마 우리에게 단 몇 초 동안이라도 신경을 썼던 저 놈들 조차도 2분, 3키로만 더 가면 우리를 까맣게 잊어버리겠지.

- 그만 할래. 안 되잖아. 너가 해보던가.

세상에 크게 실망한 데스가 총대를 메러 갔다. 코를 훌쩍, 하더니 도로 가운데로 손을 내밀더니 주문을 외우기 시작했다:

- 좀 세워라, 이 새끼들아!

우주선같이 길쭉한 차가 왔다. 번들거리는 차체가 영원히 늘어날 것처럼 이어지더니 이내 우리 앞에 정지했다. 반짝이는 모습이 분명 비싼 차였을 것이다. 운전하시던 졸부 선생님께서 창문 쪽으로 몸을 기울여 물었다:

- 어디로 가니, 얘들아?

나는 갑자기 아무 이유 없이 '플라칸치엠스요'라는 답변이 떠올랐지만, 데스가 진지하게 답했다:

- 비르자Birža요.

- 하하하, 비르쟈이Biržai면 완전 반대방향인데? 저기 리투아니아 쪽.

- 그럼 리가도 괜찮아요.

- 어디?

- 리가요!

아저씨가 또 웃었다.

- 그래, 그럼 타라. 우리가 데려다 주마.

치매 걸린 리어왕처럼 온 몸에 풀떼기를 묻힌 좀비가 풀밭에서 후다닥 뛰어올라왔다. 그대로 차에 타려는 그를 보고는 운전하는 아저씨가 말했다:

- 털고 타렴.

자동차는 쥐굴리보다 훨씬 조용하게 달렸다. 조수석 쪽의 머리 받침대를 보니, 해가 밝은 곳을 지날 때는 눈이 시릴 정도로 빛이 나고 그림자 속을 지날 때는 로맨틱한 핏빛 붉은색을 띄는 아름다운 머리카락이 폭포처럼 흘러내리고 있었다. 조수석에 메탈헤드가 앉아있는 건가! 아니, 백미러를 보니 나를 보는 여자아이의 눈이 비치고 있었다. 그 여자의 아버지가 악셀을 밟았고, 나는 다시 창문에 코를 박고 길가의 풍경과 대화를 시작했다. 금세 우릴 놀리며 지나간 머저리들이 가득한 차가 보였다. 멍하니 각각 다른 방향을 쳐다보고 있는 머저리들을 지나치며 나는 가운데 손가락을 날렸다. 알 수 없는 몸짓을 해대던 운전자도 보였는데, 여전히 뭔가 진지한 것 같았다. 곧이어 곧 국도에서 내릴 거라던 친절한 외제차 아저씨도 보였다—대체 왜 아직도 안 내린 거지? 그마저 지나고 나니 우리 부모님 나이대의 쥐굴리 부부도 나왔고, 아줌마가 고개를 돌려 나를 보고는 다시금 웃으며 고개를 저었다, "안돼요, 안돼."

- 너희 리가에는 뭐 하러 가는 거니?

우리 상냥하신 기사님께서 여쭤 보셨다. 우린 서로 남이 먼저 말하길 기다리며 섣불리 말을 꺼내지 못했다.

- 뭐 하러 가는데?

아저씨가 다시 한 번 물어봤다. 데스와 좀키가 동시에 답했다.

데스:

- 가게에 뭐 좀 사려고요.

그리고 좀비:

- 노인인구 호구조사 하려고요.

아무도 비르샤에 대한 이야기는 꺼내려 하지 않았다. 왜인지는 몰라도 가죽냄새와 차량용 방향제 냄새가 나는 이 차에서 그 이야기를 하는 건 위험할 것 같았기 때문이다.

- 하하하, 너희 참 웃긴 아이들이로구나.

차를 얻어 타는 사람은 태워주는 사람과 담소를 나눠야 한다는 암묵적인 룰이라는 게 있다. 태우고 태워주는 거래가 제대로 성립되려면 그래야 한다. 내가 '오늘 날씨 참 좋네요' 라는 식의 화두를 던지려는 찰나, 아저씨가 다시 말을 꺼냈다:

- 너희는 정확히 뭐하는 애들이니?

존재론적인 질문이었다. 그렇지, 우리는 무엇을 하며 살아가는가? 좀비가 느릿느릿 답했다.

- 걍-애-들-이-요.

이 말투는 지금 웃음이 터져 나오는 걸 간신히 참고 있다는 걸 뜻했다.

- 아니 그러니까, 너희들 뭐 하는 사람이냐는 거지. 머리도 다 장발이고, 혹시 무슨 단체 소속이니?

우린 어리둥절해졌다. 우리가 우리지, 뭘.

- 너희 혹시 그 메탈인지 뭔지 듣는 이상한 놈들은 아니지?

딩동댕! 하지만 뭐라고 답해야 할까… 맞아요? 아니에요? 누가 말 좀 해봐!

- 너희 무슨 음악 좋아하니?

데스는 이 상황을 더 이상 견딜 수 없었다.

- 카니발 콥스요.

- 뭐라고?

아저씨가 본인이 듣던 음악 볼륨을 낮췄다. 클래식보다 더 클래식 같은 음악이었는데, 수많은 명곡들을 한 데 버무려 놓은 것이었다. 볼륨을 한층 더 줄인 아저씨는 우리 쪽으로 몸을 반쯤 돌렸다.

- 지금 뭐라고 했니?

- 카니발 콥스요.

- 그게 무슨 뜻인지는 알고 있는거니?

- 영어에요, '식인종의 시체'라는 뜻이고요.

- 내가 영어 못하는 것처럼 보여?

그러고는 무슨 쿵짝쿵짝하는 비트와 괴상하게 짬뽕 된 베토벤 음악 볼륨을 다시 높이는 것이었다. 1분쯤 지나서 아저씨는 다시 물었다:

- 그래서, 내가 영어 못하는 것 같니?

- 아니요, 그렇지는 않아요.

- 그럼 왜 사람 영어 못하는 취급을 해?

- 안 그랬는데요.

- 안 그러긴 뭘 안 그래? 방금 그래 놓고!

- 죄송해요.

아저씨는 다시 핸들 조종하는 데 집중했다. 사실 옐가바 국도에서 그리 집중해서 조종할 필요 없는데 말이다.

- 나는 말이다, 좋은 음악을 듣는 사람이야. 이거 무슨 음악인 지 아니? 이게 누구인지 알기는 하냐고?

베토벤의 5번 교향곡이 완전 터무니없이 브람스의 '헝가리 무곡'으로 섞여 들어가는 리믹스 곡이었다. 그냥 가만히 있었다.

- 모르지!

문득 조수석에 앉은 여자아이(아마 아저씨의 딸이겠지)가 아직도 그 여성스러운 눈으로 백미러를 보고 있을지 궁금해졌다. 볼 엄두는 안 났지만.

- 너희는 도대체 왜 좋은 음악을 안 듣는 거니?

데스는 그냥 말을 하지 않기로 마음을 먹은 게 분명했다: 표정도 맹한 걸 보니 분명 멍을 때리고 있었다. 하여간 이 쪽으론 전문가라니까. 좀비가 대신 응수했다:

- 우린 재밌는 거 좋아하거든요.

아저씨가 악셀을 훅 밟았다. 나중에 이 순간을 돌이키면서 이 미친놈이 얼마나 빨리 가고 있었는지 얘기할 수 있도록 속도계를 좀 보고 싶었지만, 그러다 백미러를 보는 여자 아이와 눈을 마주칠 것 같아서 그럴 용기가 나질 않았다. 그저 길만 바라봤다. 어, 여우가 차에 치어 죽어 있네.

- 너희 말이야, 왜 그리 정상적이지 않게 꾸미고 다니는 건 줄 알아? 아냐고? 내가 말해주지!

아저씨는 완전 흥분해 있었다:

- 정상적인 게 쪽팔리다고, 정상적이기 싫다고 떼쓰는 거야. 너희가 남들보다 잘난 줄 알아서지.

아저씨가 점점 정신줄을 놓고 있었다. 아직 리가 가려면 멀었는데.

- 내가 너희를 태워주고 말이야, 너희도 딱 봐도 좋은 차인 거 알잖아? 그런데 너희는 나에게 일말의 존경심이라도 보이긴 하니? 개뿔!

이쯤 되면 섬뜩했다. 마침 내가 생각하던 것을 정확히 짚어냈기 때문이다.

- 너희 같은 놈들은 사람이 노력해서 뭔가 이루어 내던 말던 신경도 안쓰지. 그냥 '쳇, 잘나가면 뭐해, 꼰대거나 장사치겠지' 하고 치부해버리 잖아. 아니, 그마저도 생각하지 못할 거야. 뭔가에 진심으로 신경을 써본 적이 없으니까.

내 머릿속 독백이 아저씨 입에서 나오고 있다는 사실이 말도 안될 만큼 불편해지기 시작했다.

- 너희한테는 이 세상이 맘에 들지 않는 거지. 너희는 특별하니까. 보통 사람처럼 살면서 무엇이던 이루어 보려고 아둥바둥하는 게 너희에겐 그저 우스워 보이는 거지. '멍청이들, 자동차나 몰고 다니라지, 우린 맥주나 얻어 마시고 식인종 음악이나 들어야지' 하면서!

아저씨는 조심스레 우측 차선으로 접어들그는 갓길에 차를 세웠다.

- 다 왔다.

바깥을 보니, 확실히 리가는 아니었다. 그냥 국도에, 눈에 띄는 구조물이라고는 수풀 덤불밖에 없었다. 우리 반응 속도가 아저씨 마음에는 들지 않았나 보다:

- 내 말 못 알아들어?

결국 그냥 내렸다. 데스가 '감사합니다'라고 했던가? 데스라면 그럴 만도 한데. 차가 점점 멀어졌다. 좀비는 이게 무슨 좋은 일이라도 되는 양 낄낄댔고, 데스는 다시금 투덜대고 있었다:

- 거 봐, 말했잖아. 티셔츠 때문이라니까! 비르쟈 못 간다 이제.

길을 돌아보았다. 이 상황에서 뭘 더 어쩔 수 있나? 결국 쥐굴리가 지나가고, 순서대로 아우디, 그리고 포드가 왔다. 포드 운전사는 우리를 알아본 건지 잊은 건지, 무슨 뜻인지 모를 몸짓을 또 하고 있었다. 국도에서 내릴 거라고 하던 정중한 운전자는 결국 정말 내렸는지 다시 나타나지 않았다. 그 시절엔 뭔가를 할 때 그것을 할 것이라고 솔직하게 말하고, 그 말을 누구에게 했는지 기억하는 정직한 사람들도 있었다. 물론 언제고 국도 저 편에서 나타날 수 있는 양아치들 또한 내가 날린 가운데 손가락을 기억하고 있겠지.

2

　전에도 그랬듯, 학교는 변했다. 너바나가 우리를 하나가 되게 하고, 무리 사이의 조정자로서 등장했던 그때처럼 말이다. 외로움과 고통에 대한 음악은 우리를 뭉치게 만들고 행복하게 해주었다. 모두가 같은 편이었다: 유르기스는 평화롭고 아름다운 「All Apologies」의 어쿠스틱 버전을 좋아했고, 카를리스는 블리치Bleach에 실린 「Negative Creep」의 저돌적인 느낌을 좋아했으며, 밀레디야는 앞 부분이 어머니와 같이 들어도 무방할 정도로 우아하다가 뒤에 사람을 찢어버릴 것 같은 스크리밍이 나오는 「Where Did You Sleep Last Night」을 좋아했다. 나도 그 노래가 참 좋았다.

　너바나 시절은 모두에게 좋은 시절이었다. 하지만 시간은 흘렀고, 몇몇 이들은 점차 안절부절하기 시작했다. 모두가 나의 친구가 되면, 과연 그들은 진정한 친구인가? 차트 1위를 하고 업계를 제패하는 것, 결국 그 길 뿐인가? 커트는 이것 때문에, 이 모든 걸 알았기 때문에 자살을 했다. 무언가의 시작이 되기 싫어했던 그를 우리 모두 하나되어 찬양한 것 자체가 그에 대한 배신이었다: 그를 배신하지 않은 것이 결국 그를 배신하는 꼴이 된 것이다.

　그런 연고로 세상은 다시 한 번 변했다. 더 이상 한결같이 나쁘지도, 한결같이 좋지도 않은 세상이 왔다. 카르카스의 노래 중에 「Polarized」('양극화된'-역자)라는 곡이 있다. 무언가가 사회를 양극화시키고 있거나, 사회가 스스로 양극화되고 있는 것이 분명했고, 어찌 됐건 그 안에서 우리 집단은 소수자였다. 우린 결국 아무나 갈 생각을 하지 못하는 길을 찾았던 것이다.

우린 공개적으로, 그리고 의도적으로 잘못된 일들만 골라 하기 시작했다. 함께하는 이들은 이유도 제각각이었다. 누군가는 심지어 그것이 무슨 일을 함께 하는, 어느 무리에 속하는 유일한 방법이라 그렇게 하기도 했지만 꼭 그래야 한다는 규정이 있거나 한 건 아니었다. 학교에서 독보적인 존재감을 자랑해왔던 인물도 우리 패거리에 속해 있는 반면, 대부분의 사람들은 대중의 편에 서 있었듯이.

밀레디야가 우리 패거리를 인정하기 싫어한다는 것을 알고 나는 고요하지만 어마무시한 즐거움을 느꼈다. 그 애는 우릴 볼 때 항상 눈을 부라리고 입을 꾹 닫곤 했다, 별로 예쁘지도 않은 주제에.

나는 이제 여자 메탈헤드가 아니면 거들떠보지도 않게 되었다. 요즘 학교 복도에는 언제나 거기 있었다는 듯 당당하게 활보하는 메탈헤드 여자들이 많았다. 긴 머리를 등 뒤로 찰랑이며 소매가 긴 스웨터에 너덜너덜한 청바지나 바닥까지 오는 긴 치마를 입은. 신발은 묵직한 부츠나 운동화. 아마 부츠는 아버지 걸 가져온 게 아닐까 싶었다. 그건 그렇고, 머리카락을 어쩜 그리 길게 기를 수 있었을까? 비밀을 알려줘! 사실 비밀이랄 것도 없는 게, 이 친구들은 얼마 전에서야 땋고 다니던 머리를 푼, 아직 인생에 치여본 적 없는 친구들이었다. 그렇지 않은 여자애들은 머리도 짧게 자르고 치마도 짧게 줄이고 다녔지만 이 친구들은 딸 가진 아버지의 자랑거리이자 기쁨인 긴 생머리를 계속 기르고 있었고, 이제는 그 머릿결이 메탈의 시적인 사운드에 맞추어 흘러내리고 있을 뿐이었다. 긴 치마 아래 숨긴 그들의 다리만큼 그들 또한 아름다웠다. 도무지 이해가 되지 않았다, 어쩜 저렇게 아름다울 수 있지? 그 땐 내가 카프카를 읽진 않았지만, 그가 책에서 말했듯이 "죄지은 자들이야말로 가장 아름다운 법이다."

난 소변기에 다가가 여느 남자처럼 고추를 꺼내 오줌을 누기 시작했다. 볼일은 왼손으로만 보는 와중에 오른 손으로는 집 열쇠를 든 채 화장실의 석회질 벽에 'Asphyx'라고 새기고 있었다. 스웨덴의 브루털 데스 메탈 밴드인 아스픽스Asphyx는 특이하고 그리기 쉬운 로고를 썼는데, 그걸 데스가 그리는 걸 본 적이 있었다. 눈앞의 화장실 벽은 역사의 흔적으로 뒤덮여 있었다: 'Nirvana, 사크네 나쁜년, Nine Inch Nails' 그리고 이제 Asphyx까지. 나와 같이 들어온 카를리스도 옆 칸에 있었고, 지금은 나와 대화를 이어 나가고 있었다. S쯤까지 썼을 때 카를리스를 불렀다:

– 뭐해?

– 뭐하겠냐?

– 아니, 알지. 뭐 쓰고 있는데?

개 칸에서도 열쇠가 벽에 뭔가를 새기는 만족스러운 소리가 들려오고 있었기 때문이다.

– 메탈리카Metallica.

– 왜?

메탈리카도 메탈이긴 했지만, 워낙 대중적인 편이라 그리 근본적이지 못했다.

– 왜라니? 완전 고전이잖아.

칸막이 덕에 왠지 투명인간이 된 기분이 들어서 겁대가리 없이 물었다:

– 밀레디야가 메탈리카 좋대?

– 응.

무엇 때문인지 왼 손에 쥐고 있는 것을 아플 정도로 꽉 쥘 수밖에 없

었다. 이어 물었다:

- 그 히포크리시 앨범, 더 포스 디멘션The Fourth Dimension 들어봤어?
- 옛날에 들었지.

카를리스를 이겨 먹기는 어려웠다. 모든 방면에서 그랬듯이 걘 음악에서도 나보다 앞서 있었다. 아니, 아무리 그래도⋯ 진짜 진국인 건가 이 친구?

Asphyx를 다 새기고 난 뒤 예술가적인 피니싱 무브로 오른손으로 잡고 있던 내 연장을 떨어뜨렸다. 자연스럽게도, 내 열쇠 꾸러미는 변기통을 향해 쏙 하고 떨어졌다.

- 아! 변기에 열쇠 빠졌다!
- 똥물에?
- 아니, 아니. 그냥 물이야.

노란 오줌물이었다. 거기에 손을 넣는 수밖에 없었다. 열쇠는 재앙의 구멍 가에서 아슬아슬하게 달랑거리고 있었고, 난 열쇠를 성하게 구할 수만 있다면 더 나은 사람이 되리라 맹세를 하기에 이르렀다. 결국 꾸러미를 잡아 세상으로 끄집어내니 열쇠에서 오줌이 뚝뚝 떨어졌다. 이제 나의 맹세를 지킬 때였다. 나는 잠시 생각하고 말했다:

- 하긴 나도 더 포스 디멘션 은 첫 번째 곡 밖에 맘에 드는 게 없더라고, 느린 거.「Apocalypse」.

카를리스는 아무 말도 하지 않았다. 화장지로 열쇠를 닦아내며 이어 말했다:

- 그래, 예쁜 노래 좋아하는 게 정상이긴 하지. 우리처럼 사는 게 쉬운 일은 아니니까. 하지만 우리니까 그래야 하는 거잖아! 일단 시작했으면 멈추면 안되는 거야. 우린 점점 더 센 음악을 듣도록 노력해야 해. 그

러지 않는 사람은 그냥 똥통에나 처박혀 있으라 해!

　나도 똥통 앞에 서 있으면서 별 말을 다 한다. 그리고 맹세는 어느새 갖다 버렸는지. 결국 끝까지 밀어 부쳐야 했나 보다.

　- 카를리스, 내가 이 열쇠 변기에 다시 넣을 수 있나 없나 내기할래? 어짜피 나 집에 가기도 싫어! 내기할까? 나 디거 버리고 물도 내릴 수 있어, 위에 똥도 싸지 뭐!

　카를리스가 수상하리만치 조용했다.

　- 야, 뭐하고 있는 거야?

　예민한 카를리스가 칸막이 너머로 똥을 던지면 던졌지 답을 안 할 리 없었다. 하지만 정말로 아무 일도 일어나지 않았다. 열쇠를 주머니에 넣고 칸을 나와보니 텅 빈 옆 칸의 문이 활짝 열려 있었다. 고전적인 수법이었다: 칸막이 사이에 두고 대화를 나누다 도중에 나가 버려서 상대방 혼잣말 하는 바보 만들기. 뭐, 그래도…"나는 말했고, 내 영혼은 구원받았노라 [Dixi et animam levavi]."

3

내가 어릴 땐 드릭사 강이 어느 쪽이고 리엘루페 강이 어느 쪽인지 구분할 수가 없었다. 두 개의 강이 나란히 붙어있었고, 사실상 원래 한 강이었다가 섬 하나를 기점으로 두 물줄기로 갈라진 것이라 그런 것도 있다. 1265년 경 옐가바 성이 이 섬 위에 지어졌고, 후에 이름이 미타우 성으로 바뀌었다. 〈리보니아 연대시詩〉에 이 성이 어쩌다 유명해졌는지 나온다: '젬갈리아인들 하나도 빠짐 없이 / 그 성을 저주했다네.' 그 성이 원래 어떻게 생겼었는지는 사실 아무도 모른다. 여러 번 재건되었고, 그보다 더 많이 불태워졌기 때문이다—1376년, 1625년, 1659년, 1737년, 1918년, 그리고 1944년도에.

이 성이 주민들과 함께 평화롭게 건재했던 시절도 분명 있다. 사람들이 성에 들어와 살기 시작한 지 얼마 되지 않아 그들은 성 내부를 아름답게 꾸미기 시작했다. 야콥 케틀러 공작의 침실에는 양모로 짜서 만든 화려한 벽지가 있었는데, 시간이 지나면서 이 벽지에서 조그만 양모 섬유가 떨어져 나왔고, 이를 들이마신 공작은 폐병이 들어 종일 기침으로 양털을 토해내다가 결국 본인의 허파까지 토해냈더랜다. 당시 사람들은 이것을 일종의 주술이라 여겼고, 이 배후에 있었다는 혐의를 받은 베츠무이자의 집사는 성의 정원 한 가운데에서 화형을 당했다. 성이 불타지 않을 땐 그 안에 사는 사람들이 불타고 있었나 보다.

건축가 라스트렐리가 성을 지금의 모습처럼 재건할 땐 영영 끝낼 수 없을 것만 같았다. 피라미드들이 이집트에 그랬었듯 이 성은 영지의 정기를 빨아먹고 있었기 때문이다. 프로방스의 백작이자 미래 프랑스의 왕 루이 18세가 될 예정이었던 사람도 이 성을 방문했을 때 좀체 끝나지 않는 공사와 단순한 편의시설의 부재에 대해 불평한 적이 있다. 그때의 그는 아직 왕이 되긴 커녕 유배중인 신세였고, 형인 루이16세가 눈 하나 깜짝하지 않고 단두대에 머리를 올린 지 불과 5년 밖에 되지 않았던 상황이었다. 이 잘나신 유배자께서 옐가바를 방문하실 때 본인의 측근들을 한 무더기 데려 오셨는데, 그 중에는 처형대 위에서 루이16세의 마지막 고해성사를 했던 예수회 소속 사제 엣지워스 드 퍼마운트 주교도 있었다. 아마 동생도 똑같이 마지막 성사가 필요할 거라는 생각에 따라온 것이었을 수도 있지만, 정작 이 옐가바 영토에서 먼저 죽은 건 주교였고 루이18세는 그의 묘비명을 써 주었다고 한다. 루이18세의 충신 우아셀 후작도 왔었는데, 이 사람은 엄청 작아서 왕의 어깨에 앉는 것을 좋아하는 100살, 아니 200살 먹은 노인이었다고 한다. 허나 옐가바의 추운 기후를 버티지 못한 이 조그만 귀족도 결국 병을 앓다 사망했다.

　국왕의 딸이자 순교자였던 마리테레즈 드 프랑스 또한 옐가바에 당도하였다. 아이가 따로 없었던 루이18세는 마리테레즈를 그녀의 사촌 루이앙투안 다르투아에게 시집 보냄으로써 프랑스의 미래에 대한 막중한 책임을 그녀에게 떠넘겼다. 허나 그렇다고 이 부부가 아이를 가진 것도 아니었다.

　나는 성 안에 선 채 이런 생각에 잠겨 있었다. 매우 크고 장밋빛이 도는 성이었다. 날 여기에 초대한 카를리스가 여기서 무슨 콘서트 같은 것이 열릴 건데 자기 형이 우릴 입장시켜줄 수 있다고 했었다. 콘서트는 성이 속한 제도諸島 중 성이 있는 큰 섬 옆의 조금 작은 섬에서 진행될 것이었다. 거기에 무대가 있다나 뭐라나. 카를리스도 카를리스의 형도 아직 도착하지 않았었기 때문에 나는 이 거대한 장밋빛 성곽의 역사를 내 마음대로 상상하고 있었다.

왜 부부는 아이를 낳지 않았을까? 그들이야말로 왕족을 이어 나갈 마지막 보루였는데. 혹시 몰라, 아마 낳았을 지도. 하지만 엄마 마리테레즈가 아기 기저귀를 갈아주다가 갑자기 부모 루이 16세와 마리 앙투아네트의 잘린 머리통이 떠올랐을 지도 모른다. 불쌍한 왕이 친동생에게 쓴 편지도 말이다: '만일 너에게도 왕이 된다는 불행이 찾아온다면…' 그런 게 떠오른다면 패닉할 만도 하지. 아마 그래서 아이를 챙겨서 깨끗한 기저귀 한 무더기와 금으로 된 검과 함께 친절한 옐가바 출신 보모에게 넘겼을 것이다. 맞아, 분명 그랬을 거야!

이 친절한 옐가바 아줌마는 불쌍한 프랑스 꼬마에게 아름다운 라트비아 어를 가르치고 적절히 얌전한 인품을 가르쳤을 것이다. 아마 잘 생겼지만 조금 이상한 면이 있는 남자아이였을 것이다(마리테레즈와 루이 앙투안이 사촌지간이긴 했으니 말이다). 아이는 본인의 과거에 의문을 가지지 않았을 것이고, 그의 자녀들도 그럴 일 없었으리라. 그렇게 옐가바에는 프랑스 황족의 제 7대손이 배회하게 되었으리라. 아무도 알지 못한 채. 마이 다잉 브라이드My Dying Bride가 노래했듯이 '살아남을 것이나 아무도 보지 못할 것이다[It will live but no eyes will see it]'. 본인도 본인을 모르는 황제의 후손은 말로 형용할 수 없는 어떤 욕망을 마음 속에 간직했을 것이다. 여기저기 끼지 못하는 것 같고, 친구도 많이 못 사귀고, 뭔가 실질적인 문제를 마주했을 때 어버버하고 어찌할 줄 모르는 경향이 있었을 것이다. 맞아, 바로 그거야! Exactement('분명히', 프랑스어-역자)! 이제야 모든 것이 들어맞는군…

그렇게 난 제자리에 곧게 선 채 궁궐의 풍경에 완벽하게 녹아들고 있

었다. 그때 갑자기 좀비가 다가오더니 손을 내밀고 말했다:

- 내 손가락 땡겨봐라!

당기니 바로 뭔가 찢어지듯 부르륵 하는 소리가 났다. 좀비가 방귀를 뀐 것이었다. 근방의 구덩이 쪽에서 웃음소리가 터져서 보니 친구들이 다 도착해 있었다: 데스, 카를리스, 카를리스네 형, 숄리스, 그리고 숄리스 친구. 다시 현실로, 이 보리향 가득한 젬갈레 지방으로 돌아오는 기분은 끝내줬다. 카를리스네 형은 우리더러 빨리 오라며 소리치고, 좀비는 형이 꼬추 긁느라 시간 다 잡아먹지만 않았으면 진작에 들어갔을 거라고 대꾸하고... 그래도 결국 입구에 도착해서 카를리스 형제가 경비원과 말을 몇 마디 나누니 정말로 들어갈 수 있었다. 이럴 때면 난 항상 저들이 왜 우리를 들여보내 주었는지 물어보기가 민망했다. 뭔가 당사자의 영광을 앗아가는 느낌이랄까, 그러면 좀 그렇잖아. 내가 그리 생각하고 있다는 걸 알았는지 경비도 우릴 노려보며 우리가 들어갈 수 있다는 게 얼마나 운이 좋은 건지 눈으로 말해주고 있었다.

숄리스와 친구는 우리와 같이 들어오지 않겠다고, 나중에 따로 들어오겠다고 했다. 참 이상하다고 생각했다: 입장료가 1라트나 하는데!

그러거나 말거나, 나는 이미 입장했고 내 상상 속 어두운 세상 따위는 까맣게 잊어버린 지 오래였다. 벌써 누군가 서투르게 조정하고 있는 사운드 시스템의 아름다운 울부짖음이 들려오고 있었고, 이건 곧 콘서트가, 살아있는 삶 그 자체, 내가 살게 될 바로 그 삶이 곧 시작될 것이라는 뜻이었다! 내 친구들도 다 같이 있었고 말이다. 나는 사방을 둘러보며 다른 메탈헤드들이 있나 보려 했지만 하나도 찾지 못했다. 여자들과 깔끔하게 꾸민 남자들은 꽤 많았지만 말이다. 데스도 이 점을 알아채고는 카를리스의 형에게 물었다:

― 형, 오늘 누구 나와?

― 오아트라 푸세Otra Puse.

― 뭐?

그 밴드가 누구인지는 몰랐지만, 이름은 마음에 들었다―Otra Puse하면 '저편'이라는 뜻이니까. 마침 우리가 원하던 게 바로 저편 너머 아닌가. '저편 너머로 부수어나가[Break on through to the other side]!'[3] 메탈은 아니더라도 비교적 헤비한 얼터너티브 록 밴드겠지, 싶었다. 무대에 올라서는데, 그냥 보통 아저씨처럼 생긴 사람들이었지만 아니 뭐, 그냥 아저씨처럼 생긴 메탈헤드들도 있으니까, 싶었다. 공연을 시작하는데, 정말 완벽하게, 한 치의 여지도 없이 메탈과 전혀 관계없는 음악이었다.

― 그래서 뭐?

카를리스의 형이 데스에게 소리쳤다:

― 우리 현지 밴드들도 후원해 줘야지. 여기 말고 갈 데가 있긴 하냐? 수영해서 돌아가던가.

이게 우리 음악적 취향에 경계선이 갈리는 곳이었다. 카를리스 형제는 진정한 음악 애호가이자 애국자였고 공연장 죽돌이였던 반면, 데스는 음악에 있어 이념적으로 원칙주의자였다. 좀비는 음악 따위 신경 쓰지 않는 타입인 듯했다: 여자들 뒤에 다가가 엉덩이를 꼬집고 다니느라 바빴으니 말이다. 좀비는 원래 그런 친구였다. 온종일 좀비 일화만 늘어놓다 끝날 순 없으니, 좀비가 하고 다니는 짓거리가 대체 어느 정도인지 제대로 이해하기 위해선 내가 녀석에 대해 말하는 데에 3배를 곱하시라. 반대로 내가 했다고 말한 짓은 솔직히 반으로 줄이면 더 정확할 것이다.

---

3   역자 注: 더 도어스(The Doors)―'Break on Through to the Other Side' 가사.

예를 들어, "우리가 잔디 위에 앉자 마자 카를리스는 내게 눈에 띄지 않게 맥주 2병을 건네었고, 내가 얼마나 눈에 띄지 않게 그걸 마셨는지 지나가던 2명의 여자가 나에게 미소를 1만큼 지었다. 그 와중에 좀비는 엉덩이 1개를 주물렀고 수로에 헛디뎌 발을 1번 적셨다."

카를리스와 그의 형은 무대에 더 가까이 서려고 다가갔지만, 데스는 한 쪽으로 빠졌다. 형제들 쪽으로 걷던 나는 세 걸음쯤 가서 멈추었고, 데스는 내 쪽에 대고 말했다:

— 꺼지라 그래. 나 워크맨 가져왔어.

우린 수풀 사이에 앉아 워크맨을 듣기 시작했다. 데스가 카세트를 하나 가져왔었는데, 케이스 재킷이 폴란드 잡지에서 오려낸 베네딕션Benediction 의 로고였다. 데스가 내 귀에 이어폰을 꽂아줘서 들어봤지만 들리는 둥 마는 둥 해서 좀 난해한 소리였다. 데스는 내가 음악 소리 때문에 못 들을 거라 생각했는지 내 얼굴에 대고 목청껏 소리를 질렀다.

— 들리냐?

음악 이야기를 할 때면 항상 그랬듯, 데스의 표정이 진중했다. 답을 채 하지도 못했는데 데스는 내 이어폰을 뽑아 가서는 자기 귀에 꽂았다:

— 존나 하나도 안 들리네. 안 들리면 안 들린다고 말을 해야지!

그러더니 오만 인상을 다 쓴 채 채 워크맨 버튼을 몇 개 눌러서 다음 곡을 찾아 나에게 들려주는 것이었다:

— 이거 한 번 들어봐!

이제는 들렸다. 오아트라 푸세의 음악이 나오고 있었는데도 말이다. 엄청나게 묵직하고 에너지가 넘치는 음악이었다. 날카롭고, 미친 듯했고, 다 때려부수는 느낌이었다. 도저히 묵묵히 듣고만 있을 수 없어서 말했다:

— 베네딕션이 이렇게 좋은 줄 몰랐네!

- 베네딕션 아니야.

- 뭐?

난 카세트 케이스 안쪽의 화려한 색깔의 종이를 물끄러미 바라보았다.

- 아! 이거 그냥 쓴 거야. 베네딕션 카세트가 어디 갔는지 안 보이더라고.

어떤 물건과 그 이름의 관계가 얼마나 중요한지 이해하지 못하는 사람들은 우리 같은 사람들을 이렇게 농락한다.

- 그럼 누군데?

데스가 주머니에서 과자를 한 봉지 꺼내서 땄다.

- 라트비아 밴드야. 허스크반Huskvarn.

- 라트비아 뭐라고?

- 라트비아 밴드라고. 허스크반.

라트비아에서 메탈이라니! 그게 어떻게 가능한 거지? 물론 펑크나 그런지 밴드들은 있었지만 메탈은 너무 동떨어져 있고 비밀스러웠기 때문에, 마치 명왕성을 발견했는데 알고 보니 명왕성이 바로 옆에 있었던 것 같은 느낌이었다. 심지어 음악도 꽤 괜찮았다. 진국이구만 이거.

- 이 밴드 옐가바 출신이야.

아, 옐가바 출신이라 하니 이제 좀 이해가 됐다. 마음도 많이 가라앉았다.

좀비가 숨을 헐떡거리며 낄낄대면서 달려왔다. 뭔가 우리에게 할 말이 있어 보였다. 몸을 잔뜩 웅크리고는 손을 내밀더니 깊은 숨을 마시고는 입을 열었다:

- 나도 과자 줘!

한 움큼 받아가더니 다시 갈대 속으로 사라지는 좀비였다. 데스는 계

속해서 내가 알던 세계를 무너뜨리기 시작했다:

- 밴드 진짜 많아. 헤븐 그레이Heaven Grey, 젤스 빌크스Dzels Vilks, 디에스 이레Dies Irae. 뭐야 너, 무슨 꼬꼬마도 아니고. 나만 그래 보이냐?
- 그럼 그 밴드들 다 옐가바 출신이야?
- 아니, 그럴 리가 있겠냐.

이 때쯤 우리에게 많이 실망한 것처럼 보이는 카를리스 형제가 합류했다.

- 너희 지금 뭐하는 거야?
- 그냥 있어.
- 저기 지금 개판 일보 직전이야! 팝 듣는 애들이 메탈헤드들 패고 있다니까. 그런데 너희는 여기서 노가리나 까고 있냐! 어, 과자다.

두 형제도 과자를 한 움큼씩 챙겨서 달려갔다. 데스가 훌쩍, 하더니 말했다:

- 이게 뭔 쓰레기 같은 경우지? 대체 우리 여기 왜 온 거야? 이래서 우리끼리 모일 곳이 있어야 된다니까.
- 맞아. 하나 만들어야겠어. 어디 먼 곳에.
- 너 왜 '고물상'엔 안 와?

어머니가 못 가게 하신다고는 말할 수 없었다.

- 혼자 있는 게 편해서.
- 그래.

이제 좀 쿨하게 무심한 척할 차례였다:

- '고물상'에서 뭐 한 지 한참 되지 않았나?
- 야, 행사 주최하는 게 쉬운 줄 아냐? 이제 곧 하나 더 벌일 거야. 음악은 이미 많이 있어.

- 비르쟈도 가야 하는데.

- 가야지. 근데 거기 어떤 지 아직 몰라. 리가 쪽 애들은 우리랑 다르거든. 내가 리가 애들 좀 만나 봤는데 어떤 느낌이냐 하면, 너한테 한 5라트 있다고 쳐봐. 그럼 막 그 돈으로 술 사자고 꼬드기다가 돈 떨어질 때쯤 그냥 스윽 하고 빠지는 그런 스타일.

내가 5라트가 있었다면 그렇게 써도 후회할 것 같진 않은데. 나도 답했다:

- 하지만 그 쪽이 진짜 우리 씬이잖아. 숲에 메탈헤드들이 깔렸고, 새 음악이 있는.

- 그렇지. 나도 그건 완전 마음에 들지. 결국 일요일에 갔었거든.

- 어느 일요일?

- 우리 접때 가려다 못 간 날 기억해?

- 응.

- 그 다음 주 일요일.

나만 빼놓고 비르쟈에 갔다니. 감동의 도가니구만.

- 어땠어? 갈 만 했어?

- 글쎄.

데스가 과자 봉지를 건넸다. 뭐라도 나눠주고 싶은 마음이었나 보다.

- 모르지. 찾질 못했는데.

- 뭐어?

두 가지 즐거움을 저버리는 말투였다: 무지한 자의 즐거움, 질투하는 자의 즐거움.

- 몰라. 정류장은 제대로 내렸는데 그냥 병원인가 밖에 없더라고. 지나가는 일반 사람 몇 명 붙잡고 물어봤거든, "메탈헤드들은 어디에 있나요?"

하면서. 근데 아무도 모르는 거야. 결국 못 찾았지.

- 혹시 실제로 존재하지 않는 건 아닐까?
- 분명 있다고 했는데.

데스에게 다시 과자를 건네 주고 보니 웬 패거리가 우리 쪽에 와 있었다. 우릴 멸시하는 눈빛으로 노려보는 4명의 덩치들이었다. 한 놈은 조끼를 입고 있었고, 나머지는 그냥 멍청하게 생겼었다. 우리 둘은 아무렇지도 않게 다리를 좀 뻗고 싶은 듯 자연스럽게 일어났다.

- 데스 메탈 듣냐?

조끼를 입은 놈이 먼저 입을 뗐다. 손에 막노동 때문에 생긴 굳은살이 가득한, 스무 살 넘은 아저씨들이었다. 주위를 둘러보았지만 우리 친구들은 아무도 없었다.

조끼가 다시 한 번 묻더니 데스의 티셔츠를 가리켰다. 셔츠에는 '세풀투라Sepultura'라고 쓰여 있었다. 오, 꽤 괜찮은 질문인걸?

- 네. 세풀투라 데스 메탈도 하죠.

난 내가 질문에 답하고 대화가 끝난 거라고 생각하려 애쓰며 데스를 보았다. 뭔가 알 수 없는 표정을 하고 있길래 물었다:

- 다른 애들은 어디에 갔을까?

대화 주제를 전환해보려는 시도였다. 마치 앞의 네 사람이 존재하지 않는다는 것처럼, 그저 정상적인 대화를 나누는 듯 한 말이지만 동시에 이들에게 중요한 정보를 전하려는.

- 이 미친놈들 대체 어디로 간 거야?

데스는 진짜 정상적인 대화를 나누는 것인 양 대답했다:

- 내가 어떻게 알아? 자기들끼리 물고 빨면서 성 정체성 찾으러 갔나 보지.

네 명 중에 스포츠 코트를 입고 있던 놈이 발을 앞으로 내딛으며 주먹을 휘둘렀다. 데스는 넘어지지 않았지만 비틀거리며 뒤로 한 발짝 물러났고, 들고 있던 과자 봉지는 바닥에 떨어졌다. 스포츠 코트를 입은 녀석은 바로 몸을 숙여 그걸 주웠고 말이다. 마치 삶의 목적이 반쯤 먹은 과자 한 봉지 구하는 것인 양 말이다.

그 패거리의 우두머리, 즉 조끼를 입은 녀석이 나를 보더니 소리쳤다:

- 네가 무슨 교수라도 되는 줄 아냐?

그러더니 내 얼굴에서 안경을 낚아채는 것이었다. 세상이 녹아내리며 부드러운 젤리가 되었고, 뭔 지는 몰라도 그 친구가 화났다는 것은 알 수 있었다.

- 옷 좀 단정하게 입고 다녀!

그러더니 녀석은 내 안경을 단정치 못한 내 셔츠 가슴 주머니에 넣어 주었다. 왜 그걸 갈대들 사이로 던져버리지 않은 걸까? 왜 날 때리지 않은 거지? 설마 내 고귀한 혈통을 알아챈 건가? 아니면 모르는 것에 대한 인간 본연의 두려움인가? 안경 쓴 꼬마가 무슨 마법을 벌일 수 있을 지는 모르는 일이니까.

하지만 그들은 되려 데스를 가만두지 않았다. 패거리 중 하나가 워크맨을 가리키더니:

- 그건 또 뭐냐?

데스는 답 없이 그냥 워크맨을 주머니에 넣었다.

- 이리 내놔!

나는 주변을 둘러보았지만 여전히 아무도 보이지 않았다. 이러면 안 되는데, 진짜 안되는데.... 조끼를 입은 녀석을 보면서 무슨 일이던 일어나기를 기다리고 있었다. 놈은 수로 쪽을 뚫어져라 쳐다보고 있었다:

- 잠깐, 동작 그만!

이라고 하며 그 쪽을 가리키자, 패거리들도 순순히 수로 쪽으로 몸을 돌렸다. 마치 네스호의 괴물이라도 발견한 듯한 광경이었다.

이쯤에서 기억해야 할 것은 숄리스와 그의 친구가 우리와 함께 공연을 보러 들어오지 않았다는 점이다. 알고 보니 그 친구들끼리 술을 한 병 샀었는데 당시에 일행이 너무 많아서, 우리가 공연을 보러 들어갔을 때 약간 사이드로 빠져서는 잔디에 나란히 누워 술병을 비운 것이었다. 그리고 나서야 공연이 있다는 것을 기억하고는 돈을 세기 시작했는데, 둘이 각각 2라트씩 있었더랜다. 그래서 제일 가까운 구멍가게에 가서는 1.5라트짜리 '아그담스Agdams' 보강 포도주를 한 병씩 사 들고 성이 있는 섬으로 돌아와서 다리 위의 경비를 지나 좀 더 아래쪽에 있는 잔디에 누웠다고 한다. 와인도 한 병씩 마시고, 재미도 보고, 노을 빛에 차분한 색으로 물든 성벽과 물결도 감상하고… 어느새 술을 다 마신 그들은 돈을 다시 세었고, 둘 사이에는 1라트 밖에 남아있지 않았다.

이제 어떡하나 고민했다고 한다. 친구는 본인이 그 돈을 들고 공연장에 들어가서 아는 사람에게 1라트를 더 빌려 가지고 도로 나와서 숄리스를 데리고 들어갈 수 있을 거라 생각했지만, 숄리스는 시큰둥할 따름이었다. 그러더니 물가로 내려가서 물에 손을 넣어보는 것이었다. 가을이었지만, 아까 말했던 노을 때문에 물이 따뜻하게 데워져 있었다. 숄리스가 말했다:

- 헤엄쳐서 건너자.

바로 옷을 벗어서 꽁꽁 싸맨 그들은 헤엄쳐서 강을 건너기 시작했다. 이 공연에 가는 것은 그들에게 매우 중요한 일이었다.

네 명의 프롤레타리아 패거리가 본 광경이 바로 이 광경이었다: 헐벗은 어깨, 광란의 눈빛, 긴 머리를 한 채 옷 꾸러미를 수면 위로 높이 쳐든 놈들.

스포츠 코트를 입은 놈은 겁먹은 티가 역력하게 가히 미신적인 것을 목격한 양 속삭였다:

- 람보 부대가 나타났다!

그러더니 과자 봉지를 떨어뜨리고는 넷이 함께 사라지는 것이었다.

난 아무 말도 하지 않았다. 데스는 손으로 얼굴을 쓸어내리고는 의미심장한 질문을 했다:

- 세풀투라가 데스 메탈인가?

- 아니야?

- 글쎄, 나도 잘 모르겠어. 베스티알 데베스테이션Bestial Devastation이랑 모비드 비젼Morbid Vision은 데스 메탈 맞았던 것 같기도 해. 그런데 이제 순전히 쓰래쉬 메탈만 한단 말이지.

- 뭐, 나도 잘 모르겠어. 하지만 카오스 A.D.Chaos A.D.는 데스 메탈일 거야. 아니, 순수 데스 메탈 맞아.

마침 토론을 하고 싶던 참이었다.

하지만 그 순간 좀비와 카를리스 형제가 불쑥 튀어나왔다. 카를리스네 형이 말했다:

- 여어, 대체 어디 갔던 거야? 팝충들로 득실득실한데, 어디 숨어있었어?

- 괜찮아, 이미 당할 만큼 당했어.

데스가 답하며 침을 뱉었다. 숄리스와 친구가 수로에서 기어나와서는 물을 털고 물었다:

- 공연 벌써 시작했어?

카를리스의 형은 진심으로 짜증을 냈다:

- 다 끝났다 이 놈들아! 정신 좀 똑바로 차리고 살면 안되냐.

그러더니 완전 멀끔하게 생긴 사람들 몇이 우리를 지나쳐 갔다. 카를리스의 형이 그 사람들을 보고 우리를 끌어모으려고 이야기했다:

- 봐, 저기 오아트라 푸세 지나간다. 사인 받으러 갈까?

우리는 또 좋다고 사인 받을 데 쓸 만한 것이 없을까 막 뒤지기 시작했다. 대체 왜 그랬을까? 난 그 밴드에 관심도 없었는데 말이다. 사실 뭐 그때는 다 그랬다. 음악은 중요했고, 손 닿는 게 있으면 그냥 챙겨야 했다.

심지어 밴드도 멈춰 서서 우리를 쳐다보았다. 아마 숄리스와 친구가 벌거벗은 데다 축축히 젖어 있어서 그랬으리라. 나머지 사람들은 빈 화장실에서 화장지 찾듯 온몸을 뒤지고 있고 말이다. 데스는 카세트 케이스에서 '레이져Lazer'라고 새겨진 제조사 표기 카드를 꺼내 들고는 가수들 쪽으로 향했다.

- 저기요, 사인 좀 해주실래요?

심지어 펜도 들고 있었다. 가수는 믿기 힘들 정도의 행복에 감탄사를 내질렀고, 카드를 무릎에 대고 쓰려고 무릎을 꿇으며 물었다:

- 뭐라고 써 드릴까요?

데스는 생각에 잠긴 듯 했지만, 머지 않아 이야기했다.

- '네이팜 데스'라고 써주세요!

- 그게 뭐죠?

- 개 쩌는 밴드요!

가수도 머뭇거리는 듯 했지만, 머지 않아 이야기했다.

- 알았어요.

그리고는 쓱쓱 쓰더니:

- 이렇게요?

- D-e-a-t-h 요.

- 알겠어요. 여기 있어요!

- 감사합니다.

그렇게 실제로 사인을 받은 사람은 데스 밖에 없었다. 녀석은 진국이었다. 데스는 카드를 주머니에 넣으며 말했다:

- 완벽한 공연이구만!

찐따였던 당시의 나는 경악과 엄청난 시기가 담긴 눈으로 나의 대단한 친구를 노려보았다. 정말 다 가져가는구나, 얻어맞는 것도 그렇고, 완벽한 공연을 보는 것도 그렇고. 게다가 비르쟈도 나만 빼놓고 가고 말이야.

4

어차피 그렇게 될 거라면 내가 직접 비르쟈를 찾는 수 밖에 없었다. 내 멋진 친구들조차 그 장소를 찾는 방법을 모른다면, 내가 직접 과학적인 방법으로 접근해서 방법을 찾아낼 셈이었다. 난 혼자 다니는 걸 좋아하기도 했으니 말이다.

시작은 꽤나 순조로웠다. 기차에서도, 전차에서도 쫓겨나지 않았다. 당시의 내가 리가에 대한 지식이 전무해서 유명한 호텔 라트비야나 라트비아 대학가에 대해서조차 아무것도 모르면서 리가 사람들 대부분조차 알지 못하는 장소를 찾아야 하는 상황인 것만 빼면 꽤 좋은 시작이었다. 그나마 다행인 것은 리가 중앙역 (덧붙이자면 그때의 리가 중앙역 역사가 지금보다 훨씬 예뻤다) 에서 18번 전차를 탈 수 있다는 점이었다. 나는 내심 그 전차에 비르쟈를 방문하는 메탈헤드들이 많이 타서 그냥 그들과 붙어서 가게 되는 것을 바라고 있었다. 하지만 전차 안에 메탈헤드는 나 밖에 없어 보였다. 점점 전차 창 밖의 도시가 옐가바처럼 야생에 가까워지고 있었다: 수풀 덤불에 뒤덮인 판잣집들이 보였다. 이 풍경을 보니 맞는 방향으로 가는 것 같았다. 비르쟈는 숲 속에 있었으니까.

종착역에서 내렸다. 어디에도 데스 메탈 할 만한 사람은 보이지 않았고, 심지어 헤비메탈 할 만한 사람조차 보이지 않았다. 데스가 말한 병원은 종착역 전 역이었고, 여기서는 길 너머에 호수인지 연못인지 애매한 것과 전차 정류장, 그리고 그 뒤에 펼쳐진 숲 밖에 보이지 않았다. 난 숲 속으로 향했다.

숲이 듬성듬성해서 반대 편까지의 길이 다 보였다. 손목시계를 보니 (난 모든 경우의 수를 생각해야 했다) 10시 15분이었다. 비르쟈가 10시에 시작한다는 건 누구나 다 아는 사실이었다. 하지만 나에겐 아무것도 보이지 않았다.

설마 내가 4차원에 갇혀있는 건가? 아니면 비르쟈가 실제로 존재하지 않는 건가? 누군가 여기에 있을 거라고 나에게 직접 알려준 적이 있던가? 아, 모두가 친구의 친구에게 전해 들었던 것이거나, 전설처럼 구전되던 거구나. 거봐, 숲 속에서 사람들이 왜 만나겠어? 숲이 음반사도 아니고 말이야.

벤치에 앉았다. 하지만 전차가 왔을 때 도로 타진 않았다. 그 다음 것도. 난 급할 것이 없었다. 이 곳은 공기도 좋고, 고독을 즐길 만한 장소였다.

그때 (심지어 주변에 전차도 보이지 않았다), 나보다 나이가 조금 있어 보이는 장발을 한 남자 두 명이 홀연히 나타나더니 내 앞을 슬렁슬렁 지나갔다. 난 그들을 따라 뛰었다.

- 오늘 비르쟈 열려요?

장발남들이 돌아봤다. 놀라지도, 그렇다고 안 놀라지도 않은 표정이었다.

- 어, 어. 맞아. 근데 좀 있다가 열려.

내가 듣던 소문들은 모두 진실이었다. 비르쟈는 실제로 존재했었다. 내 믿음을 잃는 데에는 10분 밖에 걸리지 않았지만, 그 믿음을 되찾는 데에도 1초면 충분했다.

난 전차 정류소 주변을 돌며 어슬렁대기 시작했다. 이상한 호수 쪽으로 걸어가 백조 구경도 했다. 얼마 가지 않아 내가 늘 상상해오던 광경이 서서히 조성됐다. 데스 메탈러, 헤비메탈러, 심지어는 여자들도 있었다. 규모가 10배 정도 작은 것 빼면 내가 상상하던 것과 똑같았다.

작은 것이 굳이 또 나쁜 건 아니다. 어찌 됐건 우리 머릿속은 세상보다 넓기 때문이다. 아이가 동물원에 가서 (물론 책도 많이 보고 생각도 많이 한 아이 말이다) 코끼리를 처음 봤을 때, 겉으론 별 말 안하더라도 속으로는 이렇게 생각할 것이다: '별로 안 크네.' 아이가 혼자서만 이렇게 생각하는 이유는 환상이 현실의 적이 되게 하지 않게 하고 싶어서이다. 하지만 코끼리가 작아 보이는 것은 어쩔 수 없다. 나중에 아이의 환상이 서서히 걷히고, 아이가 부드럽게 쿵쿵대고 머리 위에 건초를 흩뿌리는 코끼리를 조금 더 자세히 볼 때, 눈 앞에 코끼리를 마주하고 나서야 깨닫게 될 것이다: 세상에, 정말 거대하잖아!

숲 속에 코끼리가 모여들고 있었다. 몇 분 전까지만 해도 텅 비어 있던 이 숲에 말이다. 나도 나무들 사이 공터에 멈춰 선 인파에 섞여 들었다. 드디어 비르쟈에 도착한 것이다.

이제 이 비르쟈라는 행사에 대해 조금 더 자세한 설명을 할 때가 된 것 같다. 비르쟈는 정말 숲 속의 공터에서 진행됐었다. 한 스무 명 정도의 사람들이 왔었고, 이따금씩 한 사람이 수풀 속으로 사라지면 새 사람이 그 자리를 차지하곤 했는데, 정해진 주기어 따라 그러는 것은 아니었다. 편의상 그 공터로 통하는 길이 여러 개 있었는데, 개중 가장 큰 길이 전차 쪽에서 오는 길이었다. 길 왼쪽에는 50디 남자들 한 무리가 이야기를 나누고 있었다. 그 중 한 명이 바닥에 앨범을 팔려는 듯 늘어놓고 있었지만 팔려고 큰 노력을 하는 것 같진 않았다. 나는 가서 앨범 구경을 하고 싶었다. 난 옛날 음악에 대한 동경이 있었기 때문이다, 예를 들어 비틀즈라던가. 옛날에는 유명해서 관심이 갔다면, 지금은 너무 이상해 보여서 관심이 갔달까.

하지만 내가 여기 온 것은 비틀즈 때문이 아니었다. 그래서 나는 길 오른쪽의 다른 무리에 끼어들었다. 여기 모인 사람들은 또 3개의 하위 모임으로 나뉠 수 있었다.

우선 머리카락이 본인들의 치마 만큼이나 긴 여자들이 있었다. 하지만 그들은 왠지 여기 자주 오는 사람들은 아닌 것 같았다. 아마 다른 사람들이랑 같이 온 거겠지.

두 번째 하위 모임이 내가 함께하고 싶은 사람들이었다. 머리를 길게 길렀거나 다른 전형적인 특징을 가지고 있었던 사람들이었다. 가죽자켓, 장발, 메탈 팔찌... 옐가바에 있는 사람들보다는 뭔가 더 그럴싸해 보이는 사람들 뿐이었다. 모두들 밴드 티셔츠를 입고 있었다: 아모피스Amorphis, 슬레이어Slayer, 카니발 콥스부터 심지어 메이헴Mayhem, 버줌Burzum까지. 무엇보다 머리카락, 머리카락들이! 어떤 사람은 턱수염까지 길렀었는데, 내가 본 것 중 가장 긴 수염이었다. 장발인 머리와 함께 흘러내리는 수염은 세상에 대한 철학적인 접근이자 내적인 저항을 상징했다. 마치 '메탈헤드'라는 단어를 사전에서 찾으면 뜻 옆에 이 친구의 사진이 있을 것만 같았다.

세 번째 하위 모임은 조금 이상했다. 완벽하고 완전하게 일반적인 사람들이었기 때문이다. 그들은 두 번째 모임의 사람들보다는 나이가 있어 보였고, 길 왼쪽의 히피들보다는 젊어 보였다. 린넨 바지에 패턴이 그려진 스웨터를 입었고, 머리카락은 짧았다. 세상에서 가장 일반적인 사람들처럼 보이는 그들이 이 곳에서 물 만난 고기처럼 선 채 모종의 진정함과 소속감을 상징하고 있는 것이었다.

음악과 의견, 그리고 다른 모든 것들의 교류가 그냥 서서 이야기하는 사람들을 통해 이루어졌다. 계산대나 금전 등록기도 없었다. 심지어는 바닥에 음반을 늘어놓은 히피들조차 그런 것은 가지고 있지 않았었다. 나는 대화에 참여하고 이 곳에 대해 좀 더 잘 알아보기 위해 어느 사람 옆에 가 섰다. 리가 사람들이 어떤 지 익히 들어봤던 나는 자연스럽게 끼어들 수 있으리라 자신하고 있었다. 난 진정한 음악을 가지고 옐가바로 돌아가야 했다. 나는 내 고향을 위해 여기 온 것이니까.

　모든 사람이 다 메탈에 대해 이야기하고 있었다. 머리가 유독 긴 한 남자가 앞으로 나오더니 "카니발 콥스는 툼 오브 더 뮤틸레이티드Tomb of the Mutilated 이후로 들어줄 만한 음악을 못 냈다"고 엄연히 선언했다. 그 사람은 블리딩Bleeding 티셔츠를 입고 있었고, 그건 툼 오브 더 뮤틸레이티드 다음에 나온 앨범이긴 했지만 말이다. 기묘한 티셔츠 취향을 가지고 있는 이 남자, 내가 이 곳에서 처음으로 만나게 된 이 사람은 보통 사람이 아니었다. 그가 갑자기 나를 향해 돌아보더니 물었다:

　- 혹시 담배 있어?

　나른하다 못해 졸린 것 같은 목소리였다. 눈도 거의 반쯤 감은 채 다니는 것 같았다. 내가 담배를 주자 그는 손을 건넸다:

　- 난 톰 시니스터야.

　맞다, 여러분, 난 그렇게 시니스터를 만나게 된 것이다. 오늘날에 1,835명이나 되는 친구들을 거느리고, 알 만한 사람들은 다 아는 그 시니스터를. 허나 내가 만난 건 그 뿐만이 아니었다. '긴츠'라고도 알려진 칸니발도 있었는데, 이 사람은 리가에서 열리는 메탈 관련된 모든 행사에 다 있어서 그 행사들의 주최자가 사실 그 사람이 아닐까 싶었다. 긴츠는 술 한 잔 입에 대지 않고, 항상 모든 것을 사진으로 기록하고 있었다. 라트비아에서 가장 헤비한 밴드인 디너베이션Denervation의 보컬리스트이기도 했다. 실제로 라이브 연주가 가능한가 싶을 정도로 헤비한 사운드를 가진 밴드였다. 또 '크라바톨스'라고도 불리는 에릭스도 만났다. 아모피스 티셔츠를 입고 있던 에릭스는 음악과 관련해서는 모르는 게 없었고, 세상에 일어나는 모든 사건사고에 항상 슬픈 미소로 응했지만, 동시에 항상 자신이 살면서 겪은 웃긴 일들에 대해 농담을 하고 있었다. 그리고 훗날 라트비아 블랙 메탈의 조상으로 불리게 된 베놈이라는 사람도 있었는데, 이 사람은 존넨멘쉬Sonnenmensch('태양의 남자', 독일어-역자)라는 신비한 별명을 가진 남자 때문에 이쪽 음악을 듣기 시작했다고 했다. 그 존넨멘쉬라는 사람도 비르샤에 있었는데, 이 사람은 하루에 새 앨범 10개씩 듣는 음울한 음악 전문가였다. 그리고 별명이 '보드카'인 좀 젊은 사람도 있었는데, 그 사람은 뭐로 유명했더라⋯ 기억이 가물가물하다.

그들과 함께 공터에 서 있으면, 솔잎 깔린 흙바닥에 서 있는게 아니라 세상의 정상에 서 있는 것 같은 기분이 들곤 했다. 있다 보면 나의 새 친구들이 종종 거창한 성명聲明을 선포하곤 했다:

- 헤븐 그레이는 너무 질려. 이제 해체할 때 되지 않았나?

내 불쌍한 귀가 들은 이 말을 믿을 수 없었다. 당시에 헤븐 그레이는 라트비아에서 가장 유명한, 얼핏 들으면 외국 밴드인줄 알 정도의 둠데스 밴드였기 때문이다. 메탈계의 올림푸스에서 우리를 대표하고, 보통 사람들도 언젠가는 별을 딸 수 있다는 것을 보여주는 그런 밴드였단 말이다. 나는 그들을 겨냥한 이 말에 공포감을 느꼈지만, 동시에 모든 권위에 저항하는 내 본능 덕에 고요한 흥분감 또한 느끼고 있었다. 이 말도 안되는 리가 놈들!

하지만 사실 그들이 이렇게 친근한 것 자체가 더 말이 안되는 것 아니었나? 여긴 데스가 나한테 경고했던 것과는 완전 딴판이었다. 아무도 나한테 꽁술을 얻어먹으려 하지 않았고, 내가 돈이 있었다면 되려 술을 한 잔 사주고 싶은 사람들 뿐이었다. 물론 돈이 없었지만 말이다. 내가 들고 있던 2라트는 다른 데에 쓸 예정이었다. 짧은 머리를 한 묘한 사람들 중 하나가 이걸 알아챘는지 내 쪽으로 돌아서며 말했다:

- 학생, 뭐 찾는 거 있나?

말투가 딱 그랬다. 보통 늙다리 아저씨들이 격식 차릴 때 쓰는, 평소의 나라면 엄청 짜증난다고 느꼈을 말투. 하지만 이 숲 속에서 들으니 왠지 그마저도 진정성이 느껴졌다, 마치 이 호칭에 다시 의미가 생긴 것처럼 - 물론 약간의 비꼼도 느껴졌긴 했지만 말이다. 어떻게 답을 할 지 몰랐다. 몽땅 다! 아니면… 최소한 많이라도. 그러자 그가 나를 도우려는 듯 밴드와 앨범 제목의 리스트로 가득한 파란색 바인더를 건넸다. 대부분 내가 모르는 밴드들이었지만, 다행히도 나는 내가 뭘 원하는지 알고 있었다. 여기 있네, 아스픽스의 라스트 원 온 어스Last One on Earth.

- B면은 어떤 걸로?

21세기의 독자들은 헷갈릴 수도 있겠지만, 나는 이 사람이 카세트 이야기를 하고 있다는 것을 알고 있었다. B면은 퀄 녹음해달라고 하지? 사실 내가 또 무얼 갖고 싶은 지 생각할 겨를이 없었다. 천천히 페이지를 넘기다 보니, 뭔가 낯설지만 인상이 깊게 남는 것에 눈길이 이끌렸다: 마이 다잉 브라이드의 턴 루스 더 스완즈Turn Loose the Swans.

그렇게 내 음반 컬렉션에 이 한 면에는 데스 메탈, 다른 면에는 둠 메탈이 실린 요상한 조합의 카세트 테이프가 추가되었다. 둠 메탈은 흥미로운 장르였다. 라트비아의 라디오 프로그램인 '로카드Rokāde'에서는 '음울한 세기말 록'이라고 불리며 별로 좋지 않은 평을 받았지만, '둠doom'을 사전에서 찾아보면 분명 '운명'이라는 뜻이었다. 운명의 메탈. 그리고 그것이 이 카세트에 녹음되었던 것이다. 15년 뒤에 이 마이 다잉 브라이드 앨범에 대한 리뷰를 읽어보았는데, 우울증으로 인해 괴로워하는 사람은 절대 들으면 안되는 앨범이라고 쓰여 있었다. 아, 그걸 그때의 내가 알았더라면! 만약 그랬더라면 나는 그 앨범을 옐가바에 소개하려 애썼을 것이다. 옐가바에서는 모두가 우울증에 걸리고 싶어 안달이었으니까. '마이 다잉 브라이드My Dying Bride'('나의 죽어가는 신부', 영어-역자)라… 참 죽이는 이름이다. 밴드가 결성됐을 때 (맥주, 분명히 맥주를 진탕 마셨을 것이다), 아마 밴드 멤버들은 '마이 다잉 차일드My Dying Child'('나의 죽어가는 아이', 영어-역자) 같은 이름을 고려했으리라. 왜 그걸로 하지 않았을까? 그런 이름이었으면 내가 아마 거부감을 느꼈을 텐데. 하지만 결혼을 앞둔 내 신부의 죽음이라니… 이건 못 참지.

데스도 라스트 원 온 어스Last One on Earth를 듣게 됐지만 별로 좋아하지는 않았다(더 랙The Rack이 더 좋다고 했었다). 그래도 운명의 '둠'은 결국 옐가바를 찾아왔다. 물론 이미 그 놈의 '운명'은 이 도시를 그득히 채우고 있었지만 말이다. 나는 메탈의 멜랑꼴리에 더욱 깊이 빠져갔고, 이 음악을 들으며 몇 시간 동안이나 이 세상의 끝에 대해 심사숙고하게 되었다.

하지만 그때 그 숲 속에서는 아직 그걸 듣기 전이었다. 심지어는 테이프도 아직 받지 못했었다. 정중한 아저씨는 내 공테이프와 돈을 받더니 아무 말 없이 가방에 집어넣었고, 나도 아무 말 없이 묵묵히 있었다. 이곳의 질서는 분명했다: 공테이프와 돈(녹음시간 분당 1산팀)을 주고, 다음 주에 화끈한 음악으로 가득한 테이프를 받으러 오면 되는 것이었다. 그날 밤 이후로 나는 매 주 일요일마다 비르쟈에 가서 공테이프를 꽉 찬 새 테이프와 바꿔왔고, 동시에 그 다음 주까지 기다려야 받을 수 있는 것에 대한 열망에 부풀어 돌아오곤 했다. 갈 때마다 기다렸던 보상을 받아올 수 있었지만, 내 주머니에는 항상 또다른 욕강의 공테이프가 들어있었기 때문에 끝이 없는 순환의 반복이었다. 이건 마치 담배 같았다—오스카 와일드가 말한 "완벽한 즐거움을 주는 완벽한 것"처럼, 끝없는 아쉬움을 남기는 즐거움 말이다.

에릭스가 나를 보며 약간은 슬프고 멍한 미소를 띠며 물었다:

- 너가 혹시 그 라트비아 메탈 역사를 기록하겠다고 밴드 정보 수집하고 다닌다는 그 사람이냐?

수수께끼 같은 질문이었다. 그래서 나도 수수께끼처럼 답했다:

- 이곳은 참 묘한 매력이 있단 말이지! 나무 이파리가 우툴두툴해. 나무가 병들었나?

그곳의 단풍나무 이파리들은 정말로 여드름 같은 검은 혹들로 뒤덮여 있었는데, 한참 보던 와중 어느 사람의 머리카락이 내 시선을 강탈했다. 엄청나게 긴 머리였다. 이 정도 장발을 한 사람은 처음 봤다! 그 어떤 여자라도 부러워할, 아니, 여자들 뿐 아니라 그 어떤 메탈헤드라도 부러워할 길이였다. 아일랜드의 모든 빨강머리를 대표라도 하는 듯, 마치 쿨란의 사냥개의 피로 감은 듯한 빨간색의 장발. 저 머리카락을 보니 떠오르는 것이 있었다. 내 메탈헤드 유전자 속에 각인된 그 무언가가 일깨워진 건가? 내 친구들 중엔 저런 머리 한 애가 없는데. 잠깐, 저건 우리가 처음 비르쟈를 가려고 차를 얻어 탔다가 길 한가운데에 버려졌을 때 앞에 앉아있던 여자잖아. 저 색깔에 스타일, 지성적으로 생긴 뒤통수… 봐, 돌아보니까 눈도 그때 백미러에 비치던 그 눈이네! 세상에 이런 우연이 있나. 이제 그 여자는 나를 째려보고 있었고, 그녀의 얼굴 전체를 다 볼 수 있었다.

아니? 옆 반 통통한 넬리야잖아! 넬리야의 머리카락이나 눈은 자세히 본 적이 없었다. 통통한 여자애들은 거의 이목을 끌지 못했으니까… 끽해야 가슴을 훔쳐보는 정도였으려나. 옷도 다르게 입고 있었다—부츠에 장치마였다. 그리고 그런 넬리야는 나를 보고 있었다. 아니, 저돌적으로 노려보고 있었다. 그녀가 모든 걸 망쳐버릴 지도, 나한테 다가와서 이렇게 말할 지도 모르는 일이었다:

- 숙제는 다 했니? 교회는 왜 안 갔어? 그리고 나 이만츠 칼닌슈Imants Kalniņš 앨범 좀 빌려줄 수 있어? 에이, 너 그런 구닥다리 포크음악 좋아하는 거 다 알아!

우린 사실 서로 말을 섞어보지도 못했지만, 난 항상 그녀가 나의 정체를 폭로할 지도 모른다고, 거기 있는 모든 사람들에게 내가 누구인지, 그리고 내가 나 아닌 다른 것이 되려고 애쓰고 있다는 것을 까발릴 지도 모른다고 생각했다.

- 너 애들이 다 놀리는 안경잡이 찐따잖아. 여러분, 우리 같이 쟤 좀 비웃어 봐요! 어서요, 쟤 진짜 겁쟁이라니까요!

하지만 넬리야는 아무 말도 하지 않았다. 그냥 돌아서서 대화를 이어가는 것이었다. 여기에 넬리야가 같이 이야기를 나눌 사람도 있다니. 그녀 앞에 선 남자는 무지 거만해 보였고, 매우 깔끔하지만 부러울 만큼 메탈헤드스러운 옷차림을 하고 있었다—롱코트에 체인과 다른 메탈 악세사리를 주렁주렁 단. 그는 자신의 우월함을 익히 알고 있다는 표정을 하고 있었지만 자세는 주변의 짐승들과 옷깃이라도 스칠까 잔뜩 겁먹은 듯 했고, 심지어 넬리야와 말을 나누면서도 조심하는 것 같았다. 그건 그거고, 넬리야가 대체 여기 어떻게 온 거지? 누가 들여보내 준 거야? 뚱땡이 넬리야도 여길 제 집 안방처럼 드나든다면 이게 정말 진짜들의 모임이 맞긴 한 건가? 에이, 뭔가 오해가 있었겠지.

내 거래는 이미 끝난 참이었다. 짧은 머리 형씨가 내 돈을 가져갔고 (참고로 그 사람 이름은 덧지스였다, 그냥 "덧지스"), 다음 주 일요일에 와서 내 테이프를 받아기만 하면 되는 거였다. 머리 짧은 패거리들 중 하나였던 오티예츠라는 사람이 자기가 내놓은 것도 좀 보고 가라고 날 부르고 있었다. 난 벌써 여기에 완벽히 적응해 있었다. 날이 저물고 사람들이 묵언의 작별인사를 나누고 집으로 향할 때, 난 혼자가 아니었다. 시니스터와 함께 걸어 나오며 세상 중대한 이야기를 나누고 있었으니까. 그 말인즉슨 음악 얘기 밖에 안 했다는 거지만, 아무튼 우린 잘 맞는 편이었다.

- 데스 메탈 좋아하면 이 토쳐Torture라는 밴드 좀 들어봐. 형제끼리 하던 밴드인데, 둘 중 하나가 교통사고로 죽었어.

역시 시니스터는 음악 이야기를 흥미롭게 잘 할 줄 알았다.

- 호주에서 온 이 밴드도 괜찮아, 디스트로이어666Destroyer 666라고… 프론트맨이 자기가 뱀파이어라는 망상에 빠져 있었는데, 여자친구가 믿어주지 않는다고 냅다 물어 버렸대.

그의 말에 나는 데스한테서 들었던 이야기들을 그대로 계속 읊는 것 외에는 답할 길이 없었다. 물론 길킨스가 없는 영화를 마치 있는 영화인 양 지어냈던 것처럼 헛소리를 지어내는 방법도 있긴 했지만 말이다. "얘들아, 얘들아! 나 〈프레데터 2〉 봤어, 리가에 있는 우리 사촌네 집에서. 완전 대박이야! 슈와제네거가 한 손에는 담배, 다른 한 손에는 유탄발사기를 들고서 창 밖을 딱 바라보는데…" 우린 당시에 이 영화가 촬영되지도 않았다는 사실도 모르는 채 길킨스가 이런 식으로 줄거리를 읊는 것을 종종 들었었다.

하지만 시니스터는 워낙 박학다식하고 똑똑하다 보니 조심해야 했다:

- 나, 나는 그 패러독스라는 밴드도 좋더라.

사실 그런 밴드는 이름도 들어본 적 없었지만, 밴드에 어울리는 이름 같았다. 하지만 시니스터는 전혀 동요하지 않았다:

- 어느 패러독스? X 하나 있는 거 아니면 두 개 있는 거?

- 2개.

- 아, 걔네 좋지.

나중에 보니, 참 역설적이게도 Paradox와 Paradoxx라는 밴드들이 둘 다 있는 것이었다.

우리는 내 담배를 나눠 피우며 어느새 숲 밖으로 걸어 나왔다. 마침 전차 정류장에 있는 오두막의 작은 창구에서 맥주를 팔았었는데, 한 무리의 여자가 그 앞에서 서성이고 있었다. 그 중 하나는 첫 눈에 보아도 임신 중이었음에도 불구하고 한 손에는 "풋강낭콩"이라는 라벨이 붙은 유리병에 담긴 맥주를 든 채, 다른 한 손으로는 담배를 피우고 있었다. 그 여자는 마치 우리 둘이야 말로 이 상황에 가장 들어맞지 않는 사람들이라는 듯, 옆에 "마요네즈"라는 라벨이 붙은 유리병에 맥주를 담아 마시고 있는 그녀의 이웃을 팔꿈치로 툭툭 쳤다. 두 사람 모두 꽃무늬 드레스를 입고 있었다.

전차가 리무진처럼 역에 도착했고, 우리는 자연스럽게 차표를 끊지 않은 채로 탑승했다. 나는 혹시 그 또라이 넬리야도 같이 타고 있는 건 아닌지 둘러보았지만 그녀는 거기 없었다. 아마 아버지가 데리러 오셨던 것일지도. 대신 롱코트에 체인을 둘렀던 거만해 보이는 녀석이 타고 있었다. 창가에 기댄 채, 자신이 온 세상을 경멸할 수 있도록 제발 혼자 내버려 두라고 티를 팍팍 내면서. 시니스터는 맨날 그러듯 침착한 말투로 말을 이어가고 있었다. 그는 벌써부터 계획을 짜고 있었다.

- 제일 이상적인 건 우리한테 자체적인 라디오 방송국이 생기는 거

지. 메탈헤드를 위한 라디오 말이야. 신인들이랑 오래된 밴드들 구분없이 다 다루고, 메탈의 철학에 대해 논하기도 하는. 그렇다면 음악 듣겠다고 이 고생할 필요도 없이 그냥 밴드들이 알아서 자기 음악 틀어달라고 가져다 줄 텐데 말이지, 전 세계 각국에서.

아주 잠깐이었지만 거만한 녀석이 온 세상을 경멸하던 것을 멈추고 우리를 바라보았다. 시니스터의 계획에 약간 회의적인 눈치였다.

시니스터는 잠시 생각에 빠지더니 가방을 마구 뒤지기 시작했다. 가방에는 카세트테이프와 쾌트로 담배 한 보루가 들어있었다. 이내 카세트테이프를 하나 집어 들며 말했다:

- 모르티스Mortiis. 나 이 사람 진짜 좋아. 트롤처럼 보이려고 코랑 귀를 늘리는 성형수술도 받았다더라구.

그러고는 나를 쳐다보더니, 내가 누군지 기억이 났는지 다시 물었다:

- 현금 있어?

- 1라트 있어. 술 한 잔 할까?

톰은 머리카락을 쓱 넘기더니 가방을 닫으며 말했다.

- 아니, 나 술 안 마셔. 근데, 우리 돈 필요하겠다. 1라트보다 훨씬 많이, 한 100라트 정도?

- 나 돈 구할 구석이 있긴 해.

- 진짜?

그는 갑자기 내 눈을 똑바로 쳐다보았다. 마치 아무 생각 없었던 내 머릿속을 꿰뚫어 보기라도 하는 듯 깊이 응시하더니, 조용한 목소리로 말하는 것이었다.

- 그럼 밴드를 결성해야 해.

그때 밴드를 하고 싶어 하던 사람이 한 둘이 아니었다. 밴드는 보통 처음에 하자고 한 사람이 같이 하기로 한 첫 사람에게 리드 기타를 맡기고, 본인이 아는 드러머를 한 명 데려온 다음, 베이스는 해보면서 찾아보기로 하는 순서로 결성됐다. 그때쯤 처음 밴드를 하자고 제의한 사람에게 무슨 파트를 맡을 거냐고 물어보면, 항상 답은 정해져있었다:

- 나? 보컬 하지 뭐.

시니스터는 그것보다 훨씬 진지했다. 항상 반쯤 잠든 것처럼 생겼던 그는 항상 각성 상태인 것 같았다, 마치 반 고흐처럼. 그는 아무도 하지 않는 것, 생각지도 못한 것들에 대해 이야기하는 것의 필요성을 강조했다—아니, 어쩜 내가 생각하던 것을 그대로 말하다니! 그리고 그가 말했다: 우리한테는 일렉 기타가 필요해, 누군가는 정신을 똑바로 차리고 그걸 살 돈을 마련해야 할 거고. 그 기타가 우리가 이야기하고 싶은 모든 걸 말해줄 거야.

근데 톰, 그럼 너는 뭐 할 건데?

그는 보통 남들이 개성을 표출하기 위해 무엇을 하는지에 대해서도 별로 관심이 없는 게 분명했다.

- 나? 보컬 하지 뭐.

그는 다시 창가 쪽으로 고개를 돌렸다. 그 순간에 이미 내가 어떤 말도 필요 없이 완전히 빠져들었고, 이미 다 이해하고 있다는 것을 알았기 때문이다. 나도 앞쪽을 향해 당당하게 앉았다. 정류장이 어딘지 보려던 게 아니라, 미지의 운명을 상상하는 중이었다—우리가 항상 기다려왔던, 마땅히 누려야 한다고 생각했던, 그리고 막상 마주치면 우리를 겁에 질리게 할 그런 운명을 말이다. 하지만 난 두렵지 않았다. 당당히, 결의에 찬 채 앞만 보고 있었다.

5

믿기지 않을 정도로 눈이 많이 오고 추운 날이었다. 나는 가족들과 함께 밖에서 눈을 헤치며 이웃집 개를 찾고 있었다. 엄청 늙은 코커 스파니엘이었다. 그 개는 항상 나에게 착하게 굴었고, 나는 그 친구가 천천히 계단을 오르는 걸 구경하는 것을 즐겼다. 하지만 지금은 엄동설한에 밖에서 길을 잃었대서 이웃집을 도와 함께 찾으러 다니는 중이었다. 결국 내가 찾아냈을 때, 그 개는 바람에 날려 쌓인 눈더미에서 터벅터벅 걷고 있었다. 턱이 온통 하얀 색이었다. 눈 때문인지 늙어서 그런 건지 분간이 되지 않았다. 그가 고개를 들더니 낮은 목소리로 으르렁대며 말했다:

― 신경 꺼. 떨지 좀 마. 짜증나니까. 암캐 테리어 같이 굴긴.

그 순간, 난 잠에서 깼다. 혼자였고, 겁나게 추웠다. 제대로 못 자고 새벽에 깼을 때처럼. 눈을 비비고 정신을 차리자 내가 집에 있지 않다는 것이 기억났다. 맞다, 어제 좀비네 집에서 잤지. 저쪽에 면도칼에서 피를 핥아먹는 남자 그림이 있고, 이쪽에는 기괴하게 찌그러진 얼굴을 한 악마 그림이 있네. 디어사이드, 카니발 콥스, 네이팜 데스 포스터도 보이고. 아늑하구만. 몸을 일으켰다.

"아침에 일어나면 신발을 신어봐요.
아랠 보니, 어라? 이미 신고 있네요."

어릴 때 어머니께서 가르쳐 주신 동시童詩가 오늘은 현실이 되었다. 어머니? 맞다. 오늘 어머니랑 같이 아는 분들 만나러 가기로 했는데. 그래서 여기 온 거였지. 아니, 그건 아니야… 어머니께서 나에게 메탈헤드 친구들과 공포영화 보고 오라고 시키실 리가 없잖아. 오히려 어머니 때문에 내가 오늘 스밀가 다차дача(러시아식 별장-역자)에 놀러가지 않기로 했었지. 그래서 기분을 잡친 거고… 갔으면 메탈로 가득한 토요일이 되었을 텐데. 데스가 물어봤었다:

- 그냥 가면 되지 않나?

반면 좀비는 짜증을 냈었다:

- 야, 쪼다처럼 굴지 좀 마! 나는 뭐 갈 데 없는 줄 아냐?

하지만 나는 어머니를 저버릴 배짱이 없었다. 그래서 나 혼자 여기 있었던 거고 말이다. 지금 몇 시지? 아파트를 둘러보았지만, 텅 비어 있었다. 심지어 좀비네 어머니도 안 계셨다. 집에 전화를 걸었다. 무슨 말이 오갔는지 디테일은 생략하겠지만, 전화를 끊을 때쯤 내려진 결론은 내가 최대한 빨리 집에 기어들어가야 한다는 것이었다. 일단 일어나서 방을 조금 서성였다. 침대 옆에 놓여 있던 도자기 컵에서 물을 좀 마시고, 내 기분을 조금이라도 낫게 해줄 게 뭐가 있나 찾아보았다. 구석에 카세트 테이프 더미가 보였다. 산더미 같이 쌓인 VHS테이프에 비하면 꽤나 작은 컬렉션이었지만, 꽤 괜찮은 물건들이 있었다: 세풀투라, 슬레이어, 판테라… 하지만 다 들어본 밴드들이었다. 트리스티티아Tristitia의 「원 위드 다크니스One With Darkness」… 그래, 이거야. 딱 내게 필요했던 것. 띤, 띤, 띤, 띠리린… 이 어쿠스틱 전주는 듣고 가야지. 아니, 한 곡 정도는 듣고 가도 괜찮을 거야.

아, 집으로 달려가고 있어도 모자랄 판에 여기 앉아서 뭐하고 있는 거지? 아파트 현관으로 나가보았다. 좀비네 집 문에는 안쪽에 손으로 열 수 있는 자물쇠가 없어서 안에서 열 방법이 없었다. 생각해보니 어제 좀비가 만약 진짜 배신자처럼 따로 갈 거라면 어더니랑 같이 나가야 할 거라고 말했던 게 기억났다. 어머니가 주말에는 주로 좀 더 늦게 나가셨기 때문이다. 허나 어쩌나, 내가 있는 줄도 모르고 떠나가셨던 것이다. 마침 전주가 끝나고, 내가 듣고 싶어하던 곡이 흘러나오기 시작했다. 메탈은 정말 내가 그때그때 느끼는 것들을 너무 정확하게 잘 표현해주는 것 같다. "용서를 빌지어다[Pray for forgiveness]!" 누구한테 빌어야 할까? 이제 정말 여기서 나가야 했지만, 그저 앉아서 다음 노래를 기다리고 있었다. 마음 같아서는 앨범 한 가운데 곡인 「광기의 찬가[Hymn of Lunacy]」까지 기다리고 싶었지만, 이젠 정말 오졸니에키로 돌아가야 했다.

발코니 문은 열 수 있었다. 세상이 어쩜 이리 밝지? 첫눈이었다. 꿈에서 이미 본 광경이었지만, 내 건망증 때문에 내게 예지력이 있다는 사실에 감탄할 겨를도 없었다.

심연을 내려다보았다. 나는 2층에 있었다. 한 층에 2미터, 즉 4미터 높이였다. 잠깐, 한 층에 3미터였나? 그럼 총 6미터 높이. 별 거 아니네. 바닥은 푹신한 눈과 개똥으로 덮여 있었다. 이게 만약 우리 집처럼 4층이었다면 차라리 괜찮았을 것이다, 누가 봐도 뛰어내릴 수 없는 높이였을 테니까. 하지만 이건 딱 경계선에 걸린 높이였고, 그런 경계선은 넘으라고 있는 법이다. 좀비였으면 뛰어내렸을까? 아마 그랬을 것이다. 열쇠가 있었어도 뛰었을 것이다. 내 친구들이라면 모두 뛰어내렸을 거고, 뛰어내린 다음 나에게 물었을 것이다: 넌 왜 안 뛰었냐?

이 발코니는 추억으로, 생동감으로 가득했다. 푸폴스가 여기서 토를 했었고, 이웃집 고양이가 식히려고 내놓은 크로켓을 모조리 먹어 치웠었다. 좀비네 냉장고가 고장이 나서 내놓았던 크로켓들이었는데, 좀비는 처음에 데스를 도둑으로 지목했었다—놀러온 친구들은 항상 배가 고팠었고, 데스가 우리 중에 제일 많이 나가서 담배를 피웠었기 때문이다. 데스는 진심으로 화를 냈지만, 우리는 옆구리가 터지게 웃어 제꼈었다.

난간을 넘어서서 꼭 잡은 채 최대한 몸을 낮췄다. 이 순간에 딱 어울리는 음악이군. 뛰어내렸다.

모든 일이 엄청 빨리 일어났다. 땅에 착지하자마자 나는 내 계획이 성공했는지 알아보려 했다. 지금 난 눈인지 개똥인지에 얼굴을 처박고 엎드려 있었다. 일어나보려 했지만 다리가 너무 아파서 금세 다시 쓰러졌다. 몸을 조심히 뒤집어서 눈밭에 몸을 뉘었다. 와, 큰일이네 이거.

좀비네 집에서 '광기의 찬가'가 재생되는 것이 들렸다. 결국 듣고 가는구나. 이게 진정한 메탈이지, 만신창이가 된 채 눈밭에 누워있는 것. 나는 옆으로 몸을 돌려서—와, 정말 죽도록 아팠다—주머니에서 담배를 꺼내려 했다. 입술이 파르르 떨리고 있었지만, 사이에 담배라도 물려 놓으면 이 역사적인 순간에 조금이라도 더 멋있어 보일 것 같아서 였다. 그런데 담배를 위에 놓고 왔네. 어머니, 못갈 것 같네요, 정말 죄송해요. 저 지금 여기 혼자 버려져 있고, 친구들도 다 저를 떠나갔어요. 저도 이제 떠나갈 것 같아요. 용서해 주세요, 어머니, 제발 와서 저 좀 구해주세요, 더 이상 아프지 않게.

발자국 소리. 누군가 다가오고 있었다. 나는 눈에 띄지 않으려 아무 일 없는 척 하고 있었다. 효과는 굉장했다: 발자국 소리는 나에게 일말의 관심조차 보이지 않은 채 나를 지나쳐 갔다. 오히려 지나가면서 조금 더 빨라졌을 지도.

위에서는 「셀레나이트의 춤[Dance of the Selenites]」이 재생되기 시작했다. 앨범에 실린 마지막 곡이었다:

신비의 자연!

날개를 내게 펼쳐 주시오

흙먼지가 더러운, 달 차는 흑黑의 날개를!

"신비의 자연"이라… 사실 이게 무슨 뜻인지는 나도 몰랐지만, "날개를 내려줘"라니! 그래, 이거지! 흙먼지로 더럽혀진 검은 달빛 날개라도 돋아나서 집에 갈 수 있었으면 얼마나 좋을까? 하지만 그 순간에는 아무 일도 일어나지 않았고, 나는 몇 년이 지나서야 왜 그랬는지 알 수 있었다. 내가 가사를 잘못 알고 있었던 것이었다. 원래 가사는 이랬다:

신비의 밤이여!

날개를 내어 펼치시오

흙먼지와 더러움, 하찮은 흙의 날개를!

사람들이 몇 명 더 다가왔다. 이번에는 몸을 반쯤 일으켰다. 30대로 보이는 사람들 한 무리가 지나가면서 나에게 억지 미소를 지어 보이고 있었다.

이제 마지막 곡도 끝이 났다. 하지만 난 아직도 그 자리 그대로였다. 아는 사람이라도 지나가줬으면 좋으련만… 나가 가장 약할 때의 모습을 친구들에게 보이고 싶진 않았지만, 그 놈들이라도 있으면 얼마나 좋을까 싶었다. 하다 못해 카를리스의 아버지라도 오셨다면 좋았을걸. 아니면 푸폴스네 형이라도. 근처에 사는 분들이었으니까… 하지만 오늘 지나가는 사람들은 어느 낯선 중년 부부 밖에 없었다. 인상이 좋아 보이시는 분들이라 한 번 불러보았다:

- 저기요…

설명을 조금 보태려 했지만 그 분들이 바로 걸어 지나치시는 바람에 그럴 수 없었다.

늦게나마 덧붙이자면, 상당히 추웠다. 첫 눈이 그 존재감을 강렬하게 드러내고 있었다. 내 몸이 땅의 눈을 녹이면 다시 얼어붙었고, 하늘에서는 눈이 더 내리고 있었다. 더 이상 이 곳에 누워있고 싶지 않았다. 또 다른 사람들이 다가왔을 때에는 좀 더 직접적으로 말을 걸어 보았다:

- 저기요, 저 좀…

이번에도 나는 말을 마저 할 필요가 없었다. 이 사람들도 나를 그냥 지나쳤기 때문이다. 학생들도, 아줌마들도, 멀끔한 인텔리들도. 일말의 수치심조차 남지 않은 나는 대놓고 말하기에 이르렀다:

- 도와주세요… 다리가 부러진 것 같아요.

귀가 좀 밝은 사람들이 고개를 돌리는 것을 보니 내가 소리 없는 투명인간이 되진 않은 모양이었다. 내 다리도 일평생 지금처럼 명확하게 내 몸의 일부분이었던 적이 없었다. 땅에 깊게 박힌 채 지나가는 사람들의 발자국 하나하나에 함께 진동하며 내 골을 울려대고 있었기 때문이다.

- 제발요, 우리 집에 전화 좀 걸어 주시겠어요? 번호는…

이런, 여자애들이잖아! 심지어 괜찮게 생긴… 사실 나는 옛날부터 여자들 앞에서 다쳐 있는 상황에 대한 판타지를 갖고 있었다. 여자들이 내 상처를 보고 남자답다 생각하며 다친 병사를 보듬듯 품어주는 것 말이다. 그리고는 나를 덮치…거나 뭐 그런 거 하겠지. 어느새 그녀들은 우아한 말들처럼 발을 들어 내딛으며 거의 다 다가온 참이었다.

- 저, 누나! 저 좀 일으켜 주실래요? 저 다리가 부러져서…

- 으갹!

그 중 한 명이 우아하게 비명을 지르며 풀쩍 뛰어 달아났다. 무릎이 참 특이하게 생긴 여자였다. 그 순간 나는 저 무릎을 평생 기억하기로 마음을 먹었다.

- 무서워하지 마세요. 제가 다리가 부러져서요, 여기 잠깐만…

그녀들은 웃음을 터뜨렸다. 친구의 리액션 때문이었는지, 아니면 나 때문이었는지는 알 길이 없었다. 떠나가는 그녀들의 뒷모습을 보고 있자니, 마치 좀비네 집 발코니에 있던 때가 내 전생이고, 현생의 내 눈 앞에는 끝없는 심연이 펼쳐지고 있는 것 같았다. 그 와중에 양옆으로 살랑대며 멀어지는 엉덩이가 예뻤지만, 결국 그 풍경마저도 끝이 났고, 이제 나는 정말 끝없는 심연에 빠져 있었다.

추위에 입술이 덜덜 떨리고 있었다. 온몸이 세차게 흔들렸고, 내 정신 또한 흔들리는 듯했다. 이제 다리 한 개로 어떻게 살지? 일단 여기서 살아서 나간다면 말이야. 문득 리부 광장에 처음 갔던 날이 기억났다. 그곳에서 본 수많은 대단한 광경 중에 제일 먼저 본 것들 중 하나가 휠체어 탄 어떤 아저씨였다. 장발에 가죽 자켓을 입고, 한 손에는 맥주를 들고 있었다. 사람들이 휙휙 커브를 돌며 그를 밀어주고 있었고, 심지어는 휠체어 뒤에 같이 올라타서 달리고 있었다. 그 아저씨는 행복해 보였다. 그 때 그 아저씨를 보면서 나는 유치원 때 알고 지내던 안드리티스를 떠올렸었다. 언제 한 번 놀이터 쪽 삼나무 숲 뒤에서 숨어있는 안드리티스를 만났을 때 그는 벽에 기대 웅크린 채 울고 있었다. 안드리티스는 한 쪽 다리가 불편해서 우리처럼 뛰어놀 수 없었다. 그 시절 내 몸은 멀쩡했지만, 그때만큼은 나도 별로 뛰어놀고 싶은 마음이 없었다. 그래서 우리 둘이 같이 나무 뒤에 숨어서 돌을 마주 부딪히며 불을 붙여보려 하면서 놀았다. 난 똑똑히 기억하고 있다, 안드리티스가 마주 부딪힌 돌에서 불꽃이 튀었던 것을.

하지만 지금 여기에서는, 갑자기 차 한 대가 다가와 섰다. 아주 가까이, 원래 차를 대면 안 되는 곳에 말이다. 문이 열리자, 미하일 크루그의 음악이 울려 퍼지며 두 남자가 내렸다. 그들은 나를 향해 다가왔고, 두 사람 모두 에나멜 구두를 신고 있었다. 이건 정말 큰일이었다.

– 거기서 뭣하냐?

고개를 돌려 이야기를 해보려 했지만 이빨이 딱딱거릴 정도로 떨려서 말할 수 없었다.

– 어이, 장발장씨. 바닥에 자빠져서 뭣하냐고?

나는 답이랍시고 무언가를 웅얼거렸다. 갑자기 손이 내려와 나의 멱살을 잡아 일으켜 세워서 두 발로 서보려 했지만 그럴 수 없었다. 손은 내가 두 발로 서지 못한다는 것을 알고는 날 놓아버렸고, 결국 난 눈에 다시 엎어질 수밖에 없었다. 두 남자는 무언가를 논의하고 있었다. 담배 꽁초가 내 코 앞에 떨어졌다.

누군가가 다시 내 옷깃을 움켜잡았고, 난 지면과 떨어져서 공중으로 떠올랐다. 익숙해졌던 지면 높이의 풍경이 순식간에 사라지더니 이내 누군가의 얼굴로 바뀌었다. 그 얼굴은 허허, 하고 웃고 있었다. 평소라면 눈을 내리깔고 길 건너편으로 피해갈 부류의 얼굴이었다. 이런 사람을 이렇게 가까이에서 보는 것도 처음이었는데, 지금은 말그대로 붙들려 있는 꼴이었다.

이 세상 위에 두둥실 뜬 채 그가 나를 어디로 데려가는 건지는 알 길이 없었다. 그저 드는 생각은 지금 이 순간에 내 친구들이 돌아온다면 난 이 생판 모르는 거한의 품에 안긴 채로 인사하게 되겠구나, 뿐이었다. 어느새 보니 나는 어느 자동차까지 들려왔고—검은 BMW였다—뒷좌석에 실어졌다. 키가 좀 작고 다부진 체격의 다른 남자가 반대편에서 내 옷깃을 거머쥐고 나를 똑바로 앉혔다. 이내 그 둘도 앞 자리에 올라탔고, 자동차는 출발했다. 백미러에 여러 가지 행운의 부적이 달려서 달랑거리고 있었다: 십자가, 묵주, 조그만 해골, 옷 벗은 인형… 그리고 가죽 코트에 우겨넣어진 거대한 어깨와 빡빡 민 머리통도 보였다. 둘 다 나보다 나이가 많아 보였다.

미하일 크루그가 갑자기 노래를 멈췄다. 테이프가 멈춰버린 것이다. 키가 작은 남자가 실망한 듯 외쳤다:

- 에헤이, 걸렸네. 걸렸어!

그리고는 카오디오를 주먹으로 쾅쾅 치는 것이었다. 키가 큰 남자가 '순대를 뽑아벌라, 스테레오가 문제가 아니라 다른 테이프 넣으면 된당께'라고 외치더니, 급브레이크를 밟고는 창 부으로 머리를 내밀고 소리쳤다:

- 어우, 야! 빵뎅이 씰룩거리는 것 보소!

볼만한 가치가 있었을 수도 있었겠지만, 감히 보려고 시도할 엄두조차 내지 못했다. 그 두 사람을 관찰하는 것만으로 충분히 괴로워서, 가만히 누워있다 보면 내 눈과 귀를 싹 닫아버리고 싶었다. 그 둘은 끊임없이 줄담배를 피웠고, 쉬지 않고 움직였다. 키가 작은 사람은 테이프 4개가 들은 컬렉션에서 어떤 곡을 들을 지 모르겠다며 욕지거리를 하고 있었고, 키가 큰 사람은 어떤 "좆만한 새끼, 좆밥 사 끼가 씨팔 짭새를 불러브렀"다며 울분을 토하고 있었다. 아, 재밌다. 너무 재밌어서 어디로 가는 지 물어보고 싶지도 않았다. 그저 차 천장을 바라보며 그 사람들이 듣기로 한 노래를 들을 뿐이었다:

달

한 번 적은 영원히 적이라,

겸상도 하지 말고, 집에 들이지도 말라!

평화로운 분위기를 풍길 지라도,

아무리 순해 보여도, 그는 적이라.

만일 그 또한 의리를 지키는 사나이라면,

한 번 적은 영원히 적이라.

조준은 확실히, 손을 다잡아 겨누어라.

적을 살려 두면 죽는 건 당신이리라!

더블베이스 드럼이 있거나 일렉기타 연주가 있는 건 아니었지만, 노래가 나쁘지는 않았다. 다만, 마음 한 편이 아리는 감정이 느껴졌다. 사실 가끔 나는 메탈과 아무 상관 없는 음악을 듣곤 했었다. 뭐, 그리슈나크 백작님도 자동차에서 몰래 하우스 음악을 들었다고 했으니까 괜찮을지도. 자동차는 어느새 턴을 하더니 속도를 줄이는 것 같았다. 누군가가 창문 안쪽으로 소리질렀다:

- 아저씨! 여기 진입 금지예요!

차가 몇 번 더 턴을 돌더니 결국 멈췄고, 그 사람들이 나를 차에서 끌어내렸다. 우린 신新 엘가바 도시병원에 와 있었다. 왜? 장난이겠지? 병원 앞에서 패려고 하는 건가? 아예 영안실에 데려가면 더 고급진 장난이 되긴 하겠다만….

그 두 깡패들은 나를 부축해서 병원 건물 안까지 데려다 줬다. 접수부터 엑스레이 촬영실까지 (골절은 없고 인대가 좀 찢어졌다고 했다), 심지어는 거기서 깁스를 하는 곳까지도 말이다. 내 다리가 붕대로 칭칭 감기고 있는 동안 그들은 외부 복도 쪽 야자나무 아래 앉아 당직을 서는 경비를 꼬드겨 라트비아의 국민 카드놀이 졸리트를 하고 있었다. 깁스가 다 된 후에는 나를 차까지 부축해주더니, 심지어 우리 집까지, 4층에 있는 우리 집 앞까지 나를 데려다 주었다. 내가 그토록 서둘렀던 이유인 우리 어머니의 분노는 금새 걱정, 안심, 그리고 친절로 녹아내렸다. 어머니는 나를 구해준 사람들에게 격한 감사를 표하시고는 남아서 커피라도 한 잔, 식사라도 한 끼, 돈이라도 한 푼 보태 드리고 싶다 말하셨지만 결국 그들은 손을 휘휘 내저으며 거절했다:

– 어휴, 뭘 또! 됐소. 주님 축복이나 받으쇼!

그러고는 화단 너머로 차를 몰아 멀리 떠나갔다. 나는 드디어 우리집 낡은 소파에 다리를 받친 채 누울 수 있었다. 문득 궁금해졌다: 내 친구 놈들은 뭐 하고 있을까?

6

엘가바 외곽에는 관광객들이 신기해 하는 건물이 하나 있다. 공원 한 구석에 있는 곳인데, 수풀 덤불로 마구 뒤덮여 있어서 마치 이 곳을 제외한 도시의 현실에 저항하고 있는 것처럼 보이는 곳이다. 이런 건물이 여기 밖에 없는 건 아니었다. 쿠를란트 기사단 저택이나 린드 호텔도 있었지만, 그 곳들은 최소한 세 번은 잿더미가 되었던 장소인 반면 이 곳은 건재했다, 마치 실체가 남아있는 유령처럼. 정면 출입구 쪽은 4개의 기둥이 있는 전통적인 양식이었지만, 진정한 고전주의 건축양식이라 하기엔 기둥들이 좀 얄쌍한 편이었다. 마치 신도시에게 짓눌려 더럽혀진 것처럼 보이는 이 곳은 그 이름을 자랑스럽게 이어가고 있었다: 메뎀 저택.

메뎀 가는 명망 높은 가문이었다. 엘가바의 미타우 궁전을 세운 것이 콘라트 폰 만데른, 아니 폰 메뎀 아니었던가? 맞아, 같은 이름일거야. 그 뿐만이 아니었다―메뎀 자매들, 도로테아와 엘리즈 폰 메뎀을 기억하는가? 현재의 라트비아 서부인 쿠르제메 지역에서 모두가 그녀들을 '아름다운 도로테아, 슬기로운 엘리즈'라고 부르던 것을? 아름다운 도로테아는 쿠를란트의 공작부인이 되었고, 슬기로운 엘리즈는 시인이 되었었다. 카사노바가 엘가바에 행차했을 때에도 그녀는 미소 한 번 지어주지 않았더란다 (당시 나이가 5살이긴 했지만 말이다). 그리고 15년 뒤, 이탈리아의 모험가 칼리오스트로가 메뎀 저택에 머물렀을 때에도 엘리즈는 그와 사랑에 빠지지 않았다. 신비주의자, 연금술사였던 칼리오스트로 백작은 그녀에게 죽은 자와 이야기하는 법을 가르쳐주고, 머나먼 행성까지 함께 떠나는 여행을 약속하였으며, 새로운 차원의 세상을 만들어 내는 법을 가르쳐주었다. 이 모든 것들이 메뎀 저택에서 일어난 것은 아니었을 테지만, 칼리오스트로가 1779년에 옐가바에 머무른 것은 맞다. 잠깐, 그런데 메뎀 저택은 요한 아담 베를리츠가 1818년에 지은 거 아니었나? 1836년도 쯤이었던 것 같기도 하고. 확실한 건 여기에 '고물상'이 들어온 것은 1994년이었다. '고물상'은 금요일 밤마다 메탈 공연이 열리는 클럽이었다.

거울 앞에서 이 옷 저 옷 입어보며 한참을 서성였다. 나에게는 아직 진정한 메탈헤드다운 옷이 한 벌도 없었다. 청바지 또한 찢어진 곳 하나 없이 말끔했고 말이다. 하지만 최소한 셔츠를 바지에 넣어서 입지는 않았고, 신발 혓바닥도 바지 위로 꺼내서 신었다. 카를리스의 집에 도착했더니 푸폴스가 날 훑어보더니:

- 쓸만하네. 난 너가 또 그 구린 파란 셔츠 입고 올까 봐 걱정했는데.

그나저나, 그 땐 아무도 내가 다리를 절고 있다는 걸 알아채지 못했다.

우리는 '고물상'에 갈 때마다 치루는 엄숙한 의식이 있었다. 우리라 하면 카를리스, 카를리스네 형, 데스, 토니스, 푸폴스, 좀비, 그리고 나 까지였는데, 일단 모두 카를리스 집에 모이면 옆 집 좀비네로 이동했다. 거기가 몰래 술을 마시기 편했고 더 큰 TV가 있어서 그랬던 것으로 기억하는데, 특히 TV가 큰 것이 중요했다. 우리의 의식에 'RBS 가요 차트'를 보는 것이 포함되어 있었기 때문이다. 항상 챙겨 보던 프로그램이었지만, 이제는 달랐다. 음악 씬이 급격히 변화하면서 너바나가 1위 하는 걸 보며 즐거워하던 나날들이 이미 옛 일이 되었기 때문이다. 요즘엔 데스가 학교를 돌아다니며 오비츄어리의 「Don't Care」를 1위로 만들려는 서명운동을 벌이고 있을 정도였다. 큰 종이를 가져다 오비츄어리의 로고를 그

달 147

리고, 거기 70여 명의 서명을 받아서 RBS방송국 본사에 보냈더랜다. 그 종이는 분명 방송국에 도착했지만, 어찌된 것이 그 곡도 오비츄어리의 다른 곡도 탑 차트 주변에조차 포함되지 못했다. 탑 차트는 모조리 씹어 마땅한 등신 같은 음악에 점령당했었기 때문이다. 사운드가든Soundgarden 이라느니, 오프스프링The Offspring이라느니 하는 되도 않는 쓰레기들이나, 본 조비Bon Jovi 같은 여자들이나 좋아하는 가짜 록이라든가—다만 무슨 이유에선가 시네이드 오코너Sinead O'Connor는 용납할 수 있었다. 차트 1위에 가까워질수록 더욱 까는 맛이 있는 음악들 뿐이었다. 당시 대중들의 선택은 순수 팝 음악에 지배당하고 있었다: 이스트 17East 17, 보이즈 투 맨Boyz II Men, 그리고 1위에 테이크 댓Take That까지. 우리는 순위를 계속 지켜보며 끊임없이 해설을 이어갔다. 좀비는 심지어 유행곡들의 가사를 다 외워서 모든 곡에 오페라에서나 나올 법한 바이브레이션을 넣어가며 웃기게 따라 불렀다. 나머지 사람들은 하나같이 참신한 드립을 날리며 우리의 팝 스타들이 하는 몸짓 하나하나를 놓치지 않고 까댔다. 새로운 세대의 록 밴드들은 뜨겁지도 차갑지도 않은 어중이떠중이 배신자들이었고, 우리는 그걸 얌전히 받아들이기를 거부했다. 세계적인 대세는 팝 음악이었고, 그 대세 안에서 우리는 다수를 보고 비웃는 소수가 되어야 했다. 테이크 댓의 남정네들이 빗속에서 춤을 추는 모습을 보면서 우리는 절대 되지 말아야 할 것이 뭔지 정확하게 깨달았기 때문이다.

    프로가 끝나면 나갈 시간이었다. 큰길을 따라 쭉 내려가다 몇 번 꺾으면 수풀더미도 나오고, 같은 곳으로 가고 있는 사람들한테 소리 좀 지르다 공연장에서 울려 퍼지는 음악소리가 들릴 때면—높은 확률로 볼트 쓰로어Bolt Thrower였다—어느새 도착해 있었다. 4개의 기둥이 있는 전통적인 양식이었지만, 진정한 고전주의 건축양식이라 하기엔 기둥들이 좀 얄쌍한 그 건물 앞에 서면 고귀하고 부드러운 느낌이 나를 감싸곤 했다. 내가 바로 이 시간, 이 곳에 존재한다는 느낌. 내가 아는 사람들에게, 그 찢어진 청바지와 체크무늬 셔츠 그리고 운동화와 전투화의 바다에 둘러싸인 채.

이 완벽한 안정감의 장소에 있던 나를 향해 갑자기 넬리야가 성큼성큼 다가오기 시작했다. 넬리야랑 넬리야보다 훨씬 예쁜 친구 한 명이 마치 '고물상'을 떠나고 있는 것처럼 정면으로 우릴 향해 오는 것이었다. 난 시선을 다른 쪽으로 돌리려 했다. 굳이 넬리야와 말을 섞고 싶지 않았기 때문이다. 하지만 인사를 하는 대신 날 보더니:

- 다리 저네?

라고 툭 던지고는, 답도 기다리지 않고 본인 할 말은 끝났다는 듯 친구와 함께 지나가 버렸다. 그 덕에 내 친구들도 나를 쳐다보았고, 카를리스네 형이 말했다:

- 진짜 다리 절잖아. 왜 그래?

결국 무슨 일이 있었는지 다 알려줄 수밖에 없었다. 이야기를 듣고 보인 반응에 따라 친구들이 두 그룹으로 나뉘었다. 데스랑 다른 하나는:

- 미쳤냐? 뭔 생각으로 그런 거야? 또라이냐? 그냥 거기 죽치고 앉아서 호러영화나 야동 널린 거 좀 주워 보고, 부엌에서 먹을 것 좀 가져다 먹고 하면 하루 금방 가잖아. 뛰어내리긴 왜 뛰어내려? 미쳤지 아주? 븅신. 이그, 머저리야.

좀비랑 다른 하나는:

- 구라 치고 있네!

내가 아파트에서 벗어난 것 자체는 놀랍지 않았고, 그저 내가 뛰어내렸다는 걸 못 믿겠다는 반응이었다. 하지만 저택 앞을 향해 가는 그 짧은 사이에 이 일 자체를 잊은 듯, 다들 도착하자 ㅁ자 자기가 아는 사람들에

달 149

게 인사를 하러 떠났다. 아, 나는 빼고. 나는 내 친구들 외에 아무도 몰랐기 때문이다.

뭐, 그래도 그렇게 나쁘진 않았다. DJ와 그의 따까리들이 정문 출입구 계단을 내려오고 있었다. 보아하니 길 잃은 어린양 같은 청소년들뿐만 아니라 어두운 데서 이름을 날리던 애들도 메탈을 듣게 되었나 보다. 심장이 덜컥했다—기억할런지 모르겠지만 DJ는 계속 나에게 시비를 걸던 놈이었다. 여기라고 과연 날 가만히 둘까? DJ는 역시 나를 바로 알아보더니 이내 나에게 아주 가깝게 다가서서 말했다:

- 야 너도 왔냐? 우리 비실이! 잘 지냈어?

그때, 무지 바보 같은 일이 일어났다. 나는 평생을 모두에게 놀림 받고 이리저리 밀침 당하는, 꽃잎처럼 여린 찐따로 살아왔었다. 더 이상은 그렇게 살 수 없었다. 그 때문이였다, 더도 덜도 말고 딱 그 때문에. DJ 딴에는 무지 친근하게 인사를 걸은 거였지만 "비실이"라는 단어를 듣자마자 내 안에 무언가가 툭 하고 끊어진 것 같았다.

DJ가 내민 손을 맞잡으며 말했다:

- 좆까.

DJ는 분명 내 말을 들었지만 당췌 믿을 수가 없었을 것이다.

- 뭐라고?

그의 인사에 대한 내 반응은 확실히 보기 드문 것이었다. DJ는 이 씬에서 알 사람들은 다 아는 캐릭터였고, 더욱이 어디를 가나 핵심적인 인물이 되던 사람이었기 때문에 그런 말을 듣는 것 자체가 익숙치 않았을 것이다. 이런 반응이 사실 배짱이 두둑한 사람보다는 겁쟁이한테서 올 가능성이 더 높다는 건 생각지도 못했겠지. 다시 한 번 말해주었다:

- 좆이나 까라고, 씨발.

- 뭐?

DJ는 고혈압으로 쓰러지기 일보 직전인 것처럼 보였다. 그는 바로 내 손을 뿌리치고 멱살을 움켜잡았다. 나는 한 쪽으로 몸을 틀어 피하려 했고, 그때 카를리스의 형이 우리 사이에 들어섰다. 순식간에 우리 둘 뿐만 아니라 주변에 있던 모든 사람들 사이에 패싸움이 난 것 같은 그림이 되었다. 세상이 뒤집어졌다. 하지만 아직 아무도 피를 흘리진 않았다. 메탈헤드끼리의 싸움에 대처하는 최고의 해결방법은 대치중인 두 사람 사이에 다른 사람이 몸을 비집고 들어가 둘 사이의 간격을 양팔 간격으로 벌리는 것이었다. 이렇게 흥분한 이들 사이로 들어서는 사람들이 충분히 많아지자 몸싸움도 이내 끝이 났고, 안정을 되찾은 관객들은 하나둘씩 저택의 정원을 가로질러 가기 시작했다. 나와 DJ 사이의 마찰과 전혀 관련 없는 두 사람이 아직도 두 주먹을 든 채 서로를 향해 "아니, 너나 닥치고 들어!"라고 소리치고 있었지만, 그들도 금방 해산되었다. DJ는 정원의 반대편에 있었는데, 두리번두리번하며 나를 찾아내더니 자기 존재가 근본적으로 부정당한 듯한 좌절감을 담아 외쳤다:

- 아니, 씨발, 잠깐만! 저새끼가 그랬다니까?!

하지만 이미 그는 '고물상'을 향해 끌려가고 있었다. 가자, 음악이나 들어야지. 나는 저택 입구 계단 쪽의 난간 앞으로 데려가졌다—이리로 와봐, 담배나 한 대 피우자. 그런데 내가 카를리스와 그의 형 사이의 난간에 앉자마자, 별안간 웬 알 수 없는 힘이 우리를 뒤에서 낚아채어 어둠 속으로 자빠뜨렸다. 알고 보니 좀비가 우리 뒤로 슬쩍 접근해서 잡아당겨 떨어뜨린 것이었다. 좀비는 너무 오래 혼자 두면 안되는 사람이었다. 순간 나는 이렇게 내 머리가 두 쪽 나는구나, 엄청난 적을 피하고 나니 내 친구가 친 장난 때문에 죽는구나 했다. 우리가 다시 일어나자 카를리

스의 형이 나에게 물었다:

- 그래서 방금 뭐가 어떻게 된거야?

무슨 말이라도 해야 했는데, 적절한 답이 생각나지 않았다. 설명할 것이 너무 많았다. 나의 내적 소외감이라던가, 내가 왜 어릴 때 요새를 실제로 짓는 것 말고 관련된 책을 읽기로 결정했는지, 등등의 배경설명. 일단 뭐라 웅얼거리며 답했더니, 카를리스의 형이 말했다:

- 그래, 잘 했다. 잘 했는데, 어째 넌 여기 온 첫날부터 사고를 치냐?

백 번 옳은 말씀이었다. 다행히도 좀비는 이 사달에 대해 아무 신경도 쓰지 않았다. 그가 말했다:

- 오늘 음악 개 구리네. 안 그러냐?

좀비다운 발언이었다. 이 꿈만 같은 곳에 와서까지 불평질이라니. 하지만 틀린 말은 아니었다. 인더스트리얼 계열의 음악이 나오고 있었으니까, 아마 싸이코폼프Psychopomps였을 것이다. 우고가 디제이를 보고 있었나 보다. 그 당시의 우고는 펑크랑 인더스트리얼 쪽을 많이 들었다.

정문 앞에 도착하자 온 도시를 덮은 어둠이 이 저택 안에서 흘러나오고 있는 것이 보였지만, 그럼에도 불구하고 나는 안에 들어가고 싶었다. 그때, DJ가 자신의 따까리들과—우고도 여기 있었다—나오는 것이 보였다. 어, 그럼 누가 디제이를 보고 있는 거지?라고 하는 순간, 내 친구들이 자연스럽게 나를 안쪽으로, 그들의 시야 밖으로 밀쳤다.

엄청난 곳이었다! 공작孔雀 들의 그림자로 가득 찬 크고 어두운 공간이었다. 한쪽 벽에는 관람석이 마련되어 있었고, 누군가가 그 의자들 옆의 바닥에 누워 자고 있었다. 벽을 따라 더 가보니 여자들이 몇 명 모여 있었다. 잠깐, 저거 크리스틴 아닌가? 맨 앞쪽에는 간이 무대로 쓰이는 단상이 있었는데, 그 위에는 테이블이, 테이블 위에는 스테레오와 스피커가 있었다. 마침 그 테이블 앞으로 데스가 걸어나오고 있었다—우고를 이어 디제이를 맡으러 온 것이었다. 데스가 테이블 모서리를 부여잡자 테이블이 흔들리며 테이프들이 우수수 쏟아졌지만, 금방 수습되었고 이내 우리는 네이팜 데스의「Suffer the Children」을 들을 수 있었다:

　　당신의 꽉 틀어막힌 신념과
　　도덕적 관념,
　　비판 따윈 수용하지 않는
　　강압적 책략!
　　영원한 행복에서의
　　안식을 약속하지.
　　초롱초롱한 눈빛과 현찰 쥔 손으로
　　모두 마스터 플랜에 충성!

현장의 모든 사람이 이 노래를 따라 부르거나 최소한 입모양이라도 따라했다. 헤드뱅잉하는 사람은 데스 밖에 없었다—어느 틈에 무대 아래로 내려와 스피커 앞에서 머리를 돌리고 있는 것이었다. 헤드뱅잉을 하는 것은 의식의 요새, 즉 뇌를 직접적으로 공격해서 일종의 무아지경에 빠지기 위한 것이었다. 머리를 그토록 과격하게 흔들다 보면 뇌도 사방으로 흔들리는데, 그렇게 되면 우리 내면의 세계도 잠시나마 생각을 잊고 존재라는 것을 직접 마주하게 된다… 짧게 말해, 일종의 명상인 셈이다. 물론 온 세상에 당신의 머리가 얼마나 긴지 자랑하는 방법이기도 하다. 오줌 멀리 싸기 대회 같은 거지만, 훨씬 점잖은 형태랄까. 내 내면의 세계 또한 진정이 필요한 상태였기에 헤드뱅잉이 필요했지만, 내 머리는

달　153

아직 너무 짧았기 때문에 그냥 거기 서 있었다. 그런데 나보다 머리가 더 짧은 사람이 데스 옆으로 다가가더니 같이 있지도 않은 풍차를 돌리는 것이 아닌가? 심지어는 비어 있는 디제이 석을 향해 소리도 지르는 것이었다:

— 디어사이드Deicide! 다음 곡은 디어사이드로!

당시에 디어사이드는 시끄럽고 여러 사탄에 대한 노래를 부르는 것으로 꽤 유명했던 밴드였다. 뭐, 그거면 충분히 영양가 있는 음악이지 뭐. 사실 이 짧은 머리의 무법자를 다른 곳에서 본 적 있었던 것 같은데… 하지만 네이팜 데스의 노래가 워낙 짧았기 때문에, 데스는 벌써 다음 곡을 준비하기 위해 허둥지둥 무대를 기어 올라가고 있었다. 마음씨 좋고 청력도 좋았던 데스 답게 스피커로 디어사이드의 「Sacrificial Suicide」가 울려 퍼지기 시작했다—심지어 데모 버전이었다. 무지 괜찮은 노래다. 보컬이 하도 에너지가 넘치고 사악하게 쉭쉭대서 전체 곡에서 들리는 가사라곤 계속 반복적으로 나오는 '사탄!' 정도였다. 머리 짧은 남자는 정신줄을 놓고 소리를 질렀고, 주기적으로 이 구절을 외쳐댔다:

— 신성한 그 모든 것에 죽음을[Death to all that is sacred]!

이런 구절은 대체 어디서 들어온 것인지 궁금했다. 라트비아 밴드들 중에는 그런 가사를 부르는 밴드가 하나도 없었는데 말이다. 대체 어떻게 떠올린 거지? 그 순간, 내가 그 남자를 전에 어디서 봤는지 기억났다. 맞아, 성당에서 봤었지. 심지어 복사服事를 섰던 것으로 기억한다. 모든 것이 들어맞으면서 이해가 되기 시작했다. 그렇지, 어둠의 미사를 올리려면 먼저 신부가 되어야 하는 법이니까. 아니면 예쁜 여자이던가. 저기 벽쪽에 몇 명 있네. 잠깐, 저거 크리스틴 아닌가?

보이다시피 '고물상'에서는 볼 것도, 생각할 것도 많았기에 나도 마침 그렇게 하고 있었다. 그런데 무언가가 계속 내 머릿속 뒤켠을 간지럽히는 느낌이 들어서 계속 뒤를 돌아보게 되는 것이었다. 여기서 적을 만들었으니 그럴 만도 하지. 그때, DJ가 입장해서 무대 쪽으로 걸어오기 시작했다. 카를리스네 형이 나에게 손짓했다—나가서 담배 한 대 피우고 오자! 사실 실내에서도 담배는 피울 수 있었는터 말이다.

난 친구들이랑 같이 있으려고 온 건데, 어쩌다 적을 만들게 됐지? 무대 쪽을 보았다—DJ가 데스에게 말을 걸면서 나를 쳐다보고 있었다. 나는 눈을 깔고, 천천히, 몸을 돌려 친구들과 함께 나가기로 했다.

담배를 피우고 있는데 굵은 통나무에 얼굴을 달아 놓은 것처럼 생긴 사람이 우리를 향해 뒤뚱뒤뚱 걸어왔다. 치릭스였다. 싸움이 날 것 같은 곳이면 언제든 나타나는 뚱뚱한 친구였는데, 본인이 실제로 싸우는 모습은 아무도 본 적이 없었다. 항상 선동을 하고, 동기를 부여하고, 쿡쿡 찌르는 역할이었다. 본인이 만든 진흙탕에서 혼자만 빠져나와서는 자신의 힘센 친구들, 묘하게 뒤틀린 방식으로 어울리는 사람들을 이용해서 남들을 위협하는 새디스트의 역할. 그런 친구가 여기 와서 잔뜩 인상을 쓰며 묻고 있었다:

- 너희 중에 DJ한테 덤빈 새끼가 누구냐?

따지고 보면 내가 덤빈 건 아니었으니까, 치릭스가 다른 사람 얘기하는 거겠지? 카를리스네 형이 나 대신 답했다.

- 별일 없었어. 괜찮아.

형은 우리보다 나이가 많았기 때문에 치릭스 따위 무서워하지 않았다. 최대한 안 엮이는 게 낫다는 걸 알고 있었을 뿐. 치릭스는 그를 한 번 보더니, 경멸을 담아 나를 한 번 보고, 계단 아래쪽으로 스르륵 사라졌다.

우린 대화를 이어갔다. 나도 다른 사람들이랑 같이 웃었지만, 뭔가 잘

못된 것 같았다. 그리고 그걸 다른 사람들이 눈치채지 못하길 바랐다. 마치 밤 늦게까지 술을 마시고 집에 왔는데 야밤인데도 불이 환하게 켜져 있고 가족들이 다 깨어 있어서, 술을 안 마신 척 하려고 억지 미소를 지으면서 농담을 던지는 동시에 본인이 무리수를 두고 있다는 것을 깨닫는 기분이랄까. 무리수를 어떻게든 수습한답시고 다른 말을 막 던져가며 복잡한 맥락의 거미줄을 엮어내서 본인이 뱉은 멍청한 문장들을 줄에 꿰인 진주처럼 엮어보지만, 가면 갈수록 더 깊은 나락으로 빠져가는 것 같아서 차라리 하던 말을 문장 중간에서 끊어버리는 게 나을 것 같을 지경에 도달하는 것이다. 하지만 그 지경에서도 멈추기는 커녕 말을 계속 이어가고, 가족들은 서로 조용히 눈빛 교환을 하는, 그런 기분이었다. 예를 들자면 좀비가 본인의 옷장에 우리 물리학 선생님의 시체가 있다는 농담을 던지고 있었는데, 내 친구처럼 되고 싶었던 내가 조금 전에 그가 했던 말을 그대로 따라하는 상황 말이다:

- 오늘 음악 개 구리네. 안 그러냐?

토니스가 나를 보더니 안 그래도 곱슬머리인 머리카락이 더욱 오그라들며 말했다:

- 이거 미니스트리인데?

푸폴스가 낄낄대며 웃었다. 푸폴스는 내가 얼마나 미니스트리를 좋아하는지 알고 있었고, 실제로 내가 엄청 좋아했기 때문이다. 그때, DJ가 걸어 나왔다, 데스와 어깨동무를 한 채. 그런데 데스는 나오자마자 어깨동무를 풀더니 내 어깨에 팔을 두르는 것이었다. 그러고는 아무런 예고도 없이 내 귀에 속삭였다.

- DJ가 여기 와서 너한테 몇 마디 할거야. 그냥 대충 맞춰줘. 난리 피우지 말고. 그냥 미친 새끼니까 그러려니 해.

그러더니 돌아서서 저택의 지붕을 받치고 선 4개의 전통적인 기둥 중 하나에 팔을 두르고 섰다. DJ가 다가와 내 옆에 앉더니, 담배 한 대 빌려도 되냐 물었다. 내 담배를 한 모금 깊이 빨더니 물었다:

- 너 언리쉬드Unleashed라는 밴드 알아?

결국 그게 중요한 질문이었다. 모든 잘못을 고쳐줄 방법은 음악이었던 것이다. 차라리 앳 더 게이츠At the Gates, 브루탈리티Brutality, 나 카르카스에 대해 물어보지! 그래, 카르카스에 대해서 물어보는 건 너무 뻔하니까 그럴 수도 있어. 그건 나한테 유럽이 어디냐 물어보는 거랑 비슷한 거니까. 하지만 데미리치Demilich에 대해 물어봤다면? 그럼 내가 끝도 없이 말할 수 있었을 테고, 아마 DJ도 이해했었을 것이다. 그런데 언리쉬드는 내가 들어본 적도 없는 밴드였다. 그래서 나는 이렇게 답했다:

- 그럼.

카를리스가 끼어들었다:

- 푸폴스 새끼가 걔네 앨범 두 장이나 가지고 있다던데.

하지만 DJ는 여전히 나에게 말하고 있었다.

- 그럼 히포크리스티는?

대체 뭐지 그건?

- 히포크리시야!

친구들이 날 도와주려고 또 끼어들었다:

- 그렇지, 그렇지. 히포크리시지.

DJ는 잠시 생각에 빠졌다. 그러더니 나에게 가까이 몸을 기울이더니 미사여구 하나 없이, 조용히, 농담의 결정적인 부분을 놓친 사람처럼 물었다:

- 나한테 왜 덤빈 거야?

사실 다른 사람이 처음 물어봤을 때에도 답하지 못했던 질문이었다.

- 나 방금 도착했는데… 너가 갑자기…
- 뭐라고?
- '비실이'라고…

DJ가 몸을 뒤로 젖히더니 주위를 돌아보았다. 흔한 메탈헤드 하나가 지나가자 DJ가 외쳤다:

- 어이, 비실이! 하이파이브!

그 메탈헤드가 손을 뻗으며 화답했다:

- 어이, 받고 하이파이브 반사!

그런 거였다. '비실이'는 별다른 나쁜 뜻이 있는 게 아니었다. 고로 DJ는 나의 적이 아니었고, 오히려 우고가 그랬듯 나를 받아들여준 것이었다. 그걸 내가 밀쳐낸 것이었고 말이다. 일종의 언어 장벽 때문에 일어난 오해랄까. 여기서 내가 했어야 하는 말은 "미안, 내가 메탈헤드어-병신어 사전을 안 들고 나왔네"였지만, 난 그냥 가만히 있었다.

DJ는 기분이 상한 듯 일어나서 계단을 내려갔다. 찻길 쪽으로 가는 것이었다. 치릭스가 비실비실 그 옆으로 끼어들어서 조용히 뭐라 하자, DJ가 뭐라 결심이라도 한 양 끄덕이고는, 고개를 쳐들고 찻길 가운데로 들어가더니 돌아서서 나를 불렀다:

- 일루 와! 이리 오라고!

확실히 나한테 이야기하는 것이었다. 데스를 찾아보려고 돌아봤지만 이미 사라져 있었다. 기둥 쪽에는 아무도 없었다. 다른 친구들은 찾아보지 않았지만 거기 있을 줄 알았기에, 나는 그냥 일어나서 계단을 내려갔다. 한 10분 전보다 다리를 약간 더 절고 있었지만, 사실 더 절 수도 있는 걸 자제하는 중이었다. 내 친구들 앞에서 피해자인 척을 하면 안 됐다.

DJ는 내가 다리를 저는 것이 안 보이는지 계속 오라고 손짓하고 있었다
—컴온, 일루 와. 잘생기고, 유명하고, 힘도 세고, 무서운 놈이었다.

거의 DJ 앞에 다 왔을 때쯤 브레이크가 끼익 하는 소리가 나더니, DJ 옆에 검은 차 한 대가 섰다. 머리를 빡빡 민 두 남자가 내렸다—하나는 키가 크고, 나머지 하나는 땅딸막했다. 키 큰 사람이 주먹으로 DJ를 갈기자 DJ는 맥없이 쓰러졌다. 그러더니 DJ를 자켓 채로 끌어올려서 인도 쪽에 툭 던져 놓는 것이었다. 아무래도 DJ가 찻길에 서 있었다 보니 차로 칠 뻔했던 것이다. 땅딸막한 사람은 비웃음 가득한 얼굴로 이렇게 혼날 사람 또 없나 둘러보던 중, 나를 발견했다.

- 어라, 이게 누구여? 다리는 좀 나았냐?

땅딸막한 남자가 나에게 악수를 청했다. 나는 악수를 하고 정중하게 다 나았어요, 감사합니다, 하고 답을 했다. 키 큰 남자도 나를 알아보았다:

- 거 참 다행이구먼! 뭐 다른 데 부러지고 그런 건 아니제?

- 별 탈 없이 잘 지내고 있어요, 감사합니다.

- 언제 같이 술 한잔 하자고. 다바이!

- 안녕히 가세요!

두 남자는 다시 BMW를 몰고 사라졌다. DJ도 일어나더니 얼굴을 감싸매고 '고물상' 쪽으로 도망쳤다. 나는 생각에 잠겼다. 두 번의 우연한 만남이 그들을 나의 새 친구로 만들어준 건가? 오늘이 지나면 나에게 진짜 친구들이 남아 있긴 할까? 나의 '동족' 하나를 저버리고 타인의 도움을 받은 셈이긴 했으니 말이다.

7

그렇게 1995년이 시작되었다. 매우 중요하고, 엄청나게 무서웠던 한 해였다. 영화 〈터미네이터 2: 심판의 날〉을 기억하는가? 1991년에 개봉한 영화였는데, 배경이 1995년도였다. 영화를 만든 사람들이 미래를 예측한 것이었다. 1995년은 딱 그 느낌이었다, 끝나지 않는 심판의 날 같은. 그리고 나는 아직도 그 심판이 끝났다는 말을 믿을 수 없다.

그리고 세계 최고의 음악도 1995년도에 발매되었었다. 물론 1994년도에 발매된 것 빼고, 그리고 그것보다 조금 더 일찍 발매된 것도 제외하면 말이다. 내가 메탈 쪽 음악을 듣게 된 지 얼마 되지 않았을 때부터 이쪽 장르를 대표하는 밴드들이 고전古典이자 최고의 기준점이 된 음악을 내놓기 시작했었다:

장르	장르별 고전 명반 (밴드 ; 앨범)	년도
데스 메탈	시닉(Cynic) ; 포커스(Focus)	1993
	앳 더 게이츠 ; 터미널 스피릿 디지즈(Terminal Spirit Disease)	1994
	데스 ; 심벌릭(Symbolic)	1995
블랙 메탈	메이헴(Mayhem) ; 데 미스테리스 돔 사타나스 (De Mysteriis Dom Sathanas)	1994
	임페일드 나자렌(Impaled Nazarene) ; 수오미 핀란드 뻬르껠레(Suomi Finland Perkele)	1994
	임모탈(Immortal) ; 배틀즈 인 더 노스(Battles in the North)	1995

둠 메탈	아나테마(Anathema) ; 더 사일런트 에니그마 (The Silent Enigma)	1995
	마이 다잉 브라이드 ; 앤젤 앤 더 다크 리버(Angel and the Dark River)	1995
	셀레스티얼 시즌(Celestial Season) ; 솔라 러버즈 (Solar Lovers)	1995

덧붙이자면, 데스의 심벌릭Symbolic은 정확히 내 생일날에 발매되었다. 이만한 심볼리즘이 또 있겠는가?

하지만 1995년 초의 나는 아직 내가 내 세상의 창조자이고, 모든 일이 나로 말미암았음을 깨닫지 못했다. 나는 창문가에 선 채 '세상에, 나는 어쩜 이렇게 병신일까. 내가 모든 걸 다 망쳤네. 친구들을 배신하고 적과 손을 맞잡았고, 심지어 내가 그러는 걸 다 친구들이 다 봤어. 이제 어쩌지?'라고 생각하며 창 밖을 내다보고 있었다. 혹독한 겨울이었다. 새로운 시대에 부모님들께서 '이게 뭐라고! 나 때는 훨씬 추웠어'라고 말씀하실 수 없었던 첫 겨울들 중 하나. 눈송이가 내려서 바닥을 굴렀지만 녹지는 않았다. 오래된 눈(흙먼지와 똥의 결정)이 새로 내린 눈과 합쳐지며 끝없는 층으로 바닥을 덮고 있었고, 옐가바 시내에서 눈더미를 헤치며 걷고 있던 나, 글루다 기차역 근처에서 눈을 치우고 있던 밀레디야, 도벨레 고속도로 가의 눈더미에 앉아있던 DJ, 우리 집에서 몇 블럭 안 떨어진 곳에서 눈사람을 만들고 있던 내 메탈헤드 친구들, 그리고 온 세상까지, 모두 이 층을 통해 얼어붙을 듯 차갑고 빛나는 줄기로 이어져 있었던 것이다.

8

'고물상'은 결국 메뎀 저택에서 쫓겨나게 되었다. 그러는 게 최선이었을 지도. 메탈헤드들은 몽둥이로 때려 쫓아내야 할 존재들이었다. 모였다 하면 일이 터지니까. 하지만 그 소식을 들었을 때 나는 속으로 덜컥했다. 이 모든 게 다 내 탓이면 어쩌지?

넬리야였다. 또 누가 있겠는가? 넬리야가 나를 복도에서 불러 세우더니 물었다:

- 이번 주에 '고물상' 갈 거니?

마치 내가 무슨 머저리라도 되는 양 말이다. 나도 얼굴에 미소를 펴 바르고 대답했다:

- 당연하지. 놓칠 리가 있나!

- 나도 가려고.

사람들이 나를 놀리면 되려 기분이 좋았다. 바로 이어 답했다:

- 너가 알려줘서 다행이다. 나 머리에 펌도 좀하고 가려고.

- 왜?

8학년짜리 여자 하나가 우리 둘을 거미처럼 스쳐 지나갔다. 그녀의 구두 소리에 내 마음도 짓밟히는 기분이었다. 아예 그냥 허세스럽게 대답하기로 했다:

- 메뎀 저택에 방문하려면 몸단장을 정갈히 하고 가야지. 너 그거 알아? 메뎀 가는 말이지…

- 하지만 이제 그 저택에서 안 하는 걸.

- 뭐, 뭐라고? 정말?
- 이제 벙커 쪽에서 해. 몰랐어?
- 아니!

벙커는 데스의 아파트 옆에 있던 반쯤 허물어져가는 폐공장 같은 건물이었다. '고물상'이 대체 언제 그리로 옮겨간 거지?

- 지하에서 한대. 이번 주가 처음 거기서 하는 거야.
- 아, 알아. 지하. 나야 당연히 가지.
- 너 친구들이랑?
- 또 누가 있겠냐?

넬리야가 코를 훌쩍 하더니 돌아서서 떠났다.

왜 아무도 나한테 이야기해주지 않은 거지? 벙찐 채로 교실로 향했다. 사실 왜인지는 알고 있었다만. 앉자마자 카를리스가 물어왔다:

- 야, 금요일에 '고물상' 갈거냐?

결국!

- 아, 물론 벙커에서 할 거고, 지하 쪽이래. 공연장 괜찮다더라.

밀레디야는 바로 거기 서 있었다. 내 책상에 엉덩이를 기댄 채.

- 뭐야? 너희 우리 집에 놀러오는 거 아니었어?

'너희'? '우리 집'? 대체 내 인생이 어떻게 돌아가는 것인지 알 길이 없었다. 답하려고 노력하지도 않았지만, 속으로는 거절하고 싶은 마음이 일었다. 카를리스가 서둘러 답했다:

- 봐서…

그때, 사이코패스 에드문즈 새끼가 교실 너머로 외쳤다:

- 어이 털북숭이들! 너희 새 축사 찾았나보지?

카를리스가 몇 마디 반격을 했고, 임팩트 있게 웃긴 건 없었지만 에

드문즈도 카를리스 말을 듣고 입을 다물었다. 나였다면 아무리 재치있는 반격을 던졌어도 달라지는 것 하나 없었을 텐데. 하지만 지금은 그보다 중요한 일이 일어나고 있었다. '고물상'이 돌아온 것이다.

벙커는 펫샵 옆에 있는 긴 모양의 건물이었다. 그 펫샵은 옐가바에 처음으로 들어온 펫샵이었는데, 어느 여름에 웬 헛똑똑이가 다른 학교의 덜떨어진 놈들에게 그 펫샵에 야생 도롱뇽을 팔 수 있다는 헛소문을 퍼뜨린 적이 있다. 다른 학교 옆에 있던 연못에는 노란 도롱뇽이 엄청나게 많이 살았는데, 결국 모조리 잡혀서 물로 채운 봉지에 담긴 채 시내에 있는 그 펫샵으로 잡혀왔었다. 하지만 그 펫샵은 이 도롱뇽들을 사들이지 않았고, 개인에게 따로 도롱뇽을 사들인 적도 없다고 못을 박았다. 결국 그 도롱뇽들은 가게 바로 밖에 방사됐었다—아마 오늘날까지도 그 쪽에는 도롱뇽들이 작은 군락을 이루고 살고 있을 것이다.

데스, 카를리스, 카를리스네 형, 좀비, 그리고 푸폴스는 모두 한 골목에 같이 살았다. 아마 그래서 파티하러 가기 전에 좀비 집에 모일 때 별다른 약속이 필요 없었던 것 같다. 최소한 내가 아는 한 약속은 없었다. 금요일 밤이 되었을 때, 어머니께 나가서 음악 들으러 갔다 오겠다고 말씀드리고 바로 벙커 쪽으로 향했다. 비르쟈에서 구해온 테이프를 몇 개 들고 가고 있었다: 윈터Winter의 인투 다크니스Into Darness랑 몇 개 더. 담배도 있었다, 일단 놀기 시작할 때 피울 몇 개피 정도.

오늘 밤에 정말 벙커에서 무슨 행사가 있긴 했나 보다. 입구 쪽에 기다리는 사람들이 꽤 있었고, 그들이 나에게 손을 흔들고 있었다. 자세히 보니 다른 학교 출신 도롱뇽잡이들이었다: 카촉스, 롭칙스, 에이젠스, 사알스, 그리고 몇 명 더.

- 사이코 형, 빨리 와!

그 친구들은 나를 항상 그렇게 불렀다. 우리는 서로 반기며 둥글게 둘러 섰고, 몇 초 동안 그렇게 있고 난 다음에야 악수를 하기 시작했다. 여기는 이렇게들 인사를 했다, 갑자기 다들 다 큰 어른이라도 된 양. 약간 거슬렸다. 그리고 보면 전체적으로 머리가 다 짧은 편이었다. 내 진짜 친구들이 여기 와서 내가 이 친구들이랑 있는 걸 보면 뭐라고 할까? 아니, 이들도 괜찮은 애들이긴 했고, 1리터 들이 '매직 크리스탈' 보드카도 가지고 있긴 했다. 통상적으로 '푸른 언덕' 또는 '웃는 도마뱀' 같은 별명으로 불리던 술이었다. 최고는 에이젠스가 내 쪽으로 돌아서서 물었을 때였다:

- 옛날 '고물상' 있던 곳 가본 사람 있어?

내가 유일했다. 약간의 위엄을 담아서, 하지만 과한 묘사나 군더더기 정보는 빼고 이야기해주다 보면 내 자신이 점점 대단해지는 기분이 들었다. 그 친구들은 넋을 잃고 듣고 있었다. 나는 즈금 더 나이가 많고, 조금 더 '진짜 세상'에 대해 많이 알고 있는 존재였다. 누군가가 내 차례라며 보드카 병을 건네주었고, 나는 그 순간 내 지위에 걸맞는 한 모금을 크게 들이켰다—약간 많았다. 술의 일부가 다른 구멍을 타고 내려갔다가 콧구멍으로 다시 나와버린 것이다. 온몸이 경련하기 시작했지만, 지금은 토할 때와 장소가 전혀 아니었다. 의지를 다잡아 평정심을 되찾고, 상남자들이 가래침 처리하는 방법을 여기에 적용하기로 했다. 난 내 입 안의 찌꺼기들을 한 덩어리로 모으기 시작했다.

그때, 사알스 옆에 서 있던 내가 모르던 사람 하나가 말했다:

- 왜 메탈헤드를 위한 신문 같은 걸 시작한 사람이 없을까?

좋은 질문이었지만, 그 순간 나는 몸을 앞으로 숙여서 입에 모은 걸 뱉을 준비를 하고 있었다. 내가 모르는 그 사람은 열정적으로 말을 이어갔다:

- 그러니까 봐봐, 우리가 그걸…

그 친구는 말을 하면서 몸을 많이 움직이는 스타일이었는데, 이 때는 팔을 우리가 모여 있는 원 가운데로 뻗으며 사람들이 뭔가를 선언할 때 하는 전형적인 손짓을 하고 있었다. 그런데 하필이면 그 손짓을 할 때 내가 마침 입에 있는 걸 뱉을 수 있을 만큼 몸을 기울인 상태였던 것이다. 중력이 자기 할 일을 하자, 내 침과 기타등등으로 이루어진 거대한 덩어리는 그 친구 손바닥에 철푸덕 하고 떨어졌다.

실수였다. 부끄러움에, 완벽하게 시작됐던 이 밤이 이제 어떻게 될 것인지에 대한 두려움에 나는 완전 굳어버려서, 그 친구의 얼굴을 바라보며 내게 날아올 것을 받을 준비를 하고 있었다. 하지만 내가 본 것은 분노가 아니라, 놀라움과 굴욕감이었다. 그저 대의명분을 위한 건설적인 이야기를 하고 싶었을 뿐이었는데, 나라는 이 권위적인 인물이 손 한 가운데에 침을 뱉은 것이었다 (다른 학교 친구들은 내 찐따 시절을 몰랐다. 그들에게 나는 그저 나이 많은 메탈헤드였으니까). 난 깔끔하게 비워진 입을 닫고 말했다:

- 일부러 그런 거 아니야.

'미안!'이라고도 말했을 수도 있지만, 아마 모여 있던 사람들이 모두 웃는 바람에 들리지 않았을 수도 있다. 에이젠스는 아주 울부짖다 못해 바람 새는 소리까지 내며 웃고 있었고, 사알스는 아예 뒤로 자빠졌었다. 아주 최고로 웃긴 일이라고 생각하는 듯했다. 조용히 있는 건 나와 그 친구 뿐이었다. 그 친구가 손을 바지에 쓱 닦았다.

사실, 생각해보면 좀 웃기긴 했다.

거기서 최소한 1년은 더 서 있을 수 있었지만, 한 무리의 사람들이 길 건너편에서 슬쩍 외치면서 지나갔다:

- 끝까지 브루털하게![Stay brutal!]

저쪽에 있었다—카를리스, 카를리스네 형, 데스, 좀비, 푸폴스와 샌디까지. 유치하게도 나는 다른 학교 친구들을 버리고 (아마 '안에서 봐!' 정도의 인사는 했던 것 같다) 길거리를 건너갔다. 내 분수도 모르는 채 말이다—나는 형제애로 뭉쳐진 조직의 일원이었는가, 아니면 부르면 착하게 쪼르르 따라오는 강아지였는가? 한 성깔 하는 펑크였는가, 아니면 감상에 젖은 쪼다였는가? 길을 건너서 눈더미를 타고 오르자마자 좀비와 푸폴스가 나를 잡고 바닥에 넘어뜨렸고, 나는 문득 이런 생각이 들었다: 뭐 그게 그리 중요한가? 계속 이렇게 병신 짓 하는 게 내 길인가보지. 봐, 내 친구들은 무슨 일이 있어도 날 사랑해주잖아. 결국 나를 일으켜 세워준 친구들은 반쯤 빈 0.7리터 들이 메르쿠르스 브랜디 병을 건넸고, 샌디는 먹다 반쯤 남긴 소시지 샌드위치를 줬다(사실 이래서 별명이 샌디였다. 항상 먹다 남긴 샌드위치를 들고 있었다).

- 들어가자! 가!

그렇게 우린 들어갔다.

입구에서부터 우리는 옛날 '고물상'이 이곳보다 나았다는 증거를 찾았다: 여기는 1라트 입장료가 있었던 것이다.

하지만 그래도 이곳은 엄청났다. 철제 계단을 타고 지하 깊은 곳으로 내려가면 잠수함에나 있을 법한 커다란 철제 휠 손잡이가 달린 벙커 문이 나왔다. 안에는 부르주아식 아늑함을 느끼고 싶어하는 사람들을 위한 TV도 있었다. 이 TV가 내 눈에 띄었던 게, 엄청 디테일하게 찍은 클로즈업이 많이 나오는 섹스 씬 모음집이 끊임없이 재생되고 있었다. 이런 영상은 그때 쉽게 구할 수 없었다. '고물상'을 기획하는 사람들은 손님들에게 모든 것을 최상급으로 제공하고 싶어했었나보다. 물론 메탈음악으로 지하실을 가득 채우는 거대한 두 스피커 때문에 딱 봐도 독일어로 되어 있을 대사와 신음소리를 들을 수는 없었다. 이곳은 오래된 방공호였다, 단 한 번도 제 역할대로 쓰인 적 없는. 지금은 바깥 세상의 침묵으로부터 우리를 지켜주는 용도로 쓰이고 있었다. 약간은 비좁은 시멘트 벽으로 둘러싸인 이 공간은 공작의 연회장보다 조금 더 꽉 찬 느낌이었고, 떠다니는 담배연기 구름들은 이곳을 지하낙원地下樂園처럼 보이게 했다. 내 기억에 자기 술을 가져오는 것을 깜빡한 바보들을 위해 맥주도 팔았던 것 같다. 나도 내 술을 가져오진 않았지만 나에겐 친구들이 있었다. 바로 저기에. 두 형제가 철제 벽에 머리를 들이받고 있었다. 물론 시늉만 하면서 박는 소리는 발로 차서 내고 있었지만, 어찌나 잘 하는지 마치 정말로 머리로 받아서 소리를 내는 것처럼 보였다. 푸폴스가 샌디의 마지막 샌드위치를 가져갔고, 좀비와 샌디는 TV 화면에 집중하고 있었고, 데스는 디제잉 테이블을 탐색하고 있었다. 나는 이 지하실 공간을 전체적으로 한 번 훑었다—또 누구 없나? 그리고 그곳에 넬리야가 있었다. 항상 그렇듯 불만이 가득한 표정을 한 채. 나는 이렇게 말하려는 듯 그녀를 쳐다보았다:

- 보여? 이게 내 친구들이야. 우리는 영원히 '끝까지 헤비메탈, 끝까지 브루털하게'야. 그에 비해 너는 그냥 범생이지.

넬리야의 눈이 말했다:

- 못 믿겠어.

결국 나는 당황해서 돌아볼 수밖에 없었다. 넬리야 옆에는 그 다른 여자애가 있었다, 밝은 노란 머리에 갈색 눈을 한. 그 여자애는 눈으로 나에게 뭐라고 하고 있지 않았다. 나를 쳐다보고 있지도 않았기 때문이다. 넬리야가 그녀에게 몸을 숙여 귀에 대고 뭐라고 소리쳤다. 이곳이 참 시끄럽기는 했나보다.

이따금씩 우고가 스테레오를 잡고 자기 펑크 밴드의 노래를 틀곤 했지만, 우리가 그 곳에서 들은 대부분의 음악은 순수한 메탈이었다. 쓰래쉬도 조금 있고 둠도 조금 있었지만, 대부분 데스 메탈이었다. 당시의 가장 유명한 히트곡은 카니발 콥스의 「Zero the Hero」[4]였다. 이 노래가 나올 때면 사람들이 모두 무대(사실 그게 진짜 '무대'는 아니었지만) 앞쪽으로 모여서 어깨를 맞대고 선 채 헤드뱅잉을 하곤 했다. 심지어 양 옆에 있는 사람과 어깨동무를 하고 머리를 흔드는 사람도 있었다. 이건 형제애의 표현이기도 했지만, 헤드뱅잉할 때 똑바로 서는 데 도움이 되기도 했다. 나도 헤드뱅잉 대열에 합류했다, 비록 내가 다른 사람을 끌어안거나 반쯤 허그하는 것을 즐기는 스타일은 아니였지만 말이다. 이번에 내 왼쪽에서 같이 헤드뱅잉한 사람은 손에 술잔을 들고 있었는데, 그 사람이 움직일 때마다 얼굴에 술이 튀었다. 하지만 나는 눈치껏 아무 말도 하지 않고 되려 같이 머리를 흔들어 제꼈고, 내 불쌍한 뇌가 두개골 안에서 사방으로 튀면서 온 세상이 이상한 생각으로 뒤죽박죽해지는 것을 느꼈다—나 지금 여기 있다, 기분 좋다, 이 이상으로 바랄 것이 없다, 우리들 세상은 이렇게 서로 결속되어 있으니 얼마나 좋은가. 밀레디야 생각도 난 김에 그녀에게도 생각을 하나 던졌다: 봐라, 너 여기 없으니까 얼마나 좋냐. 너 생각 나지도 않는다. 이거 봐, 카를리스도 너랑 있는 게 아니라 여기 왔잖아. 지금 이 순간 바로 소네트나 짧은 시를 쓸 생각도 했지만, 사방에서 메탈이 천둥처럼 울리고 있는데 부드러운 미사여구가 뭔 쓸모가 있을까? 노래가 바뀔 때마다 데스랑 나는 그게 누구 노래인지 목청을 다해 알렸다:

---

[4] 이 곡이 블랙 사바스(Black Sabbath)의 곡을 커버한 것이라는 것을 지금도 알고 있고, 그때도 알았다.

- 카르카스!

- 인툼드Entombed!

- 볼트 쓰로어! (사실 서너 곡마다 내가 모르는 곡들이 섞여 있어서 데스 혼자 답을 외치도록 두곤 했다. 어차피 이 난리판에 내 목소리를 듣지도 못할 거라 상관 없었다)

- 콘크라Konkhra!

- 브루털 트루스… 가 아니라, 브루탈리티!

- 세풀투라!

- 돌았냐? 브루헤리아Brujeria지! (내 목소리가 들리긴 했나보다.)

넬리야와 친구도 바로 우리 근처에 서 있었고, 나는 그들이 우리가 나누는 이야기를 조금이라도 들었으면 좋겠다고 생각했다. 그래서 그들을 한 번 보다가, 데스의 귀에 대고 이번에 비르쟈에서 새로 구한 음악에 대해 소리를 지르자, 데스가 언제 테이프 한 번 빌려 달라고 외쳤다. 당연하지, 여기 가지고 있어, 내 주머니 속에! 그런데 내 자켓을 어디다 뒀더라… 이쯤이었던 것 같은데, 저기 있네, 화장실 앞쪽 구석 바닥에 안전지대에.

화장실을 향해서 걸어가다가 갑자기 바닥이 발 아래로 푹 꺼져서 앞으로 고꾸라질 뻔 했다. 하지만 보니 바닥이 꺼진 것도, 내가 브랜디나 보드카를 너무 많이 마셔서 그런 것도 아니었다. 아까 그 미친 두 형제가 화장실 쪽의 가벽을 하도 걷어차 대서 무너지고 엎어져 버린 것이었다. 방공호 치고는 좀 허술한 칸막이용 가벽이긴 했다. 벽이 엄청난 굉음과 함께 무너지자, 소변기 앞에 나란히 서 있는 놀란 표정의 메탈헤드들이 보였다. 다들 바지를 추켜올리느라 바빴다—물론, 좀비를 제외하고 말이다. 좀비는 광적인 희열에 찬 듯 바지를 발목에 걸친 채로 다른 사람들과 함께 펄쩍펄쩍 뛰며 놀러 나왔다. 그리고 아무도, 남녀를 불문한 그 아무도 그에게서 눈을 돌리지 않았고, 오히려 그에게 팔을 두르고 함께 뛰었다. 사람들이 그런 것에 감화될 수 있다는 것을 보고 약간은 뜨끔했다.

담배를 깊이 빨아들이고 데스가 어디 갔나 둘러봤지만, 데스는 이미 인파에 밀려 사라진 지 오래였다. 에드문즈랑 그 돼지 같은 치릭스 새끼가 입구 쪽에서 어울리고 있는 것이 보였다. 일부러 시건방지게 돌아서서는 담배를 필터 끝까지 피우고 재떨이를 찾으러 갔다. 사실 굳이 꽁초를 재떨이에 버릴 필요는 없었지만 오늘따라 좀 깔끔한 척 해보고 싶었고, 마침 당시에 누군가가 '라트비안 재떨이'(플라스틱 컵에 액체가 손가락 한 마디 정도 담겨있는 것) 개념을 유행시키던 중이었다. 여기 누군가는 분명 갖고 있을 텐데. 저기 보니 넬리야의 친구가 하나 든 채 폭풍의 눈 속에 침착하게 서 있었다. 나는 바로 다가가서 미소 지으며 내 꽁초를 그녀 손에 들린 재떨이에 넣었다. 그녀가 뭐라 말했지만 너무 시끄러워서 그냥 미소로 화답했다—저렇게 예쁜 사람이 무슨 나쁜 말을 할 수 있겠어? 그러자 그녀가 브랜디 색깔의 눈을 어린아이에게 무언가 설명할 때처럼 크게 뜨더니, 컵을 들어올렸다. 그 컵은 라트비안 재떨이가 아니라 값비싼 음료가 거의 가득 찬, 그냥 플라스틱 컵이었던 것이다. 난 가만히 있는 여자에게 다가가 그녀의 칵테일에 담배꽁초를 집어 넣었던 것이다.

내가 에티켓에 정통한 건 아니었지만, 그래도 내가 실수한 것쯤은 알고 있었다. 나는 몇 시간 전에 내가 했던 변명을 다시 했고, 또 아무도 내가 말하는 걸 듣지 못했다. 난 비틀거리면서, 실제로 취했던 것보다 더 취해 보이길 내심 바라면서 뒷걸음질 치며 그들에게서 멀어지는데, 무슨 걸레짝 같은 것에 발이 걸리는 것이었다. 내 자켓이었다. 아마 저 여자아이에게 술을 한 잔 사기는 해야 할 텐데, 내 마지막 1라트를 '고물상'에 들어오는 데 써버렸었다. 내 테이프라도 하나 줄까? 윈터는 안돼, 이 계절에 꼭 들어줘야 하는 거란 말이야. 트리스티티아도 안되는데, 최근에야 이 역대급으로 요상한 앨범을 이해하기 시작했단 말이지. 이 음악이야 말로 진짜 진국이었고, 이건 나만을 위해 재생되어야 했다. 나, 남에게 해악을 끼치는 운명을 타고난 사악한 광대같은 이 나님 말이다. 그래, 난 그냥 집에 틀어박혀서 테이프나 들어야지.

갑자기 음악이 멈췄다. 누가 꺼버린 것이다. 누군가가 소리를 지르고 있었다:

- 아니, 들어보라니까? 왜 사람 말을 못 믿어, 나 지금 진지해…

아마 누군가의 귀에 대고 개인적으로 하려던 이야기였을 수 있다. 방금까지의 주변 소음에 비해서는 속삭이는 수준이었겠지만, 지금은 모두가 듣고 있었다. 나는 혹시나 아까 내가 손에 침을 뱉은 다른 학교 사람이나 비터스 색깔의 눈동자를 한 여자아이와 눈을 마주칠까봐 올려다 보는 것조차 겁이 났다. 그때, 불이 켜지면서 나는 스포트라이트를 받은 강아지 꼴이 되었다. 그러더니 경찰관들이 갑자기 지하실 한 가운데로 들이닥치는 것이었다. 검은 의복을 입고 진압봉과 총을 든 진짜 경찰관들 열 명 쯤이었다.

나는 개와 제복 입은 사람들을 무서워한다. 갈색 눈을 가진 여자아이의 예쁜 팔을 끌어안고 싶었지만 참았다. 하지만 생각해보니 그냥 안는 편이 나았을지도.

경찰 중에 한 명이 외쳤다:

- 벽에 손 붙이고 한 줄로 서!

하지만 음악 때문에 아직도 귀가 웅웅대던 사람들은 아무도 그 말을 듣지 않았다. 그리고 무엇보다 여기서 경찰관들은 누구나 다 볼 수 있지만 아무도 믿지 않는 악마나 나쁜 요정 같은 존재 취급을 받고 있었다. 그래서 나도 경찰관이 한 말을 분명히 들었고 시키는 대로 따르고 싶었지만 그럴 수 없었다. 최소한 다른 사람들이 모두 따라할 때 까지는. 아니, 한 명이라도….

경찰관은 친절하게도 했던 말을 다시 반복하고, 행동으로 설명을 해주기 시작했다. 하지만 아무도 나를 밀치진 않았다—그 전에 내가 돌아섰기 때문이다. 그리고는 다리를 벌린 채 서라고 명령하셨는데, 정말 싫었다. 다리도 후들거렸고 말이다. 하지만 엄청난 일이 일어나고 있다는 건 알 수 있었다. 우리 모두 몸수색을 당했다, 경찰관들이 무언가를 찾고 있는 것처럼. 나는 이런 몸수색에 나중에야 익숙해질 수 있었지만, 그때에도 이미 이런 게 익숙한 사람들이 있었는지 갑자기 이렇게 외치는 것이다:

- 어이! 내 바지 속에 우지 한 정 있어요! 내 바지 보라니까요, 기관총이 있어!

하지만 경찰들은 우지를 찾지 못했고, 이내 서로 조용히 상의한 뒤 지하실을 떠났다. 이제 우리는 우리가 느끼는 바에 솔직해질 수 있었다. 모두가 서로를 돌아보다, 너무 오래 참은 듯한 웃음보가 빵 하고 터졌다. 다들 외치고 있었다: '와 씨 대체 이게 무슨 일이야!' 실제로 일종의 사건이 일어난 것이다, 옛 소련 시절 같은 사건이. 데스는 서둘러서 비어 있는 디제이 석으로 향했지만, 호스트들이 이제 파티는 끝났다고 말하며 음향장비를 해체하고 전선을 감기 시작했다.

밖은 얼어붙을 정도로 추웠지만, 눈은 내리지 않고 있었다. 주변을 둘러보았다: 도시는 비밀스럽게 서 있었지만, 모든 걸 다 알고 있었다. 문가의 눈더미에 어두운 색의 얼룩이 보였다. 방울 몇 개, 후두둑 튄 자국,

작은 웅덩이... 바보처럼 물어보게 되었다:

- 저거 뭐지?

카를리스가 답했다:

- 피네.

샌디가 말했다:

- 지은 대로 벌 받는 거야, 항상 그렇지.

데스가 잠시 생각에 잠겼다.

- 저번에는 누가 받았지?
- 저번이면 언제?
- 저택에서…
- 거기서도 누가 지은 대로 벌 받았나?
- 아닐걸…
- 기억이 안 나네.

이 친구들은 내가 지금까지 계속 집착하고 있던 것에 대해 기억조차 못 하고 있었다. 아무튼 그날 밤 벌을 받은 게 누구인지 나는 알 수 없다. 월요일 즈음에는 치릭스네 패거리가 '고물상'에서 메탈헤드들을 한 명씩 끌고 나와 팼다는 소문이 돌았다. 또 다른 사람들은 경찰이 왔다가 갈 때 그냥 문 가에 서 있던 사람을 때렸다고 했다. 하지만 애초에 경찰들이 왜 온 걸까?

아일랜드 옛 전설에 디어드리라는 공주가 있다. 이 공주는 어느 날 까마귀가 눈에 있는 핏자국을 쪼고 있는 것을 보고, 이 장면과 사랑에 빠지게 된다. 흑, 백, 홍. 뜨거운 것, 차가운 것, 그리고 날 수 있는 것의 조화. 나에게도 똑같은 일이 일어났다. 그 피는 내 피도, 디어드리의 피도 아니었다. 우리는 그저 그걸 보고 싶었을 뿐. 원래 우리 고귀한 혈통의 사람들이 그런 법이다.

신선한 공기 때문이었는지, 아니면 그 긴장되는 상황이 끝난 후의 안도감 때문이었는지, 밤새 내가 마신 각종 술의 여파가 몰려오고 있었다. 내 다리와 혓바닥은 정상적으로 작동하기를 거부했지만, 기분은 좋았다. 내 친구들도 말을 비틀대고 다리를 더듬거리며 나와 함께 걷고 있었다. 우린 쌓인 눈을 헤치며, 외로움을 벗어나기 위한 북극 탐사를 진행중이었다. 다른 사람과 완전히 똑같이 있는 것은 아무데도 존재하지 않는 것과 똑같았다. 소수의 타인과 공유할 수 있는 혼자만의 길을 찾아야 했는데, 우린 이미 그 길을 찾았던 것이었다. 그들은 나의 끔찍한 죄를 용서하고 나를 받아주었고, 그건 내가 진짜 고귀한 왕자라는 뜻이었다. 심지어 노란 머리에 갈색 눈을 한 여자애도 나한테 말을 걸어주었었고, 밀레디야 생각은 전혀 나지도 않았었다. 난 그 피 묻은 눈 하나로 충분히 만족했기 때문이다.

좀비가 덧붙였다:

― 어떤 여자애가 탐폰 빼다가 튄 걸 수도 있지 뭐.

9

학교 3층에는 재앙을 상징하는 숫자 23이 붙어있는 문이 있었다. 2+3=5. 소설 〈거장과 마르게리타〉에도 자릿수를 더하면 5가 나오는 숫자들만 나왔었다. 이 문은 대수학 교실 문이었다. 이 교실 책장에 쌓인 책들은 아무도 읽고 싶어하지 않는 것들이었다, 미칠 듯 심심해서 절박할 때조차 말이다. 하지만 이 곳 구석구석에는 책보다 훨씬 재미있는 것들이 쓰여져 있었다: 예를 들어 초록색 책상 위에 말이다. 이 책상들은 올해 여름 우리가 직접 페인트로 칠한 것들이었는데, 책상 아래 쪽의 페인트는 제대로 마르지를 않아서 한동안 여자 아이들이 무릎에 초록색 얼룩을 묻히고 다녔었다. 물론 나중엔 조심하고 다녀서 안 그러긴 했지만.

우리는 거기 앉아 있었다. 총 36명의 반 친구들. 우리 담임 선생님은 우리 대수학 선생님이시기도 했다. 워낙 가르치시는 과목에 애정이 있으셔서, 교실에 들어오실 때 이런 말씀을 하시곤 했다:

- 우리 수업은 삼중으로 진행될 거란다: '일반적인' 문제들부터 풀기 시작해서, 동시에 그와 평행하게 새 진도를 빼고, 수학 올림피아드에 나온 흥미로운 문제들도 좀 풀어볼 거야.

계산할 것이 너무 많았다, 심지어는 세 가지 방면으로 다. 우리도 가끔은 진심으로 따라잡아보려고 했었다. 하지만 언제 한 번 교실 뒤쪽에 앉은 야니스 라브렌치스가 공책을 밀쳐내며 '소인은 이 문제 앞에 머리를 조아립니다'라고 말했고, 이 말이 꽤 그럴싸하게 들렸던 나도 결국 포기하게 되었다. 내 친구들 같은 경우는 그런 재치 있는 말조차 없이 진작에 그만뒀었고 말이다. 대수학은 완전 다른, 추상적인 세계였다. 맨 앞줄의 똑똑한 친구들은 그 세상이 객관적으로 존재한다고 믿었고, 심지어는 그 세상에 성공적으로 도달하기도 했다. 하지만 뒤쪽에 앉은 우리에게는 학기 말에 무지한 자에게 벌을 내릴 수도 있는, 보이지 않는 미지의 존재였다. 하지만 지금은 학기 말까지 한참 남았었고, 우리는 기분이 좋았다. 우리는 얌전히 앉아서 '시퀀스'를 하고 있었다—거짓말과 허세를 뺀, 포커의 조악한 버전 같은 카드놀이였다.

그날 따라 카드 운이 안 따라주고 있었다. 찰스(하트 K)나 데이빗(스페이드 K)만 나오는 것이었다. 시퀀스에서는 이 카드들을 가지고 아무것도 할 수 없었다. 그냥 죽은 뒤, 친구들이 치는 모습을 보고 있었다. 개성의 향연이어라, 운명의 충돌이어라! 게다가 예쁜 다리들까지! 디아나, 린다, 군티나. 올려다 볼 필요도 없이 다리만 보면 다 알았다. 그리고 저 앞에 똑똑한 친구들과 같이 앉은 밀레디야. 밀레디야의 다리는 안 보였다. 그녀가 돌아 앉아서 나를 보고 웃었을 때, 나는 아무 반응도 하지 않았다. 내 뒤에 앉아있는 다른 사람 보고 웃은 걸 수도 있으니 말이다. 나는 내 책상의 초록색 표면을 바라보고 있었다. 그곳엔 화장실에 새겨진 것과 같은 낙서들이 새겨져 있었다. 데스, 인툼드— 누가 새겨 놓았는지는 모를 그림체였다. 아마 데스였을지도. 나는 '아나테마'라고 새기는 것으로 답하면서, 꽤 디테일하게 모사한 그들의 복잡한 로고도 덧붙였다. 이걸 보는 익명의 메탈헤드는 조용히 뿌듯해할 것이라, 물론 조용히. 저번에 '털북숭이 머저리들' 이라는 말에 '여드름쟁이'라고 답글을 달았는데, 보니 '처 맞으려고, 병신 새끼가' 라는 답이 또 달려 있었다. 갑자기 내 쪽으로 쪽지가 오고 있다는 느낌이 들었다. 근처였다. 군티나가 내 책상에 쪽지를 던졌다. 내 옆자리 친구는 웅크리고 앉아 카드를 보고 있었다.

쪽지를 집어들었다. 앞에는 '카를리스'라고 쓰여 있었다. 고개를 들어 밀레디야를 쳐다봤더니, 나를 마주보고는 손짓했다: 빨리 전해줘! 카를리스가 내 바로 뒤에 앉아있다는 것은 이미 알고 있는 바였다. 나는 쪽지를 카를리스 쪽에 던져두고 다시 내 생각에 빠졌다.

누군가가 책상에 오망성을 새겨두었었다. 별이 뒤집혀 2개의 모서리가 위로 가게 한 오망성 말이다. 아미앵 성당 북쪽 스테인드글라스를 보면 있는 그런 오망성. 이 상징이 왜 이제는 사타니즘satanism과 연관이 되었는지 잘 모르겠다. 그 옆에는 요즘 들어서 같은 사상과 관련 지어진, 뒤집힌 라틴 십자가도 있었다. 사실 그 상징은 성 베드로의 십자가라고 불리며, 교황의 왕좌에도 새겨져 있는데 말이다.

카를리스도 내 책상에 쪽지를 던졌다. 거기에는 '끝까지 브루털하게!'라고 쓰여있지 않고, 밀레디야의 이름만 적혀 있었다. 나는 그걸 내 앞 자리 쪽에 던지고, 책상에 정삼각형을 그린 뒤 그 안에 더 작은 정삼각형을 하나 더 그렸다. 그리고는 각 선분 사이의 공간에 'SATIRNE GAN SANTALINI'라고 적었다. 이 상징을 양피지에 박쥐 피로 그린 다음 축성받은 돌에 올린 다음 문지방 아래에 묻어두면, 그 문지방을 건너오는 첫 여자는 즉시 옷을 다 벗고 쓰러져 죽을 때까지 알몸으로 춤을 춘다고 한다. 최소한 〈그리모리움 베룸Grimorium Verum〉에는 그렇게 쓰여 있었다. 젠장, 양피지와 박쥐만 있었으면 누군가 춤추게 만드는 건데!

자고로 상징이란 올바로 된 재료로 그려져야 하는 법이었다. 다른 학교 쪽 메탈헤드들이 해준 이야긴데, 선생님들 중 하나가 학생 팔이 피투성이인 걸 발견해서 보여달라고 하니 팔에 무슨 상징이 새겨져 있었다고 한다. 상처는 곪아 있었고, 피가 나고 있었다. 선생님이 물었다:

- 음, 이게 뭘까?

학생은 답했다:

- 믿음이요.

무슨 상징이었을까? 아무도 모른다. 옐가바에 그런 사이비 종교도 생겨났구나.

내 책상에 쪽지가 하나 더 떨어졌다. 이 쪽지에는 내 성씨가 쓰여 있었다. 나는 거의 즉시 필체가 다르다는 것을 알아봤기 때문에, 내 감정에는 일말의 동요도, 이론적인 떨림조차 없었다. 펴 보니 '뭐해?' 라는 글귀가 적혀 있었다. 교실을 둘러보았다. 수상해 보이는 사람은 아무도 없었다, 항상 수상해 보이는 얼굴을 하고 있는 여자애 하나 빼고. 하지만 웬만해서 정말 수상한 짓을 하는 애는 아니었다.

같은 쪽지에 원을 그리고, 그 안에 원을 하나 더 그린 다음 십자 두 개를 안쪽 원에 그렸다. 이 상징은 투명인간이 되고 싶을 때 쓰는 것이었다. 그걸 원하지 않는 사람이 어디 있을까? 여기에 더 필요한 준비물은 검은콩, 사람 해골, 그리고 술이었다. 먼저 해골에 난 구멍마다 콩을 한 알씩 넣고, 앞서 말한 상징을 해골의 이마 쪽에 그린 다음 두 길이 교차되는 곳에 묻는다. 그리고 나서는 물론 해골이 묻힌 자리에 술을 부어서 충분히 적셔야 한다. 이걸 7일 동안 연달아 해야 한다. 7일째 되는 날이면 검은 콩들 중 하나가 싹이 트는데, 해골 주인의 영혼이 그 옆에 앉아 있다고 한다. 영혼이 '안 붓고 뭐 해?'라고 물으며 술병을 향해 손을 뻗을 텐데, 이 때 바로 주면 안 된다.

- 야니스, 지금 뭐하니?

실리냐 선생님이 내 자리 바로 옆에 와 계셨다.

- 아무것도 안 했는데요.

나는 마치 내가 결백한 것처럼 답했지만, 뭔가 잘 안 먹힌 듯 했다.

- 아무것도 안 하고 있었던 것 같네. 공책 내 봐!

실리냐 선생은 한 가지 규칙이 있었다: 학생은 수업 진도에 맞게 필기를 해야 했다. 하지만 지금 나는 아무것도 필기하지 않았었다. 공책에 한 것은 무덤을 그린 것 밖에 없었던 것이다. 푸폴스한테 배운 것이었다. 푸폴스는 몇 시간씩이고 자기 주변 사람들의 무덤을 그리곤 했다. 보통 선생님들의 무덤이었다. 입으로는 '그럼요, 리찌티스 선생님. 아무렴요'라고 말하면서 리찌티스 선생님의 무덤을 그리는 것이었다. 항상 무슨 이유가 있거나 혼나서 그러는 건 아니고, 그냥 그리는 거였다. 내가 오늘 우리 선생님의 무덤을 그린 것도 그냥 그린 거였고 말이다. 맛깔나는 십자가에 그녀의 성명이 적힌 비석까지 더한. 푸폴스는 보통 사인死因까지 써 놨었는데, 나는 안 그랬다. 우리 선생님께 이 긍정적인 면에 대해 알려드리고 싶었지만, 굳이 그러진 않았다. 실리냐 선생님은 본인의 무덤 그림을 가리키며 물었다:

- 이게 뭐지?

과학자 다운 진정한 호기심이 담긴 질문이었다. 비석에 쓰인 본인의 이름을 판독하시려고 하시면서 하신. 나는 이게 너무 불편했고, 안 그러셨으면 좋겠다고 생각했다.

그때, 교실 문이 갑자기 쾅 하고 열리며 낯선 빨간 머리 하나가 고개를 들이밀고는 나에게 교장님이 찾으신다고 말했다. 교장님은 게으른 아줌마여서 저런 부지런한 학생들에게 이런 심부름을 시키곤 했었다.

나는 공책을 쾅 하고 닫아버리며 일어났다. 몇몇 친구들은 내 얼굴이 창백해졌다고 했지만, 안 그랬다. 당신의 타고난 천성이 반항아던 소인배던 상관없이 권위자에게 불려가는 것은 보통 재앙적인 것을 의미했다.

하지만 이번 경우는 첫번째, 무덤 건에 대한 추궁을 벗어날 수 있어서 좋았고 두번째, 내가 교장실에 가는 게 아니라 낯선 여자아이가 나를 납치하는 것일 수도 있다는 게 좋았다.

하지만 꽝이었다. 교장실은 이미 사람들로 꽉 차있었다. 물론 교장님이 있었고, 내가 직함을 까먹은 다른 여자도 한 명 있었다. 반면에 5동에 사는 내 메탈헤드 친구들 찝스와 안리이스도 있었고 말이다! 데스도 있었다.

- 이게 무슨 일이야?

그런데 되려 교장 선생님이 나에게 묻는 것이었다:

- 그래서?

나는 답했다:

- 네?

교장선생님이 질문하셨다:

- 할 말 없니?

그래서 나도 질문했다:

- 무슨 말이요?

교장선생님이 덧붙였다:

- 너희들 같이 뭐 하고 다니는 거야?

여기서 난 잠깐 멈췄다. 우리가 하고 다니는 게 한 두개가 아니었고, 그것들이 여기 있는 아줌마들이 스스로 이해하거나, 우리가 아줌마들에게 제대로 설명해줄 수도 없는 것이라는 걸 알고 있었기 때문이다. 교장선생님이 마치 내 생각을 읽은 듯 조금 더 상세하게 질문했다:

- 너희들 무슨 사이비 교회 다니고 있지?

이어서 교장 선생님의 브리핑이 시작됐다. "너희 네 명은 돌아다니면서 세상의 종말을 알리고 다니고, 사타니즘적인 표어를 외치고 다니며, 죽음을 숭배하며 우리 요상한 '신앙'을 퍼뜨리고 다녔다. 게다가, 공동묘지에서 술도 마셨다." 교장 선생님이 얼마나 우리가 하고 다닌 걸 정확하게 알고 계시는지에 놀랐지만, 그 정보를 어디서 입수하셨는지는 알 길이 없었다. 게다가, 설명하신 것들 중 내가 몰랐던 부분도 있었다. 그녀의 정보원에 따르면 우리 기지는 학교 근처 아파트 빌딩 지하에 위치해 있었고, 우리의 리더는 수염을 크게 기른 어떤 아저씨라는 것이었다. 이 마지막 디테일 때문에 난 이 억측을 완전히 부정할 수 있었고, 진심으로 놀랐었다. 내 반응이 어찌나 자연스러웠는지 교장 선생님도 말했다:

- 그럴 줄 알았어, 다 헛소리라니까. 너희들은 딱 봐도 멀쩡한 남자애들인 걸!

우리 넷 모두 끄덕이며 동의했다. 지금 이 순간만은 완전한 정상인이 될 준비가 되어 있었다. 교장이 덧붙였다:

- 그럼 수염 난 아저씨 부분은?

맹세컨데, 나는 그게 대체 어디서 어떻게 나온 이야기인지 알 수 없었다. 나머지 세 명도 나와 똑같이, 그리고 진심으로 놀라 말조차 잇지 못하고 있었다.

내가 기억하지 못하는 직책의 아줌마가 본인의 가설을 내세웠다:

- 아마 너희가 음악을 조금 너무 크게 트나봐… 따라 부르기도 하고… 나이 좀 있는 분들이 지나가면서 가사를 듣고 겁을 먹으셔서…

그 말을 들은 안리이스가 가볍게 웃으며 말을 꺼냈다:

- 솔직히 그 랩 음악 따라 부르지도 못하는 걸요!

물론 그건 우리가 이 위험한 것들과 얼마나 거리가 있는지 보여주기 위한 거짓말이었다. 하지만 우린 랩 음악을 듣지 않았다.

- 우리 랩 안 듣잖아!

데스가 한 말이었다. 인상을 잔뜩 쓰고 있었다.

- 아, 제 말은, 우리 정상인인데요, 랩도 안 듣는다, 그런 뜻이에요.

교장 선생님은 갑자기 매우 피곤해 보였다.

- 구체적으로 말할 필요도 없겠다. 교실로 돌아가렴.

찝스는 마지막으로 물어볼 것이 있었다:

- 그런데 이거 다 누가 알려준 거에요?

- 교실로 돌아가래도.

복도로 나가자마자 교장님이 각자의 교실로 가는 방향 따라 우리를 다 따로 보내 버려서 우리끼리 따로 이야기를 나눌 수 없었다. 나는 이 상황을 이해해보려고 조금 더 자세히 머리를 굴려보다 결국 마지막으로 나갔다.

그때, 옆 반의 망할 넬리야가 갑자기 나타나서 물었다:

- 뭐야 방금?

- 뭐가?

- 저 안에서.

- 아무것도 아닌데.

- 무슨 큰일 났어?

- 어디에?

- 너 왜그래?

- 왜?

- 너 어디 아픈 거 아니야?

- 돌았냐?

그제서야 나는 넬리야를 제대로 알게 되었다. 넬리야는 사람들이 다들 자기를 '리야'라고 불렀고 우리도 그래도 된다고 말했었다. 하지만 우린 그녀를 그렇게 부르지 않았다. 그리고 다른 아이들이 그녀를 그렇게 부르는 것도 본 적이 없었다. 사람들은 다들 그녀를 '멜레Mele('헛바닥', 라트비아어-역자)' 즉 거짓말쟁이라고 불렀기 때문이다.

10

뭐가 더 나을까? '고물상'에 가는 것, 아니면 집에서 혼자 스테레오 앞에 있는 것? 애초에 '고물상'이 재미있는 이유는 집에 와서 거기서 일어난 재미있는 일을 혼자 회상할 수 있어서 아니었나? 그리고 스테레오 앞에 앉아서—가끔은 서서—하는 최고의 상상은 '고물상'에서 몰아치는 천둥과 번쩍이는 번개에 몸을 맡기는 것 아니었고?

노래를 듣는 옳은 방법은 무엇인가? 스스로가 곡의 주인공이 된 것처럼 상상해야 하는가, 아니면 스스로의 삶에 노래를 투영해야 하는가? 노래가 나를 닮은 것인가, 내가 노래를 닮은 것인가?

수학과 가족드라마를 위한 시간은 점점 줄어갔다. 이런 시시한 것들은 메탈로 대체되어가고 있었다. 내 카세트 테이프 컬렉션은 양 팔로도 다 들어올릴 수 없을 만큼 방대해졌다. 나는 여기에 젊은 지성인들이 가장 좋아하는 구조화와 분류화를 해볼 수 있었다. 나에게는 둠 메탈 테이프가 많이 있었고, 데스 메탈도 꽤 있었으며, 쓰래쉬가 조금, 그리고 너무나도 많은 사람들이 빠져있고 심지어 집착하고 있던 '그 장르'도 있었다. 나는 내가 여기에 왜 빠져들었는지 정확하게 설명할 수 있다.

'고물상'이나 집에서 시작된 건 아니었다. 어느 날 체육시간 (윤리 시간이었을 수도 있다), 나는 테이프를 되감고 있었다. 보통 펜뚜껑이나 가위로 하지만, 그날따라 괜히 귀찮았다. 그래서 내 워크맨이 못 박힌 나무 판자를 써는 전기톱처럼 끼리릭거리고 쿵쾅댔다. 카를리스가 돌아 앉더니 물었다.

- 지금 나오는 블랙 메탈 밴드 누구야?

난 아직 이 장르에 대해 들어본 적이 없었지만 이것과 비슷한 사운드라면 환영이었다. 블랙 메탈은 메탈음악 중에서도 가장 과격한 음악적 표현이라는 평을 듣는다. 하지만 우리의 취한 뇌를 위해서는 그냥 한참 타오르는 불구덩이 안에 다이너마이트 던지기였다. 궁극 그 자체였다. 완벽한 어둠[black]이라니. 이게 끝일 수밖에 없었다. 최근까지도 둠 메탈이야말로 장르 종결자인 줄 알고 있었던 데스와 나는 스테레오 앞에 앉아 있었다. 데스가 입을 열었다:

- 둠 중의 최고는 블랙이었네.

나는 자연스레 이 문장을 이렇게 번역했다:

- 최고의 운명은 검은색이어라…

밴드 임모탈의 퓨어 홀로코스트Pure Holocaust를 기억하는가? 물론 기억할 거라 믿는다. 메이헴은? 안다, 너무 뻔한 질문인 것. 그리고 맞다, 옛날 메이헴 말하는 거, 살아남은 멤버들이 하는 늙다리 메이헴 말고. 하지만 어쩔 수 없다, 여러분들이 다 알고 있는 것도 한 번 짚고 넘어가야 하니까.

메이헴이라는 밴드는 1984년도에 외이스타인 오르셰트Øystein Aarseth라는 노르웨이 사람이 창설했다. 그 사람은 기타를 쳤고, 유로니무스Euronymous라는 예명으로 활동했다. 사실 아무도 이 이름을 어떻게 발음해야 하는지, 어디에 악센트를 주어야 하는지 알지 못했다.

유로니무스는 자신의 삶의 목적이 절대악에 도달하는 것이라고 믿었다. 밴드가 유명해진 뒤 한 기자가 그들에게 물어봤었다: 에헴, 그 아티스트분, 본인이 부모님과 사이가 좋다고 들었습니다. 아주 효자시라고요. 그게 절대악이랑은 좀 안 들어맞지 않습니까? 그러자 유로니무스는, 약

간은 자기 비판적으로, 이것을 인간 본성과 연관시켰다:

― 기독교인들도 항상 선하지만은 않으니까요.

기똥찬 답변이었다!

그리고 유로니무스, 즉 밴드의 창시자가 노래를 하지 않고 기타를 쳤다는 점에 주목해야 한다. 메이헴의 첫 보컬은 매니악Maniac이었다. 그 사람은 이내 데드Dead라는 이름의 멜랑꼴리한 청년으로 대체되었었는데, 이 사람은 참 분위기 잡는 걸 잘 했었다. 데드는 블랙 메탈계에서 맨 처음으로 '콥스페인트'를 하고 무대에 섰던 사람이었다. 일종의 페이스페인팅이었는데, 약간 마임 같아 보이기도 했다. 사실상 똑같은 거긴 했다―둘 다 우울증 걸린 광대들이었으니까.

그게 사실 데드는 실제로 데드Dead하게, 그러니까 죽은 것처럼 보이고 싶어했었다. 옷을 한 주 또는 한 달 동안 땅 속에 묻어놨다가 공연 한 시간 전에 꺼내서 입기도 했다. 팬들은 가끔 데드 몸에 땅강아지가 붙어서 기어다니는 걸 목격했다고 한다. 그리고, 데드는 공연 때 자기 몸을 칼로 긋기도 했다.

공연이 없던 어느 날 밤, 데드는 양 팔목을 긋고 '피 많이 흘려서 미안'이라는 쪽지를 남긴 채 자기 머리를 총으로 쏴 자살했다.

뭔가 익숙하지 않은가? 쪽지와 총. 역사는 탄복됐다. 물론, 커트 코베인이 죽은 게 1994년이고 데드가 죽은 게 1991년이라는 사실을 무시하면 말이다. 그때 우리의 시간은 가만히 흐르지 않고 앞뒤로 왔다갔다 했었다.

데드의 시체를 발견한 건 유로니무스였다. 그는 바로 그 광경을 사진으로 남겼고, 이 사진을 이후에 발매된 부틀렉 앨범 던 오브 더 블랙 하츠Dawn of the Black Hearts의 앨범 자켓으로 사용했다. 모든 것이 잘 들어맞기 위해, 성서의 예언이 실현되기 위해서는 의심하는 자들이 생겨나야 하는 법. 이 사건의 경우, 내 친구들인 베놈과 슬레이어가 그 탐정 역할을 맡았다. 사진을 본 그들은 '모든 게 다 너무 완벽했다'며, 자살이 아니라 타살이 아닌지 의혹을 제기했다. 사진이 참 완벽하긴 했지. 소문에 따르면 유로니무스가 데드의 뇌 한 조각을 요리해서 먹었다고, 그리고 데드의 두개골 파편으로 목걸이를 만들었다고 한다. 심지어는 드러머 헬해머Hellhammer가 데드의 대퇴골을 가져다가 스틱으로 만들었다는 소문도 있었다. 아무튼 그렇게, 메이헴은 보컬을 잃게 되었다. 베이시스트 네크로부쳐Nekrobutcher도 밴드를 떠났다. 아마 같이 밴드하는 놈들이 나사 빠진 놈들이라는 생각 때문이었을 것이다.

하지만 전설은 죽지 않는다. 사건 이후 한동안 공백기가 있었지만, 곧 아주 똑똑한 크리스티안 비케르네스Kristian Vikernes라는 청년이 밴드에 들어오게 되었고, 이 안 어울리는 이름은 바르그 비케르네스Varg Vikernes, 또는 그리슈나크 백작Count Grishnackh으로 바뀌었다. 이 얼마나 좋은 이름인가! 그리슈나크는 카톨릭 소설 〈반지의 제왕〉에 나오는 오크 대장 이름이었다. 이 젊은 노르웨이 출신 오크는 버줌Burzum(이것도 톨킨 문학에 나오는 단어였다)이라는 솔로 프로젝트를 하고 있었고, 메이헴에서 베이스를 쳤다. 이어 그들은 밴드 쏜즈Thorns의 기타리스트 블랙쏜Blackthorn과 헝가리 밴드 토멘터Tormentor의 보컬 아틸라Attila까지 섭외해서 총 5명이서 메이헴의 마지막 진짜 앨범 데 미스테리스 돔 사타나스De Mysteriis Dom Sathanas를 녹음했다. 이 앨범은 블랙 메탈의 말그대로 완벽한 예가 되었다. 더 이상 말할 필요도 없는.

이후에 유로니무스의 어머니가 이 앨범의 베이스 기타 파트를 다시 녹음해주면 안되겠냐고, 그리슈나크의 연주가 자신의 착하고 예쁜 아들과 함께 있지 않도록 해달라고 요청했다고 한다. 그리슈나크는 지금까지도 이 앨범에는 본인의 베이스 연주가 담겨있다고 주장하고 있다.

데 미스테리스 돔 사타나스 De Mysteriis Dom Sathanas가 녹음된 후 어느 날 밤, 비케르네스와 블랙쏜이 유로니무스를 찾아갔었다. 그 춥디추운 날 밤, 그들은 무슨 이야기를 했을까? 이에 대한 기록은 없지만, 나는 이렇게 되었을 것 같다. 블랙쏜이 물었을 것이다:

- 담배 피워도 돼?

바르그는 이렇게 답했을 것이다:

- 아니, 말했잖아. 내 차에서 담배 피우면 안 된다고.
- 왜? 담배 피우는 거 사악하고 좋잖아!
- 노르웨이의 고대 신들은 담배 안 피웠어.
- 아니, 너네 진짜 왜 그러냐? 유로니무스도 태피스트리 오염된다고 집에서 담배 못 피우게 하고 말이야.
- 유로니무스가 뭐라 했던 내 알 바 아니고.
- 그럼 담배 피워도 돼?
- 아니.
- 너네 진짜 이상해! 너네 담배 안 피우는 거 이거 안 좋다. 내 말 들어.
- 담배는 유태인들이 우리더러 피우라고 세뇌시키는 거야.
- 아, 진심 담배 피우고 싶어서 미치겠네. 나 나가자마자 줄담배 겁나 피울거야.
- 하지만 전설은 죽지 않지.
- 응? 뭐라고?
- 진정해, 거의 다 왔어.

도착한 뒤에, 블랙쏜은 밖에서 담배를 피우고 있었을 것이다. 그래서 나머지 둘의 사건에 목격자가 되지 못했던 거고. 베놈에 의하면 사건은 이렇게 진행됐다고 한다: 그리슈나크가 침울하게 전화를 걸자, 침울한 유로니무스가 각별히 침울한 속옷 차림으로 문을 열었다… 내 생각엔 이런 대화가 오갔을 것이다.

- 안녕, 크리스티안!
- 안녕, 외이스타인!
- 스노레[5] 아래층에 있어?
- 그럴 걸.
- 담배 한 대 피울래?
- 안돼, 시간이 없어.
- 그렇지. 가위 바위 보로 할까?
- 가위 바위 보 좋지.

보이다시피 자세히 어떻게 된 건지는 나도 모르지만, 아무튼 그날 유로니무스는 칼에 찔려 죽었다. 동기와 관련해서 많은 추측이 난무했다―우위를 점하기 위한 경쟁, 갈등, 치정, 거짓 같은―헛소리. 유로니무스는 스무 번 넘게 찔려 죽었었다. "영원의 유로니무스, 배신자의 손에 살해당하다." 비케르네스는 법정에서 웃음을 터뜨렸고, 검사는 7건의 교회 방화 혐의, 총기 소지 혐의, 그리고 과속 운전 혐의에 대한 공소를 제기했다. 너무 빨리 달리셨군요, 하고 말이다. 결국 비케르네스는 최고형을 선고받았다. 노르웨이에서는 그게 징역 21년이다.[6]

---

5 역자 注―Snorre Westvold Ruch, 메이헴의 기타리스트 블랙쏜의 실명이다.
6 혼자 남은 헬해머는 크리스천 메탈 밴드 안테스터(Antestor)에서 드럼을 치기 시작하면서, 다시금 결국 제일 중요한 것은 메탈이라는 것을 증명했다. 그리슈나크는 2009년에 석방됐다.

나는 매일매일 데 미스테리스 돔 사타나스De Mysteriis Dom Sathanas를 들었다. 매일 밤 밖이 어두울 때 들을 수록 이 앨범이 더욱 좋아졌다. 불을 다 끌 수 있을 때면 난 불을 다 끄고 어차피 보이지도 않는 벽을 바라보거나 창 밖을 바라보곤 했다. 창 밖에는 검은 밤 하늘에 투명하게 새겨진 검은 굴뚝의 실루엣이 보였다. 가사가 들리지 않을 때는—메탈을 들으면 빈번하게 겪는 일이었다—그냥 내 멋대로 가사를 만들어서 따라 부르면서 내 영적인 면을 계발해 나갔다. 우리 가족은 더 이상 내 음악에 대해 불평하지 않았지만 그렇다고 그들이 메탈헤드가 된 건 아니었다.

얼마 가지 않아 필연적으로 나는 메이헴이 일종의 클리셰가 되어버린 것을 알 수 있었다. 핀란드의 특출난 블랙 메탈 밴드 언홀리Unholy는 자기 공연에서 메이헴과 버줌 앨범을 불태우기도 했다. 진정한 서브컬쳐는 친구 뿐만 아니라 적도 만들어 주는 법이다. 나는 피해자의 음악도 들었고, 살인자의 음악도 들었고, 그 둘 다 싫어하는 자들의 음악도 들었다. 알고 보니 블랙 메탈 안에서도 언더그라운드가 있었던 것이다—아비게일Abigail이라든가, 블라스페미Blasphemy라든가 하는 밴드가 넘쳐나는. 태어나서 처음으로 나는 하셰크Hašek의 '훌륭한 병사 슈베이크'의 말이 맞았다는 것을 알았다—우리가 보는 세상 밑에 그보다 훨씬 큰 또다른 세상이 있었다.

지진이 날 때면 나비도 날개를 팔락인다. 라트비아에 필요한 것은 라트비아만의 전설적인 블랙 메탈 밴드였다. 그것 만큼은 분명했다. 당장에는 블랙 메탈 밴드가 없었지만, 우린 지금 당장 전설적인 밴드가 필요했다. 보통 그런 식이었다, 베놈은 전세계에서 블랙 메탈을 가장 먼저 한 밴드였고, 확실히 전설적이라 할 만 했다. 우리에게 필요한 게 딱 그런 밴드였다. 사실… 허스크반이 약간 올드스쿨한 블랙 메탈 스타일로 연주한 곡들이 몇 개 있긴 했었지만, 본인들이 항상 쓰래쉬 메탈로 분류되길 원했으니 그냥 쓰래쉬 메탈인 것으로 치자. 그 태초의 밴드에서 본인의 별명을 땄던 베놈 또한 전설이 되기 위한 첫 걸음을 내딛었다. 베놈은 내가 비르쟈에 처음 갔을 때 만났던, 장발에 떨떠름한 표정을 한 엘리트주의적인 메탈헤드다.

그는 날카롭고 이상적인 사람이었고, 세상에 좋고 안정적인 것을 뒤흔드는 것이면 다 좋아했었다. 베놈에게 모든 나쁜 것은 좋은 것이었기 때문에, "나쁜"이라는 형용사를 불안정하게 만드는 재주가 있었다. 베놈은 폴포트는 물론이고 마키아벨리, 사탄, 그리고 그리스 신화도 좋아했다. 자신이 신화 같은 걸 창작하기도 했다: '아라크네가 부러진 이빨을 뱉으며 나무 속 구멍에서 기어나왔다.' 밴드 켈틱 프로스트Celtic Frost도 좋아했었고, 뻔한 얘기겠지만 베놈도 좋아했다. 하도 그 옛날 블랙메탈 밴드를 찬양해서 가끔은 이 친구가 실제로는 헤비메탈을 싫어하는 건 아닌가 의심이 됐다. 짧게 말해 그는 전설적인 것에 대해 항상 회의감을 품고 있었지만, 본인도 전설이 되고 싶었던 사람이었다.

1994년 10월, 베놈과 슬레이어는 다크 레인Dark Reign이라는 밴드를 결성했다. 이건 알프하임Alfheim이 원년 멤버들로 결성되기 2개월 전이었다. 이 두 밴드는 훗날 '사상 초유의 진정으로 사악한 라트비아 블랙 메탈 밴드'라는 명예 타이틀을 놓고 경쟁할 운명이었다.

하지만 1등을 향한 경쟁은 끝나지 않았다. 베놈은 할 수 있는 짓은 다 했었다. 합법적으로 성씨를 바꾸는가 하면, 자해해서 피를 흘리기도 하고. 그렇다, 정확하다. 잘 짜여진 대본에 따른 것이다. 언제 한 번 베놈은 칼리닌의 지하실(선택받은 극소수의 사람만 갈 수 있는 곳이었다 [난 선택받았던 적이 없다])에 앉아서 배관에 물이 새어 머리에 떨어진다며 투덜대고 있었다. 그의 가장 친한 친구이자 밴드 동료였던 슬레이어도 그 옆에 앉아 있었다. 그러다 어쩌다 보니 슬레이어가 칼로 베놈의 다리를 찌르게 되었고, 기분이 상한 베놈은 자리를 떠났다. 그날 벨쩨Veldze[7]에 모인 사람들 태반이 이 사건에 대해 이야기를 하고 있었다. 이기려면 무슨 짓인들 못 할까?

결국 나는 밴드를 만들고 유지하려면 희생자가 하나는 있어야 한다는 것을 깨달았다. 칼로 찌르거나, 칼에 찔려야 했다. 나라면 뭘 할 수 있을까? 내 두 눈을 찔러 뽑아버리면 어떨까 하는 생각이 떠올랐다. 장님들은 귀가 좋으니까 음악을 만들 때 유용하겠지. 하지만 일단은 보류해두고 다른 아이디어가 떠오를 때까지 기다려 보기로 했다.

이번에도 나는 또 조금 늦었다. 다른 사람들보다 한 발짝 정도 뒤쳐져있던 것이다. 최초의 밴드가 아니라면 밴드를 시작하는 의미가 뭐가 있나?

다만, 다크 레인도 알프하임도 앨범을 내지는 않았었다. 나에게 밴드는 앨범을 내야 진정한 의미로 결성된 것이었다—물론 내가 메탈을 방구석에서 혼자 스테레오를 끌어안고 앨범을 들으며 배워서 그런 것도 있겠지만. 다른 사람들에게는 처음으로 공연을 한 날이거나, 처음으로 고양이를 희생시킨 때라거나, 처음으로 맥주를 수십 리터 때려 박은 날일 수도 있다. 어찌 됐건 라트비아의 메탈의 역사가 우리 눈 앞에 펼쳐지고 있었고, 나도 거기에 참여해야만 했다. 나도 유로니무스가 처음 밴드를 시작했을 때 나이가 되었으니까 말이다. 그리고 나한테는 시니스터가 있었다. 시니스터는 나보다 나이가 많았지만 나만큼 블랙 메탈에 미쳐 있었

---

7 역자 注: 낮에는 가족들이 식사를 하러 오고, 저녁에는 힙스터들이 수제맥주를 마시러 오는 리가 시의 술집.

다. 그는 우리가 함께 할 밴드의 로고로 쓸 만한 그림을 그려줬고 (아직 밴드 이름을 정하진 않았었다), 하루 온종일 도끼 이야기만 하는 다른 밴드 멤버 한 명도 구해왔다. 이제 남은 건 세계 정복뿐이었다.

그리고 이 모든 것을 아우르는 가장 핵심적인 존재에 대해 언급을 해야겠다: '달'이었다. 블랙 메탈에서 가장 대표적인 노래는 메이헴의 「Freezing Moon」이라는 사실에 아무도 반박하지 못할 것이다. 라이프치히에서 한 공연에서 이 노래를 시작하기 전에, 데드가 이런 멘트를 쳤었다:

― 어둠이 찾아오고 한기가 엄습할 때, 얼어붙은 달이 당신을 미치게 하리라.[When it's dark and when it's cold, the freezing moon can obsess you.]

이 구절은 우리가 매일 되뇌이는 주문이자 우리 운명의 근거였다. 실제로 우리 삶에 일어나는 일들이었다―한기, 달, 광기.

거의 모든 블랙 메탈 밴드와 메탈 밴드들 전반적으로 달을 언급했었다: 카르파티안 풀 문Carpathian Full Moon, 밴드 엠페러Emperor의 곡 「Moon over Kara-Shehr」, 임모탈의 앨범 디아볼리컬 풀문 미스티시즘Diabolical Fullmoon Mysticism과 곡 「Call of the Wintermoon」, 밴드 문스펠Moonspell, 밴드 호드Horde의 곡 「Behold, the Rising of the Scarlet Moon」, 기타 등등 넘치는 것이 달이었다. 달이라는 그 광기의 민머리, 범죄자들과 연인들의 태양, 흡혈귀들의 랜턴에 사람들의 정신은 불나방처럼 이끌려 갔다―달만큼 아름다운 게 없었다. 옐가바 도로테아 초등학교를 나와 옐가바 성삼위일체 여자고등학교를 졸업하고 훗날에 사악한 여류 시인이 된 아스파지야Aspazija도 이렇게 말했었다:

견과나 파이는 그네들이나 가지라 해,
우리에겐 대신 하늘의 달이 있다네.

달콤하고, 하얗고, 둥그런 달,
우리만을 위해 이리도 밝게 빛넌다.

울지 마라, 아이야, 눈물을 훔치라.
내 비밀 하나 알려 주리라.
수고양이 하나 잡아 수레에 달어,
우리 둘이 타고 날리라, 저 달을 따러.

수백 년 동안, 사람들은 꿋꿋이도 달 생각을 하고 살았나 보다. 하지만 나는 나만의 이유가 있었다.

오래 전의 일이었다. 그리고 물론 어느 겨울날 아침에 일어난 일이었다. 나는 옐가바의 눈더미들을 탐험하며 고등학교가 아닌 유치원을 향해 가고 있었다. 내 내면의 세계에 갇혀 길을 잃기 전이자, 인생이란 길에 장님처럼 절뚝거리며 헤매기 전이었고, 내 주변 환경을 완벽하게 인식하고 있던 때였다. 위를 올려다 보니 달이 보였다. 그 나이에도 나는 완벽한 건 동화 같은 이야기에서나 존재한다는 것을, 고로 현실을 너무 진지하게 받아들이면 안된다는 것을 알고 있었다. 하지만 완벽한 것이 바로 거기 있었다, 온전하고 완벽하게 순수한 것이. 다른 세상으로 향해 난 총알 구멍 같았다. 그 위에는 얼룩들도 보였다: 달까지 끌려 올라간 인디언의 모습도 보였고, 엉덩이가 예쁜 라트비아 아가씨도 보였다. 여러 추측이 담긴 수많은 이야기가 있는, 달은 나를 설레게 했다.

내가 본 걸 다들 봤었나 보다. 유치원에서 아이들이 모두 선생님 주변을 둘러싸고 서로 소리를 질러대고 있었다:

- 오늘 달 무지 예쁘게 떴어요! 제가 봤어요!

나는 전혀 질투나지 않았다. 나도 다른 아이들 무리에 합세해서 말했다:
- 나도 봤어요!

하지만 사니타라는 나쁜 계집애가 나한테 돌아서더니 말하는 것이었다:
- 아니거든, 너 못 봤잖아!

그 아이가 왜 그런 이야기를 했는지 모르겠다. 나중에서야 몇 가지 가능한 이유가 떠올랐고, 난 나름 그것에 대해 깊이 생각해 보았다. 하지만 한 가지는 확실하다: 그날 아침이야말로 옐가바에 블랙 메탈이 온 날이었을 것이다.

11

봄에 처음으로 해가 나기 시작할 때쯤, 데스가 나에게 물었다:

- 너희 부모님 지금 집에 안 계시지?

그리고는 덧붙였다:

- 그렇게 들었는데.

나는 고개를 끄덕였다. 우리 부모님은 우리 시골 집에 가 계셨다. 데스는 모든 걸 알고 있었다. 지금은 얼굴을 긁적이며 뭔가 계획을 세우고 있는 것 같았다. 나는 조용히 기다렸다. 우리 파티하는 건가? 첫 밴드 연습? 아니면 여자애들 불러서 노나?

- 나 아는 친구 하나가 도망을 나왔거든. 며칠 묵을 데가 필요해서.

더 낭만 있구만!

- 우리 집에 묵어도 돼!

데스가 나를 올려다 봤다:

- 정말? 잘 됐다!

그리고는 손을 내밀었다:

- 열쇠 줘. 오늘 그 친구 만날 때 주게.

- 내가 집에서 맞으면 되지.

- 언제 들어갈 지 몰라서 그래. 너 없을 수도 있잖아.

생각해보니 나한테 열쇠가 없으면 당연히 집에 없겠지, 싶었다. 하지만 이내 우리 어머니께서 열쇠를 두고 가셨고, 내 주머니에 그게 들어있다는 게 기억났고, 난 그걸 데스에게 주었다.

데스는 작별인사 대신 코를 훌쩍하더니, '끝까지 브루털하게!'라 하고 떠났다. 나도 라이니스 공원에서 푸폴스를 만나러 가야 했다.

우리는 핸드폰의 시대가 도래하기 전의 사람들 답게 제 시간에 만났다. 한참을 앉아 있었지만 술은 마시지 못했었다. 나는 푸폴스가 술을 가져올 것이라 생각했고, 푸폴스는 내가 가져올 것이라 생각했던 것이다.

상관 없었다. 우리는 지나가는 여자애들의 벗은 모습을 상상하며 시간을 보내다, 결국 그 중 제일 예쁜 여자애가 어디로 가나 몰래 따라가게 되었다. 어떤 공용 정원 같은 곳까지 갔는데, 그 여자애가 작은 울타리를 열어서 개를 푸는 바람에 돌아서 냅다 뛸 수밖에 없었다. 자갈길을 뛰어 내려가다 보니, 문득 나의 '손님'이 나를 기다리고 있을 수도 있다는 생각이 들었다.

어디서 도망쳐 나온 걸까? 사람들이 어디서 도망쳐 나오더라? 정신병원에서들 많이 도망치지. 옐가바에 신경정신과 병원이 있긴 하잖아? 맞아. 아마 오해 때문에 입원한 천재일지도 몰라. 잠깐만, 아니면 나라는 사람을 깊이 꿰뚫어보고 나의 천재성을 발견해줄 엄청 섬세한 영혼일 수도 있지. 여자일 수도 있고 말이야. 데스가 남자라고 하진 않았으니까, 그럼 여자인가보다. 그럼 마이 다잉 브라이드도 틀어주고 크로켓도 내어 줘야지. 아, 아니야, 마이 다잉 브라이드는 너무 흔해서 정신병원에서도 다 들을 걸. 뭐랄까, 좀 더… 셀레스티얼 시즌? 세레모니움Ceremonium? 인 더 우즈In the Woods? 이도 저도 아닌 성향이 짙은 밴드였지만, 여자니까 좋아하겠지.

아, 그런데 자세히 생각해보니까 데스가 남자라고 하긴 했었다.

그리고 도망쳐 나올 곳이 정신병원만 있는 건 아니었다. 감옥에서 도망쳐 나오기도 했으니까. 에이, 그래도 그건 말이 안되지. 감옥에서 어떻게 도망쳐 나와, 교도관들이 지키고 서 있는데.

그쯤 돼서 난 얼어붙을 수밖에 없었다. 내가 봤던 모든 영화의 명백하고 불가변한 논리에 따르면, 우리 집에서 기다리고 있는 사람은 다름 아닌 유리스의 형일 것이다—내가 스테레오를 빌려주기를 거부했던.

그러다 나는 지금 오늘 제일 예뻤던 여자아이의 개에게 쫓기고 있다는 게 기억났다. 쫓기던 와중에 가만히 서 있던 것이다. 개가 달려오고 있었다, 귀를 위협적으로 펄럭이며.

혹시 말을 안 했을까봐 덧붙이자면, 나는 개를 정말 무서워한다. 개 공포증. 그리고 제복 입은 사람들도. 스웨덴 작가 아우구스트 스트린베리August Strindberg처럼 말이다. 오늘 같은 날엔 제복 입은 사람이 있으면 참 좋았을 것 같은데, 어째 오늘따라 한 명도 보이질 않았다. 개는 점점 더 가깝게 다가왔다, 귀를 위협적으로 펄럭이며…

나를 지나치더니, 왼쪽 귀를 내 발목에 부딪히고는 계속 도망가고 있는 푸폴스를 향해 달렸다. 나는 푸폴스가 안전하게 도망갔길 빌며, 집에 돌아가는 수밖에 없었다.

집 건물에 도착했을 때에는 이미 땅거미가 진 후였다. 보니 부엌 불이 켜져 있었다. 아마 시건방진 냉혈한인 범죄자 녀석이 내 크로켓을 다 먹고 있겠지. 나는 천천히 계단을 올랐다. 집 현관문 앞에 도착한 뒤, 잠시 또 서서 전략을 짜보려 하고 있었다.

세상이 나를 도왔다. 안쪽에서 누군가 잠긴 문을 여는 소리가 난 것이다. 나는 조용히 5층으로 뛰어 올라갔다.

거기서 나는 누군가가 문을 조심히 잠근 뒤 계단으로 내려가는 소리를 들었다. 아래 아파트 현관 문이 닫히는 소리를 듣고 난 뒤 복도 창문에 얼굴을 대고 방금 나간 사람을 확인하려 했지만, 사각지대인 건물 가에 붙어서 이동했는지 보이지 않았다. 역시 고수였구만. 어디 아이 하나 납치해서 저녁거리 삼으러 가는 길이겠지.

나는 문을 열고 안으로 들어갔다. 총이나 칼 같은 것은 보이지 않았다. 부엌에 가서 냉장고를 열어보니, 크로켓은 아무도 건드리지 않은 상태 그대로 있었다. 거실로 가 보았다. 한쪽 구석의 내 책상 쪽에 못 보던 것들이 있었다. 꽤나 검소하고 간결한 짐이었다: 잘 개어진 티셔츠, 공 모양으로 말려 있는 양말 몇 켤레(다 남자 옷 같았다), 그리고 무지 두꺼운 책 한 권.

책을 집어올렸다. 묵직하니 드는 맛이 있는 책이었다. 수도 없이 읽힌 티가 나는 책이었다, 약간은 막 읽었다 해도 될 정도로. 표지의 모서리는 누군가의 머리를 찍을 때 쓰였던 것처럼 둥글게 접혀 있었다. 표지의 색깔은 검은색, 성경처럼 검은색이었다. 제목: 〈메탈 백과사전[Encyclopedia of Metal]〉. 금속공학이나 공예에 대한 것이 아닌 것을 확인하기 위해 페이지를 좀 넘겨보았다. 정말 메탈 음악에 관한 책이었다. M자 쪽으로 책을 넘겼다: 메이헴, 모비드 엔젤Morbid Angel, 모르고스Morgoth, 기타 등등, 마이 다잉 브라이드. 사진도 있었다. 뒤로 넘겨 보았다: 윈터Winter. 앞으로 넘겨 보았다: 아나테마. 브루털 트루스는 있으려나? 있었다.

당시의 내가 이름조차 들어보지도 못했던 밴드도 있었다. 블라스페미라… 이름만 봐도 블랙 메탈이었다. 앨범 자켓도 꽤 괜찮아 보였고 말이다. 앨범 제목도 폴른 엔젤 오브 둠Fallen Angel of Doom, 절망의 타락 천사-역자) 이라니, 세상에, 너무 멋지잖아! 게다가 이건 세상에서 가장 침울한 레이블 중 하나인 오스모스 프로덕션Osmose Production에서 프로듀싱한 앨범이었다. 멤버―보컬: 녹터널 그레이브 데세크레이터 앤 블랙 윈즈Nocturnal Grave Desecrator and Black Winds(밤의 무덤 파훼자와 검은 질풍-역자),

기타: 데스로드 오브 어보미네이션 앤 워 아포칼립스Deathlord of Abomination and War Apocalypse(혐오와 전쟁 종말의 죽음 군주-역자), 드럼: 쓰리 블랙 하츠 오브 댐네이션 앤 임퓨리티Three Black Hearts of Damnation and Impurity(단죄와 불결의 세 검은 심장-역자). 낭만주의자들이구만. 나에겐 이제 지식이 있었다. 지식이 있으면 무언가를 구하기가 쉬워지는 법. 지금은 진정하고 앉아서 공부를 할 때였다.

그때, 누군가가 잠긴 문을 열었다. 그리고 가만히 있었다. 들어오지도 않았고, 신발을 벗지도 않았다―우리 가족이었다면 그랬을 텐데 말이다. 현관 쪽이 고요했다. 거실 쪽에 불이 켜진 걸 보고 어떻게 할 지 몰라 거기 서 있던 모양인가보다. '저기에 뭐가 기다리고 있을까, 덫인가? 나의 먹잇감인가?' 하며 말이다.

이럴 때는 보통 어떻게 해야 하지? 우리 둘 중 하나가 먼저 움직이려면 무슨 일이 일어나야 하지? 나는 최소한 앉아서 책이라도 들고 있었지만, 저 사람은 뭘 하고 있을까? 그때, 전화가 울렸다. 전화는 복도 쪽에 있었다. 지금 시간에 전화할 사람은 내가 크로켓을 먹었는지 확인하려고 전화하실 우리 어머니 밖에 없었다. 아니면 밖에서 무슨 일이 있었는지 경고해 주려고 전화하는 데스? 경찰?! 무슨 경우건 간에, 수화기를 들어 올린다면 살려 달라는 단말마의 비명 정도는 지를 수 있겠지. 나는 복도 쪽으로 뛰어나갔고, 거기서 내 또래 되는 남자아이를 만났다. 하나도 안 무섭게 생긴. 머리도 더부룩하게 길었고, 세풀투라 티셔츠를 입고 있었다.

― 안녕…
― 아, 안녕.
― 데스가… 그, 데스가 그랬는데…
― 어, 어. 맞아, 괜찮아.

난 괜히 이마를 문질렀다.

- 그… 어디서 도망쳐 나온 거야?

- 집. 학교.

- 아.

약간 머뭇거리다가, 우리 아버지께 배운 대로 했다.

- 어서 들어와. 잘 왔어.

- 전화 받아야 되는 거 아니야?

수화기를 들었다. 밀레디야였다.

- 여보세요?

- 여보세요.

- 뭐 하고 있어?

- 별거 안 하는데.

- 나도.

도망자 친구는 내 옆에 초조하게 서 있었다. 전화를 건 쪽과 받은 쪽 모두 고요가 흘렀다.

- 아… 됐다 그럼. 안녕.

그리고는 전화를 끊어 버렸다.

우린 거실로 향했다. 책으로 안락의자를 가리키고 나서야 내가 아직도 그 책을 들고 있다는 것을 알게 되었다.

- 미안, 너 책 좀 건드렸어. 구경 좀 하려고.

- 괜찮아.

- 다른 짐은 없어?

- 있어, 양말 조금이랑 티셔츠 정도.

- 크로켓 먹을래?

- 좋아.

나는 부엌으로 가서 접시 두 개에 크로켓을 담아 거실로 돌아왔고, 우린 베헤리트Beherit의 「Drawing Down the Moon」을 들으며 먹었다.

12

 '고물상'이 벙커에서 쫓겨난 이후에는 유치원 쪽으로 옮겨갔다. 토니스의 집 뒤쪽에, 우리 어머니 직장 가려고 꺾는 골목 전에 있는 유치원이었다. 낮에는 유치원이었지만, 금요일 밤에 아이들이 집에 가 있을 때면 우리가 그 곳을 접수했다. 그게 옐가바 '고물상'의 운명이었다: 저택에서 방공호로, 방공호에서 유치원으로.

 우리가 유치원으로 옮겨갔을 때는 겨울에서 갑자기 봄으로 넘어간 때였다. 눈이 녹고 있었고, 군데군데 초록색과 갈색으로 새싹들이 보였다. 나는 아직 다리까지 오는 겨울 자켓을 입고 있었고, 여자애들은 한 꺼풀이라도 빨리 벗고 멋을 내려고 안달이 나 있었다. 이런 봄스러운 요소들이 사람들에게 마음이 아릴 정도의 흥분감을 심어주고 있었다. 마치 한번 스쳐 지나갔던 거대하고 아름다운 무언가에 대한 기억이 다시금 살아나고 있어, 분명 또 마주치게 되겠지만 어떻게 할 지 전혀 모르고 있는 듯한 기분. 우리는 정작 그게 뭐였는지 기억도 못했지만, 공기 중의 냄새 때문인지 아니면 다른 것 때문인지 우리는 이미 그 생각을 하고 있던 것이다.

 그날 밤 가장 먼저 도착한 건 나였다. 데스는 조금 늦을 수도 있다고 했고, 실제로 그랬었다. 그리고 그 말도 했었다: '마실 거 한 병 들고 와!' 그래서 나는 주머니에 가져온 술병을 넣은 채 밖에 서있었다. 유치원 안 쪽에서 목소리가 들렸다:

- 배틀즈! 배틀즈 인 더 노스!Battles! Battles in the North![8]

옐가바에 저녁이 내려앉고 있었고, 봄바람은 따뜻했다. 사람들은 몇 명씩 무리 지어 오고 있었고, 혼자 있는 사람은 나 밖에 없었지만 별로 마음에 걸리진 않았다. 내가 우리 패거리의 리더이자, 메탈 백과사전의 주인이었기 때문이다. 난 혼자 거기 서서 위엄 있게 인사를 받고 있었다. 굳이 안에 들어가서 누구와 이야기를 나누고 싶지 않았다. 그저 무언가 엄청난 일이 벌어지려는 지금 이 순간에 어두워지고 있는 바깥 세상을 바라보는 것이 좋았다. 오늘 오는 애들 대부분보다 내가 이 씬에 더 큰 한 부분일 것 같은 느낌이 들었다. 모두가 나를 보면 인사를 했다, 말 그대로 모두가. 심지어 여자들도 몇 있었다. 누군가 나에게 혼자 밖에서 뭐 하느냐 묻는다면, 이렇게 답하는 상상을 했다:

- 달을… 기다리고 싶어서.

그 다음 나는 먼 하늘을 올려다보겠지. 그때, 사람이 두 명 다가왔다. 이미 근시인 사람은 얼굴을 볼 수 없을 정도로 어두워졌었지만, 둘 중 하나가 나를 보고 인사를 하는 것이었다:

- 안녕!

나도 답했다:

- 안녕!

수염을 기른 이예르츠와 그의 여자친구였다. 이예르츠는 기타도 잘 쳤어서, 여자친구 있는 것 외에 그것도 부러웠었다. 여자친구는 우리 누나가 가르치는 학생들 중 하나였다. 그날 따라 엄청 낮게 파인 옷을 입고 있었다. 이예르츠가 바닥에 꽁초를 버리며 물었다:

---

8 역자 注: 임모탈(Immortal)—「Battles in the North」 가사.

- 밖에서 뭐해?

나는 그의 여자친구의 가슴골에서 눈을 채 떼지 못하고 준비한 대로 답을 뱉어버렸다:

- 달을… 만지고 싶어서.

상당히 프로이트적인 실수였다. 여자친구도 놀라서 나를 쳐다봤다:

- 뭐 한다고?

내가 만지고 싶은 게 뭔지 정확하게 알려줄 수 있었지만, 그냥 제대로 말하기로 했다:

- 달. 달을 기다리고 싶다고.

- 새로 나온 밴드 이름이 '달'인 거야?

포기다.

- 들어가자.

들어가자 마자 구석으로 빠져서 내가 가져온 메르쿠르스 병에서 한 입을 들이켰다. 이 머저리같은 인생, 일부일처제에 빠진 블레셋 사람같은, 멍청한 달의 몸종 따위 개나 줘버리라 해. 인생은 목구멍을 따끔하게 팍 치는 맛이 있어야지, 메르쿠르스처럼. 물론 그게 전통적인 방식이긴 했다, 이미 걷고 있는 길을 유일한 길로 받아들이는 것. 사티리콘이 노래했듯, '슬픔의 길을 걸어가[Walk the path of sorrow]'는 것. 메르쿠르스 한 모금 더. 인생처럼 부드럽게 넘어가는구나. 이제 난 주변을 둘러볼 여유가 생겼다.

이곳은 공간이 벙커 쪽이나 저택에 비하면 볼품없었다. 철로 된 문도, 기둥도 없는 조금 비좁고 창문도 없는 방이었다. 오늘 여기 공연이 잡혀있었는데, 이만한 공간에서 제대로 된 무대도 없이 공연이 가능할 것이라곤 상상도 못했었다. 하지만 꽤나 많은 사람들이 그걸 상상할 수 있었는지 이미 이곳은 사람이 가득 들어차 있었다―아니면 그냥 여기 오려고 온 걸 수도 있고. 멜레의 예쁜 친구가 컵 입구를 손으로 꼭 가린 채 지나갔다. 샌디도 그녀가 지나가는 걸 구경하고 있었다. 지에도니스는 큰 상자를 나르고 있었다. 그때, 다른 학교 애들이 우루루 몰려 들어왔다. 크랩, 시니스, 빠께스와 에이젠스까지, 온 패거리가 다 모였다. 그들의 머리는 일반인보다 많이 긴 편이었지만, 내 머리보다는 짧았다―완벽한 길이였다. 우리는 서로를 포옹하며 인사를 했고, 난 그들을 만나서 진심으로 반가웠지만 티를 내지는 못했다.

시니스는 우리가 '돛단배'라고 별명붙인 옐가바 현지 진 '크리스토포르스Kristofors' 한 병을 건넸다. 그 맛이 기억난 나는 약간 핼쑥해졌지만 결국 받아서 마셨고, 심지어는 적잖게 마셨다. 쥬니퍼베리의 향기에 내 온 몸의 모든 세포가 오그라들고 있을 때, 크랩이 나에게 토닉워터를 한 병 건네주었다. 이 친구들 알고 보니 꽤 교양 있는 친구들이었구만. 바로 토닉워터를 들이부어서 내 입 속에 고급진 칵테일을 한 잔 섞어 보았다. 세상이 한층 더 부드러워진 느낌이었다. 확실히 느껴졌다. 이 느낌에 대해 한 마디 하고 싶었지만 무슨 말을 할 지 몰랐다. 마치 앞서 이야기한 봄 냄새 같은 거였다.

쨩―기타 소리. 쨩, 쨩, 쨩! 무슨 소리지? 우린 모두 소리가 나는 쪽으로 돌아섰다. 어린 애들 몇이서 장비를 세팅하고 있었다. 지에도니스가 여기저기 전선을 깔고 있었고, 무지 전문가처럼 보였다. 인정하고 싶지 않았지만, 이 사람들이 누구인지 알 수 없었다. 누군가가 내 흔들리는 눈빛을 보고는 '덜 돌Dull Doll'이야, 하고 말해주었다.

뭐, 그래. 사람들이 이 밴드에 대해 이야기하는 걸 들었다. 신생 밴드였다. 그런데 기타 쨩쨩하는 소리를 들어보니 영 성향이 맞지 않는 공연장에서 커리어를 시작하는 것 같았다. 뭐, 물론 얼터너티브 계열이라면 우리와 공통분모가 있긴 하지만서도… 확실히 다른 건 다른 거긴 하고… 에이, 사실 내가 신경쓸 바는 아니지만 그냥 여기 메탈 들으러 온 사람들이 조금 안타까운 마음이었다. 밴드 친구들도 안쓰러웠고 말이다.

그때, 내가 잘 모르는 애 하나가 나에게 오더니 내 귀에 소리쳤다:

- 데스가 밖에서 너 찾아.

나가보니 바로 거기 있었다. 보아하니 메르쿠르스를 남겨주려고 애쓴 내가 바보였었다. 데스는 마치 바닥에 있는 힘껏 머리를 박으려는 듯 상반신을 휘청하다 박기 직전에 안 박기로 마음을 먹은 듯 다시 일어나고 있었다. 광기 넘치는, 통제되지 않는 헤드뱅잉이었다, 앞뒤로 비틀거리는 기묘한 스텝까지 가미한.

- 야!

고개가 들어지는 타이밍에 맞추어 데스가 외쳤다.

- 나 못 들어간대!

그리고는 앞으로 휘청하고 다시 꼿꼿이 섰다.

- 1라트 없어서.

데스는 그대로 꼿꼿이 선 채 다른 말도 없이 나를 쳐다보고 있었지만, 나한테도 1라트는 없었다. 일단은 내가 들어가서 지에도니스에게 말을 좀 걸어보려고 했다. 가끔 친구들을 반값에 들여보내주기도 했었기 때문이다. 다만 과연 데스에게 50산팀이 있을지가 의문이긴 했다 (나도 없었다). 이번에는 지에도니스가 공짜로 들여보내주지 않을까? 그렇다고 막 빌고 싶지는 않은데… 어디 간 거야? 아, 덜 돌 밴드 사람들 쪽에 있구나, 앰프에 노브를 돌리면서 아주 전문가 같은 모습으로. 밴드가 방금 공연

을 끝내고, 보컬리스트가 얌전히 공연을 들어준 관객들에게 인사를 하고 있었다:

- 감사합니다!

관객석의 누군가가 (아마 지르츠였을 것이다) 화답했다:

- 공연 끝내줘서 우리가 감사하죠!

한 팀 세트가 끝나고 다른 세트가 시작되기 전에 늘상 그러듯, 관객들은 술렁이기 시작했다. 몇몇은 담배를 피우러 나가고, 몇몇은 다음 순서인 헤븐 그레이를 좀 더 가까이서 보기 위해 무대 앞쪽으로 이동하고 있었다. 불쌍한 데스는 밖에서 폭풍을 맞으며 서 있을 텐데… 지에도니스는 어디 간거지? 넬리야와 마주치고 ('안녕!'), 샌디, 지르틴슈, 지르틴슈의 여자친구, 크랩 ('1라트만 빌려줄 수 있어?')을 지나치니 데스가 있었다. 어느새 안으로 들어와서는 밖에서 하던 헤드뱅잉을 계속 하는 것이었다, 어디서 난 지도 모를 맥주도 한 병 든 채.

- 어떻게 들어왔어?

- 몰라!

그리고는 묘하게 낄낄대는 웃음소리를 냈다. 보아하니 거짓말은 아닌 게 확실했다.

- 모른다구.

혹시 여행하는 현자 나스레딘 아판티가 받았던 시험을 기억하는가? 40가지 극도로 복잡한 질문들에 한 마디로 답하는 시험이었다. 현자 나스레딘은 40가지 질문을 다 듣더니, 이렇게 답했다고 한다:

- 모르겠소.

그때 이후로 700년이 넘는 세월이 흘렀지만, 아무도 그보다 나은 답을 찾지 못한 모양이다. 데스는 광기에 사로잡힌 현자처럼 낄낄대더니 맥주를 들이켰다. 신기하게도 맥주를 마시니 조금 취기가 가시는 듯해 보였다. 사실 그가 어떻게 들어왔는지는 중요하지 않았다. 우리는 지금 이곳에 있었고, 헤븐 그레이가 본인들의 공연을 시작하고 있었기 때문이다.

전설에 대해서는 달리 신선하게 또는 부정적으로 말할 건덕지가 없었다. 그리고 헤븐 그레이에 대해서 나는 부정적으로 할 말이 한 마디도 없었다. 그들은 올드스쿨한 데스메탈 곡들을 온 힘을 다해 연주하는가 하면 신선한 둠메탈적인 요소가 추가된 곡을 하기도 해서, 듣는 나로 하여금 향수에 빠지게 하는 매력이 있었다. 오늘 같은 날이면 나는 우리가 얼마나 좋은 시대에 살아가고 있는지, 음악이 얼마나 위대한지 새삼 느끼며, 우리도 기타니 밴드니 하는 것들을 한 데 모아서 뭐라도 해야 하지 않겠냐는 마음에 가슴이 벅차오르곤 했다. 공연이 끝나면 바로 데스에게 이걸 제안해보기로 마음을 먹었다. 내 주변의 몸뚱이들 때문에 꽉 끼고 젖은 지금 나는 마치 살아있는 하나의 유기체의 일부가 된 듯했다. 최소한 난 그런 상상을 하는 걸 즐겼다. 엄청나게 강력한 생물의 세포가 된 자신을. 내가 먼저 다른 세포들을 품어주고, 다른 세포들도 나를 똑같이 해주길 기다릴 수 있지 않을까? 그때, 헤븐 그레이가 본인들 최고 히트곡을 연주하기 시작했고, 나는 인생에 대한 생각을 멈추고 음악 생각을 할 수밖에 없었다

시간이 흐르네, 강물처럼 흐르네.

보이지 않게 달리는 강처럼 흐르네.

이 가사는 심오한 철학적 질문으로 들렸다. 사실 시간은 흐르지 않기 때문에, 가사를 쓴 사람조차 그 가사가 무슨 의미인지 알지 못하는 것 같았지만 말이다. 하지만 그건 내가 공연 직후에 나와서 본 광활한 회색 하늘에 비하면 시시했다. 사방에서 담뱃불이 장밋빛으로 타오르고 있었고,

나도 그들 중 하나였다. 물론 혼자는 아니었다. 자켓을 사방으로 풀어헤친 데스도 있었고—잠깐, 품에 저건 뭐지?! 데스의 품에 여자가 하나 안겨 있었고, 둘이 귀신이라도 씌인 것처럼 키스를 하고 있었다. 밀레디야다! 아니, 당연 아니지, 걔가 이런 데 올 리가 없는데. 넬리야의 예쁜 친구… 도 아니었다. 원래 어둠 속에선 모든 고양이가 똑같이 생겨 보이는 법. 자세히 보니 새까만 머리를 한, 내가 전혀 알지 못하는 여자였다. 그 둘이 숨을 쉬려고 떨어졌을 때, 데스가 나를 보더니 말했다:

— 안녕!

데스는 갑자기 술이 다 깬 것처럼 굴었다. 물론 여자가 잡아주지 않고 있었으면 바로 고꾸라졌을 테지만 말이다.

여자도 나를 쳐다보고, 데스를 한 번 보더니, 다시 나를 보고 인사했다:

— 안녕!

내가 거기서 무슨 생각으로 뭘 한 건지 나도 잘 모르겠다. 난 오늘 공연과 메탈의 의미에 대해 온갖 그럴싸한 말들을 날려 대기 시작했다. 데스는 내가 하는 말에 비교적 적절한 답을 했지만 그 여자는 데스의 머리카락을 배배 꼬며 웃기만 했다. 맑고 카랑카랑한 듣기 좋은 웃음소리였지만, 무슨 이유에선지 싸늘했다. 내 이빨이 딱딱 부딪힐 정도로 말이다. 하지만 대체 왜인지, 이 것이 전에 겪어본 일인 듯한 느낌이 들었다. 나는 메르쿠르스를 꺼내서 그들에게 건넸다. 여자가 그걸 받아들더니, 고개를 젖혀서 그녀의 한없이 긴 목과 쇄골 쪽의 움푹한 부분이 꿈틀대는 모습을 보이며 마시기 시작했다. 그게 괜히 신경 쓰이기 시작한 나는 괜히 헤븐 그레이를 까기 시작했다.

— 아니, 아주 좋았단 말이지. 쾅쾅 치고, 지지고 볶고 막 다 하더만. 그런데… 그게 메탈이야? 뭔가 너무 완벽하지 않아?

여자가 이 말은 듣고 있었나 보다:

- 왜? 난 좋던데!

- 고통이 없잖아. 메탈은 원래 세상의 반대편에 서야 하는 것 아니었나? 왜 사람들이 자신을 좋아하게 하는 소리를 내고 싶어하냐 이 말이야.

다른 학교 친구들 몇이 끼어들어서 조용히 듣고 있었다.

- 우리는 원래 소외 그 자체여야 해. 헤븐그레이는 '인정받음'이라는 악마에게 지고 만 거야.

사실 헤븐 그레이는 이런 죄목을 쓸 이유가 전혀 없었지만, 나는 신이 나 있었다.

- 밴드 해체할 때가 된 거지.

선을 넘는 발언이었다. 아무도 말을 잇지 못하고 있었다.

내가 말해놓고 괜히 부끄러워졌다. 메르쿠르스를 한 입 들이키고 주변에 있는 애들에게 건네준 다음 안으로 다시 들어왔다. 화장실에 가고 싶었기 때문이지, 라고 스스로에게 되뇌이면서. 계단을 내려오다가 헤븐 그레이 사람들과 마주쳤는데, 장비를 잔뜩 들고 피곤해 보였다. 속으로는 그들을 끌어안고 용서를 빌고 싶었지만 굳이 그러지 않았다. 입구 쯤에 도착해서야 돌아서서 그들을 올려다봤더니, 밖에 있는 사람들 몇 명이 환호했다. 내 말을 진지하게 받아들이지 않았던 것이다. 데스의 여자친구도 계단 바로 앞에 서 있었다. 뱃속이 차갑게 식어버리는 느낌이었다. 지하 반층 정도 높이에 있으니 내 눈이 그녀의 무릎께에 와 있었다. 특이하게 생긴 무릎이었다. 분명 전에 본 적이 있었다. 저 특이하게 생긴 무릎과 저 부츠, 저 맑고 카랑카랑한 웃음소리⋯ 맞아, 저 웃음소리도 분명 들은 적이 있었다. 몸에 다시 한기가 돌아서 들어갈 수밖에 없었다.

안쪽은 많이 한산했다. 누군가가 아나테마의 「Sleepless」를 틀어 놨었다. 마침 딱 듣고 싶던 노래였다. 노래가 잠시 조용해졌다가 드럼이 다시 몰아칠 때쯤, 나는 내가 스스로와 남들에게 했던 비판이 사실 쓸데없고 멍청한 것이고, 나 혼자 생각을 너무 많이 하고 있는 것이라는 완전한 결론에 도달했다. 눈이 녹고, 얼음이 떠내려가듯 그냥 지나간 일인 것이다. 하지만 그때, 머저리들 한 무리가 우르르 들어오더니 단상에 올라가 판테라Pantera를 틀었다. 애들아, 하필 지금 내가 처음 메탈에 입문할 때 듣던, 차가운 조소를 띈 채 떠나 보낸 지 오래인 그 음악을 틀었어야 했니? 하지만 그들은 그저 참된 즐거움의 원천이라도 찾은 것 마냥 펄쩍펄쩍 뛰고 춤을 출 뿐이었다. 다른 학교 친구들도 들어와서 나와 같은 슬픔으로 그들을 바라보고 있었다. 하지만 나는 그냥 "새끼들, 뭔 캥거루도 아니고"라고 혼자 중얼대는 데 그친 데 비해, 저들은 대놓고 웃으며 그들의 춤동작을 따라하며 비꼬는 말을 던져댔다. 내가 조금 전에 펼친 논란의 여지가 다분한 연설이 떠오르는 광경이었다. 저들도 뭔가에 저항하고 싶은 거겠지. 저들만의 방식으로 내 편을 들어주는 걸지도. 뭐가 되었건 불편하긴 매한가지였다. 어린 친구들에게 미안해지기 시작했다.

담배나 피우러 밖으로 나갔다. 나간 김에 데스도 찾고. 그런데 데스는 밖에 없었다. 사실 밖에는 아무도 없었다. 외롭게, 아니면 최소한 느긋하게 담배나 피우기 딱 좋은 순간. 하지만 담배를 한 모금 쭉 빨자마자, 낯선 목소리가 나에게 외쳤다:

— 테리온 신보 좀 빌려주세요!

대화를 시작하는 데 이만한 방법이 없었다. 바로 음악 얘기로 치고 들어가기. 새로 알게 된 이 친구는 초짜 치고 (나보다 한 학년 아래였다) 아는 것이 꽤 많았다. 꽤 잘 알고 있었다, 그건 부정할 수 없다. 나는 물론 지루해져서 시선을 여기저기로 돌렸지만, 그가 한 말 중에 정확히 핵심을 꿰뚫는 것들이 있다는 걸 인정할 수밖에 없었다.

- 그래서 음악이 그래야 한다는 거에요. 대부분의 음악은 쓰레기잖아요. 원래가 좋은 건 쉽게 나오지 않는 법이긴 하다만.

- 그렇지, 그렇지… 음.

그는 나를 한 번 쳐다보니, 길 건너편을 슥 보고는 나에게 말했다:

- 우리 같이 밴드나 할래요?

나도 다른 쪽으로 슥 돌아봤다. 내가 씨익 웃는 모습을 들키지 않기 위해 말이다. 내가 무엇 때문에 웃는지 알 수 없었지만, 말도 안되게 기분이 좋은 동시에 기분이 좋은 티를 내지 않고 싶었다. 그리고 사실 밴드가 성사될 것 같지도 않았지만, 그냥 이 완전히 모르고 지내던 두 사람이 같은 꿈으로 엮어지는 이 상황 자체가 대단하고 소중했다.

이름을 물어볼 건지, 아니면 밴드에서 무슨 파트를 맡을 거나 물어볼 건지 망설이는 참에 '고물상'에서 크랩이 뛰쳐나와 우리를 보지도 않고 지나가는 모습이 보였다. 그 바로 뒤에는 시니스가 따라가고 있었다. 둘 다 큰길 쪽으로 달려나가더니 금새 우리 시야에서 사라지는 것이었다. 이상하네, 저렇게 도망치듯 떠날 거면 왜 외투는 안 챙겨 가는 거지? 분명 도착할 때는 검은색 코트를 입고 있었는데. 둘 다 정신이 빠진 것처럼, 아니면 누군가에게 쫓기는 것처럼 도망치고 있었다.

이내 사건의 전말이 드러났다. 그들이 떠난 바로 뒤에 어린 판테라 팬들이 우루루 몰려나오고 있었다. 사실 내가 그들을 어리다고 한 것은 그들이 이 씬에 온지 얼마 안 돼서 그런 것이었고, 사실 신체적으로는 우리와 크게 다를 바 없었다—심지어 몇 명은 몸도 꽤 좋아 보였다. 내 친구들이 왜 도망치고 있었는지가 금새 명백해졌고, 그들이 무사할 확률은 급격히 낮아지고 있었다. 나는 좋은 친구로서 내 친구들이 받을 피해를 최소화하기 위해 바로 그 추격자들을 따라 뛰어갔다. 큰길 쪽에 가니 저 멀리에 판테라 무리의 뒷모습이 보였다; 그들은 모두 전력질주를 하고 있었지만, 나는 결국 속도를 늦출 수밖에 없었다. 내가 그들을 따라잡을 수 있을 리가 없었다. 그리고 크랩과 시니스가 초반에 거리를 많이 벌려 놔서 벌써 안전한 곳에 도착했을 수도 있다는 생각도 들어서였다. 하지만 달리는 걸 멈추진 않았다, 가볍게 조깅하듯이 뛰었을 뿐. 그러자 뒤에서 키가 작고 통통한 판테라 팬이 뛰어와서 나와 같이 뛰기 시작했다. 그는 내가 자신과 같은 편이라고 생각했는지 헥헥대며 말하기 시작했다:

— 왜들 그러는 거야? 왜 우리가 좋아하는 음악 가지고 놀리고 그래? 우리 다 친구들 아니었어? 왜 판테라는 다른 밴드보다 구리다는 건데? 그냥 각자 좋아하는 거 좋아하면 안되는 거야?

발걸음을 재촉해서 얼른 그 친구와 멀어졌다. 더 이상 듣고 싶지 않았다.

이미 다른 애들은 사라진지 오래였다. 골목 하나를 지나고, 또 하나를 지났지만 어둠 뿐이었다. 그냥 '고물상' 쪽으로 돌아가기로 했다.

판테라 팬 패거리도 돌아와있었지만, 시니스와 크랩은 보이지 않았다. 보아하니 성공적으로 도망쳤나 보다. 판테라 팬들이 나를 향해 돌아서며 씩씩대며 말했다:

— 왜들 그러는 거야? 여기서는 우리 다 친구잖아. 왜 가만히 있는 사람들 보고 포저poser라고 놀리고 그러는 거냐구!

진심으로 상처받은 목소리로, 내가 무슨 메탈음악 이데올로기 전문가라도 되는 줄 아는 양 묻는 그들이었다. 내가 아무 말도 하지 않고 줄담배만 뻑뻑 피워대자 결국 그들도 묻기를 포기했다. 그쯤 되자 행사도 끝이 났다. 지에도니스가 전선을 감고 있었다. 내 새 밴드 동료도, 데스도 어디 갔는지 보이지 않았다. 사냥감을 놓친 추격자들은 주섬주섬 외투를 걸치고 집으로 향했다. 판테라 팬들이 떠나고 나서 (심지어 갈 때 나에게 손까지 흔들었다, 마치 우리 사이에 기묘한 우정이라도 싹튼 것 마냥) 나도 개인물품 보관소로 갔다. 검은 자켓 두 개 빼고는 텅텅 비어 있었다—크랩과 시니스 것이었다. 들고 밖으로 향했다, 다음 날 가져다 줄 생각으로. 오늘 저걸 찾으러 올 리는 없을 뿐더러, 지하실에 들어갈 수 있는 건 금요일 밖에 없었기 때문이다. 경비가 떠나는 내 뒤에서 문을 잠갔다.

 눈은 완전히 녹아 없어졌고, 거리는 텅텅 비어 있었다. 너무 피곤해서 거의 술에 취한 것 같았다. 하룻밤만에 너무 많은 일이 있었고, 자켓 두 개를 혼자 나르는 것도 불편했다. 나는 자켓을 바닥에 내려놓고 그 위에 앉았다. 시니스의 자켓 주머니에 담배가 한 갑 들어있었다. 거기 앉아서 담배를 피우면서 오늘 있었던 일들을 되짚어 보았지만, 아무리 봐도 말이 되지 않았다. 그저 든 생각은 내가 무언가 일을 벌여야겠다, 엄청나게 크고 대단한 일이 일어나야만 한다는 생각 뿐이었다. 하지만 이 거리와 건물, 울타리들과 심지어 나무들까지 내 기분에 무관심한 것 같았다. 이 나뭇가지들이 신호를 보내서 다른 차원으로 가는 저 울타리를 열어주지 않고 있다는 사실이 말이 되지 않아 보였다. 고개를 젖혀 하늘을 보고, 그 하늘에 연기를 불어넣으며 달을 바라보았다. 달을 보고 싶다 빌었더니 달이 거기 있었다. 달은 안정감의 표지판이었다. 저렇게 둥글고 밝은 것이 지구에서 4,000 킬로미터 떨어져 있는 위성 따위일 리가 없었다. 저건 분명 외로운 메탈헤드들을 위한 표지판일 것이다. 표지판에는 뭐라고 쓰여 있냐고? 난 그런 질문을 하기보단 그저 달을 빤히 올려다보고서 있었다.

13

어느 주말에 나는 내 두 깡패 친구들과 그림 같은 여행을 떠났다. 메탈헤드 친구들과 어울리는 것은 정신적인 노력, 스트레스와 집중력을 요하는 반면, 깡패들과는 되려 편했다. 이미 그들이 나를 두들겨 패지 않을 거라는 건 알고 있었다. 이 친구들 곁에서는 마음을 경계를 풀 수 있었다.

깡패 친구들은 종종 교외로 놀러 나가곤 했다. 공기가 좋으니까, 라고 키 큰 친구가 말했다. 그의 이름은 칸제이스였다. 키가 작고 다부진 크로히스는 어디를 가던 상관이 없었던 것이, 사실 재미로 어딘가를 간다는 것 자체를 이해하지 못했기 때문이다. 안타깝게도 칸제이스는 좋은 공기만으로는 부족했는지 낚시도 하고 싶어했다. 이번에는 진심이었다.

- 꼬치고기 잡아다 팔면 1킬로에 5라트라니까. 50키로만 잡아다 팔면 큰 걸로 250장이여!

진짜 꼬치고기 50키로를 잡을 수 있을까? 칸제이스가 내 염려를 한쪽으로 싹 치워버렸다:

- 자, 가만히들 있더라고. 나가 거시기해볼라니까.

그렇게 우리는 검은 BMW에 올라 여행을 떠났다. 우리에겐 차가 있었다. 물론 나는 운전할 기회가 많이 없었지만 말이다. 물론 우리 집에는 아버지가 타시는 쥐굴리가 있었지만, 그건 조금 달랐다. 이 BMW는 바퀴가 달린 자유 같았다. 그 안에서 우리는 하고 싶은 말 다 하고, 담배도 피우고, 술도 마실 수 있었다. 우린 각자 손에 테르베테스 맥주를 한 병씩 들고 있었고, 모든 게 마냥 좋았다. 그런데, 엘레야로 가는 길을 타자마자 악마가 내 혓바닥을 마음대로 잡고 흔들기 시작했다.

- 우리 반에 디아나라는 여자애가 저 집에 사는데.

작은 집 하나를 가리키며 말했다. 걔가 거기 사는지 내가 어떻게 알았지? 아니, 내가 왜 이런 말을 하고 앉았지? 내 생각이 거침없이 입 밖으로 쏟아지고 있었다—이 친구들이랑 있을 때는 그냥 그렇게 됐었다. 난 그렇게 말을 이어갔다:

- 걔 예뻐.

정말 예쁘긴 했다. 그때 칸제이스가 갑자기 브레이크를 얼마나 세게 밟았는지 바지에 맥주를 쏟은 크로히스가 소리를 질렀다:

- 뭐하는 거야 이 새끼야?

- 가서 인사라도 해야지.

그리고는 디아나네 집 앞 진입로에 차를 들이대는 것이었다. 나는 근심에 잠기기 시작했다:

- 너⋯너도 디아나 알아?

- 아니, 너희 반 아라며.

나는 그냥 걔 이름 이니셜만 아는 정도였다. D.M., 훌륭한 올드스쿨 밴드 다크 밀레니움Dark Millennium과 이니셜이 같았기 때문이다. 그들의 앨범 어쇼어 더 셀레스티얼 버든Ashore the Celestial Burden에 엄청난 노래 한 곡 있었는데 뭐였더라⋯「Beyond the Dragon's Eye」였지. 아, 그 노래 좋은데! 처음에는 점잖고 부드럽다가⋯ 갑자기 쾅! 빡센 드럼이나 베이스라인이 있는 건 아니었지만, 그 목소리는 건물 지붕을 날려버릴 정도였다. 그리고 그건 가사가 들리는 옛날 창법이었다, 요즘처럼 히트송 하나만 노리고 퍼포먼스 위주로 만들어지는 노래가 아니라. 마치 동굴 같은 극장에서 어둡고 신비롭지만 매우 실사 같은 영화를 보는 느낌이지...

칸졔이스는 현관벨을 눌러버렸고, 젠장할, D.M. 님께서 직접 문을 열어 주셨다. 아마 다른 손님을 기다리고 있거나 손님이 올 거란 생각을 못 하고 있었는지 그냥 티셔츠에 바지, 빨간 바지를 입고 있었다. 엄청 섹시해 보이려고 입은 거겠지, 하는 생각에 나는 바싹 굳어버렸다. 그런데 칸졔이스는 태연하게:

- 안녕, 디아나!
- 안녕!

디아나는 나를 쳐다봤지만, 아무 말도 하지 않았다. 칸졔이스가 말을 이어갔다:

- 야니스가 자기 학교 다니는 예쁜 친구 하나가 여기 산다고 하길래, 차 타고 그냥 지나치기 영 거시기해서 와봤구먼.

그녀가 웃었다―멘트가 마음에 들었던 것이다. 나만 바보가 된 것처럼 토마토처럼 벌게지고 있었다. 용감한 신사는 멈추지 않았다:

- 날씨도 좋고, 보아하니 아주 아름다운 저녁이 될 것 같아. 모닥불 하나 피우고 같이 놀까 하는데, 같이 갈려? 레드와인에 민물고기 스테이크랑 셀러리를 곁들여서. 시 낭송도 하고 말이여.

여자애들 두 명이 현관으로 나왔다. 내가 모르는 애들이었고 디아나만큼 예쁘진 않았지만, 우리의 유혹자誘惑者는 한 박자도 놓치지 않고 말했다:

- 아 그리고 물론 친구 분들도 다 같이 오셔야지!

디아나가 친구들에게 "어때? 피크닉이나 갈까?" 하자, 그들은 눈살을 찌푸렸다. 디아나는 우리를 향해 말했다:

- 알았어, 그런데 지금은 좀 그래. 빨래 돌리고 있었거든. 어디에 있

을 거야?

- 룰리 쪽. 강 굽어지는 데에 있을 거구먼.

- 알았어. 거기서 봐.

그리고 그녀는 허벅지를 긁었다. 눈을 뗄 수가 없었다. 그 다음은 칭찬 세례가 곁들여진 작별 인사와 레이디들에게 맥주를 권하는 멘트들이 나왔고, 결국 우리는 다시 차로 돌아왔다.

- 자, 이제 할 게 생겼다.

크로히스가 자기 생각을 말했다:

- 점마 친구들은 좀 시원찮던디.

- 아따, 머리에 종이봉투라도 씌워 놓으면 못할 게 어딨는가.

이건 완전 미쳤다. 스트레스 안 받고 좀 쉬려나 했는데, 난데 없는 난교파티라니! 아니, 사실 내 판타지 중 하나긴 했지만, 막상 닥치니 아주 공황 발작이 올 지경이었다. 아무도 없을 때, 최소한 그럴 여지가 없을 때에야 진정한 평화를 찾을 수 있는 법이건만…

칸제이스는 우리를 낭만적인 강 굽이에 내려주고는 차를 몰고 떠나갔다. 차를 어디 돌려주고 와야 한다나. 깡패 비즈니스겠지. 우리에게는 텐트를 치고 장작(쪽모이 판자)과 맑은 액체가 담긴 1리터 들이 플라스틱 병을 세팅하는 임무가 주어졌다.

크로히스와 나는 옐가바에서 제일가는 밀주를 한 입씩 들이키고 그럴싸하게 텐트를 친 뒤 낮잠이나 잘 생각으로 드러누웠다. 정말 아름다운 오후긴 했다. 그 여자애들만 오지 않는다면. 아니, 사실 약간의 모험이 하고 싶기는 했다. 그런데 이 일이 대체 어떻게 진행될까? 내가 종이봉투 씌워야 하는 여자랑 엮이면 어떡하지? 크로히스는 좀 더 실질적인 걱정을 하고 있었다:

― 다른 건 모르겠고, 텐트에 웬 모기가 이래 많냐. 여자애들 식겁하겠구먼.

우리는 텐트 안으로 기어들어가 담배불을 붙였다. 연기로 벌레들을 쫓을 작정이었다. 하지만 담배 연기를 얼마나 많이 피워 댔는지 결국 우리도 텐트에서 나올 수밖에 없었다. 이제 텐트에는 담배연기가 층층이 쌓여 있었다. 여자애들이 아주 좋아하겠군. 그때쯤 칸제이스가 커다란 배낭을 둘러맨 채 등장했다.

― 이가르욕스가 내려줬어. 다 챙긴 것 같은디.

그러더니 짐을 풀기 시작했다. 제일 먼저 꺼낸 건 쌍안경이었다.

― 우리 숙녀분들 가까이서 보려고?

― 아니, 단속반들 오나 보려고. 여기서 이러는 거 사실 다 불법이여.

이어서 또다른 밀주 한 병과 짧은 막대기 두 개를 꺼냈다. 칸제이스가 쌍안경으로 주변을 둘러보더니, 막대기 한 쪽 끝에 불을 붙이더니:

― 다바이, 옳다구나! 물고기나 잡아불자!

라며 물에 그 막대기를 던지는 것이었다. 나는 무슨 일이 일어나나 궁금해서 보고 있었는데, 칸제이스가 외치며 나를 당겼다:

― 뭣해, 숙여!

참으로 스트레스 하나 없는 평화로운 밤이었다. 나는 바닥에 몸을 납작하게 붙이고, 그날에만 벌써 두 번째로 내가 땅속에 기어들어갈 수 있으면 얼마나 좋을까, 하는 생각을 했다. 첫 번째는 디아나가 내 토마토처럼 빨개진 얼굴을 봤을 때였다.

― 귀 막고!

의심할 여지도 없이 바로 막았다.

강물 쪽에서 퐁! 하는 소리가 들렸다. 뭐, 별 거 없네. 내 친구들이 먼

저 일어났고, 나도 일어났다. 크로히스가 말했다:

- 뭐여, 허탕이네!

이해가 가지 않았다.

- 뭔가 터지는 것 같긴 했는디?

- 뇌관에는 불 제대로 붙었는데 다이너마이트엔 안 붙었나 보네. 자, 다시 한 번 해볼자.

칸제이스가 두 번째 막대기에 불을 붙이더니 다시 강을 향해 던졌다:

- 우리나라 만세!

너무 급하게 엎드린 나머지 두더지 굴에 얼굴을 처박았다. 흙 속을 바라보고 있다보니 그 소리가 또 들렸다: 퐁! 그러고는 얼마나 조용했는지 물고기들이 우릴 비웃는 소리가 들리는 듯했다.

- 아니, 시방 어디서 굴러먹던 다이너마이트여 저게?

크로히스는 뭔가가 작동해야 하는 대로 되지 않는 것을 싫어했다.

- 어디가 됐건 거기다 도로 갖다 버릴 수도 없겠구먼.

우린 다시 일어나서 강 쪽을 바라보았다. 두 개의 막대기 모두 거기 있었다, 갈대들 사이에 둥둥 뜬 채.

- 누가 가서 주워와야 안쓰겄냐?

일리있는 지적이었다. 하지만 우리 중에 그 누구도 물 위를 걸을 순 없었다. 거기서 나는 프란시스 맥코머[9]나 할 법한 질문을 했다:

- 버리고 가면 안되나?

크로히스가 전문가적인 조소가 담긴 코웃음을 쳤다:

- 강을 다이너마이트로 더럽히면 쓰냐! 영 거시기하잖냐.

---

9 어니스트 헤밍웨이의 단편소설 <프란시스 맥코머의 짧고 행복한 생애>의 주인공. 세월의 흐름에 의기소침해졌다가, 사냥을 하면서 점차 자신감을 되찾고 대담해지는 중년 남자.

칸제이스가 거들었다:

- 물고기가 삼키고, 누가 그 물고기를 잡아서 집에 가져가서 구워 먹으면 바로 터져부는 것이여.

그렇지. 강 쪽을 한 번 봤다.

- 그럼 지금은 안 터지는 건가?

- 누가 알어? 필요할 때 안터지는 거믄 안 필요할 때 어찌 될지 누가 알것냐 이말이여.

일리 있는 말이었다.

- 너 그 메탈헤드라고 안했냐?

- 응.

- 그럼 이런 게 너희 스타일 아니여? 강에 떠다니는 폭탄을 딱! 맨손으로 건져내고 하는거.

그렇긴 했다. 그보다 메탈한 게 어디 있을까. 여기 카를리스나 데스랑 같이 있었다면, 하다 못해 디아나와 그녀의 친구들이 있기만 했었어도 내가 발벗고 다이너마이트를 건지러 뛰어들었을 것이다. 그 생각이 난 김에 물었다:

- 그런데 여자애들은 어디쯤일까?

바로 그때, 다이너마이트 두 대를 합친 것보다 두 배는 더 큰 풍덩하는 소리가 울려 퍼졌다. 크로히스가 강에 빠진 것이었다. 부목을 발로 딛은 채 막대기로 다이너마이트를 건져보려고 하다 미끄러진 것이었다. 세상 모든 것을 씨발것이라 부르던 그는 다이너마이트 불발탄들을 강둑 쪽으로 집어던졌고, 그 중 하나는 칸제이스의 등에 맞았다.

- 이 새끼가 미쳤나!

칸제이스가 외치며 불발탄을 도로 집어 던지려 했다. 이쯤 되자 나는

빌기 시작했다:

  - 진정해, 진정! 5분만 쉬자!

결국 그들은 내 말을 듣고 조금은 진정했다. 우린 쪽모이 판자로 모닥불을 지폈고, 크로히스는 옷을 벗었다.

  - 아가씨들은 어딨대냐? 이왕 벗은 거 다시 입기 싫은디.

그는 아까 그 막대기로 바지에 묻은 진흙을 긁어내고 있었다. 칸제이스가 보고 놀란 듯 말했다:

  - 시방 그거로 호숫가 휘젓고 다녔냐? 낚시대 있는데 뭣하러.

  - 대가리에 상식이라는 게 있음 말해줘야 하는 거 아니냐?

  - 낚시에 필요한 건 다 가져왔구만.

라고 말하며 배낭을 뒤지는 그가 다시 들뜨기 시작했다.

  - 제군들, 여성분들이 곧 도착하실 텐데 우리에게 생선이 없다는 게 말이 되는가? 뭣허냐, 싸게 거시기 안허고! 일어나야!

배낭에서 접이식 낚시대 두 대를 꺼내서 최대 길이로 펴는 칸제이스였다. 휴, 두대 밖에 없으니 나는 할 일 없겠네. 그런데 갑자기 텐트가로 낚시대를 집어 던지더니 배낭에서 무형의 기묘한 무언가를 꺼내드는 것이었다.

  - 요놈 봐라 요놈, 요거거든…

설명은 그 정도였다.

굳이 그게 무언지 물어볼 생각도 들지 않았다. 오늘 이미 그들에게 기가 다 빨린 상태였다. 무형의 그 무언가는 그물이었던 것으로 판명 났다. 칸제이스는 그것이 나체의 여인인 양 바라보고 있었다.

  - 고기가 들어오기만 하면 나갈 길이 없어지는 거여. 다바이! 들어가자, 크로히스, 젖은 김에 한탕 더 뛰어!

이어 두 미치광이들은 강물에 그물을 잽싸게 내던지고는 몇 걸음 물러나 관찰했다.

- 잘못한 것 같은디.
- 낚시는 너가 잘 아는 거 아니었냐?
- 여기가 터가 안 좋은가부다. 저짝에 굽이 너머 쪽으로 가보더라고.

물이 뚝뚝 떨어지는 뭉치를 들고 굽이 너머로 이동하자니 그물에 달린 쇠 추가 우리 발목을 계속 부딪혔다.

- 여기구먼. 이제 강 건너까지 야를 늘어뜨린 다음엔 누워서 거시기나 긁고 있으면 되는 것이여.
- 어떻게 할려고?
- 손으로, 새끼야!
- 아니, 그러니까 강 건너까지 어떻게 옮기냐고?
- 보트가 있당게!

그리고 진짜 있었다. 돌돌 말린 플라스틱 보트 말이다. 그런데 펌프는 없었다. 상관 없었다, 담배 한 대 태우면서 입으로 불면 되는 거니까. 보트 안에 연기를 불어넣으면 되는 거였다, 연기는 떠오르는 거니까.

결국 보트도 다 입으로 불었다.

- 바람 넣는 꼭지에 뚜껑이 없걸랑? 손으로 좀 덮고 있어야 쓰겄다.

보트에 탔다. 칸제이스가 앞에서 바람 넣는 벌브를 왼손으로 막고 오른손으로는 노질을 하고 있었고 (노가 따로 없어서 손으로 노를 젓는 거였다), 크로히스는 가운데에서 다리에 그물을 얹은 채 그의 큰 두 손으로 노질을 할 때, 나는 뒤에서 다른 밸브를 오른손으로 막은 채 왼손으로 노질을 했다. 물이 꽤 찼다.

강을 건너자 마자 우리는 갈대 쪽에 그물을 고정시켰고, 바람이 조금

달 225

빠진 보트에 바람을 조금 더 채운 다음 다시 건너편으로 넘어왔다. 강물의 양 쪽에 그물이 고정되어 있다는 것을 확인하고 나서야 크로히스에게서 이성의 목소리가 들리기 시작했다.

- 술 한 잔 해야 쓰겄다.

술 한 잔이 절실하게 필요한 상황이었다. 칸제이스가 포도 주스 한 병을 꺼내더니, 반 쯤은 바닥에 쏟아 버리고는 거기에 밀주를 부어 넣으며 말했다:

- 와인도 있고, 생선도 다 잡은 거나 마찬가지고… 다 내가 말한 대로 되어 가는구만. 아가씨들도 아마 근처에 오지 않았을라나?

해가 지고 있었고, 무성한 덤불 사이로 비치는 노을이 아주 로맨틱했다. 아나테마의 앨범 더 사일런트 에니그마The Silent Enigma의 앨범자켓처럼. 모닥불이 타오르고, 바람도 시원한 게 여자아이들이 온다고 해도 별 무서울 것 없을 것 같았다.

- 수다나 떨어 볼까, 칸제이스가 제안했다.

- 뭔 수다? 크로히스는 시큰둥했다.

말수가 없는 편이었기 때문이다.

- 뭔 주제가 있어야 수다를 떨던 말던 하제.

- 야니스, 머리 좋은 니가 한 번 말해 보드라고.

- 무슨 말?

- 메탈은 뭐 잘 되고 있냐?

이거는 내가 말할 건덕지가 좀 있지. 술을 한 입 들이키고 말을 꺼냈다:

- 그리슈나크가 감옥에서 새 앨범을 준비중이라고 하던데.

칸제이스도 이건 좀 흥미로웠는지:

- 어디 사람인데?

- 노르웨이 베르겐 시.

- 아따, 좋지. 그 짝은 감옥이 아니라 호텔이지라. 여기 감옥에서 앨범 쓰라 하면 뭐 나오겠냐? 벽에 "СЛОН(SLON, 러시아어로 코끼리-역자)"이나 쓰고 앉았것제.

감옥에 갇힌 메탈헤드가 코끼리 꿈을 꾸는 모습이 왠지 모르게 자연스럽게 느껴졌다.

- 그런데 왜 하필 СЛОН이야?

- Смерть Легавым.От Ножа. "짭새들에게 칼로써 죽음을 선사하라," 하는 말이여. ПОСТ라고 써도 되것제, Прости, Отец, Судьба Такая—"아버지, 용서하소서, 이것이 제 운명이니." 원래 처음 수감될 때 주먹에 문신으로 새기는 문구지라.

- 언홀리는 공연 때 버줌이랑 메이헴 CD를 잔뜩 불태운 적이 있어. 그러니까 자기네들이야말로 진정한 언더그라운드다, 버줌이나 메이헴은 구린 메이저 밴드다 하는 퍼포먼스였던 거지.

- 노래 주제가 뭐다냐? 가사를 도통 알아들을 수가 없으니.

난 최대한 내 생각을 요약해서 말했다:

- 경우에 따라 다르긴 해. 블랙메탈 밴드는 주로 달에 대해 노래해.

- 달?

- 응, 밤하늘에 밝게 빛나는 그 달.

- 디아나 한 번 자빠뜨릴 수 있었으면 더 밝게 빛날 텐데, 그제?

- 아 뭐… 그래. 사실 마귀 사탄이나 여신 이난나, 붉은 구름과 대학살의 피바람을 뚫고 나는 것에 대해 이야기하기도 하는데, 대부분은 달, 그리고 얼음에 대해 노래하기도 해. 아주 가끔은 강철 짬지에 대한 이야기도 있고. 메이즈 오브 카코 토멘츠Maze of Cako Torments는 자기네들이 발

명한 언어로만 노래하고.

- 재밌네.

- 데스메탈 밴드들은 철학적인 주제에 대해 노래해. 죽음에 대한 게 많고, 시체 먹는 거에 대한 것도 있어. 둠 메탈 밴드는 실연에 대해 노래하거나, 자살도 꽤 많이 다뤄지는 주제야.

- 그르르르-로오로로-로로롬!

크로히스가 와인으로 가글을 하면서, 본인은 몰랐겠지만 꽤나 그럴싸한 거터럴 그로울링을 선보이더니 이야기했다:

- 나는 당최 이해가 안 간단 말이여. 너는 착한 사람이잖어, 생선도 못 죽이는.

착한 사람이라. 유로니무스는 그거에 대해서 뭐라고 말했을까?

- 아름다운 것들이랑 새 같은 거 좋아하잖어, 너. 그런 애가 왜 식인종 새끼들에 대한 노래를 듣고 앉았냐 말이여.

- 아니 그게… 뭐 아름다운 노래들도 있지. 임페일드 나자렌 곡 있어, 그 강철 짬… 아무튼 좋다니까.

- 모르것다. 난 별로여서.

칸제이스가 깡패 노래 콜렉션을 안 듣게 만들 기회만 주어지면 항상 내가 좋아하는 음악을 듣게 만들곤 했었다. 그리고 참 이상한 점을 깨달았다. 이들이 분명 나와 같은 소리를 듣고 있고, 귀 구조도 내 귀와 그렇게 크게 다르지 않으며, 그들의 마음도 모닥불 옆에서 쉬는 것을 좋아하는 내 마음과 같을 터였다. 그렇다면 어떠한 사실이나 사건, 정신적인 경험이 한 사람의 인식에 누적되어 하나의 현상을 다른 여러 개로 만드는 것일까? 인상파 화가들이 그들의 색채가 풍부한 풍경화를 처음 그렸을 때 평론가들은 그들을 비웃었다. "모델이 어디 늪에 빠져서 일 주

일은 썩었나? 목이 왜 파란색이야?"하며. 그들의 눈도 눈이었고, 지금 살아있는 모든 사람들의 눈도 같은 눈인데, 오늘날 인상파 화가들의 작품은 아줌마들과 벽지 제조사들이 가장 좋아하는 그림이 되었다. 메탈에서도 똑같은 일이 일어나려는 것인가? 안돼, 용납할 수 없다. 커트를 기억해야 해, 찡그린 얼굴과 짓이겨진 목소리로 우리의 슬픔을 지켜내야 한다고.

칸졔이스가 우리의 미학에 대한 대화에 끼어들었다:

- 식인종 얘기 하니까 빵에서 자기 몸 뜯어먹은 놈 이야기가 생각나네. 시체 따위를 먹은 게 아니라 쌩쌩히 살아있을 때 자기 살을 뜯어 먹었당께.

그러고는 팔꿈치로 나를 쿡 찔렀다.

- 허벅지 살을 한 점 도려내서 팬에 구워내면—다바이! 아니믄 손을 쓱 그어서 피를 한 사발 받아서 스프 먹듯이 빵 찍어먹는 거제.

그럴싸한걸. 카르카스나 비세랄 에비서레이션Visceral Evisceration이 다룰 법한 주제였다.

- 왜 그런거래?

- 이유가 뭐 있겠냐. 따로 할 일이 없던 것도 있고. 깡다구 있다는 거 보여주려는 것도 있고. 너라면 할 수 있겠냐?

- 우린 빵이 없어서 안돼.

그때, 칸졔이스가 돌연 외쳤다:

- 여자애들은 어디 간겨? 시상詩想이 차오르는디!

그리고는 시를 읊기 시작하는 것이었다:

언덕 위에 허름한 오두막 하나

그 이름은 바로 '술꾼'이라네

주정뱅이 짐승들 모여 앉아

식탁마다 옹기종기 몰려 있다네

매우 길고, 밑도 끝도 없이 수욕주의적이며, 예상치 못한 다양한 반전이 있는 시였다. 제대로 기억나는 건 끝날 때쯤 주인공들 중 하나가 "자지를 꺼내고 자살했다"는 정도.

나도 시를 한 편 읊었다:

창문 너머에는 푸른 가을 저녁,

그리고 유리에 몸을 부대끼는 바람.

뛰는 심장을 가진 모든 사람

젖을 먹듯 영원을 마시네.

크로히스가 일어나 덤불 쪽에 일을 보러 갔다. 가던 도중 밤 공기에 발을 헛디뎠는지 덤불 속으로 자빠졌다. 칸제이스는 유쾌하게 웃음을 터뜨렸다:

— 아따, 크로히스는 벌써 춤을 추고 있구만! 그래, 가자, 놀아불자~

그리고는 우리 둘 다 일어나서 크로히스를 가운데 두고 풀쩍풀쩍 뛰어다니기 시작했다. 크로히스는 애초에 자신이 뭘 하러 일어났고 어쩌다 자빠졌는지도 잊어버린 듯했다. 모든 것을 잊어버리고 나니 태초에 춤이라는 것이 생겼을 때 사람들이 춤추던 것처럼 그의 거대한 손을 머리 위로 흔들며 춤을 출 수 있었나 보다. 칸제이스는 탱고를 추면서 우리의 작은 무도장을 휘젓고 다녔는데, 왜인지 땅이 수평보다는 수직에 가깝게 느껴졌다. 우린 서로가 말할 차례를 기다리는 대신 모두가 동시에 이야기했고, 의식의 흐름을 놓치기 시작했다. 칸졔이스가 밀주 한 병과 주스 한 병을 추가로 땄고, 바닥에 많이 흘리긴 했지만 우리 모두 마시고 즐기기엔 충분했다. 우리는 주변의 잔디가 누워서 다시 일어나지 못할 때까지 마시고 춤췄다. 반면에, 자빠졌던 크로히스는 다시 일어나며 외쳤다:

- 이 망할 낚시대 좀 챙겨라야!

보니 크로히스는 낚시줄들 가운데 엉켜 있었다. 칸졔이스가 허둥지둥 중요한 루어인지 뭔지를 챙기더니 바로 텐트에 들어가니 텐트에서 푸른 담배연기가 뿜어져 나왔다. 이 모든 광경은 그림 같았다, 물론 이미 어두워져서 실제로 보지는 못했지만 말이다.

- 여자애들한테 별일 없었으면 좋겠구만. 길 잃어버린 거 아니냐?

칸졔이스가 중얼거리며 꺼져가는 모닥불 옆에 털썩 앉았다. 크로히스가 숨을 깊이 들이마시더니 젖 먹던 힘을 다해 소리지르기 시작했다. 목청이 꽤 컸다:

- 아가씨들!! 우리 여기 있어! 여기 술병 옆에!

- 조용히 안하냐? 짭새들 다 불러 모으려는 작정이여? 불에 장작이나 넣드라고!

크로히스가 웬일로 칸졔이스의 말을 받아치지도 않고 모닥불에 장작을 더했다.

- 바람도 불어줘야제. 안 불면 불이 꺼진당께.

그 말은 또 듣지 않는 크로히스였다. 대신 질문했다:

- 짭새들이 여기 어디 있는디?

- 쉿. 요즘엔 어디에든 다 있는게 짭새여. 탈옥범 한 사람당 잡아올

때마다 보상금이 500라트라더만.

칸제이스는 이 정보를 경멸이라도 하는 듯 침을 퉤 하고 뱉었다. 나는 갑자기 술이 확 깨는 듯했다. 모든 게 명확해졌다. 칸제이스가 어디 출신이었지? 왜 갑자기 우리 주변에 나타난 거지? 4월 경의 사건 전에 누가 그를 본 적이 있었나? 그래, 칸제이스는 그때의 집단 탈옥범들 중 하나인 것이 분명했다. 심지어 그날 밤 다리에서 나를 지나쳤던 사람들 중 하나일 수도 있다. 운명의 미묘함이란! 일들이 어쩜 이렇게 조금도 예측이 불가한 동시에 또 논리적으로 진행되는지! 나는 탈옥범이 우리 집에 오기를 기다리고 있었지만, 되려 내가 그에게 간 꼴이 되었다. 그리고 그는 유리스의 형이 아니라, 오히려 내 형제 같은 사람이었다.

그가 물었다:

- 돌았어? 왜 쳐 웃고 지랄이여?

광적인 웃음에 정복당한 기분이었다. 그런 웃음 있잖는가, 신성한 계시를 받을 때 마구 터져 나오는. 진정하고 담배에 불을 붙였다―그러자 바람이 담뱃재를 운명처럼, 지옥에서 보내는 따뜻한 초대장처럼 어루만져 내 얼굴로 날려보냈다. 크로히스는 인도의 어떤 남자를 부자로 만들어준 우체통에 대해 이야기하고 있었다.

- 뭣 때문인지는 몰라도 사람들이 이 우체통을 없어서 못 산당게. 임마 아주 백만장자가 되어브렀어야.

나는 50라트가 넘는 큰 돈을 가지게 되는 상상을 해본 적이 없었다. 하지만 500라트―정확히 500라트, 그게 A&T 악기 매장에서 파는 깁슨 레스폴의 가격이었다. 모든 문제를 해결해주고 모든 소망을 이루어주는, 그리고 동시에 새로운 전쟁을 시작해줄, 기타계의 괴물. 이제 나는 그 돈을 어디서 구할 지 알게 되었다: 바닥에 굴러다니는 내 친구를 잡아서 경찰에 넘겨버리면 되는 것이었다!

- 그 망할 우체통이 뭐라고! 아니, 별다른 쓸모도 없는 우체통을 팔아서 그 돈을 번다는 게 말이 되느냐, 이 말이여! 근데 그렇게 해야 되는겨, 똥 팔아서 돈 버는거제!

- 개똥같은 일은 많이 벌리고 있으니까 뭐 잘 하고 있는 거겠지.

그때, 갑자기 옆에서 그로울링이 들렸다. 그럴싸한, 아니, 제대로 된, 목구멍 깊은 곳에서부터 올라오는 그로울링 말이다. 우리가 스테레오를 들고 왔더라도 그런 음질을 낼 만한 테이프는 없었을 것이다. 그것은 계시이자, 희생을 부르는 예고, 신호였다.

크로히스가 앉은 채로 토를 한 것이었다. 그 와중에 계속 웃고 있었다. 이런 사소한 것들에 마음을 쓰는 스타일이 아니었다. 나도 웃으면서 토하고 싶었다. 나도 사람들이 부러워하지만, 동시에 증오하고 두려워하는 그런 인간으로 인정받고 싶었다. 하지만 그들은 계속 웃으면서 나도 웃게 만들었고, 나를 무너뜨리려 했지만 나는 두너지지 않았다. 거의 무너져가고 있었지만 말이다.

정신을 차려보니 추웠고, 이미 다음날 아침이 되어 있었다. 여자애들이 온 것도 모르고 그냥 자 버린건가, 하는 생각이 들었다. 옆을 보았다―그럼 그렇지, 여자애들은 없었다. 질척한 흙에 갈대풀만 무성했다. 더 둘러보았다. 난교의 흔적 따윈 없었다. 텐트는 아무도 자지 않았던 듯 비어 있었고, 크로히스가 내 옆에서 담배를 뻐끔거리고 있었다. 다이너마이트 두 대는 모닥불 잿더미 속에 들어가 있었다―술에 취한 크로히스가 모닥불 속에 넣어두고 불씨를 살리지 않은, 그 장작이었다..

강 쪽으로 시선을 돌려 그림 같은 마지막 풍경을 보았다. 칸제이스가 물에서 그물을 건져내고 있었다. 회화 쪽에서는 아주 전형적인 모티프로, 우리의 주인공은 타락하고 배신 받은 자들 특유의 아름다움을 표현하고 있었다. 그물에는 물고기가 딱 한 마리 잡혀 있었다.

14

옐가바에 진입하여 두 개의 다리를 모두 건너면 교회 탑이 보인다. 특출나게 크거나 건축학적으로 흥미롭게 생긴 탓은 아니었다. 우리 탑은 폐허만 남아 있었기 때문이다. 50년 전에 화마에 붙잡혀 껍데기만 남아 있는 상태였다. 그 안에 기어 들어가서 위를 올려다 보면 네모난 하늘 한 조각이 보였다. 교회 자체는 1944년도 전투에 잿더미가 됐지만 탑은 남아있었다, 비록 반쪽이 나서 텅 비고 사색적으로 변한 상태였지만.

궁금해하실 분들을 위해 말씀드리자면, 그것은 옐가바 성 삼위일체 교회[Jelgavas Sv.Trīsvienības baznīcas]였다—세계 최초로 새로 지어진 루터교만을 위한 교회 말이다.

이제 그 탑은 다른 용도로 쓰이고 있었다. 옐가바 지자체(라고 쓰고 동네 언더그라운드 판 사람들이라고 읽는) 차원에서 몰래 메탈헤드들을 지원해주고 싶었는지, 시정부에서 성삼위일체 교회 탑을 리모델링할 예정이고, 예산을 마련하는 차원에서 "탑을 위하여"라는 이름의 음악 페스티벌을 기획할 것이라는 공고가 발표되었다.

옐가바에서 나가는 길목에 두 번째 다리를 지나서 No. 6 매장 가기 전까지는 거의 황무지다. 그곳에서 오졸니에키 방향으로 가는 고속도로 오른쪽에 염소가 한 마리 있다. 높이가 한 3미터 정도 되는 꽤 큰 염소다. 예술가 마르티뉴슈 빌카르시스Martiņš Vilkārsis가 쇠 파이프를 써서 만들었었다. 그 동상이 생긴 연유는, 마치 내 삶의 여러 것들이 그러하듯 작가 알렉산드르스 짝스Aleksandrs Čaks였다. 그는 '옐가바'라는 제목의 시를 쓴

적이 있었다:

> 티끌처럼 작은 도시가 있었소,
> 이 작은 곳의 상징, 흰 염소

문학계의 학자들은 사실 이 시가 사실 옐가바에 대한 것이 아니라고 반박하곤 했었다. 짝스 작가가 살아있던 시절의 옐가바는 "티끌처럼 작지" 않았다는 것이 그 이유였다. 지금 짝스를 바보 취급하는 건가? 시 제목이 '옐가바'인데, 무슨 다른 증거가 필요하단 말인가? 염소가 굳건한 철의 의지로 그 곳에 서 있었다.

'탑을 위하여' 페스티벌이 열릴 노천극장은 교회의 탑과 염소 동상 사이 쯤에 있었는데, 고속도로 반대편이었다. 옐가바 성은 리엘루페 강 건너에 있었고, 노천극장에 가려면 다리를 건너야 했다. 사실상 리엘루페 강과 드릭사 강을 모두 건너야 했기 때문에 다리를 두 개 건너는 셈이었다. 그것이 모든 것의 발단이었다.

메탈헤드들에게는 페스티벌에 가기 위해 다리를 건너는 것이 절망의 행렬이 될 것이라는 소문이 자자했다. 머리 짧은 머저리들이 드디어 우리를 좁은 공간에 몰아넣을 방법을 찾은 것이다. 외나무 다리에서 우리 가죽 자켓을 뺏고, 우리를 후드려 팬 다음, 강물 속으로 던져버리려고 할 것이다. 소문일 뿐이라고 할 수도 있겠지만, 이번에는 정말이라고들 했다.

그날 밤, 나는 혼자서 다리를 향해 가고 있었다. 운명적인 순간에는 항상 그렇듯이. 의리가 넘치는 나의 친구 놈들은 다들 만날 사람이 있고 할 일이 있대서 그냥 공연장 안에서 만나기로 한 것이다. 그래서 결국 나는 혼자 갔다, 나 홀로, 외로이… 에바랑 롭칙스 녀석이랑 같이.

우리는 하루 종일 다리를 건널 때 우리에게 일어날 끔찍한 일들에 대해 이야기하느라 바빴다.

첫 다리에 도착했을 때 우리는 말을 멈췄다. 내 일행들 쪽을 보니, 롭칙스는 겁에 질려 있었다. 땅거미가 내리고 있던 것이다. 에바가 비웃듯이 말했다:

- 으이그, 남자가 돼서는… 든든하다, 든든해.

나랑 스킨십도 했으면서, 이제 와서 이런 식이라니. 상관 없다, 다 내 탓이지 뭐. 온 세상이 내 발치에 (발 아래였나, 아무튼 거기) 있었지만 나는 결국 소외를 택하지 않았었나. 적진 한복판에서 퇴로는 강물 뿐인 지금 또한 나의 선택이었다. 에바를, 내 앞에 펼쳐진 험난한 길을 쳐다보지 않으려고 시선을 피했다. 그리고 부드럽게, 그녀의 배를 쓰다듬었을 때만큼 부드럽게, 손으로 다리 난간을 훑으며 강물 쪽을 내려다 봤다. 오래 전, 탈옥범들을 맞닥뜨렸을 때처럼 말이다. 정말 너무 오래 전 일이었다.

그런데 갑자기 강물이 사라졌다. 벌써 두 번째 다리를 다 건넌 것이었다! 그리고 아무 일도, 말 그대로 아무 일도 일어나지 않았다! 그 소문을 듣고 쫄은 것 마냥 다리를 건널 때 조용히 한 우리가 바보였던 것이다!

노천극장이 바로 우리 앞에 있었다. 벌판에 의자가 줄을 지어 놓여 있었고, 그 반대 쪽 끝에는 무대가 하나 있었다. 무대에서는 무언가 벌써 번쩍이고 쿵쾅대고 있었다. 어느 밴드가 사운드 체크를 하고 있던 것이다. 우리 가는 길 앞에선 덩치가 크고 근육질인 경비원들이 입장료를 걷고 있었다. 문제는 입장료를 내면 맥주 사먹을 돈이 없어질 것이라는 것이었다.

- 입장료 내지 말고 들어가 볼까?
- 어떻게 할 건데?

― 몰래 들어가면 되지.

롭칙스가 머리를 굴리기 시작했다.

― 강 건너에서 갈대밭 쪽으로 해서 넘어가면?

― 미쳤구나?

나는 갈대밭을 헤치면서까지 공짜로 들어가고 싶지 않았다. 그때, 누가 내 이름을 불렀다. 슥 돌아보니, 전에 만난 좀 유명한 메탈헤드 한 명이 서 있었다. 나는 그 사람의 이름을 몰랐지만 그는 나를 알았고, 에바와 롭칙스도 그걸 봤다. 다가가서 손을 내밀자 그가 말했다:

― 데스가 여기서 기다리고 있으래.

― 알았어.

그러자 그가 날카롭게 덧붙였다:

― 다른 곳으로 입장할 수 있어!

그 말을 들으니 그들과 한 패거리가 된 기분이 들었다. 에바와 롭칙스 쪽을 바라보았더니, 그가 황급히 말했다:

― 아니, 아니! 다는 안되고. 한 명만.

― 아, 그렇지! 그렇지. 고마워.

― 여기서 기다려.

그는 어디론가 떠났고, 나는 내 친구들에게 돌아가 담배에 불을 붙이며 말했다:

― 자, 됐다! 나는 여기서 친구 하나 기다려야 하니까, 너희 먼저 들어가 있어.

에바는 바로 몸을 돌려 입구 쪽으로 향했다. 롭칙스는 어찌할 줄 모르고 서 있었다. 도와주는 셈 치고 '가, 들어가 있어! 안에서 만나자고.' 하는 눈빛을 보내 주었다.

강 건너의 성채를 바라보았다. 어찌나 큰지 위로 솟은 것보다는 옆으로 축 늘어져 있는 것처럼 보였다. 보니 창문 하나가 안쪽에서 무언가 빛나는 것처럼 보였다. 성채의 관리인이자 오랫동안 거기 거주하셨던 안나 여사님이 전에 나와 개인적으로 이야기를 나누다가, 이곳에 귀신이 드글드글하다는 말을 아주 비밀스럽게 해 주신 적이 있다. 2층 대학교 화학과 부서가 위치한 곳에 특히 많다고. 언젠가는 경비원이 그 곳에서 순찰을 돌다가 누군가 피아노를 연주하는 소리를 들었다고 한다. 확인하러 가서 보니 문이 잠겨 있었고 자물쇠를 따고 들어가 보니―아무도 없었다. 연주하는 사람 자체가 없었던 것이다. 문을 다시 닫고 나니, 하… 음악이 다시 들려왔다. 경비원은 이 일을 몇 번 더 시도해 보았다. 몇 번은 그가 방에 아직 있는데도 음악이 울렸다고 한다, 여전히 아무도 모습을 보이지 않은 채. 그 쯤 되자 정신이 반쯤 나간 경비원도 소리쳤다: "대체 누구야?" 하지만 아무도 답이 없었다. 음악만 울릴 뿐.

그 투명인간 피아니스트의 연주는 오늘까지 계속되고 있었을 수도 있다. 다만 지금은 밴드 프론트라인즈Frontlines가 무대에서 사운드체크를 하고 있었기 때문에 아마 들리지 않을 것이다. 이 밴드 듣고 싶었는데. 친구들이 날 언제쯤 안에 들여보내 주려나?

때마침 별 탈 없이 다리들을 건넌 내 친구들이 다가왔다. 푸폴스, 데스, 좀비, 토니스. 인사를 나누자, 좀비가 꽤 논리적인 질문을 했다:

- 우리 어떻게 들어가지?

나는 다른 질문으로 답했다:

- 데스가 우리 들여보내 줄 방법 있는 거 아니였어?

좀비가 돌아서서 우리 친구 데스를 바라보았다.

- 오, 진짜?

데스가 발끈해서 말했다:

- 몰라, 나도.

- 뭘 모르는데?

- 될지 안 될지.

- 아니, 뭔데 그래? 그냥 들여보내 주면 되는 거지.

- 마렉스랑 먼저 만났어야 돼. 그게 첫 단계였단 말이야.

- 걘 어디 있는데?

- 안에 있겠지.

- 그럼 들어가야지!

푸폴스가 그 한 마디로 우리의 토론을 종결시켰다. 우리는 다 같이 입구 쪽을 바라보았다. 경비들이 꽤 오랫동안 우리 쪽을 주시하고 있었던 것 같았다.

이럴 때 보통 계획을 내는 건 토니스였다:

- 일단 가자, 여기 있기 싫은 척하고 나가는 거야. 그 다음 옆으로 몰래 들어오면 되지.

우리는 돌아서서 떠났다. 과연 설득력이 있었는지는 의문이었다, 공연 안 보고 갑자기 나와서 둘러본다는 게. 내가 이런 우려를 표하자, 토니스는 다 계획이 있는 듯 답했다:

- 그럼 누구 만나러 가는 척하면 되지. 맞네, 여자 만나러 간다고 하면 되는 거잖아!

좀비가 이 점을 확실히 하려는 듯 외쳤다:

- 마다라! 마다라, 자기 어디 간 거야?

푸폴스는 웃음을 터뜨리기 시작했지만, 어깨 너머를 계속 돌아보던 데스는 짜증 가득한 목소리로 속삭였다:

- 시끄러워 새끼들아, 아직 우리 보고 있다고!

큰길에 다 와서도 계속 씩씩대는 것이었다:

- 아직도 보고 있어!

결국 그렇게 고속도로까지 건너서야 멈출 수 있었다. 이쯤이면 그들의 시야를 벗어났겠지. 토니스가 계획을 읊기 시작했다: 이쪽에서 다리 기둥을 타고 강가로 내려간 다음, 다리 아래에서 강을 건넌 다음 갈대밭을 뚫고 지나서 무대 쪽으로 몰래 들어가는 것이었다. 이쪽 강가에도 무엇인가가 무성히 자라 있었다. 해가 떨어지고 있어서 어떤 식물인지 잘 보이지는 않았지만 높은 확률로 쐐기풀이었을 것이다.

여자 두 명이 다리를 건너서 우리에게 다가왔다. 멜레와 그녀의 예쁜 친구였다. 밤을 헤치면서 귀신처럼 다가왔다. 놀랍게도 이번에는 멜레의 예쁜 친구가 입을 열어 말을 했다:

- 나 불렀어?

- 우리가?

난 걔 이름도 몰랐다. 심지어 우리 패거리 중에 아는 사람도 없었다. 하지만 멜레는 확신에 차 있었다:

- 너 맞잖아! 왜 불렀는데.

무엇 때문인지는 몰라도 멜레는 평소보다 더 까칠해보였고, 예쁜 친구는 웬일로 들떠 보였다, 바보처럼 실실 웃기나 하면서. 하지만 멜레가 먼저 말을 꺼냈다.

- 우리 티켓 한 장 남는데. 너희 필요하니?

우리 패거리도 다들 바보처럼 실실 웃기 시작했다. 이걸 어떻게 말해야 하나. 멜레 친구가 먼저 말했다:

- 너희 가져! 선물이야!

모두가 동시에 손을 뻗었다. 누군가가 가져갔지만, 나는 아니었다.

멜레 친구가 말을 이어갔다:

- 오늘 나 생일인데!

이번에는 정말 무슨 말을 할 지 모르게 되었다. 누군가 '으음' 이라 하고, 다른 누군가는 '오오' 하는 사이 나도 정신을 차리고 한 마디 했다:

- 생일이면 술 한 잔 쏴!

내 친구들이 어찌나 웃어 댔는지 모른다. 생일을 맞은 여자애는 혼란스러운 듯 입을 닫았다. 멜레가 그녀의 팔꿈치를 낚아채며 가자, 하는 듯 당겼다. 토니스는 아까 받은 티켓을 흔들며 말했다:

- 나는 일단 들어갈게, 알았지? 마렉스 찾아서 너희 다 들어올 수 있게 해줄게, 오케이? 다바이, 안에서 보자고!

그러고는 말이 끝나기가 무섭게 바로 길 건너 여자아이들과 함께 떠나 버렸다.

우리는 제자리에 머물러 있었다. 좀비가 입을 뗐다:

- 됐네, 그럼!

라는 말과 함께 그는 길가의 덤불 속으로 사라졌다. 우리도 따라갔다.

몇 발짝 가지도 않았는데 덤불이 우리 머리보다 한참은 더 높이 자라 있었다. 발바닥 아래 땅이 푹푹 꺼졌다.

- 아, 발 빠졌어!

좀비가 외쳤다.

우리는 강가에 쐐기풀이 무성한 작은 모래톱에 나란히 서 있었다. 문득 토니스가 배신자라는 생각이 들었다. 우리를 버리고 갔으니까. 애초부터 이럴 계획이었겠지. 멜레도 배신자야.

그 와중에 데스가 선두를 잡았다:

- 한 잔 해야지!

푸폴스가 자켓 주머니에 손을 쑤셔 넣어서 이미 따여진 술을 한 병 꺼냈다. 맛을 보니 리가산 블랙커런트맛 보드카였다. 데스도 작은 병에 담긴 정체를 알 수 없는 술을 돌렸다. 우리가 모두 담배에 불을 붙이자, 어두워진 옐가바의 수평선 위로 연기가 피어 올랐다―옛날에는 시나고그가 있었던, 하지만 이제 일반 건물과 탑, 우리가 모두 여기 모인 이유인 그 탑만 남은 그 곳. 한 세 바퀴 돌고 난 술병은 강물에 버려졌고, 텅 빈 공허함이라는 메시지와 프론트라인즈의 공연에서 남은 마지막 몇 개의 코드를 머금은 채 흘러갔다. 우리는 오른쪽으로 돌아 다리 아래로 향했다.

나는 모래톱을 따라 조심스럽게 걷고 있었다. 옆에서 뭔가가 첨병대서 보니 좀비였다―빠졌다더니 물에서 나오지 않고 무릎 정도 깊이 되는 물 속에서 어기적어기적 걷고 있는 것이었다.

- 왜 물 속에서 걷고 있어?
- 그냥.

다리는 바로 앞이었다. 다리 아래에서, 다리를 지붕 삼아 걸었다. 모래톱도 여기서 끊겼기 때문에 우리는 다리 기둥이 세워져 있는 단단하지만 매우 가파른 둑을 딛고 올라갔다. 데스가 콩크리트 기둥 하나를 툭툭 치면서 말했다:

- 쓸만한 다리구만! 한 잔 할까?

목소리가 어찌나 울리던지! 압도적인 음향에 겁을 먹은 우리는 조용히 술을 마셨다(이번에는 누가 무슨 술을 꺼내는지 브지 못했다). 나는 단 맛이 나는 음료를 들이켰다―난간에 메아리치는 고통스러운 꿀꺽 소리와 함께 강물처럼 흘러 내려갔다. 엄청 큰 차 한 대가 다리를 건너 지나갔다, 아마 오졸니에키 행 막차였을 것이다. 데스가 강물에 오줌을 누자 소리가 폭포처럼 울렸다.

하지만 더 인상깊었던 것은 누군가 이렇게 말했을 때였다:

- 너희 정말 제정신이니?!

실수로 보드카를 기도에 들이부었지만, 내 심장이 그걸 도로 뱉어내 주었다. 여자 목소리였다, 약간 흐느끼는 여자 목소리. '백색의 여인'인가? 안나 여사님이 성채의 정원에 커다란 종 옆에서 흐느끼고 있는 그녀의 모습을 직접 보신 적이 있다던. 우리 지금 성에서 얼마나 멀리 떨어져 있지?

'백색의 여인'은 아니었다. 멜레와 그녀의 친구였다. 푸폴스의 짜증이 터져나왔다:

- 여긴 뭐하러 왔어?
- 그냥. 좀 앉아 있고 싶어서.
- 표 남는 거 또 없어?
- 없어.
- 토니스는?
- 누구?
- 너희랑 같이 간 애.
- 안에 있지.

놀란 가슴을 진정시키기 위해 술을 한 입 더 들이켰다. 맞아, 이게 뭐하는 짓이람! 우리도 얼른 안에 들어가야 하는데.

- 안 들어가?
- 들어갈 거야. 술이나 줘봐!
- 강물에 왜 오줌을 눠? 너 어디 모자라니?

멜레였다. 거기다 한 마디 덧붙였다:

- 교양 없긴!

이 여자애가 정말 귀신인 건 아닐까 하는 생각이 들었다. 좀비가 깔깔대며 웃으려던 바로 그때, 내 귀에 피아노 소리가 들렸다.

- 들었어? 피아노 소리다!

- 어디?

- 성 쪽에서!

- 성에서 들리는 거 아니야. 메아리 치는 거지. 그리고 피아노 소리도 아니야.

데스는 항상 이성적이었다.

- 스쿰유 아크메니Skumju Akmeṇi 네. 공연 방금 시작했나보다. 좀 가자, 얘들아.

그렇게 우리는 다시 길을 떠났다. 정말 스쿰유 아크메니가 연주를 하고 있었다. 가사가 간신히 들렸다:

달빛 아래 나의 슬픔의 돌들,
내 슬픔의 꽃이 망울을 틔우네,
돌로 된 씨앗을 손바닥에 쏟으며.
삶을 알지 못하는 어린아이 같은 나…

이 때쯤 우리는 무대 바로 옆에까지 와 있었다. 그때, 경비 하나가 나를 낚아채더니 꽉 붙들었다. 사실 도망갈 생각도 없었는데 말이다. 보니 경비 여럿이서 우릴 둘러싸고 있었다. 나를 붙들고 있는 경비가 말했다:

- 이제 어떡하면 되지? 경찰한테 넘길까?

나한테 하는 질문은 아니었지만, 감옥에 가는 건 죽어도 안된다는 것만은 분명했다. 그러면 아무 잘못도 없는 우리 부모님도 여기 연루될 텐데. 그때, 멜레가 말을 꺼냈다:

- 저 만나러 온 거에요! 저 저 쪽 살아요, 진짜에요!
- 저 쪽 어디 사는데?

경비들이 강가의 갈대 쪽으로 시선을 돌렸다. 3개의 어두운 형체가 우리 쪽에 합류했다. 경비가 그들에게 말했다:

- 갈대 밭 쪽으로 몰래 들어오려고 하는 놈들이 있어서 저지했습니다!
- 우리 팀 애들이에요! 저희 밴드요. 이제 곧 무대 올라가는 밴드 말이에요!

마렉스였다. 그리고 그의 옆에 토니스까지.

경비들이 모두 돌아서서 마렉스를 바라보자:

- 정말이에요.

라고 대답한 마렉스는 우리를 하나하나 가리키며:

- 기타, 보컬, 베이스, 세컨기타, 그리고 매니져요.

아니, 왜! 왜 나는 매니져인데! 매니져 만은 하고 싶지 않았는데!

경비가 바로 이어서 물었다:

- 드러머는요?

마렉스는 기분이 약간 상한 듯 대답했다:

- 제가 드러머죠!

그러자 경비들은 마렉스와 토니스와 함께 온, 직위가 제일 높아 보이는 사람 쪽을 바라보았다. 그가 마렉스에게 물었다:

- 그, 그, 그렇지만… 마렉스 씨 공연 이미 끝난 거 아니였나?

― 무슨 소리세요! 다음 순서라니까 그러네!

책임자는 그 사실을 몰랐다는 것을 부끄러워 하는 것 같았다. 이 사람도 머리가 장발이었지만 나이가 좀 더 있어 보였다. 이내 그는 경비들에게 '됐습니다, 보내주세요' 하는 손짓을 했고, 우리는 모두 입장할 수 있었다. 경비 중에 하나가 물었다:

― 그런데 왜 강가에서…

또 다른 경비가 물었다:

― 여자 애들! 여자 애들은? 걔네는 뭐하는 애들인데?

모두이 시선이 어색하게 교차한 그때, 그녀들은 외쳤다:

― 괜찮아요! 괜찮아요! 우리는 티켓 있어요!

그렇게 우리는 모두 들어갈 수 있었다. 토니스가 씩씩대며 말했다:

― 뭐 하다가 이제 왔어? 우리 무슨 머저리들처럼 서서 기다리고 있었단 말이야.

데스가 마렉스에게 물었다:

― 정말 스쿰유 아크메니 다음에 올라가?

― 우리 공연 옛날에 끝났지. 라고 답한 마렉스도 씩씩대며 떠났다.

무대 근처의 벤치에 앉았다. 그 우여곡절 끝에 드디어 음악을 들을 수 있게 된 것이다.

황홀했다. 이 밴드의 보컬은 여자였다―우리 장르에서는 그 자체가 매우 드문 일이었다. 최소한 그 시절엔 그랬었다. 심지어 이 보컬은 그로울링도 할 줄 알았다!

말없는 대지가 조용히 불타오른다!

하지만 대다수의 관객들은 별로 좋아하지 않는 것 같았다. 무대 앞에서 뛰어 노는 팬은 단 한 명 밖에 없었다. 꽤 예쁜 금발 여자애였다.

좀비가 우리에게 물컹물컹한 플라스틱 컵에 담긴 맥주를 하나씩 가져다 줬다. 맥주를 한 입 들이키고 보니 음악이 참 괜찮았다. 헬레나가 발라드 부분을 부드러움을 담아 불렀고, 금발 여자애는 더 높게 뛰었다. 감정이 벅차 오른 나는 좀비도 나처럼 신이 나게 하고 싶었다.

- 괜찮다, 그치?

- 퍽이나. 돼지 멱따는 소리 같구만.

좀비는 칭찬을 항상 좀 별나게 했다.

스쿰유 아크메니가 공연을 마치자, 음악에 목말랐던 우리를 약올리기라도 하려는 듯 꽤나 긴 휴식시간이 있었다. 우리는 방금 자리에 앉았었고, 푸폴스는 자기 옷에 맥주를 한 번 밖에 쏟지 않았었다. 공중에 '이제 어쩌지?' 하는 분위기가 맴돌던 그때, 우리가 전에 만난 적 없는 장발남 하나가 황급히 달려와서 속삭였:

- 누가 코쟁이 형 코 부러뜨렸대! 가자!

우린 바로 일어나서 그를 따라갔다. 무대 바로 앞에서 모서리를 돌아가보니 사람들이 몇 명 모여있었다. 코쟁이 형이 무대에 등을 기댄 채 얼굴에 묻은 피를 닦고 있었다. 정말 코가 부러져 있었다, 아주 제대로—콧등에 난 진홍색의 상처에서 피가 철철 흐르고 있었다. 형은 그 피에 손가락을 찍어서 얼굴에 줄무늬를 그리고 있었다.

몇 살 어려 보이는 남자 두 명이 그의 옆에 서 있었다. 내 깡패 친구들은 아니었다. 내 소꿉친구 안리이스와 얌생이네 형—내가 처음으로 취한 날 같이 있었던—이었다. 이 세 명이 메탈헤드들 한 무리에 둘러싸여

있었다. 얌생이네 형이 누군가의 질문에 답하고 있는 것 같았다:

— 저놈이 먼저 나를 밀었다니까! 그래, 실수였을 수도 있지, 몰라 나도. 그렇다고 내가 호구처럼 다른 사람들한테 막 치이면서 살아야 하냐?

내가 나서서 안리이스를 불렀다:

— 안리이스?

안리이스는 고개를 저었다—나 아니야, 나 아무것도 안 했어. 상황을 수습하고 있는 것으로 보이는 곱슬머리 하나가 나에게 꺼지라는 손짓을 했다. 기분이 팍 상한 나는 내 친구들에게 이렇게 외치고 싶었다: '너희 어차피 지옥 갈 거니까 이 푸들 새끼 좀 패 주라!' 하지만 나는 아무 말도 하지 않았고, 대신 자리를 뜨지도 않았다. 단리이스는 눈을 계속 깐 채 점점 손을 자켓 주머니 쪽으로 뻗고 있었다.

무슨 일이 일어날 것만 같았던 바로 그 순간, 경비들이 찾아왔다. 왜인지는 몰라도 이미 화가 나 있었다. 그들이 소리쳤다:

— 여긴 또 무슨 일이야?

데스는 코쟁이 형 쪽으로 손짓했다, 직접 보시죠, 하고. 경비들이 그쪽으로 눈을 돌렸다. 형은 계속 코에서 나는 피를 찍어서 얼굴에 줄무늬를 그리고 있었다. 경비 중에 하나가 물었다:

— 그 코 누가 그런 거요?

하지만 코쟁이 형은 아무 말도 하지 않았다. 경비가 인내심을 잃고 소리질렀다:

— 당신 코 누가 그랬냐니까?!

코쟁이 형의 오늘 일진은 최악이었다. 코도 부러지고, 이제는 면전에 대고 고함을 치는 사람도 있으니 말이다. 하지만 왜 아무 말도 하지 않는 걸까? 데스와 곱슬머리 남자도, 현장에 있는 모두가 다 입을 꾹 닫고 있었다. 안리이스도 먼 산을 보며 마른침을 꿀꺽 삼키고 있었다. 코쟁이 형은 그저 고개를 저으며 손을 흔들더니―무슨 뜻인지는 알 길이 없었다―홀연히 떠나 버렸다.

나머지 사람들도 이내 뒤도 돌아보지 않고 조용히 각기 방향으로 떠났다. 설마? 하며 눈을 맞춘 데스와 나도 무대 쪽으로 달려갔다.

허스크반Huskvarn이었다! 모든 것이 새롭고 알려진 바 없던 그 시절부터 벌써 오래되고 유명했던 바로 그 밴드였다 (난 그네들의 신보 테이프 봄 브레인 멜로디즈Bomb Brain Melodies를 갖고 있었다). 모두들 그래, 허스크반이지! 하며 무대 쪽으로 향하고 있었다. 드럼 소리가 지금까지 일어난 모든 일을 날려버릴 대포처럼 터져나오고 있었다. 기타도 이번에는 한층 더 시끄럽게 울음을 토했다. 온 세상이 진심으로, 말 그대로 뒤흔들리고 있었다. 맨 앞 줄 자리를 잡는 것은 일도 아니었다. 그 곳엔 이미 잘 알려지거나 좀 덜 알려진 연예인들이 자리잡고 있었다. 무대에 가장 가까운 쪽 벤치에는 총명한 두 눈을 꼭 감은 채 꿀잠을 자고 있는 유명한 요네브스가 있었다. 무대에 조금 더 가까운 쪽에는 허스크반의 공연이라면 무조건 찾아다니던 구스타브스도 있었다. 그때의 구스타브스는 나중에 본인이 구스타보Gustavo라는 예명의 랩퍼가 될 것이라고는 생각도 하지 못하고 있었다.

우르빅스Urbix가 마이크를 붙잡고 외쳤다:

― 안녕, 옐가바!

그가 이 사실을 알지는 못했지만, 이건 1916년도의 크리스마스 전투에서 소총수들이 암구호로 쓰던 말이었다. 라트비아 소총수들의 영혼이 이 소리를 들으면 깨어날 터였다 (그리고 실제로 깨어났다). 드러머가 온 힘을 다해 북을 두드렸다: 두구두구두구! 물론 드럼은 베이스 드럼이 2

개인 셋업이었다.

성채의 피아니스트는 피아노 건반 뚜껑을 쾅 하고 닫아버리고, 무대 쪽을 향해 반투명한 가운데 손가락을 들어 올리곤 이내 사라졌다.

우르빅스가 다시 마이크에 대고, 한층 더 시끄럽게 고함을 질렀다:

- 안녕, 옐가바!

이번에는 그의 목소리가 멀리 울려 퍼졌다. 늪 인근에 묻혀 있던 잊혀진 시체가 몸을 일으켜 앉으려고 몸부림쳤다. 그는 아직 반쯤 땅에 묻혀 있었고, 이마에 총알 구멍이 나 있었지만, 그는 듣고 있었다. 그에게는 이것이 옐가바에서 대포가 발사되는 소리로 들렸다. '적들이 벌써 옐가바에 도달했구나!' 소총수 귀신이 말하며 몸을 꿈지럭대어 땅에서 빠져나오기 시작했다. 심지어 늪 속에 손을 넣어 휘적이더니 모신나강 소총을 꺼내 드는 것이었다. 이어 그는 소총을 어깨에 들쳐 메고, 코트 단추를 꿰더니 소리가 나는 쪽으로 속히 행군하기 시작했다.

그 와중에 우리는 이미 머리통을 내던지며 놀고 있었다. 우리 머리통 말이다. 나도 머리가 꽤 많이 자라서 이제 제대로 된 헤드뱅잉을 할 수 있었다. 여자한테 같이 추자고 물어봤다가 까일 위험에 빠질 필요 없는 훌륭한 메탈헤드들의 춤 말이다. 그냥 머리카락으로 여자들 엉덩이를 막 때리면 되는 거였다, 실수로 얼굴을 갖다 박지 않게 조심하면서. 하지만 이 곳에서 여자들은 별로 중요한 게 아니었다. 나는 지금 천 개의 머리가 달린 생물의 특별한 영혼이었다. 그들의 엉덩이가 곧 내 엉덩이였다. 그리고 엉덩이고 뭐고가 중요한 게 아니었다, 지금은. 지금은, 음악이 우리를 향해 퍼부어 내리고 있었고, 우리 또한 음악 그 자체였기에, 우리 또한 세상 만물을 향해 쏟아져 내리는 중이었다.

한참 그러던 도중, 나는 자빠졌다. 누군가와 부딪힌 다음 무대 옆 쪽으로 철푸덕 하고 나동그라진 것이다. 이런 곳에서 사람들에게 막 몸을 갖다 박는 것은 안전하지 못하다는 것을 잘 알고 있었기에, 나는 나와 부딪힌 사람이 누구인지 슬쩍 쳐다보았다. 다리를 보니 여자 다리였다. 나의 천재적인 뇌리에 약 0.01초 동안 우리 이 우연적인 만남이 아름답지만 비극적인 사랑 이야기로 이어지는 시나리오가 스쳐 지나갔다. 도로 일어난 나는 셔츠 칼라를 가다듬고 여자애를 쳐다보았다. 여자 혼자 있는 게 아니라 커플이었다, 읔… 그것도 서로 꼬옥 끌어안고 있는. 내가 그들에게 부딪히자 잠시 서로 물고 빨던 것을 멈추고 나를 멍하니 쳐다보고 있던 것이다. 알고 보니 여자는 옛날에 '고물상'이 유치원에 있던 시절 거기서 데스와 격렬히 키스하던 그 여자였다. 그녀가 돌아서자 그 묘하게 생긴 무릎이 눈에 들어왔다. 그녀는 데스를 찾아내더니 아직 반짝거리고 있는 입술로 그를 불렀다:

- 나 너 알아!

그때 허스크반이 엘가바 쓰래쉬메탈의 역사 상 가장 위대한 악장을 연주하기 시작했고, 덕분에 데스의 답변 또한 그 소리에 묻혀 버렸다. 여자는 그런 데스를 흥미로운 눈빛으로 바라보면서 말을 더 붙이려고 했다. 그녀와 방금까지 끌어안고 있던 남자는 그녀를 혼란스러운 눈빛으로 바라보았다. 이 사이에 어정쩡하게 서 있던 나는 머저리 같은 눈빛을 어디에 둬야 할 지 모르고 있었고 말이다.

이내 허스크반도 휴식시간을 가지게 되었고, 여자가 데스에게 말했다:

- 자켓 새로 샀네!

난 내 친구를 바라보았다. 가죽 자켓을 입고 있긴 했다. 그런데 이게 새 거가 맞나? 계속 똑같은 검은 자켓만 입고 있던 것 아닌가? 그런데 여자 말이 맞을 수도 있다, 옛날 자켓은 소매 쪽이 찢어져 있었으니까.

하지만 데스는 나에게 가자, 하며 손짓했고, 우린 그곳을 떠났다.

데스가 안쓰러웠다. 재수도 없지, 하는 생각이 들었다. 나는 최소한 메탈인(人)들 사이를 누빌 때 내가 좋아하던 사람을 마주칠 걱정 따위 할 필요가 없었으니까. 나의 그녀는 안전한 곳에, 친구의 보호 하에 있다는 것을 나는 알고 있었다. 하지만 데스는 그럴 수 없었다. 어떻게든 위로해주고 싶었지만, 당시의 나는 어떻게 해야 할 지 몰랐다. 뭘 해줘야 하지? 담배라도 한 대 줘야 하나? 담배로 사랑을 대신할 수 있나? 그리고 나한테 담배가 있는 것도 아니었다. 오히려 내가 여지껏 데스에게 담배를 얻어 피우고 있었지. 하지만 역사적 고증을 위해 정확히 짚고 넘어가자면, 당시의 나는 그를 동정함과 동시에 아주 조금은 기쁨을 느끼며 안도했음을 인정할 수밖에 없다.

소총수 귀신은 이제 무대를 향해 슬금슬금 다가오고 있었다. 이제 거의 다 도착해있었다, 이동식 화장실 바로 뒤쪽이었다. 조금만 더 다가가면 그의 정체가 드러날 터였다. 하지만 그는 두려워하지 않고, 눈 앞에 펼쳐진 상황을 자세히 관찰했다. 만만치 않았다. 사람들이 아무 목적도 없이 빙글빙글 돌고 있었다. 소총수는 임무가 뭐였는지 기억하려고 애써보았지만, 이미 임무는 말 그대로 그의 머릿속에서 쏟아져 나온 지 오래였다. 남은 것은 이곳, 우리 모국의 흙으로 머릿속에 꾹꾹 눌러 담아진 감정 뿐이었다.

갑자기 두 개의 형체가 그가 숨어있던 곳을 향해 성큼성큼 다가왔다. 나와 데스였다. 우리는 각각 맥주를 한 병씩 들고, 입에는 담배를 한 개비씩 물고 있었다. 내가 물었다:

- 으리 으디그? (우리 어디가?)

난 담배를 문 채 말하는 법을 잘 몰랐다. 담배연기가 내 눈에 들어오

고 있었다. 데스가 답했다:

- 싀 쓰르.(쉬 싸러.)

소총수는 우리의 언어를 알아듣지 못했지만, 우리가 맥주를 내려놓는 것을 보고 이제 우리가 무기를 꺼내들 것임을 눈치챘다. 그가 총을 들어 올렸지만, 우리 둘 중 누구를 먼저 쏴야 할 지 몰랐다. 무슨 이유였는지는 알 수 없지만, 결국 그는 나를 먼저 쏘기로 마음먹었다.

- 페테리스! 어이!

데스가 덤불 몇 개 너머에 서 있던 메탈헤드를 불렀다. 그가 답했다:

- 어이!

소총수가 자기 총의 탄창을 빼서 들여다보았다. 비어 있었다. 자신도 총을 맞고 절명하기 전에 마지막 한 발까지 다 쐈던 것이리라. 다만 그렇게 옛날 일까지는 기억하지 못했을 뿐. 그는 총신을 꽉 움켜쥐었다. 그에게는 아직 대검이 남아 있었다.

데스는 이 페테리스라는 사람과 몇 마디 말을 나누었다. 나도 자기소개나 할 겸 옆에 섰지만 할 기회를 놓쳤다. 페테리스가 말했다:

- 젠장, 이제 올라갈 차례네.

- 누구랑 같이 공연하는데?

- 있잖아. 그라인드마스터 데드Grindmaster Dead.

그러자 데스가 나에게 돌아섰다:

- 그라인드마스터 데드 올라간대!

페테리스가 갑자기 외쳤다:

- 어우!

소총수가 그의 가슴을 냅다 찔러버린 것이다. 그는 그저 혼백이었기에 상象은 있으나 형形이 없는 투명한 존재였고, 그의 대검 또한 그러했지만, 검의 날은 날카롭게 벼려져 있었다. 페테리스는 자기 가슴을 손으로 꾹 눌렀다.

- 뭐야, 왜 그래?

데스가 물었다.

- 아니야, 아무것도.

하지만 뭔가 있었다.

- 나 간다, 가.

그러더니 무대를 향해 총총 떠나버렸다. 나는 방금 무슨 일이 일어난 건지 이해할 수 없었다: 취한 건가? 뭐, 딱히 내가 이해하고 자시고 할 게 아니기도 했다. 이건 페테리스의 이야기지 내 이야기가 아니었으니까.

그라인드마스터 데드는 말그대로 죽이는 공연을 펼쳤다. 정말 엄청난 걸 목격할 때면 항상 그렇듯, 들어 놓고도 내 귀를 믿을 수 없었다. 진정한 둠 메탈이었다, 해외 밴드들이나 할 법한. 나도 모르게 라트비아가 아닌 나라에서 스웨덴이나 네덜란드에서 온 메탈밴드의 공연을 듣고 있는 상상을 하고 있었다. 정말 해외에서 좀 날리는 밴드 급의 사운드였던 것이다. 당시의 내가 몰랐던 건, 이 날 공연이 이 밴드의 마지막 공연이었다는 것이다. 알지도 못한 내 눈으로 그라인드마스터 데드를 본 그 날이 마지막이 될 줄이야.

데스를 슥 바라보았다. 그의 시시한 실연 따위 잊어버린 것인지를. 평소와 다름없이 우중충해 보였다. 나는 그를 쿡 찌르며:

- 야, 장난 아니지 않냐?

- 완전.

- 뭐하냐, 머저리들아!

유치원 때 나와 같이 밴드를 하고 싶어하던 아르투르스와 그의 친구

츄르카였다. 진즉에 안 마주친 게 의아했다. 가볍게 악수를 하고 나자, 그들이 신나서 이야기를 시작했다:

- No. 6 매장에서 뭐 좀 사왔어.

츄르카의 청자켓 한 쪽 주머니가 묵직하게 처진 것이 보였다.

- 갈 때는 별일 없었거든? 그런데 오는 길에, 와… 한 6명 정도 딱 서 있는 거야. 우리 둘 다 바로 수그렸지. 아, 아마 얘는 나보다 좀 더 늦게 수그렸을 거야. 무튼 그렇게 얼굴 가리고 엎드려서 기다리고 기다리다 보니까… 심심해지더라고. 결국에는 '대체 언제까지 이러고 있어야 돼?' 하는 생각에 손가락 사이로 슬쩍 보니까… 웬 개떡같이 생긴 깡패 하나가 날 뚫어져라 노려보고 있는 거야!

츄르카는 이게 다 웃기고 즐거웠던 해프닝이라도 되는 양 낄낄대며 이야기했다. 이걸 얼마나 잘 했는지, 그를 머저리라고 부르는 것은 여자애들 밖에 없었다.

- 그럼 술은? 술은 어떻게 됐는데?

- 야, 장사 하루 이틀 하냐?

그들은 평소처럼 보드카를 플라스틱 병에 담아왔던 것이다. 흠집 하나 없는 병에 담긴 술을 나눠 먹고 나자, 우리 패거리는 달릴 준비가 되어 있었다:

- 한 바퀴 쭉 돈 다음에 다리 위에서 만나기로 했어. 진짜 싸움은 거기서 할 거야.

그러고는 돌아서서 떠나려는 참에 아르투르스가 나를 보며 물었다:

- 우리 이야기했던 거는 좀 생각해봤어?

뭔가 멋지게 들렸다. 영주님을 칼로 찔러 암살할 계획이라도 세우는 것처럼. 나는 그게 무슨 말인지 정확하게 알아들었고, 대답했다:

- 당연하지.

아르투르스는 내가 무슨 결정을 했는지 물어보지도 않은 채 그저 손을 흔들며 떠났다.

그때, 갑자기 이런 생각이 들었다—내가 별로 밴드를 하고 싶어하지 않는 것 같다는 생각. 밴드를 굳이 왜 해야 하지? 왜 고생을 찾아서 해야 하는데? 그리고, 밴드가 잘 안 되면 어떡하려고? 내가 연주라도 제대로 할 줄 알던가? 굳이 뭘 더 할 필요는 없는 것 같은데. 밴드를 시작할 생각조차 안하고 사는 평범한 애들도 많이 있잖아.

데스가 말했다:

- 우리 밴드나 해볼까?

딱 그렇게, 심플하게 물었다. 답을 해줄 수밖에 없었다:

- 해야지... 할 때 됐지.

- 집에서 기타는 많이 쳐?

- 당연하지.

참지 못하고 물어볼 수밖에 없었다:

- 너는 뭐 연주할 건데?

- 보컬 하려고.

데스가 한숨을 쉬며 말했다.

- 사실 드럼을 치고 싶긴 한데, 누군가 노래를 하긴 해야 하니까.

- 그럼 드럼은 누가 치고?

- 그, 있어… 드럼을 그냥 공수해올 수 있는 사람. 그런데 그 친구도 밴드 하고 싶어하거든. 연주도 꽤 잘 하는 것 같고.

- 상관 없지. 노래하는 것도 재밌을 거야.

- 너 기타는 있고? 일렉 기타야?

예상치 못한 질문이었다. 하지만 답은 정해져 있었다. 참내, 내가 그런 걸 숨기기라도 할까 봐?

- 당연하지.

- 뭐? 진짜 있어?

- 그게, 아직 내 손에 있는 건 아닌데, 살려고 알아보고 있긴 해.

- 어느 브랜드?

- 좋은 거. 짱 좋은 거.

엄청 좋은 브랜드여서 내 손에 들어올 때까지 굳이 말할 필요도 없다는 취지였다.

- 살 돈은 있고?

- 응. 아, 그게 아니라… 아직 없긴 한데, 돈 구할 길은 있어.

데스는 날 믿었고, 더 이상 묻지 않았다. 오늘 밤은 스스로를 내려놓고 모든 것을 보여주는 밤이다, 라고 세상이 귀띔이라도 해준 듯, 그리고 나도 당연히 그러고 있을 거라 기대하고 있는 듯했다. 데스는 충분히 그럴 만 했고, 그랬기에 나도 오직 진실만을 말하고 있었다.

- 그래, 그럼 얼른 시작해야겠네.

그때, 좀비가 매우 흥분된 모습으로 우리를 향해 달려왔다.

- 어디를 그렇게 싸돌아 다녀?

다른 친구들도 모습을 보였다: 푸폴스, 토니스, 아르투르스, 츄르카, 멜레와 멜레 친구, 샌디, 기르틴슈, DJ, 만난 적 없는 메탈헤드 몇 명, 그리고 임신한 여자애 한 명까지.

좀비가 외쳤다:

- 춤추러 가자!

그런데 누가 그를 저지했다:

- 아이, 씨발 좀, 쉿!

우리는 모두 큰길 쪽을 향해 떠났다. 노천극장 쪽은 조용했다. 나도 둑을 기어 올라가면서 한 번 물어봤다:

- 근데 우리 어디 가는 거야?

그러자 낯선 목소리가 답했다: 집.

집은 강을 2개나 건너야 갈 수 있는데… 그때, 길 건너편에 서 있던 누군가가 조용히 우리를 향해 말했다:

- 어디 가냐, 머저리 새끼들아? 사람들 기다리잖아, 서둘러.

나는 속으로 '맞아, 집에서 사람들이 기다리고 있기는 하지,'라고 생각했다. 샌디가 큰 목소리로 당당하게 답했다:

- 우리 열세 명인데?!

다리 아래에서 우리 열세 명이 기어 올라오는 모습은 실로 장관이었을 것이다. 그 광경이 어찌나 이목을 끌었는지, 그걸 본 그림자들이 다리 위에서 술렁이기 시작했다—한 서른 명 정도 되어 보였다.

우리 패거리는 즉각 행군을 멈췄고, 누군가가 (토니스 같았다) 물었다:

- 몇 명쯤 되어 보여?

- 우리보단 많아.

- 하지만 우리에겐 갓 피어난 버들개새끼 푸폴스가 있지!

이건 물론 항상 농담 따먹기를 즐기는 좀비가 한 말이었다. 아무도 웃지 않았다.

- 어떡하지 그럼?

- 건널 수가 없잖아!

- 저 새끼들한테 잡히면 우린 강물에 던져질 거야.

- 그럼 어떡하냐고?!

다리 건너편의 그림자들이 가로로 나란히 서기 시작했다. 모든 그림자는 매끄러운 대머리에 펄럭이는 다리 (츄리닝을 입었으니까!)를 하고 있었지만, 별로 신경쓰이지 않았다. 다른 사람들이 어떻게 하든 그대로 하기로 마음을 먹었었기 때문이다. 다리를 건너던지, 강물에 던져지던지, 아님 여기 이 자리, 이 고요한 노천극장 쪽에 가만히 있던지 간에 말이다.

토니스가 바닥에 침을 뱉으며 말했다:

- 돌아서 가지 뭐! 철교 쪽으로!
- 하지만 거긴 너무 먼 걸.
- 하나도 안 멀어.
- 5키로 정도 되나?
- 그거보단 멀지!
- 좆까, 그럼!

푸폴스였다. 토니스도 기분 나빠하지 않았다.

- 일단 여기 있어.

그러더니 바로 몸을 돌려서 길을 건너기 시작하는 것이었다. 한 열 발짝쯤 가서는 우리 쪽을 보고 따라오라는 손짓을 했다. 우리도 일사불란하게 토니스 쪽으로 걸어갔다. 나만 조금만 더 오래 남아서, 고개를 돌려 고요한 무대를 한 번 바라보고는, 다시 다리 쪽으로 고개를 돌려서 혈혈단신으로 그 그림자들을 마주했다. 그들도 나를, 어두운 길에 홀로 선 나라는 작고 어두운 형체를 보았는지는 알 수 없었다.

그리고 나서 나는 바로 내 친구들이 있는 쪽으로 후다닥 달려갔다. 도로를 벗어나서 다시 한 번 갈대 속으로 내려간 것이다. 다만 이번에는 강물을 따라서 걸었다. 얼마 가지 않아 패나 걸을 만한 흙길이 나왔다. 즐거운 나들이였다. 모두가 서로에게 담배나 술을 빌리려 했지만 남은 게 없었다. 나는 데스에게서 좀 떨어져서 걸었다—원래 사나이들끼리 깊은 우정의 순간을 가진 후에는 서로 약간의 거리를 두어야 하는 법이다. 대신 멜레와 멜레 친구랑 나란히 걸으면서 인생 이야기도 하고, 약간 들이대 보기도 했다. 어두웠던 것도 도움이 됐던 것 같은 게, 하도 어둡다 보니 계속 서로 부딪히고 넘어질 뻔했기 때문이다. 하지만 아니다, 어둠 때문만은 절대 아니었다. 나에게는 이제 무언가가 생겨 있었다, 나만의 것인 그 무언가가. 그리고 다른 모든 것은 그저 부수적인 것이었다.

얼마 되지 않아 우리는 철교에 도착했다. 어둠 속에서 철로를 따라 걷는 것은 쉬운 일이 아니다. 그리고 맞다, 우린 당연히 철로 한 가운데로 걷고 있었다. 기차 따위 두렵지 않았으니까. 세상에 두려울 것이 없었다. 나는 외쳤다:

- 아까 그 다리 가서 한 판 뜨자!

다들 웃으며 외쳤다:

- 그래! 까짓 거 뜨자!

그렇다고 진짜 돌아가진 않았다. 그저 계속, 엘가바 쪽을 향해 걸었다. 어느새 강물은 우리 발 밑 저 멀리에 흐르고 있었고, 나는 돌멩이를 집어서 거기 던졌다. 나는 15살이었고, 친구도 몇 명 있었고, 다리도 하나 새로 찾았었고, 주변은 온통 어두웠다.

15

그런 느낌이 들기 시작한 지 꽤 됐었다. 마이 다잉 브라이드의 신보를 들으면 필요 이상으로 밝은 느낌으로 들리고, 데스의 심벌릭Symbolic 을 들으면 과하게 아름다운, 과하게 자아도취적인 그런 느낌이 들었다—이거 순 미적이기만 한 사운드 아니야? 문스펠Moonspell의 울프하트Wolfheart 를 듣고 나는 외쳤다: 뭐야 이거? 엣헴, 저 실례지만 이건 블랙메탈이 아니죠! 이건 쓰레기에요! 부끄러우신 줄 알아야지!

물론 나의 외침은 항상 내적인 아우성이었다. 실은 굳이 남에게 이야기를 해야 할 이유가 없었다. 난 내가 어떤 사람인지, 나한테 무슨 일이 일어났는지 완벽하게 알고 있었으니까. 멈출 수 없는, 대단하고 신나는 일들이 내 눈 앞에 펼쳐지고 있었고, 그건 나조차 어떻게 할 수 없는 것이었다.

나는 무슨 교황이라도 된 듯 카톨루 가를 걸으며 세상 만물에서 징조를 찾아내고 있었다: 창문, 구름, 행인들… 다들 너무 정상적인 척을 하고 있었다, 마치 소설 속 주인공이 지나갈 때 옆에 숨어서 음모를 꾸미는 자들이 그러는 것처럼. 내 앞에 주인도 목줄도 없는, 커다란 누런 개 한 마리가 걷고 있었다. 나는 개와 5미터 정도 간격을 두고 걸었다. 개는 나무가 보일 때마다 멈춰 섰는데, 개의 곁으로 걸어서 지나칠 자신이 없던 나도 그때마다 함께 멈출 수밖에 없었다. 이렇듯 별 볼일 없는 길이지만 꼭 이런 길이 엄청난 곳으로 이어지는 법이었다.

나는 결국 문화센터에 도착했다. 그 앞에 온갖가지 사람들이 모여 있

었다: 스포츠 좋아하는 패거리, 일진 패거리, 평범한 청소년들, 메탈헤드들, 여자들, 그리고 언론까지. 뭔가 선택 받은 자가 된 기분으로 인파를 헤치고 걷다 보니, 사람들에게 손을 흔들지 않기 위해, 인부들이 건물 외벽에 '야니스, 라트비아의 망나니, 이 곳에 오다' 라는 현판을 걸고 있는 것은 아닌지 확인하려 고개를 돌리지 않기 위해 내심 노력해야 했다.

하지만 그들은 나를 보려고 모인 것이 아니었다. 최소한 아직은. 문화는 아직 때를 기다리고 있었다. 오늘은 센터 앞의 바로나 가에 길거리 농구대를 몇 개 설치해서 농구 경기를 개최한 것이었다. 청소년 경기였고, 우승한 팀은 보통 맥주 한 상자나 주말 사우나 이용권 같은 것을 받았다. 다들 친구 응원도 할 겸 와서 어슬렁거리고 있거나, 어디 재밌는 일 안 일어나나 기다리는 사람들 뿐이었다.

내 친구들도 거기 있었다. 농구 코트 가에 가장 좋은 자리를 차지한 채 무리 지어 맥주를 마시고 있는 그들은 프린팅 티셔츠, 운동화, 그리고 스키니진을 입고 있었다. 카를리스와 그의 형만 반바지를 입고 있었다—오늘 경기를 뛰기로 해서 그렇게 입었다고 한다. 다른 팀 선수들은 모두 스포츠 컷을 하고 있었는데, 우리 친구들만 어깨 너머까지 머리를 길렀었다(카를리스 형제는 '아르티스'라는 이름의 평범한 친구 하나와 같이 출전 중이었다). 우리 패거리의 나머지 사람들은 사색적인 라이프스타일을 추구하던 반면, 카를리스와 형은 운동에 미쳐 있었다. 웬만한 길거리 농구 시합에서 그들을 이길 사람이 없었고, 3:3 토너던트라도 열리면 상을 싹 쓸이하곤 했다. 운동에 대한 그들의 열정은 그들이 메탈과 음울함의 세상으로 넘어오기 전부터 가지고 있던 것이었다.

카를리스 형제들이 한참 몸을 풀고 꼼지락대고 있던 때, 밀레디야가 나타났다. 농구 코트 가로 돌아서 오는 게 아니라 한 가운데로 가로질러 왔는데, 히프가 얼마나 양 옆으로 흔들리던지 농구 골대가 치여 넘어갈 판이었다. 농구 코트에서 몸을 풀던 놈들이 일제히 골대에 공을 던져 넣기 시작하는 바람에 공이 죄다 골대에 끼어 버렸다. 밀레디야는 카를리스에게 다가가 입을 맞췄다.

이제 이건 그냥 늘상 있는 일이었다. 지루하고, 따분하고, 재미없는 일과 같은. 그러더니 밀레디야는 우리 쪽에 와서 앉으며 말했다:

- 안녕!

첫 경기가 시작되었다. 우리 편 아이들이 약골들과 붙고 있었다. 푸폴스는 더 이상 걱정할 것 없다고, 다른 편은 우리에게 상대조차 되지 않는다고 말하더니 맥주를 하나 더 깠다.

- 어이!

데스가 누군가를 부르더니 손을 흔들었다. 누구인지 확인하려고 고개를 돌렸다. 그가 말했다:

- 지르틴슈.

그리고 농구코트 반대편에 지르틴슈가 서 있었다.

- 쟤 기타 진짜 잘 치더라고! 통기타 위에서 손가락이 막 날아다니는데, 스테레오로 씨디 듣는 거랑 소리가 똑같아. 그러다가 바짓가랑이 쪽으로 쭉 올라와서는 막 솔로도 친다니까.

그러고는 데스가 나를 쳐다봤다:

- 너도 할 수 있어?

- 그게 말이지… 아니. 난 못해.

이 대답이 듣기에 어땠는지와는 무관하게, 사실이었다. 나는 솔로를 칠 수 없었다. 그저 조잡한 소리 몇 가지 흉내낼 줄만 알았지. 그렇게 얘기할 수도 있었찌만, 지금 보는 눈이 이렇게 많은데 그럴 수는 없었다.

우리 음악 프로젝트는 아직 비밀이었으니까 말이다.

대체 세상이 왜 이럴까? 나는 그저 모든 사람, 모든 것이 잘 되었으면 하는 좋은 마음만 갖고 여기 왔건만. 이게 고작 그에 대한 보답인 건가? 나는 그저 맥주병 뒤에 숨어서, 어디로든 도망칠 수 있었으면 하고 있었다. 데스는 포기하지 않았다:

- 그럼 리프는 뭐 연주할 수 있어?
- 그게, 솔로니 리프니 하는 데에 너무 집착하는게 맞나 싶어.
- 뭐?
- 그건 의미 없는 기교일 뿐이잖아. 블랙 메탈에 솔로가 있는 것도 아니고.
- 메이헴 곡에는 있는데.

사실이었다. 메이헴 곡에 리프가 좋은 게 많았다. 나도 그렇게 연주하고 싶었고 말이다. 공이 내 발치까지 굴러왔다. 주워서 카를리스에게 던져주었다.

데스는 조금 실망한 듯한 눈치였다:

- 그냥 내가 듣기 좋은 음악 듣고 만들고 싶은 거라고!

저질러 버렸구나. 이제 모두의 관심이 그를 향해 있었다.

- 너네 밴드 해?

밀레디야였다. 그리 관심있어 하는 것처럼 들리지는 않았다. 나는 대화를 거기서 끝내 버리려고 했다:

- 아니, 밴드 없어. 아직.

하지만 이미 좀비의 입에 발동이 걸린 뒤였다.

- 너네 아코디언 연주자는 필요 없냐?

그래, 마침 딱 좋네. 안 그래도 우리 비웃을 사람 찾고 있었는데. 자,

자. 마음껏 비웃으시죠.

- 나 마이 다잉 브라이드 그 곡 시작 부분 칠 줄 아는데. 그 있잖아, 뮤비에 바닷가에서 걷는 예수님 나오는 거.

「Cry of the Mankind」의 인트로 파트를 이야기하는 것이었다. 원곡에서 전자 바이올린으로 연주된. 이 부분은 내게 개인적으로 아주 중요한 부분이었기에, 그에 대해 농담하고 싶지 않았다.

- 진짜라니까!

좀비는 거의 소리를 지르다시피 하고 있었다. 이번에는 정말 농담이 아니라는 듯 말이다.

- 너희도 알잖아, 나 집에 아코디언 있는 거!

사실 몰랐다. 이제 좀비는 코트 너머로 가장 오래 친구였던 카를리스에게 소리치고 있었다.

- 맞지? 나 집에 아코디언 있지?!

카를리스가 잠시 이 쪽을 봤다가, 가드 하던 상대편 선수 쪽으로 몸을 도로 돌렸다. 한 풀 꺾인 데스가 끼어들었다:

- 너 아코디언 있는 거 알아, 에드가스. 하지만 메탈에 아코디언은 잘 안 어울린단 말이야.

나도 마음이 약해졌다:

- 왜? 재미있을 것 같은데. 마이 다잉 브라이드 어코디언 버전으로 커버하는 거.

데스가 나를 의미심장한 눈으로 쳐다보더니 물었다:

- 너 그 기타 샀어?

- 샀지!

데스가 나를 향해 몸을 돌렸다. 다른 친구들은 별 반응이 없었다.

- 어디 거?

- 깁슨 레스폴.

지금은 작게 생각할 때가 아니었다.

- 미친, 씨발! 진짜?

의심이나 의혹 따위 찾아볼 수 없는 순수한 흥분과 경외의 감탄이었다. 지르틴슈도 끼어들었다.

- A&T 악기 매장에서 산 거야?

- 따로 살 데가 어디 있었겠냐.

- 근데 레스폴 존나 비싸잖아.

그렇지, 지르틴슈. 500라트나 한단다. 탈옥범 하나 신고하면 받는 포상금이지.

- 그런 기타 있으면 내고 싶은 소리 다 낼 수 있겠다.

맞아, 지르틴슈. 낼 수 있단다. 어떻게 치는 줄만 알면 말이야. 그리고, 기타가 실제로 있다면 말이야.

- 그런데 좀 과하긴 하다. 기타 한 대만으로는 할 수 있는 게 한계가 있잖아? 같은 가격이면 쓸만한 아이바네즈 기타에 데스 메탈 꾹꾹이 이펙터, 그리고 마렉스가 파는 드럼 세트까지 살 수 있을 텐데.

데스, 왜 실의에 빠진 것처럼 아스팔트 바닥만 보고 있어? 내가 우리 얘기 나눈 이후로 리가 갈 시간이 어디 있었겠니? 기타 살 돈은 또 어디서 났겠니? 슬퍼하지 마, 곧 네가 다시 주인공이 될 거야.

카를리스가 다가와서 맥주 한 병을 집어서 순식간에 비웠다.

- 뭔 소리를 그렇게 질러? 막고 있던 사람 놓쳤잖아, 우리 형이 따라잡았기에 망정이지.

- 농구 더 안해?

- 우리가 이겼어. 다음 경기 곧 시작한다는데.
- 그럼 그거는 언제 끝나? 나 맥주 다 먹었어!

푸폴스가 심술을 부리기 시작했다. 눈이 따가울 만큼 쨍한 햇살은 요상한 상象을 만들어내고 있었다. 여기에 앉아있는 건 꽤나 불편했다.

- 여기 '왼손잡이' 팀이고, 다음은 '공터' 팀이야.

밀레디야는 상대편 이름도 알고 있었다. 그녀는 저 멀리 허공을 쳐다보고 있었다. 예쁘지도 않은 게. 하지만 그것이야 말로 내가 찾던 것이었다―임자 있는 못생긴 여자와 사랑에 빠지는 것. 알았다, 알았다. 사실 못생긴 편은 아니었다. 그리고 맞다, 사랑이 있던 것도 아니었다.

관객들이 외치기 시작했다:

- 뭐하는 거야 대체!
- 병신 머저리들!
- 애들아, 그냥 내려와라!
- 바보들!
- 모지리들!

코트 건너편을 바라보니 내 친구들, 그러니까 내 깡패 친구들이 거기 있었다. 그리고 역시나, 세상 어디에서도 스스로만의 법칙대로 움직이는 그들 답게, 이번에는 농구 코트의 경계를 깔끔히 무시하고 농구 경기를 완벽하게 망쳐 놓고 있었다. 공격 측의 빠른 패스가 크로히스의 오른쪽 어깨에 퍽 하고 부딪히자, 크로히스는 왼쪽으로 휙 하고 돌아 누가 자신에게 공을 던졌는지 찾기 시작했다. 어린 애들이나 깡패들이 하는 그 장난 같은 모습이었다―누군가의 왼쪽으로 다가가서 오른쪽 어깨를 툭 치는. 다만 이번에는 크로히스의 왼쪽을 농구 골대가 가로막고 서 있었고, 결국 크로히스는 공격수와 관중들이 왜 자신에게 야유를 보내는 지도 모르는 채 계속 걸어가는 수밖에 없었다. 칸제이스도 얼마 였지만, 최소한 표정은 약삭빠르고 눈치를 보고 있는 듯했다.

그들이 다가오는 모습을 보자 나는 순식간에 이해할 수 있었다. 범죄는 교활의 산물이 아니라 현실을 무시하는 데서 생기는 것이라는 사실을 말이다. 그가 가게를 털었다면, 그건 아마 그가 가게를 가게가 아닌 야채가 자라는 텃밭 정도로 생각한 것이고, 교도소에서 탈옥을 했다면 아마 잠깐 나가서 샤워를 하고 와도 될 거라 생각해서 였을 것이다.

하지만 지금 그들은 내 곁에 다가와 내 바로 옆에 앉았다. 내가 그들의 목적이었던 것이다.

- 다바이, 당구나 치러 갈까?

나는 가끔 문화센터에서 그들과 같이 당구를 치곤 했었다. 아주 가끔, 할 일도 없고 내 진짜 친구들이 없을 때 말이다. 심지어 꽤 잘 쳤었.

딱 봐도 그네들은 문화센터 주변을 빙빙 돌고 있던 것 같았다. 오늘의 행사에 대한 정보를 아무에게도 공유받지 못하고, 그저 오늘따라 사람이 왜 이리 많은지 궁금해하면서 그 곳을 배회하던 중, 생판 모르는 사람들 가운데에 내가 있는 것을 보고 같이 놀자고 하려고 온 것이었다.

- 안돼, 경기 봐야 해.
- 무슨 경기.
- 지금 하고 있는 이 경기.
- 농구?
- 뭐, 그렇지.
- 왜? 니도 하냐?
- 아니. 내 친구들이 하지.
- 그라믄 하게 두고 오면 되제.

- 그렇게는 못하지.

- 할 줄 아는 게 무언디?

나는 주변을 조심스레 둘러보았다. 내 바로 옆, 앞, 뒤… 모두들 차갑게 굳은 눈으로 나를 보고 있었다.

그러다 크로히스가 그럴싸한 제안을 했다:

- 그럼 가서 맥주나 한 잔 하고 오는 것이 어떨랑가? 술 좀 올라왔을 때 꼬드기면 그게 더 재밌지라.

- 다바이!

그들은 다시 농구코트 한 가운데를 가로질러 떠났다.

- 방금 누구야?

애네는 정말로 기억을 못하는 건가?

- 그냥 아는 사람들.

- 아니, 진짜 누구냐고.

- 저런 사람들 실제로 존재하는 지도 몰랐다, 야.

- 시골에서 올라온 사람들이야?

정말 아무도 저들이 그때 빌라에서 본 무서운 사람들이었다는 걸 기억하지 못했다.

카를리스가 농구 코트에서 헥헥대며 나와 두 가지 질문을 동시에 했다:

- 코트에서 걸어 다니는 머저리들은 뭐하는 새끼들이야? 맥주 남았냐?

그러더니 아무도 답하기 전에 바닥에 철푸덕 앉았다. 내가 물었다:

- 경기는 어떻게 됐어?

나는 '이겼어?'라고 묻지 않았다. 그래야 대답하는 사람이 이기지 않았더라도 답하기에 민망하지 않을 것이기 때문이다. 하지만 카를리스는 답했다:

- 우리가 이겼지.

밀레디야가 우리 곁에 쭈그려 앉더니, 경기에 대해서 아주 부드럽게, 본인의 방식대로 한 마디 평을 남겼다. 밀레디야는 항상 어찌나 침착한지 믿기 어려울 정도였다:

- 너희 셋째 선수 꽤 잘 하네!

상당히 거슬렸다. 카를리스가 좋아하는 모든 방면에서 전문가인 척 하려는 것도 아니고. 카를리스는 맞장구를 쳤다:

- 맞아. 우리 자주 같이 농구 하는 사이야.

- 너보다 골도 더 많이 넣은 것 같던데?

- 그랬을 수도. 오늘 컨디션 괜찮아 보이더라고.

밀레디야가 지금 대체 뭐 하자는 거지? 이거 나만 신경 쓰이는 건가? 뭐, 어쩌겠어, 중요한 일도 아닌 걸. 내가 말했다:

- 그냥 친선 경긴데 뭐.

카를리스가 나에게 말했다:

- 그래도 시합이면 잘 해야지.

거기에 밀레디야가 덧붙였다:

- 나는 거장이 될 정도로 능력 있는 사람들이 멋있더라.

정말 진심이었는지는 알 수 없었지만, 사실 중요치 않았다. 그녀가 방금 한 말은 미카일 불가코프의 〈거장과 마르가리타〉에 나온 내용이었기 때문이다.

- 인생이라는 게 시합 같은 거잖아, 카를리스가 말했다. - 사실 뭐든 시합이 될 수 있는 거고. 뭔가 잘하고 싶어하는 게 나쁜 건 아니지 않아?

- 아니지, 하고 답했다.

- 시합은 내가 뛸 테니까, 너는 맥주를 좀 구해다 줘. 오케이?

카를리스의 형이 코트에서 그를 불렀다―다시 시합을 뛸 시간이었다. 카를리스는 일어나서 진짜 인생을 살러 갔고, 나는 사이드라인 밖에서 구경이나 하기로 했다.

얼마 구경을 하지도 못했는데 칸제이스와 크로히스가 유리 병 달그락거리는 소리를 내며 다시 돌아왔다. 칸제이스가 맥주를 한 병씩 꺼내서 우리 줄에 앉은 사람들에게 돌리기 시작한 것이다. 심지어 우리 패거리가 아닌 사람들도 몇 명 받았다. 다들 제각각의 방식으로 병을 땄다: 열쇠로, 반지로, 라이터로. 누군가의 맥주가 넘쳐서 거품이 보글거리는 웅덩이가 농구 코트 가운데로 흘렀다. 칸제이스가 자기 맥주를 단숨에 들이키고는 나에게로 돌아섰다:

― 가야제?

― 어디?

― 당구 치러.

두 손 두 발 다 들었다.

― 아직 맥주 다 안 먹었는데.

― 마시면 되지라.

― 그치만 내 친구들이 아직 놀고 있는걸.

― 너도 놀아야제. 그래야 안쓰겄냐!

우리 주변에 모든 사람들이 말을 멈추거나 아니면 질문을 아예 못 들은 것처럼 계속 이야기하고 있었다. 데스의 눈빛이 내 뒤통수를 파고들었고, 왼쪽 목에는 밀레디야의 눈빛이 따갑게 날아들고 있었다.

그러더니 밀레디야가 갑자기 내 어깨를 툭 치고는 그보다 더 갑작스럽게 물었다:

― 너 요즘 무슨 깡패들이랑 같이 다닌다며?

나는 침묵했다. 그리고 조금, 아주 조금은 기뻤다. 하지만 그 깡패들이 내 바로 옆에 앉아있다는 것이 문제였다. 칸제이스는 어린아이처럼 병에 바람을 불고 있었다. 검은 가죽자켓이 아닌 그냥 줄무늬 티셔츠를 입은 채. 머리를 민 지도 좀 됐는지, 두피에는 말도 안되는 곱슬머리가]되어 자라나고 있었다. 크로히스는 맥주를 다 마시고는 아스팔트를 굴러다니는 돌조각을 가지고 놀면서, 심지어는 재즈로 들리는 곡을 흥얼대고 있었다. 지금 그들의 모습은 '깡패'라고 부르기엔 많이 남루했다. 나는 금새 이들이 일부러 이러고 있다는 것을 깨달았다. 컨셉을 잡고 있는 것이었다. 하지만 이번 컨셉은 재미도 없고, 오히려 너무 부끄러웠다. 이 사람들이 나를 엿먹이다니!

나는 밀레디야의 질문에 답하지 않았다. 답할 수 없었다—무슨 답을 하던 지금 그 깡패들이 옆에서 다 들을 거였으니 말이다. 그녀도 다시 묻지 않았다. 나는 바닥을 향해 시선을 떨궜고, 그녀는 시합을 봤다.

카를리스가 너무 일찍 슛을 해서 공에 스핀이 제대로 먹히지 않는 바람에 공이 림에 맞고 도로 튕겨 나왔다. 상대 편의 꺽다리가 리바운드를 받아서 그들의 포인트가드에게 패스를 했다. 아르티스가 점프해서 공을 낚아채려 했지만, 공이 손 끝에 걸리면서 놓치게 되었다. 착지하던 아르티스가 자빠지는 바람에 상대편 포인트가드를 마크할 사람이 없어졌다—슛, 골인.

이제 상대편이 11점 차로 앞서고 있었다. 길거리 농구에서 그 정도면 엄청난 차이다. 한 게임에 11점 밖에 득점하지 못하는 경우도 있으니까 말이다. 언제, 어쩌다가 저렇게 앞섰는지 알 길이 없었다.

이제 경기가 끝날 때까지 5분 밖에 남지 않았다. 이제 우리 패거리에서는 아무도 경기에 신경을 쓰지 않고 있었다. 밀레디야만 매우 집중해서, 하지만 조용히 지켜보고 있었을 뿐. 그녀의 눈이 빛났고, 입술은 살짝 벌어져 있었다.

카를리스는 백보드 아래에 서서, 분노와 절망을 담아 그 가증스러운 공을 집어 던졌다. 카를리스네 형이 그 공을 받아서 꺽다리 너머로 슛했고, 공은 그물 안으로 착지했다. 10점 차.

상대 편이 느릿느릿하고 지나치게 자신만만한 플레이를 펼치다가 역대급 실수를 범했다—드리블하던 선수가 자기 발에다가 공을 튕겨 버렸고, 그 덕에 공이 코트를 가로질러 굴러갔다. 주의력이 깊은 아르티스가 그 공을 낚아채서 3점슛 라인으로 가져갔다. 상대편이 수비 태세로 들어섰다; 아르티스를 마크하던 선수는 자유투 라인 쪽에 서서 아르티스가 들어오는 동선을 차단했다. 하지만 아르티스는 파고드는 대신 그냥 선 자리에서 슛을 쐈다. 공은 백보드에 쾅 하고 부딪히고는 그물 속으로 철썩 하고 들어갔다. 8점 차.

상대 편이 그럴싸한 플레이를 이어갔지만 득점을 하지는 못했다. 우리 친구들이 다시 공을 받았고, 카를리스가 슛을 한 번 미스했지만, 바로 리바운드를 받아 페인트로 수비수를 따돌리고는 형에게 공을 패스, 슛, 골. 7점 차.

상대 편 선수들은 아직 긴장하지 않았는지 바로 코트 가에서 날랜 패스를 날리려 했지만, 수를 먼저 읽은 아르티스가 공을 낚아채서 우리 편 쪽으로 돌렸다. 아르티스에게 공을 빼앗긴 빨강머리 선수가 아르티스를 쫓아갔다; 득점하는 것을 막으려는 참이었다. 하지만 아르티스는 이미 골대를 향해 두 발짝 성큼성큼 어프로치를 했고, 슛을 위해 손을 올린 상태였다. 아르티스가 뛰어오르자, 함께 뛰어오른 빨강머리가 아르티스의 팔을 꽤 세게 내려쳤다.

공은 관객석 쪽으로 튀어 올랐고, 내 이마에 꽤 세게 부딪혔다. 퍽, 하자 내 안경이 내 다리 위로 떨어졌다. 다들 웃었다. 평정을 되찾은 나는 공을 도로 패스해주었다.

자유투 2개. 아르티스 팔뚝에 빨간 손 자국이 보일 정도였다. 6점 차, 5점 차.

시간 몇 분 남았지? 게임 끝났어야 하는 거 아니야? 호루라기를 들고 손목시계를 찬 남자가 빨강머리의 질문에 답했다: 아니, 거의 1분이 통으로 남아있네. 이번에는 조금 조심스럽게 접근했다. 상대편 쪽 포인트가드가 안전한 위치에서 점프도 거의 안 한 슛을 던졌고, 카를리스의 형은 꽤 쉽게 그걸 막아냈다. 카를리스가 뛰어올랐고, 포인트가드도 함께 뛰어올라서 공중에서 부딪힌 것이었다. 포인트가드가 바닥에 누워 '파울!'이라 외쳤지만, 인정을 받지는 못했다. 이어서 카를리스의 형이 카를리스에게 공을 넘기고 다시 패스를 받기 위해 골대를 향해 달렸다. 농구 골대 바로 아래에서 던지는 쉬운 샷이었고, 공도 순조롭게 들어갔다—포인트가드가 갑자기 점프하고 있는 카를리스의 형에게 덤벼들면서 공중에 떠 있는 그를 밀쳤는데도 불구하고 말이다. 매우 부적절한 행동인 것은 분명하지만, 그는 기분이 많이 상해 있었다. 입술을 꾹 닫은 채 안 좋은 예감을 풀풀 풍기면서 말이다. 내가 만약 경기를 열심히 보고 있었다면 그 친구와 많이 공감했었을 것이다. 카를리스의 형이 자유투로 두 골을 득점했다. 3점 차.

그럼에도 불구하고 상대 편은 당황하지 않았다. 길거리 농구에서 3점을 득점하려면 공격을 최소한 두 번 점유해야 하는데, 지금은 그들의 차례였고 경기 시간이 얼마 남지 않았었기 때문이다. 침착하게. 꺽다리는 불가능한 일이라고, 우리 편이 남은 시간 안에 골을 다 넣고 역전할 수

달 275

있을 리가 없다고, 우리가 할 수 있는 건 없다고 확신하고 있었다. 반면에 포인트가드의 뇌는 지금 운명을 향해 외치고 있었다—안돼, 제발, 안된다고! 말이 될 리가 없잖아! 빨강머리는 그냥 아무 생각도 하지 않으려 노력하고 있었다. 우리 편 친구들은 모두 같은 것 만을 생각하고 있었다고 한다: '그냥 경기일 뿐인데 뭐, 지면 지는 거고.' 빨강머리가 거침없이 전진하기 시작했다. 아르티스가 바로 그의 얼굴에 거친 숨을 뱉으며 공을 향해 손을 뻗어가며 마크하기 시작했다. 빨강머리는 이렇게 가까이 붙어서 가드를 하는 사람들을 싫어했다. 그는 공을 다시 꺽다리에게 패스했다. 꺽다리는 제자리에 서서 시간을 끄는 것이 상책이라는 생각에 슛을 쏘지 않고 공을 든 채 멈춰 있었는데, 갑자기 카를리스의 형이 공을 그의 손에서 쳐냈다. 다들 그 공을 잡으려고 덤벼들다 바닥에 넘어지고 있던 순간, 카를리스의 형은 공을 잡는 대신 주먹으로 후려쳐서 코트 저편까지 날려버렸고, 그 공을 주운 카를리스가 바로 골을 넣었다. 1점 차.

빨강머리의 손이 떨리고 있었다. 아예 공을 끌어안고 바닥에 누워서 몸으로 공을 감싸고 있을까도 생각했다. 하지만 포인트가드가 대신 하라지, 하는 마음으로 패스했다. 포인트가드가 팔을 들어올려 슛을 쏘려 함과 동시에, 손목시계와 호루라기를 찬 남자가 카운트다운을 시작했다.

- 3…

포인트가드는 자신의 마크를 피해 뒤로 물러난 뒤 공을 던졌다. 아마 그 친구 생에 가장 멀리서 쏜 슛이었을 것이다. 공은 백보드에 튕겨 골대를 한참 지나 떨어졌는데, 리바운드를 받으려고 몸을 날린 카를리스가 그걸 예상했을 리가 없다. 공은 카를리스의 콧대를 후려쳤고, 쌍코피가 바로 터져나와 그의 옷을 붉게 물들였다. 하지만 그 와중에 공은 떨어뜨리지 않았다.

호루라기를 들고 있는 남자가 외쳤다:

- 2…

카를리스가 뛰어오르며 꺽다리 머리 위로 패스를 넘겼고, 거기엔 아르티스가 진작에 기다리고 있었다. 아르티스도 점프하며 공을 받았고, 착지하지도 않은 상태로 바로 슛을 쐈다.

공이 버터라도 바른 양 후프 속으로 빨려들어갔다—그물이 섹시한 여자의 롱스커트처럼 펄럭였다. 1점 역전!

그러자 호루라기를 든 남자가 외쳤다:

- 게임 셋!

상대편 선수들은 대체 무슨 일이 일어난 건지 갈피를 잡지 못하고 있었다. 우리 친구들은 미친 듯이 뛰어오르며 서로를 끌어안고 있었다. 상대편 관중들은 고요했다—그냥 평범한 관객들이었으니까. 우리 쪽 관중들도 조용했지만, 그건 그네들이 평범한 관객이 아니었고, 경기에 집중하지 않고 있었기 때문이었다.

나는 밀레디야가 왜 깡패 이야기에 관심을 갖고 있었는지 궁금했다. 신변에 '해결'이 필요한 문제가 있었나? 어쨌건 지금 그녀는 카를리스를 끌어안느라 정신이 없었다. 됐습니다, 아가씨, 깡패들은 그냥 내 거 하겠습니다. 나는 칸제이스 쪽을 돌아보았다. 어느새 그는 사라져 있었다. 골목 저 멀리에서 경찰차 한 대가 우리를 향해 천천히 다가오고 있었다.

16

하룻밤은 기타를 챙겨서 사거리 쪽으로 나가 보았다. 부모님께는 좀비를 만나러 간다고 하고 말이다. 그리고 정말 만날 약속도 잡았었다. 사거리 쪽의 볼일이 빨리 끝나길 바랄 뿐이었다. 그 일이 실제로 이루어질 거라고는 생각하지 않았지만, 한 번쯤은 해보고 싶었다. 비이성적이고 사악한 일이었지만, 사실 그리 어려운 일도 아니었다. 누군가가 닐스 보어에게 왜 현관에 편자를 걸어놓았냐고 물었을 때 그가 답한 것처럼, '믿지 않는 사람도 도와준다고 들어서' 하는 것이었다.

이제 내가 할 것은 사거리를 찾는 것뿐이었다. 라이니스 가와 가톨릭 가가 만나는 사거리에서 기타를 들고 서 있을 수는 없었다. 성당 근처가 안전하긴 할 테지만, 아는 사람을 마주칠 수도 있으니까 말이다. 스틱스메스 가와 타르크토리수 가 교차로도 안 된다. 그 곳은 깡패들이 드글대는 곳이니까. 나는 악마보다 사람들이 더 무서웠다. 결국 나는 스콜라스 가와 파바사라 가의 교차로로 향했다. 이곳이야말로 딱 적절한 곳이었다. 길 이름은 특이한데 사람들은 많이 안 다니는. 근처에 플룸유 가에는 심지어 아르투린슈가 살았다. 그 친구를 만나게 되면, 그냥 잼 하러 너희 집에 놀러가려던 참이라고 말하면 되는 거니까.

파바사라 가와 스콜라스 가의 교차로. 그곳은 완전히 어두컴컴했다. 저 멀리 파스타노달랴 가 어딘가에서 TV 불빛이 빛나고 있었다. 나는 그 전설에 나온 것처럼 교차로 한복판에 앉았다. 여긴 심지어 포장도로도 아니었다. 어머니가 바느질해주신 기타 케이스에서 기타를 꺼낸 채, 그저 앉아 있었다. 뭐라도 연주하긴 해야 하는데. 지금 하지 않으면 평생 못할 거잖아. 이게 뭐 큰 일이라고. 아무도 못 듣게 조용히 연주할 수 있어. 나는 아나테마의 세레나데Serenades 에 실린 곡 「Sleepless」를 연주하기 시작했다. 한 6마디 밖에 칠 줄 몰랐지만, 그 6마디가 끝날 때까지 반복되는 곡이었다. 솔로가 나와야 하는 부분에서는 즉흥으로 뭔가 쳐보려다 망쳐버렸다. 이제 뭐 치지,「Sappy」나 쳐 볼까? 아니야,「Master of Puppets」지. 얼마 치지 못했는데 못 치는 부분이 나와서 그만뒀다. 「Freezing Moon」, 그래, 그거지. 내가 리프를 칠 줄만 알았다면 그게 딱일 텐데. 그런데 누군가 오고 있었다. 잠시 멈춰야 했다. 그 사람이 멈추어 섰다:

― 학생, 뭐해?

― 아무것도 안 해요.

― 기타 쳐?

― 아니요.

그가 담배에 불을 붙였다. 얼굴이 검어 보이는 건 어두워서겠지?

― 집에서 못 치게 해서 나와서 치는 거야?

― 아니에요. 신경 쓰지 마세요.

말이 안 되는 답변이었다. 이 모르는 사람 앞에서 바닥에 앉아있기 싫어서 일어나려고 했는데, 무슨 일인지 다리가 말을 듣지 않았다. 그는 손으로 나르던 가방을 내려놓고 그 위에 앉았다. 담뱃불이 그의 손가락을 밝게 비췄는데, 피부가 검은색 페인트로 칠해놓은 것 같이 검었다. 데스가 새로 산 가죽 자켓마냥 말이다.

― 아저씨는 지금 퇴근하는 길이야. 용접 일 하거든. 씻지도 못하고 나와서 온통 검댕이네. 집 가려면 한참인데 말이지. 아저씨 RAF 센터 상가 쪽 살아.

- 그럴 때 있죠.

이번에는 그래도 사람처럼 답했다. 그가 나를 올려다봤다.

- 너도 그럴 때가 있니? 하루 종일 땜질하느라 지친 몸 이끌고 집에 가면 웬 정신나간 여편네가 기다리고 있을 때?

차라리 그냥 담배나 한 개비 권할 걸 그랬다. 문득 엄청 춥다는 걸 깨달았다. 담배가 몸을 데워준다는 건 아니지만, 최소한 잠깐 동안은 머릿속 생각을 좀 비울 수 있게 되니까. 그런데 아저씨는 설교를 계속 이어갔다.

- 인생 참 고달프겠구나.

이상하게도 이 말을 하는 그의 말투에서 비꼼이 전혀 느껴지지 않았다.

- 뭐라도 한 번 쳐봐!

- 지금이요?

- 그럼! 우리 이렇게 앉아서 같이 노는데 음악 있으면 좋지.

코드를 하나 짚고 스트링을 튕겼다. 「Freezing Moon」이나 다시 칠까?

- 쳐봐, 쳐봐. 치기 싫어?

정말 치고 싶었다, 그래서 최선을 다해서 쳤다. 분위기가 딱 맞기도 했다. 정말 추웠기 때문이다, 부자연스럽게, 말 그대로 Freezing하게 추웠다. 그 멀리서 보이던 TV 불빛이 사실 TV에서 난 게 아니라 달에서 난 빛은 아니었을까?

용접공 아저씨는 반쯤 피운 담배를 입에 물고는 손을 뻗으며 물었다:

- 그거 튜닝 다 나간 거 아니야? 이리 줘봐.

그에게 기타를 건넸다.

- 그래서, 너 무슨 장르 연주하는데?

- 블랙이랑, 데스랑, 둠이요.

내 답은 아주 공손한 속삭임이 되어 나왔다.

- 뭐라구? 블랙 둠?

- 네, 뭐…

용접공은 그의 시커먼 볼을 문질렀다.

- 아저씨는 블루스 좋아하는데. 블루스는 배우고 싶지 않아?

- 아니요, 메탈 칠 거예요.

- 아. 헤비메탈?

그러더니 피크를 잡고 잉베이 말름스틴 풍의 리프를 휘리릭 쳐내는 것이었다.

- 아뇨, 아뇨. 그거보다 더 묵직한 거요.

- 풋!

그리고는 기타를 내려놓았다.

- 그거 치려면 기타 다른 거 있어야 돼.

- 알아요.

- 기타 어디서 구할 지는 알고?

- 네, 알아요.

- 그래, 그 기타만 사면 준비 끝나겠네.

- 그렇죠.

- 다 아는구나. 그런데 왜 여기 나와 있니?

- 기타 치는 거 배우려고요.

- 일단 그 다른 기타부터 구하고 나서 다시 이야기하자. 원래 그렇게 하는 거야. 아무것도 하지 않고 결과를 기대하면 안되는 거지. 돈은 구할 곳은 있고?

- 네.

- 그래서? 결정하렴! 네가 뭐가 되고 싶은지!

- 네… 하고 속삭였다.
용접공 아저씨는 일어나서 떠나 버렸다.

17

때가 되었다. 이제는 정말 시작해야 했다. 나에게는 기타가 필요했고, 내 깡패 친구들이 드디어 내 인생에 도움이 될 수 있을 때였다. 이건 거래일 뿐이었다, 더도 덜도 아닌 거래. 경찰을 불러서 당신들이 찾는 탈옥범을 찾았다고 이야기한 다음 포상금을 받으러 가면 끝나는 거였다.

마침 집에 혼자 있었다. 전화기 쪽에 몸을 웅크리고, 수화기를 들고, 다이얼에 손가락을 얹었다. 위급상황에만 걸 수 있는 금기의 그 번호는 아주 오래 전부터 나의 관심을 당겼었다. 나 혼자 집을 지킬 때면, 금지된 그 번호의 일부분만 다이얼을 돌려보면서 (말인즉슨 0까지만 돌려보고 마는 것이었다) 나와 기상천외함 사이에 작은 손짓 하나만 있다는 사실을 느낀 적도 있다. 이런 걸로 장난을 치면 안 되는 거였다. 내 친구들 중에 다른 아이들보다 용감한 애들은 쉽게 장난을 쳤고, 그에 대한 벌도 받지 않았지만 말이다. 물론 학교를 폭파시킬 거라는 협박전화를 한 녀석은 잡혔었다. 그 친구가 어떻게 됐는지는 모른다. 사실 관심도 없었다—나는 나쁜 짓은 안 할 거니까. 내가 하려는 일은 정직하고 칭찬받을 일이었으니까.

수화기를 들어 0-2를 돌려보았다. 통화 중 신호가 울렸다. 웃기지도 않네. 내가 칼에 찔려 죽어가고 있던 거였으면 어쩌려고? 다시 걸었다. 벌써 용감해진 기분이었다. 그리고 통화 중이라는 사실이 납득이 가기 시작했다—원래 옐가바에는 사건사고가 끊이지 않으니까.

그런데 이번에는 누군가 바로 전화를 받았다.

- 무슨 일이시죠?

목소리가 왜 친숙하게 들리지? 저 두 자리 숫자가 사실 내 친구 번호로 연결될 수도 있는 건가?

- 여보세요?

무슨 말이라도 해야 했다. 그러지 않으면 수줍은 여자아이처럼 수화기에 얕은 숨만 뱉어대고 있는 꼴이니까. 내가 여기서 전화를 끊어버린다면 정말 여자애로 오해 받을 수도 있다. 하지만 나는 여자가 아니니까, 하며 말했다:

- 여보세요!

마치 나에게 전화가 걸려온 것처럼 말이다. 그러자 그가 답했다:

- 네, 경찰섭니다.

정말 경찰서로 연결되긴 했구나. 하지만 그냥 한 번 다시 물었다:

- 정말요?

- 네, 정말이죠! 여기 경찰서 맞아요. 신고자분 무슨 일이시냐구요?

수화기 너머의 목소리에 짜증이 늘어갈수록 더 익숙하게 들렸다. 흥미로웠다. 내 가슴이 쾅쾅 뛰는 것을 멈추었다. 하지만 무슨 말이라도 해야 할 것 같아서 말했다:

- 아니에요, 별일 없어요.

- 별일이 없다니, 그게 무슨 말씀이세요? 신고자분 지금 누구세요?

- 저요?

- 네, 당신이요!

이 경찰관은 좀 특이했다. 이런 경찰관은 만나본 적이 없었다. 알고 보니 이 경찰관은 나를 아는 사람이었다:

- 야, 너 야니스 맞지? 무슨 일인데?

숄리스였던 것이다! 내가 물었다:

– 숄리스?

– 아니면 누구겠냐?

– 경찰서에서 뭐해?

– 나 여기서 일해!

몰랐던 사실이다. 하지만 생각해보니 전에 내가 경찰에 대해 안 좋은 이야기를 하자 누군가가 (푸폴스 였던 것으로 기억한다) 메탈헤드계의 고인물 숄리스가 경찰이라고 했던 기억이 났다. 당시에 그 말을 믿지 못했던 나는 그를 비웃었고, 이내 이 정보를 머릿속에서 지워 버렸던 것이다.

– 어…어떻게?

– 아, 그게. 나 졸업하자마자 바로 여기 취직했거든. 징병 피하려고. 괜찮은 전략 아니냐?

전략이라―잘 모르겠다, 아무 생각도 나지 않았다. 그 방면의 고민을 하려면 아직 몇 년은 더 기다려야 하는 상황이었으니까. 그래도 정중하게 물어보았다:

– 일은 어때?

– 개판이지! 안 그래도 방금 우고가 전화했는데, "야, 큰일났어. 지르틴슈가 체포됐어, 경찰한테서 도망가다가"라는 거야. 지금 유치장에 갇혀있대. 결국 친구들 다 한 명씩 돌아가면서 나한테 전화를 해대는 거지, 무슨 일이냐, 왜 체포했냐, 너가 뭐라도 해주고는 있냐, 하면서. 근데 나는 당시에 근무 시간도 아니었어!

– 그렇구나.

– 아무튼. 그렇게 다들 나한테 전화해서 소리를 질러대는 거야―개 좀 빼줘! 하고. 그런데 내가 뭘 어쩔 수 있겠어? 들어가서 보니까, 맞네,

유치장에 갇혀 있더라고. 그래서 물어나 봤지, 뭐 필요한 거 있냐고. 그랬더니 "홍차 한 잔."이라는 거 있지!

여기서 잠시. 나도 이 대화에 더하고 싶은 말이 있었다:

- 데스가 리가에서 모비드 만났다고 하던데. 둘이 벤치에 앉아서 멍때리고 있었는데, 모비드가 "1.5센티 남았다!"라고 하는 거야.

- 뭐가 남아?

- 데스도 그렇게 물어봤대. 그랬더니 모비드가 일부러 위궤양을 키우고 있다고 하더래. 온갖 종이 같은 거 먹고, 식초 마시고 하면서.

- 에이, 그 정도는 약과지!

누군가 내가 한 이야기에 대해 그런 말을 하는 것은 정말 듣기 싫었다. 하지만 난 항상 아무 말 없이 그 사람이 하고 싶은 말을 하게 놔 두었다.

- 톤톤스도 징병 대상자였거든? 그런데 군대 빼겠다고 자기 팔을 부러뜨리기로 한 거야. 어떻게? 에르네스츠 도움을 받아서. 둘이 역할을 나누었는데, 일단 톤톤스가 변기 시트에 팔을 뻗고 있으면 에르네스츠가 그 위에 뛰어오르기로 했대, 그쯤 하면 부러질 줄 알고. 그렇게 이제 화장실에 가서 톤톤스가 변기에 팔 대고 있고, 에르네스츠가 몇 발짝 뒤로 물러섰다가, 달려와서 딱 뛰어올랐다? 근데 톤톤스가 막판에 반사적으로 팔을 싹 빼 버린 거야. 에르네스츠가 착지하는 순간 변기도 박살나고, 에르네스츠 발목도 작살나버린 거지!

이 이야기는 정말 내 이야기보다 훨씬 재미있었다. 그래서 나도 하나 더 생각해내려고 애썼다:

- 그런 사람도 있었어, 걔는…

- 그래, 뭐, 아무튼. 나 이제 복귀해야 될 것 같아서. 또 보자! 메탈!

- 으…응. 또 봐.

생각해보니 밴드 언홀리도 군복무 문제가 있었다. 밴드가 잠시 휴식기를 갖는 동안 기타리스트 야꼬 토이보넨이 핀란드 육군에서 복무를 했는데, 그 일 때문에 그의 친형이자 기타리스트였던 이스모 토이보넨이 그를 밴드에서 탈퇴시켜버린 것이다. 아니, 잠깐만, 이스모가 군대를 간 사람이었나? 확실하게 기억나는 건 탈퇴시킨 사람이 "우리 밴드에 배신자를 위한 자리는 없다"라고 한 사실이었다. 그런데 왜 군대 가는 게 배신자라는 거지? 내가 숄리스한테 왜 전화했더라? 아, 맞다, 그 일 때문이었지. 됐다, 나중에 다시 걸지 뭐.

18

　대부분의 사람들은 (아마 모든 사람들이 다 그러지 않을까 싶긴 하다만) 본인이 정말 기대하는 날이 하나쯤은 있다. 어떤 사람들은 부활절 연휴를 손꼽아 기다리고, 누군가는 생일을 좋아하고 말이다. 우리의 기념일이나 휴일의 개념은 적당히 유동적이었다. 우리가 기다리는 것은 약간 달랐었다. 우린 특정 날짜가 특정 요일에 맞아 떨어지는 날을 학수고대했기 때문이다: 바로 13일의 금요일 말이다. 믿음이 있는 사람들은 이런 금요일들이 여느 금요일과 다르지 않다고 했다. 하지만 아니었다, 정말 달랐다. 13일의 금요일은 메탈헤드들의 기념일이었다—어둠의 금요일. 그땐 11일쯤 되면 벌써 설레기 시작했다. 어쩔 수 없이 나이를 먹는 게 싫어서 온 마음을 다해 피하고만 싶던 생일보다 더 설레었다. 시간은 실질적인 의미를 갖지 않아, 단독으로 존재할 수도 없는 거니까. 다양한 속도로 이동하는 물체들 사이의 관계일 뿐이잖아. 몇 년도지 지금이? 95년도? 아니면 96년도? 알 길이 없었다. 사실 그때의 나도 몰랐었다. 중요하지 않았던 것이다. 커트가 자살한 지 얼마나 됐더라? 이미 나의 탄생으로부터 그 순간까지보다 긴 시간이 지난 후였다. 드디어 다른 속도로 움직이는 거대한 물체들이 나타나서 시간이라는 것이 의미를 갖게 되었지만, 대신 그 적당한 유동성을 잃어버렸다. 그저 내가 아는 건 오늘이 13일의 금요일이라는 것, 그 뿐이었다.

　데스, 좀비, 그리고 나는 학교가 끝나자마자 뛰쳐나왔다. 어둠의 금요일 파티는 리가에 있는 로빈손스 클럽에서 열렸다. 모든 것이 순조롭게 흘러가고 있었다. 아무도 기차표를 검사하지 않았고, 우리는 성공적으로 리가 중앙역에 도착했다.

첫 사건은 바로 그 곳에서 벌어졌다. 역 앞에 노인이 한 명 앉아있었다. 길바닥에. 그가 손을 뻗으며 돈을 달라 구걸했다. 그러자 데스가 전혀 그답지 않게 20산팀짜리 동전을 꺼내 노인에게 건넸다. 좀비가 물었다:

- 미쳤어?

- 아니, 그냥 좀 기력이 달리네, 노인이 답했다.

좀비가 움찔했다, 이 쓰다 버린 행주 무더기가 말을 할 거라고 예상하지 못했던 것처럼. 그가 사과했다:

- 죄송해요, 선생님 말고 이 쪽 자선가님 말이었어요, 좀비가 말하며 데스를 가리켰다.

데스는 노인과 거리가 좀 벌어질 때까지 답하지 않았다.

- 그냥… 갑자기 나도 언젠가 저러고 살지 않을까 하는 생각이 들어서.

- 븅신, 좀비가 중얼거렸다.

나는 데스의 행동이 정말 훌륭하고 충분히 정당한 것이라고 생각했다. 훗날에 그가 정말 그렇게 될 수도 있는 법이었으니까. 무슨 기상천외한 연유로 우리가 젊을 때 죽지 않는다면, 결국 우리 모두 홀로 길바닥에 나앉은 늙은이들이 되겠지. 누군가를 부려보지도, 무언가를 소유해보지도 못한 채 말이다. 그리고 누군가가 우리에게 돈을 준다면 바로 죄다 술에 탕진해 버릴 테고.

사실 지금도 그러고 있는 중이었다―역 바로 건너편에 라트비야스 발잠스Latvijas Balzams 주류 백화점을 향해 가고 있었다. 그 시절엔 이런 공식 유통상이 술이 더 잘 뚫렸다. 우리는 평소에 자주 마시던 0.7리터 들이 블랙커런트 맛 리가 보드카를 집었다. 거기에 곁들여 마실 음료수를 사려 했지만 돈이 정확히 20산팀 부족했다. 분명 오는 기차 안에서 정확하게 계산을 했었는데 말이다… 좀비는 울분을 토했다.

그 다음 우리는 데스의 기숙사에 놀러 갔다. 그렇다, 데스가 진짜 대학에 들어갔던 것이다. 보드카가 우리 목을 따끔하게 적셨고, 데스도 스스로의 행동에 회의감을 갖기 시작했는지 생각나는 대로 혼잣말을 중얼거리고 있었다:

- 뭘까, 내 인생은? 어떻게 되려는 거지?

좀비가 끼어들었다:

- "네놈은 멍청이다"라는 계시이니라!

우리가 기숙사 바로 옆에 있는 클럽에 도착할 때쯤부터는 보드카가 술술 내려갔다. 여기저기서 몰려든 메탈헤드들이 건넨 다른 술들도 술술 넘어갔고 말이다. 우리가 아는 사람도 있었고 모르는 사람도 있었지만, 다들 우리에게 술을 나눠주었다. 하지만 입구 쪽에 도착해서 보니 왜 이렇게 친절함을 베푸는 분위기였는지 이해됐다. 클럽 가드들이 입장객들 몸 수색을 하면서 검사 기준을 읊어주고 있었기 때문이다:

- 술 병 나오기만 해봐, 뒷구녕에 꽂아버릴 테니까!

다들 입구에 도착하기 전에 술병을 비울 수 있도록 서로 도와주고 나서 한껏 알딸딸해진 상태로 입장하고 있었다. 우리도 그대로 따라하기로 했다.

나도 드디어 로빈손스 클럽에 입성했다. 전설적인 클럽들이 하나씩 나에게 점령당하고 있었고, 오늘은 로빈손스의 차례였다. 솔직히 말하면 '어둠의 금요일'이 진짜로 전설적이었다고는 할 수 없지만, 우리가 가진 것 중에서는 가장 큰 행사였다. 그리고 세상이 우리에 대해 전혀 모르는 건 또 아니었다. 우리가 세상을 전혀 모르고 살았을 뿐.

안쪽은 꽉 차 있었다. 다 들어가지도 못했는데 벌써 스테이지와 밴드가 열댓 개씩은 보였다. 이곳에서는 체크무늬 남방이나 패턴이 수놓아진 스웨터를 찾아보기가 심히 어려웠는데, 되려 유명한 사람들은 여럿 보였다. 저 쪽에는 펙시스라고 불리는 어린 친구가 한 명 있었다. 아직 아무도 그가 누구인지 몰랐지만, 그래도 꿋꿋이 앞으로 쭉 수그린 채 앉아서 같은 말을 반복하고 있었다:

- 뭘 봐? 펑쓰 처음 봐? 뭘 봐? 펑쓰 처음 보냐고?

그의 옆에는 비뚤어진 검은 수염을 한 모비드가 있었다. 그 뒤에는 내가 모르는 예쁜 여자가 한 명 서 있었고, 그 옆에는 시니스터가 있었다.

데스와 나는 소매를 걷어붙이고 우리 지인들에게 인사를 돌리러 달려갔다. 얼마 가지 않아 화제가 떨어져가는 것 같은 기분이 들 때쯤, 한 친구가 눈에 들어왔다. 항상 중세기와 관련된 악몽을 꾸던, 시니스터의 밴드에서 베이스를 치기로 한 친구였다. 나는 그에게 다가가 손을 내밀었다. 그는 내 손을 잡고, 악수를 받았다. 모든 것이 잘 되고 있었다, 심지어 그 친구는 웃고 있었으니까. 내가 물었다:

- 그래서, 검은 요즘 어때?

그 친구는 항상 검과 도끼 이야기를 하곤 했기 때문이다. 하지만 오늘은 내가 무슨 말을 하는 지 전혀 모르겠다는 듯한 얼굴로 나를 쳐다보는 그였다. 그러더니 영어로 자기 이름은 파울루스고, 카우나 출신이라고 소개하는 것이었다. 분명 그 검 좋아하는 친구랑 똑같이 생겼는데. 장발에 우스꽝스러운 수염 기른 것도 똑같고 말이다. 그는 여기 나하쉬Nahash의 공연을 보러 왔다고 했다. 1993년에 리투아니아 최고의 블랙 메탈 밴드 네메시스Nemesis가 2개의 각기 다른 밴드로 나누어졌다고 한다: 나하쉬와 포쿨루스Pocculus('무슨 이름이 그따구야'라고 나는 라트비아어로 중얼댔

달　291

다). 두 밴드 모두 훌륭한 블랙 메탈을 연주한단다. 그러더니 안쪽으로 들어가 다른 사람들과 같이 공연을 보잔다.

안쪽은 훨씬 어두웠지만 리투아니아 친구는 길을 알 잘 알고 있었다. 나는 그가 앞서 말한 나하쉬 또는 그 리투아니아 블랙 메탈 밴드 3개 모두에게 나를 소개 시켜 주려나 했지만 그건 아니었다. 사람들이 기둥 옆 바닥에 아늑한 둥지를 틀고 있었다—가죽자켓, 맥주, 그리고 미소 짓는 여자가 있는 둥지였다. 그녀의 이름은 쥐빌레였다. '무슨 이름이 그따구야'라고 나는 라트비아어로 중얼댔다. 파울루스는 나에게 맥주와 여자를 잘 부탁한다는 말과 함께 어디론가 떠나갔다.

그렇게 나는 쥐빌레와 바닥에 마주앉게 되었다. 나는 그들의 맥주를 마셨고, 쥐빌레는 내 담배를 피웠다. 그래야 공평하니까. 그녀가 담배를 비벼 끄기 전에 꼭 나에게 담배를 버려도 될 지 허락을 받는 모습은 실로 감동적이었다. 그때 이후로도 그렇게 예의가 깍듯한 사람은 만나본 적이 없다. 그녀는 그냥 전체적으로 친절한 사람이었고, 우리는 온갖 언어를 섞어가며 중요한 것에 대해 이야기를 나눴다.

- 나하쉬 봤어요, 옛날에?
- 조금.
- 정말 멋져 밴드예요,—그녀는 내가 거짓말을 하고 있다는 걸 한 눈에 알아챈 것 같았지만, 그렇다고 나에게 면박을 주지는 않으며 말을 이어갔다—마녀 이야기 노래해요. 맥주 맛있어?
- 맛있네.

이제 내가 질문할 차례가 된 것 같았다.

하지만 뭐라고 말을 꺼낼 지 알 수 없었다. 결국 그녀가 다시 대화를 이어갔다:

- 야니스도 밴드 해요?

- 하지.

- 블랙 메탈?

- 으흠. 약간 아방가르드 계열이랄까.

- 뭐에요 이름?

- 테리어 빗치Terrier Bitch(암캐 테리어-역자).

- 와우! 멋져에요!

내 일생일대의 꿈이 갑자기 실현되는 순간이었다. 내가 진짜로 밴드를 하고 있었다면, 모르는 여자에게 그 밴드를 소개할 때 정확히 이렇게 이야기했으리라. 내가 꿈꾸던 그 모습 그대로였다. 너무나도 급작스럽게 찾아온 이 극적인 꿈의 실현에 나는 말을 잇지 못했다. 그저 멍하니 앉아서 쥐빌레의 아랫입술을 뚫어져라 쳐다볼 뿐.

그때, 파울루스가 다시 나타났고, 나는 그에게 자리를 양보하고 떠났다. 쥐빌레는 반쯤 소리내 웃고 반쯤 미소를 지으며 내 쪽으로 고개를 홱 들더니 파울루스에게 리투아니아어로 말했다:

- 메탈로 빌티스Metalo viltis!

마침 무대에서 뭔가가 시작돼서 나는 그 쪽으로 헤매어 갔다. 첼로가 있는 것으로 보아 딱 봐도 헤븐 그레이였다.

나는 공연장 맨 앞줄로 가서 데스가 한 말을 떠올렸다: "리투아니아 메탈헤드들은 우리의 형제야"라는. 형제라면 우리가 그들의 언어를 알아들을 수 있어야 할 터였다. '메탈로'는 어느 형태로든 메탈이라는 뜻일 거였고, '빌티스'는… 아마, 라트비아어의 '비크스viiks', 그러니까 '늑대'라는 뜻이 아닐까? 늑대! 메탈 늑대. 우리 리투아니아 형제들의 눈에는 내가 그렇게 보였나 보다. 옐가바의 야니스, 리투아니아에서는 메탈 늑대로 통하다. 뭐, 조금 짜치긴 하지만, 별 수 있나. 아니면 아예 다른 뜻이었을까? '빌트니엑스viltnieks'랑 같은, 즉 '사기꾼'이라던가. 어감이 별로 마음에 들지 않았지만, 내 직감은 벌써 이거야말로 더 정확한 해석에 가깝다고 말해주고 있었다. 메탈 사기꾼? 메탈 구라쟁이? 마음이 아팠다. 내가 정말 정상이 아닌 놈이구나, 하는 마음이었다. 하지만, 그 리투아니아인들이 내 존재를 간파했으면 또 어떻단 말인가? 아무도 내가 겪은 일들을 없던 일로 만들 수는 없을 터였는데 말이다. 다만, 나는 실제로 별일을 겪어본 적이 없었고, 앞으로도 그럴 일 없으리라는 것이 문제였다. 모든 일은 그냥 내 머릿속에서만 일어나고 있었다. 이놈의 머릿속엔 모조리 다 속임수와 거짓말 뿐이었고, 개중에는 이미 강철처럼 단단히 굳어버린 것들도 있었다. 모든 게 다 상상이었다. 나는 그저 뭔가를 하는 척만 하는 사람이었다. 지금조차 나는 무슨 비밀 임무를 수행하는 스파이라도 된 양, 숨겨진 음모를 찾고 있지 않는가. 아님 말고.

헤븐 그레이가 공연을 시작했다. 관객들은 나를 무대 쪽으로 밀어붙였다. 이곳에 무심하게 가만히 있는 사람은 단 한 명도 없었다. 첫 코드부터 젖 먹던 힘을 다해 놀고, 극한의 헤드뱅잉을 선보이는 사람들만 있을 뿐. 나도 무대에 안정적으로 손을 짚고 그들과 합류했다. 나도 이제 그들과 같아졌다. 이제 내 머리는 옆에 선 사람들의 눈을 후려칠 수 있을 정도로 자라 있었을 것이다. 그럼 뭐 어때, 내가 아는 사람들도 아닌데. 그들에겐 내가 천재일 수도 있다. 아니면 살인마일 수도. 아니면 늑대인간. 아무렴 어때, 상관 없었다. 내 옆에 있는 사람이 늑대인간일 수도 있는 법이었다. 내 주변의 모두가 다들 열정적인 척하고 있는 지도 모르는 법이었다. 하지만, 그딴 건 중요한 게 아니었다. 왜? 메탈이니까.

잠깐 쉬기 위해 사이드로 빠졌다. 어지러웠다. 친구들을 다시 찾아야

했다. 어디에들 가 있으려나. 그때, 베놈이 나에게 다가와 말했다:

— 아이고, 사장님 안녕하셨습니까?

— 다크 레인도 오늘 공연해?

사실 공연 안 한다는 것 다 알면서도 물었다. 그런데, 내 질문에 답하는 베놈의 안색이 어두워졌다. 내가 다시 물었다:

— 왜 안 해?

베놈의 얼굴이 한층 더 침울해지더니, 이내 고개를 들어 내 눈을 똑바로 쳐다보았다:

— 밴드 같이 하는 애들이 나 쫓아내려는 것 같아.

— 뭔 말이야 그게?

— 내가 너무 거칠다나봐. 계속 사탄 들먹이는 것도 좀 그렇대고.

베놈이 내 눈을 더욱 깊이 쳐다보았다.

— 나는 정말 다 해줬다? 걔네들 지금 있는 자리도 다 내가 만들어준 거고. 그런데 이제 와서 날 배신하려고 하는 거야 그게 느껴져.

나는 아무 말도 하지 않았다. 잘은 몰라도 내가 가만히 있는 게 뭔가 위로가 되는 느낌이었는지 베놈이 나에게 자기 맥주를 건넸다. 나는 길게 쭉 들이키고는 고맙다고 했다.

— 너무 신경쓰지 마. 메탈은 뭐 아무나 하나.

— 그래, 어떻게 되는지 지켜보자고, 라며 코를 훌쩍하고는 떠나는 베놈이었다.

그가 떠난 직후에 누군가가 나에게 다가와 말했다:

— 나 기억나?

— 당연하지!

도대체 누구인지 알 길이 없었다.

- 너희 집에서 하루 묵었었잖아.

　메탈 백과사전 들고 다니던 그 친구구나! 가출했다던. 내가 다른 말을 채 하기도 전에 그가 다시 물어왔다:

　- 취했어?

　- 아니.

　- 난 존나 취했는데.

　그냥 처음부터 취했다고 할 걸. 서둘러 내가 한 말을 정정했다:

　- 아, 나도. 나 취했다고 하려던 거야.

　- 그럼 왜 안 취했다고 했어?

　- 내가 뭔 말 하는지 하나도 모르겠다 야. 취했나봐.

　이 답은 친구의 마음에 들었었나 보다. 우리는 아무 말도 없이 서로를 바라보며 서 있었다. 미저리Misery의 공연이 시작되고 있었다. 꽤 실력이 있는 밴드였다. 카르카스 같은 느낌이랄까.

　- 너 왜 나 신고했어?

　말 그대로 풀쩍 뛸 만큼 놀랐다.

　- 뭐라고? 내가 널 어떻게 신고했는데?

　- 신고하려고 했잖아!

　- 무슨 말이야 그게? 내가 언제?

　이쯤 되니 우리 둘 다 혼란에 빠졌다.

　- 너가 전화 받더니 아무 말도 안 했잖아. 그거 내가 옆에서 듣고 있어서 그런 거 아니야?

　- 아-아닌데.

　친구가 얼굴을 긁적거렸다.

　- 다음날 아침에 내가 그냥 사라져 있는 거 보고 좀 이상하지 않았어?

사실 기억이 잘 나지 않았다. 별 신경을 쓰지 않고 있었던 것 같다.
- 그냥 간 줄 알았지.
- 도망간 거야.
- 넌 맨날 도망 다녀?
- 야, 지금 뭐 하자는 거야?

예상치 못한 질문이었다. 할 말이 있긴 했고, 여러 방식으로 답할 수 있다는 것도 알았지만, 어디서부터 말해야 할지 알 수가 없었다. 그 친구가 맥주를 한 입 들이키더니 다시 물었다:
- 그럼 진짜 나 신고하려고 한 거 아니라는 거지?
- 당연 아니지!
- 오케이. 알았어.

그러더니 나에게 맥주를 권하고, 내가 한 입 먹고 조금 남은 걸 도로 가져갔다.
- 또 봐!

그러더니 바로 떠나 버렸다. 홀로 남은 나는 방금 들이킨 잔에 맥주가 아닌 다른 이상한 게 들었던 것은 아닌가 하는 생각이 들었다. 갑자기 속이 울렁거리기 시작한 것이다. 술을 많이 마셔서 그런 게 아니라, 한 번에 너무 많은 정보를 접해서였다. 내 친구들을 찾아야 했다. 그런데 무슨 통계적 이상이라도 발생한 건지, 자꾸 잘 모르는 사람들과 대화를 하게 되었고, 정작 내 친구들은 열심히 찾으려 해도 도무지 어디 있는지 찾을 수가 없었다. 우연히라도 마주치려나 하는 마음에 일부러 엉뚱한 곳으로 가도 마찬가지였다. 설상가상으로 이제는 눈도 제대로 보이지 않게 되었다. 한참 헤매다 결국 미저리 다음에 올라온 밴드 젤스 빌크스가 공연 중이던 무대 쪽에 있었는데, 누가 내 안경을 쳐서 날려버린 것이다. 찾아본

답시고 바닥에 네 발로 엎드려 보았지만, 바닥은 어두웠고 쾅쾅대는 부츠화와 깨진 술병들로 가득했다. 나는 반쯤 장님이었고 말이다. 일어나서 얼굴을 쓸어내렸다. 안경이 없으니 얼굴을 문지르는 것이 그리 편할 수가 없었다. 자유로웠다. 찾기는 누굴 찾는단 말인가. 그 비싼 안경도 잃어버려 놓고 당장 집에 갈 수도 없는 노릇이었다. 오늘 밤, 나는 도망쳐서 위대한 모험에 떠날 것이다. 방금 그 친구처럼. 그래, 그래…

떠나기 전에 잠깐 앉아서 쉬었다 가기로 했다. 내 몸을 질질 끌고 벽쪽으로 가서 유리 파편들 사이에 털썩 주저앉았다. 훨씬 낫구만. 지금 연주하고 있는 밴드가 누구인지 들어보려 애썼다. 아직 미저리가 공연중인가? 아니면 패러독스? 아니면 테리어 빗치? 누군지 알기도 전에 잠이 들어버렸다. 지쳐버린 아이처럼, 또는 머리 한 대 얻어맞은 사람처럼. 그 와중에 공연은—내 꿈 속의 공연 말이다—풀로 진행중이었다. 젠스 빌크스가 그들의 첫 공연을 마쳤고 (그때는 진짜 음악이었다, 지금처럼 마르라고 널어 놓은 양말 사이로 바람 펄럭이는 사운드가 아니라), 디에스 이레, 인프로그레스Infrogress, 그리고 아페다이스Apēdajs도 연주했다. 허나 나는 음악을 분석하거나 장르 이야기를 꺼내는 대신 잠을 자고 있었고, 끊임없이 울리는 메탈음악은 나를 꿈속 더 깊은 곳으로 끌고 들어가고 있었다.

내가 자는 도중에 데스와 좀비는 현실에서 꿈을 이루고 있었다. 스카이포져Skyforger가 무대에 오르는 것을 직접 목도한 것이다. 그것은 라트비아 메탈 역사의 크나큰 전환점이었다. 페테리스도 옐가바에서 그 소총수 귀신을 만난 뒤로는 외국의 유명한 전사들에 대한 판타지를 접었고, 대신 라트비아의 영토에서 쓰러져간 소총수들에게 혼이 팔려 있었다. 그라인드마스터 데드가 해체되었고, 원년 멤버들을 주축으로 라트비아 전통 주제에 대한 블랙 메탈을 연주하는 스카이포져가 등장했다. 모두가 내심 노리고 있던 틈새시장을 단숨에 공략하고는 그 분야의 최고가 되어 버린 것이다.

페테리스는 무대에서 진짜 검을 든 채 망나니처럼 휘두르고 있었다. 검날이 낮은 천장에 박히면서 석고 가루가 잔뜩 쏟아졌다. 그의 목소리도 검과 같았다: 목 안 깊은 곳부터 갈리는 가성(假聲)은 마치 바위 골렘의 목에서 흘러 나오는 샘물처럼 청중을 부수고 갈아버린 뒤 휩쓸어서 알지 못하는 곳으로 데려가버리는 것 같았다. 듣다 보면 간혹 가사가 들렸다, '어둠의' 라던가 '구름' 또는 '신성한' 같은. 제대로 된 공연이라면 사운드가 이래야 하는 법이었다—거칠고 날것 그대로인 소리 말이다—그리고 나서는 잘 들리는 후렴구가 들렸다: "돌에 새겨진 문양들이여 [Akmenī iekaltās zīmes]!" 이런 것이 정말로 존재한다는 것이 놀라웠다, 학교에서 가르쳐 주지 않고 책에도 쓰여져 있지 않는 이 숨겨진 세상이 말이다.

그것이 스카이포져의 신고식이었다. 그들은 이내 세계에서 가장 유명한 라트비아 밴드가 되었다. 그리고 나는 그것을 보지도, 듣지도 못한 것이었다. 물론 나도 나중에 광팬이 되었고, 그들의 첫 공연에 있었던 것에 대해 모두와 내 자신에게 말하고 다녔다. 내가 말하지 않은 것은, 그들이 한참 공연하고 있을 때 나는 깊이 잠든 채 꿈 속에서 20산팀, 이웃집의 늙은 개, 그리고 밀레디야의 몸매와 멜레 친구의 머릿결에 멜레의 알 수 없는 표정을 가진 여자를 쫓아다니면서 바보처럼 침 흘리며 웃고 있었다는 것이다.

마지막 곡이 나오고 있을 때쯤, 데스가 나를 찾았다. 그가 나를 흔들어 깨우더니 말했다:

- 일어나! 지금 스카이포져야!

하지만 나는 일어나지 않았다. 데스가 다시 말했다:

- 제발 좀! 일어나봐, 제발. 응?

그건 좀 감동이었다. 내가 답했다:

- 괜찮아.

그래도 나는 일어나지 않았다. 너무 편했다, 벽에 기댄 채 담배꽁초와 깨진 술병들이 널브러진 이 곳에 있는 게. 공연을 보는 게 더 중요하고, 그래서 나도 이제 일어나야 한다는 것을 알고 있었지만, 바로 저 앞에 있잖아? 한 발짝, 눈 한 번 깜빡하면 닿을 거리에 있는 걸. 언제든 갈 수 있으니까, 그냥 조금만 더 여기에서 쉬다 가도 되는 거잖아. 조금만 더… 그렇게 나는 마지막 곡이 끝나고, 스카이포져가 기립박수와 환호성을 뒤로하고 무대를 떠날 때까지 거기 앉아 있었다. 그리고 나서는 나도 눈과 귀를 열고 데스에게 말했다:

- 어이! 괜찮냐?

그 다음에는 아페다이스가 무대에 올랐던 것 같다. 하지만 모두들 복도로 나가서 스카이포져 이야기를 하고 있었다.

- 약간 임모탈 같지 않아?

나는 동의하는 뜻으로 고개를 끄덕였다. 평소에 음악을 그리 좋아하지 않던 좀비도 깊은 인상을 받은 듯했다.

- 정말 너무 대단했어! 멜레가 외쳤다. 앤 또 언제 여기 왔대? 그녀의 눈이 그렁그렁한 눈물로 반짝였다. 제정신은 아닌 것 같았지만 눈은 잘 보였나보다:

- 너 안경 어디 갔니?

그때 나는 내 인생은 이제 망했고 세상이 온통 뿌옇다는 것이 기억났다. 아마 멜레 눈에 눈물이 그렁그렁한 게 아닐 수도 있었다—지금 당장 눈 앞이 안 보이는 상태인데 내가 어찌 알겠는가. 그때, 누군가가 우리 대화에 끼어들었다.

- 내 밴드는 더 잘 할 거야!

나와 내 일행들 모두 이 잘난 체하는 사람이 누구인지 보려고 돌아섰다. 아는 사람이었지만, 누구인지 당최 알 수가 없었다. 실루엣이 분명 익숙한 사람이었다.

- 너 밴드 시작할거야?

- 이미 있어. 약간 서열 정리를 좀 해야 하긴 한데. 자를 사람이 있거든.

- 장르는 뭔데?

- 당연 블랙메탈이지. 근데 우리처럼 하는 애들이 없긴 해.

이 누구인지 알 수 없는 지인은 부끄러움이라는 것을 모르는 사람이었나보다. 나는 그에게 가까이 다가갔다, 아주 아주 가까이. 이거 정말 내가 100% 아는 사람인데? 약간 혼란스러운 데다 심한 근시까지 있던 나는 그에게 너무 가까이 다가서 있었고, 이 때문에 그를 포함한 모두가 침묵에 빠졌다. 엄청 이상하게 보였을 거다, 그의 반 발짝 옆에까지 다가가서 얼굴을 뚫어져라 관찰하는 내 모습이.

머리카락이 쭈뼛하고 곤두서는 느낌이었지만, 나는 장발이었기 때문에 실제로 곤두서지는 않았다. 그 사람은 나였다. 나는 내 얼굴을 들여다보고 있었던 것이다. 긴 머리카락, 안경, 그리고 당황한 표정이 보였다. 심지어 안경까지—저건 분명 내 안경이 맞았다! 그래서 내 얼굴인 줄 알고 헷갈렸구나! 하지만 실제로 아는 사람이긴 했다—리가에서 만났던 그 허세쟁이였다. 항상 그랬듯 한껏 차려입은 모습이었다, 검은색 긴 하이칼라 코트에 잘 보이지는 않지만 반짝거리는 악세사리까지. 자기 스타일에 어울린다고 생각해서 내 안경을 가져다 쓴 것이었다. 바닥에서 직접 주웠거나, 옆에 서 있는 저 예쁜 여자가 주워다 줬거나, 아니면 지금 일제히 나를 노려보고 있는 저 일당들 중 하나가 주워다 줬겠지. 내가 말했다:

- 그거 내 안경이잖아!

내가 무슨 웃긴 말을 한 것도 아닌데 그 놈 친구들이 동시에 웃음을 터뜨렸다. 왜인지는 몰라도 그게 나를 보고 웃는 것이라는 것은 말 수 있었다. 세상이 갑자기 거꾸로 돌기 시작하더니, 영겁의 시간이 지나 나는 다시 안경잡이 찐따가 되었다.

허세쟁이와 그의 패거리가 몸을 돌려 떠나려 하는 순간, 그들 너머로 벽에 몸을 기댄 채 기다리던 에릭스가 보였다. 그는 안경을 쓰는 사람이었고, 모든 걸 다 알고 이해하는 사람이었으며, 무엇보다 나이가 좀 더 많은 메탈헤드의 위엄을 가진 사람이었다. 그가 나에게 동정을 표했다:

- 안경 돌려줘라.

허세쟁이는 잠시 생각에 빠지더니 나에게 안경을 돌려주었다. 그는 자비로운 전사가 되었고, 나는 그에게 비굴하게 비는 천민이 되었다. 그 정도로도 부족했는지, 그가 다시 물었다:

- 너 밴드는 하냐?

나는 그가 기대하던 답을 해주었다:

- 아니.

그리고 안경을 도로 썼다. 그가 말을 이어갔다:

- 아, 그럼 준비 중인 건가?

- 아니.

- 하고 싶긴 한 거고?

나는 말해주고 싶었다: '내가 밴드 하려고 무슨 짓까지 했는지 알아?

아니, 따지고 보면 아직 한 건 아니지만, 무슨 짓까지 할 수 있는지 알기나 해? 너는 밴드 하려고 배신자가 될 자신 있어? 친구 배신할 수 있냐고? 아, 아니면 이미 친구 여럿 배신했으려나? 내가 너랑 똑같은 줄 알아?'라고. 하지만 내 입에서 나온 말은 이거였다:

- 아니, 할 생각 없어.

이어서 좀비가 본인 스타일대로 이 대화를 끝내 버렸다:

- 우리는 락스타다운 그룹섹스를 준비 중이지.

그리고 나서 우리는 다 같이 밖으로 우르르 몰려 나갔다. 칠흑같이 어두운 밤이라 우린 계속 서로의 발을 밟고 부딪히며 걸었다. 일행이 좀 늘었다—웬 여자애들이 우리와 합류한 것이다. 그들이 준 돈으로 구석진 구멍가게에서 술을 사 들고는 기숙사로 향했다. 우리는 기숙사 사감—여자였는데, 별명이 '터미네이터'였다—을 지나쳐서 가야 했기 때문에, 단정하고 의심스럽지 않아 보이기 위해 잠시 서서 옷차림을 다시 갖추었다. 여자애들 중 하나가 내 잔뜩 엉킨 머리를 좀 정리하라고 곱창머리끈을 하나 주었다. 우리는 모두 숨을 참고 시선을 피하며 터미네이터 앞을 지나 걸었다. 머리끈에서는 샴푸 냄새가 났다. 계단에 도착하자마자 우리는 다시 한 번 서로 밀치고 부딪히며 전력질주하기 시작했고, 멜레의 친구는 성냥을 떨어뜨렸다. 그녀가 그걸 주우려고 몸을 숙였지만, 내가 그녀를 뒤에서 밀쳐서 줍지 못했다. 데스도 열쇠를 여러 차례 떨어뜨렸지만, 우리는 여차저차 데스의 기숙사 방에 도착할 수 있었다. 책상 주변에 털썩 쓰러지고 나니, 절로 웃음이 나왔다. 뭐가 그리 웃겼는지는 잘 모르겠지만, 우린 정말 온 맘을 다해 웃었다.

데스가 책상을 두드리기 시작했다. 명색이 드러머긴 했다. 이 모든 걸 다 젖혀놓고 봐도, 데스는 정말 드러머였다. 우리도 같이 책상을 두드리기 시작했다. 데스의 장단에 맞춰서 치지는 않았지만, 얼마나 세게 쳤는지 스탠드 조명이 넘어가면서 박살이 났다. 방이 어두컴컴해졌지만, 좀비에게는 해결책이 있었다: 머리카락에 불을 붙이고 머리를 흔드는 것이었다. 불은 금방 꺼졌다; 머리에 보드카를 붓고 다시 붙이니, 불은 잘 탔지만 냄새가 고약했다.

문이 열리고, 터미네이터가 들어왔다. 강인한 성격을 보여주기라도 하는 듯 눈앞에 펼쳐진 모든 광경을 무시하고 단도직입적으로 물었다:

- 방문객들! 아래에 신분증 맡기고 올라온 거에요?

- 네!

우리 모두 동시에 대답했다. 하지만 터미네이터가 다시 말했다:

- 여기 있는 사람들 거 한 개도 없구만 무슨!

그러더니 잠시 멈춰서 무게를 잡더니, 몸을 돌려서 떠났다.

뭐지 이건? 우리 이제 어떻게 해야 하는 거지? 앉아서 경찰 오기만 기다리면 되는 건가? 어찌 됐건, 이 상황은 우리를 조용하게 만들었다. 하지만 머리털 불도 꺼지고 스탠드 조명도 깨진 지금, 천장 등 따위 없는 이 방은 너무 어두웠다. 그래서인지 우리 대화 주제도 금새 어두워졌다. 얼마 가지 않아 멜레가 속삭였다:

- 내가 시 한 편 낭송해줄까?

그리고 내가 답했다:

- 아니.

반면에 좀비는 갑자기 우스꽝스러운 낮은 목소리로 속삭였다:

- 어둠의 금요일이다! 어두운 일들이 일어나리라. 느껴지는도다! 온갖가지 흉측하고 시커먼 것들이 우리를 향해 다가오고 있음이!

나도 비슷한 목소리로 끼어들었다:

- 그리고 우리는 7년이라는 긴 세월동안 노역하게 되리라!

그때, 여자애들 중 하나가 (사실 지금까지 있는 줄도 몰랐었다) 갑자기 소름끼치는 목소리로 말을 꺼냈다:

- 그거 알아? 나 마녀다.

이건 솔직히 좀 무서웠다. 아마 예상치 못해서 그랬던 것 같다. 그 후로 처음 입을 뗀 건 멜레였고, 이내 다들 멜레와 같이 말하고 있었다:

- 아, 뭐래! 하지 마, 진짜!

그러자 그 여자아이가 웃으며 말했다:

- 알았어, 알았다구!

데스는 평소와 같은 제안을 했다:

- 우리 숲에 가볼래?

마음에 드는 생각이었다:

- 그럴까?

하지만 어디로 가야 하지? 이 주변에 숲이 있던가? 데스도 이 생각을 하고 있었는지 말이 없었다. 한동안 아무도 말을 하지 않았다. 밖에는 세상이 점점 밝아오고 있었다. 아니면 내 눈이 어둠에 적응한 것일지도. 근시가 있는 사람들은 그렇지 않은 사람들에 비해 어두운 곳에서 조금 더 잘 보는 경향이 있다. 고개를 돌려 보니 데스는 의자에 앉은 채 잠이 들어 있었고, 내가 잘 모르는 마녀는 그의 다리를 베고 자고 있었다. 좀비는 당연히 바닥에 누워 자고 있었고, 멜레의 예쁜 친구가 그의 어깨를 벤 채 잠들어 있었다.

멜레만 혼자 앉아 있었다. 나와 멜레만. 그녀는 방 반대편에 앉은 채 나를 노려보고 있었다. 이쯤 되니 이 바보 같은 순정녀가 안쓰러웠다, 어쩌자고 나란 남자에게 이렇게 깊이 반해버린 걸까? 날 사랑하는 건 다른

여자에게 시켜도 될 것 같은데… 나는 조용히 멜레를 불렀다:

- 야, 나 시 낭송해줘.

하지만 그녀는 아무런 말 없이, 공허한 눈빛으로 나를 마주보고 있을 뿐이었다. 검은자위 없는 흰 눈으로. 내 목덜미의 잔털이 곤두서는 느낌이었지만, 이내 사실 그녀는 눈을 감고 있고, 그녀의 눈꺼풀에 동이 트는 빛이 반사되고 있는 것 뿐이라는 것을 깨달았다. 나만 혼자 깨어 있었던 것이다. 왜 다들 잠들었지? 맞다, 공연장에서 낮잠을 푹 잔 사람이 나 밖에 없구나. 으스스한 기분이었다, 마치 밀랍인형 박물관에 혼자 갇힌 사람이 된 것 같은 느낌이랄까. 새벽 빛이라고 막 희망차고 기쁜 색은 아니었다, 차라리 서늘하게 식은 시체처럼 푸른 빛에 가까웠지. 담배 한 대만 태우면 딱 좋으련만, 불을 붙일 길이 없었다. 아까 여자애들 중 한 명이 계단에 성냥을 떨어뜨린 게 기억났지만, 실제로 가서 보기엔 너무 무서웠다. 갑자기 깨어나서 나를 덮치면 어떡하지? 데스랑, 저 마녀랑, 여기 있는 사람들 다…

그때, 데스가 갑자기 입을 열었다. 목소리가 정말 몽유병 환자 같았다:

- 우리 진짜 밴드 안 하는 거야?

바짝 말라버린 내 입에 혓바닥으로 침을 바르느라 몇 초 뒤에야 대답할 수 있었다:

- 못할 것 같아. 돈을 구할 길이 없어.

그가 답했다:

- 그래, 괜찮아.

그러더니 바로 다시 잠들었다.

밖에서는 하늘이 점점 크고 따뜻해지고 있었다. 용기를 내어 방 쪽에 등을 돌리고 창 밖을 바라보았다. 거의 아침이었다. 다시 몸을 돌려 이 사람들, 내 소중한 친구들이 어쩜 저리 잘 자는지 보았다. 어린 아이들처럼 (사실상 정말 어린 아이들이기도 했다) 새근새근 자는 그네들보다 나은 사람은 이 세상에 단 한 명도 없을 것이다.

다시 창문 쪽으로 몸을 돌려 킵살라의 노란 들풀을, 곧 기차역으로 돌아가게 될 우리가 밟을 진흙밭을 바라보았다―데스, 좀비, (나와 일절 관계 없는) 여자애들, 그리고 나. 데스―물 한 방울 없는 메마른 사막에 숨겨져 수 세기동안 발견되지 않은 괴물처럼 과묵한 남자. 좀비―쉴 새 없이 달리는, 우리 모두가 발을 질질 끌며 천천히 갈 때에도 멈추지 않고 달리는, 도무지 가만히 있지를 못하는 영혼이자 사상 최고의 광대. 우리는 운하를 따라서 걷긴 했지만, 건널 때는 절대 다리로 건너지 않았다―대신 항상 그 옆에 버려진 두꺼운 배관 두 개를 타고 건너 다녔었다. 다리가 덜덜 떨리고 머리가 어질어질한 오늘 아침에도 우리는 이 배관을 타고 가게 되리라. 다리 쪽으로 가는 것이 두려운 건 절대, 절대 아니다. 순수하게 이 배관을 타고 건너는 것이 즐거웠기 때문이다. 다 건너고 나서 우리는 멈출 것이다, 아무도, 아무 데도 가고 싶어하지 않을 것이다. 운하 속의 오리들이 우리를 쳐다보고, 좀비는 외칠 것이다:

― 가기 싫어! 나 여기서 오리 밥 줄거야!

하지만 오리에게 줄 것이 아무것도 없을 것이다. 우리한테 쓸 돈도 1산팀조차 남지 않았을 것이니 말이다.

그리고 그 장소는 내 기억 속에 길이길이 남을 것이다. 진흙, 운하, 배관들, 그리고 온순하고 신비로운 눈빛으로 우리를 혼내듯 쳐다보던 오리들. 킵살라 쪽을 지날 때마다 항상 그 느낌이 생생하게 밀려오리라.

하지만 그 당시의 나는 이런 느낌을 이해하지 못했다. 그저 창가에 앉아 미래를 바라보고 있었을 뿐. 솔직히 당시의 나는 내가 행복한 건지 슬

폰 건지 알 수가 없었다. 사실 오늘까지도 나는 알지 못한다.

  그렇게, 라트비아 사상 최고의 메탈 밴드는 탄생하지 못하게 되었다.

  그리고 그렇게, 메탈의 역사 또한 끝이 나 버렸다.

종말 그 이후

1

눈을 감고 있어서 어두운 것이었다. 해는 중천에 떠 있었고, 눈꺼풀 너머로 그게 느껴졌다. 하지만 그냥 눈을 감고 있었다. 방금 잠에서 깬 나는 잠깐 동안 내가 아직 살아있는지, 나는 누구인지조차 모르는 상태였다가, 기억이 돌아오면서 전날 밤에 엄청난 파티를 벌였었다는 사실까지 알게 되었다. 말 그대로 잠이 드는 순간까지 이어진 파티는 꿈과 현실 사이의 그 무형의 경계선까지 계속되었다. 그곳에는 웃음도 있고, 깊은 대화도 있고, 연기 사이로 바라본 하늘도 있었다―다 기억이 나긴 했지만, 내가 지금 어디에 있는지는 알 수 없었다. 눈을 아직 뜨지 않고 있었으니까.

사실 뜨고 싶지 않았다. 내가 어디 있는지 잠깐이라도 모르는 채로 있고 싶었다.

아주 먼 곳에 와버린 것 같은 익숙한 느낌. 이제 나는 내가 어디에 있는지 알아내고, 인사하고, 대화를 나누고, 아침을 먹고 집에 가야 했다. 집은 지금 내 위치에서 완전 도시 정반대 편일 수도 있으니, 버스나 전차를 타고 가야 하겠지. 날이 많이 밝아서 택시를 타기에는 아까운 시간이 되어 있었으니 말이다. 내가 지금 어디쯤인지 도무지 감이 잡히지 않았다―아마 어디 외진 동네 공터일 지도.

결국 나는 눈을 떴다―집이다! 정말 집이었다. 내 침대. 익숙한 천장. 창 밖의 익숙한 나무들과, 그 나무들 뒤에 태양까지. 더 이상 아침이 아니라 정오 무렵이었다. 그리고, 파티는 우리 집에서 한 게 맞았다. 내 생일 파티. 이제 진짜로 다 기억났다, 내가 어떻게 침실로 와서 잠들었는지 빼고. 일어나서 내 아파트를 한 바퀴 둘러보기로 했다.

먼저 제일 중요한 책장이 그대로 있는지 확인해보았다. 겉으로 보기에는 모든 것이 멀쩡해 보였다. 아무도 이 낡은 책장을 건들 엄두를 내지 못했나 보다. 책 한 권을 뽑아 여전히 낡은 도습 그대로인지 보았다. 1695년 출판. 벌써 기분이 좀 나아졌다. 항상 잘 먹히는 방법이었다. 수 세기의 시간이 내 손 안에 고요히 누워있는 모습을 보고 있자면 시간이라는 게 얼마나 덧없는지 증명해주는 것 같아 마음이 평온해지곤 했다.

그런데 누군가가 라트비아 작가 야니스 다비스의 〈유태인의 세계 정복 계획〉을 꺼냈다가 위 아래를 거꾸로 꽂아 두었었다. 누구지? 이 책의 제목이 아마 책장에 있는 모든 책중에 가장 인상깊긴 했을 것이다, 실로 서지학적 희소성이 있는 제목이니까. 그런데, J. K. 위스망스의 〈피안〉은 누가 본 거지? 책이 좀 비뚤게 꽂혀 있었다. 뭐, 누가 지나가다가 어깨로 건드렸나 보지. 얼마 비뚤어진 것도 아니긴 했다. 다른 것들은 완전 그대로인 것 같았다.

하지만 방의 나머지 공간은 그렇다고 할 수 없었다. 어제 별로 한 것도 없었는데 말이다. 검은 자켓 하나가—내 것은 아니었다—의자에 걸려 있었다. 책상, 의자, 창틀, 온통 술병과 잔이 놓여 있었다. 그중 몇 개는 심지어 안에 술이 남아 있었다. 와인의 종류는 대부분 신대륙 진판델과 까베르네 소비뇽이었다.

부엌에 가보니 파티의 흔적이 더 크게 남아있었다. 재떨이에 담긴 꽁초가 넘치는 모습이 고슴도치와 닮아 있었다. 식탁과 바닥에 레드와인이 흥건히 쏟아져 있었고, 정오의 태양이 깨진 유리조각에 반사되어 반짝이고 있었다. 이 곳 와인은 좀 더 고급이었다; 리치한 향의 독일산 리슬링

(화이트와인의 계절은 아직 아니었지만) 와인 한 병, 피노 누아 몇 병, 그리고 어떤 재수없는 놈이 발견한 내 꼬르똥 샤를마뉴도 있었다. 좀 소규모의 파티를 위해 아껴두던 건데. 예를 들어 나 혼자 하는 파티라던가.

신기하게도 독주가 거의 없다는 점이 눈에 띄었다. 싸구려 위스키 한 병과 봄베이 사파이어 한 병이 다였고, 이 것들은 반 정도 밖에 마시지 않았었다. 대체 우리에게 무슨 일이 일어난 걸까? 카를리스와 내가 룸메이트이던 얼마 전까지만 해도 파티 다음날의 풍경은 완전히 달랐었는데 말이다. 그때는 이렇게 일어나 보면 각종 독주의 빈 병들과 모르는 여자들이나 최소한 우리 친구 한 명쯤이 있었었다. 그때 카를리스는 밀레디야와 갓 헤어진 상태였다. 13년을 만났었는데, 그렇게 끝나버린 것이다. 그리고 다시 한 번, 우리 둘 다 화려한 솔로가 된 것이다.

하지만 카를리스는 그렇게 생각없이 사는 게 피곤해졌던 모양이다. 물론 나도 그랬다. 다들 철이 들어가고 있었고, 술도 와인 밖에 못 마시는 몸들이 되었다. 잔도 훨씬 덜 깨먹었고, 집에 간 사람들은 모두 택시를 타고 갔다. 도대체 몇 명이 왔었던 걸까? 초대한 것보다 많았던 것은 확실하다. 콧수염을 엄청 크게 기른 남자와 레즈비언 커플도 있었다. 사람이 그렇게 많았는데도 잔은 몇 개 밖에 깨지지 않았고, 책장의 책도 몇 권 밖에 어질러지지 않았다. 사람들이 놀러온 것이 참 좋았다. 우리가 지금까지 살아온, 그리고 우리를 끈끈히 엮어주고 현명하게 만들어준 세월이 참 좋았다. 수염이 큰 남자는 나와 문법에 대한 이야기를 나누었었다. 라트비아어 맞춤법에서 쉼표를 얼마나 많이 쓰는 지에 대해서도. 하다하다 나는 프랑스 왕실의 구성 이야기까지 했다, 프랑스 왕실에서 황태자의 지위는 영국의 웨일스 왕자와 같다고. 그 남자가 물어본 건 아니었지만 그냥 알려준 거다.

부엌에서는 '생각이 깊고 똑똑한 사람은 높은 확률로 행복하지 않거나, 최소한 침울하거나 우울증을 앓는다'는 명제에 대한 대화가 오갔었다. 나는 이렇게 말했다: 자자, 숙녀분들. 우리는 각자 다른 방식으로 생각이 깊다고 볼 수 있습니다. 하지만 과연 우리가 '똑똑한' 사람이라고 할 수 있을까요? 소크라테스는 현명한 사람이야말로 진정 행복한 사람이라고 말했습니다. 설마 소크라테스를 인정하지 않으려시는 건 아니겠죠? 그럼 야니스는 정말 현명한 사람 중에 행복한 사람 본 적 있어요? 아니요, 없습니다. 이쯤 되어서야 나는 내가 그저 행복을 추구한 죄 밖에 없는 사람들을 언짢게 했다는 것을 깨달았다. 하지만 숙녀분들은 포기하지 않았다. 야니스는 너무 권위에 의존하는 것 같아요. 제가 권위에 의존한다고요? 제가요? 그럼 여러분은 뭐에 의존하느요? 우리는 세상을 있는 그대로 보려고 하죠. 아, 그렇구나. 저는 잘못된 방식으로 보고 있었나보네요. 그럼 당신들한테 인생은 어떻게 살아야 하느니 어쩌니 알려주는 그 사람들도 잘못 보고 있는 건가요? 아니죠, 그 사람들은 모두 본인이 올바른 생각을 하고 있다고 믿어 의심치 않지만, 사실 다 틀렸어요. 당신들도 그들과 다를 바 없지 않나요? 당신들도 당신들 생각만 옳고 남들은 다 틀렸다고 생각하잖아요. 뭐래, 별꼴이야, 라는 답이 돌아왔다. 당신들 나이 다 합치면 몇 살이에요, 라고 물어봤다. 그게 무슨 상관인데요? 선보러 온 것도 아닌데, 라는 답을 받았다. 알았어요, 알았어요.

그리고 나서는 새삼 내가 얼마나 늙었는지에 대해 생각했다. 나만 늙었다. 웬만한 건 똑똑히 기억할 수 있지만 말이다 (어떻게 침대까지 왔는지랑 내가 얼마나 늙었는지는 빼고). 와인이 쏟아진 순간도 기억났다: 널찍하고 검붉은 물줄기가 흐르는 모습에 손님들이 모두 움찔했지만, 나는 그게 식탁 가장자리까지 덮어버리고 아래로 흐르는 모습을 최면이라도 걸린 양 멍하니 쳐다보았다. 처음에는 빨리 똑똑똑하며 떨어지던 물방울이 점차 잦아들었었다. 이 생생한 기억들을 떠올리다보니 애초에 내가 침대 밖으로 나왔던 목적이 생각났다.

목적을 달성하고 나니 기분이 한결 나았다. 물을 내리려고 했지만 변기가 작동하지 않았다. 손잡이는 제대로 눌렸지만 물이 내려가지를 않는 것이었다.

그때 또 다른 것이 기억났다―이건 어젯밤에 고장난 것이었다. 손님들은 각기 다른 해결방법을 제안했고, 나는 어떻게든 고쳐보려고 노력했었다. 내가 배관수리공은 아니었지만, 뭔가 고치는 데 성공했고 심지어 부품이 몇 개 남았다. 허나 이제 보니 완벽하게 고쳐 놓은 건 아니었나 보다.

이제 뭘 어째야 하지? 이런 상황에서 내가 주로 그러듯, 나는 화장실로 다시 돌아갔다. 여자 한 명이 마침 깼길래 내가 어떻게 하면 좋을지 물어보니, 여자는 잠깐 생각해보더니 배관공의 전화번호를 나에게 건넸다.

완벽해. 이제 전화만 하면 되겠네. 하지만 지금은 출근을 해야 하니 안되고, 나중에. 그냥 밖으로 나섰다. 봄의 첫날이었다―나의 30번째 봄.

2

배관공은 목요일 밤에 시간을 딱 맞추어 도착했다. 평범한 아저씨였다, 머리를 뒤로 묶고 머리에 반다나를 두른. 그는 귀에서 무선이어폰을 빼고 나와 악수를 하더니 바로 물었다:

– 화장실이 어느 쪽이죠?

화장실로 데리고 가서 무슨 일이 있었는지 말해주었다. 변기 물탱크 뚜껑을 열더니, 나에게는 미지의 바다 같은 그 안을 들여다보고는 웃음을 터뜨렸다.

– 아, 그렇구만… 뭐 한 번 해보죠.

나는 미리 감사의 말을 전하고 그가 할 일을 하도록 혼자 두고 나왔다. 부엌으로 가서 의자에 앉아있기로 했다. 별일 없었던 것처럼. 하지만 별일이 있긴 했었다.

거진 15년 동안 나에게는 별일이 없었다. 공부하고, 일하고, 연애하고, 헤어지고, 여행을 가긴 했지만, 기억나는 건 별로 없다. 내게 일어난 별일은 바로 지금 이 순간, 나의 화장실에서 뚝뜨거리고 있는 저 배관공이었다. 아는 사람이었다. 저건 분명 스카이포저의 페테리스였다.

난 학생 시절 이후로 그 쪽 음악을 들은 적이 별로 없었다. 대학 때 조금 들었지만, 갈수록 적게 듣다가 결국 아예 듣지 않게 되었었다. 그 쪽 지인들과 소원해졌고, 나 또한 그 사람들을 까먹게 되었고, 머리도 짧게 자르게 되었다. 어차피 남은 게 별로 없기도 했다—젤스 빌크스는 해체했고, 척 슐디너는 죽었고, 그리슈나크는 감옥에서 석방되었다. 오직 스카이포져와 페테리스만이 그 자리를 지켰다. 그는 포기하지 않고, 끊임없이 좋은 음악을 만들었다. 스카이포져는 나도 아직 가끔 듣곤 했었다. 앨범 라트비안 라이플멘Latvian Riflemen(라트비아의 소총수들-역자) 이 특히 좋았다. 페테리스가 소총수들에게 꽂혔던 바로 그 순간 내가 그 현장에 있었다는 걸 진작에 알았으면 좋았을걸… 그때의 나에게 페테리스는 유명인사, 기념비적인 인물이자 문화적 영웅, 라트비아 음악의 최후의 보루이자 세계에서 가장 유명한 라트비아 뮤지션이었을 뿐 아니라, 내가 개인적으로 세상살이의 어려움을 향해 내세울 수 있는 반론이었다.

사실 페테리스와 개인적으로 친분을 쌓은 적은 없었다. 엘가바의 노천극장에서는 덤불 몇 개를 사이에 두고 만났었고, 그 이후로는 무대에 선 모습이나 뉴스에 나온 것 밖에 보지 못했었다—언젠가 건너 건너 다일러 극장에서 배관공으로 일한다는 소식을 듣긴 했지만 말이다. 그 소식을 처음 들었을 때, 나는 그것이 얼마나 모순적인지에 감탄했었다: 그가 일하고 있는 직장보다 그가 훨씬 유명하다는 사실이. 무엇보다, 나는 그가 내 집에, 내 화장실에 나타날 것이라고는 상상도 하지 못했었다.

나는 어떻게 할 지 생각했다. 묘하게도 머리가 맑았다. 어린 시절의 나였다면 이 상황에서 스카이포져의 페테리스와 말을 섞지 않고는 못 배겼을 것이다. 그렇기 때문에 완전히 달라진, 모두와의 약속을 저버리고 노예, 위선자, 거짓말쟁이, 사기꾼에 재수없는 허세쟁이가 되어버린 지금의 나는 더욱 안 하곤 못 배길 것 같았다. 그 시절, 그 세상의 사람과 말을 나눌 기회를 도저히 놓칠 수 없었다.

찬장을 열어 뿌이-퓌메 한 병과 샤또뇌프 뒤 빠프 레귤러 하나를 꺼냈다. 지금은 레드 와인과 화이트 와인 중에 하나를 고를 수 있는 시대였으니까. 재떨이도 깔끔히 비워내고 식탁 가운데 두었다.

이제 나는 그가 나를 유명한 뮤지션 한 번 만나보겠다고 변기를 망가뜨린 사생 팬으로 생각하지 않기만 바랄 따름이었다. 정말 말도 안 되는 상황이었다. 청소년이었던 지가 몇 년인데, 다시 그때처럼 생각하고 있었다.

그가 복도 저편에서 걸어 나오고 있었다. 그의 손에는 검 대신 수건을 든 채, 손을 닦으며 말했다:

- 고쳐졌어요. 이제 잘 될 겁니다.

그리고 속으로 덧붙였을 것이다: '마음껏 싸세요!' 그렇게 상상하니 용기가 좀 생겼다. 내가 물었다:

- 와인 한 잔 하시겠어요? 화이트? 레드?
- 괜찮습니다, 제가 와인은 잘 안 받아서요.

누가 봐도 대화는 이루어지지 않을 상황이었다. 나는 대화하는 법을 잊어버렸었다. 난 원래 나와 똑같은 사람들과만 말을 할 수 있는데, 내가 이미 너무 다른 사람이 되어있었기 때문이다. 다행히 그가 먼저 담배를 피워도 되겠냐고 정중히 물어봤고, 나는 재떨이를 그의 쪽으로 밀어 주었다. 연기만 흐르는 잠깐 동안의 침묵이 지나고 나서 내가 물었다:

- 혹시 그라인드마스터 데드 아직 하실 때, 옐가바 노천극장에서 공연한 거 기억하세요?

그가 잠시 미소를 지었다.

- 옐가바요… 아마도요. 노천극장이면… 그게 언제쯤이었죠?
- 그 성 건너편에서 한 거요. 강 건너에.
- 잘 기억이 나지 않네요.
- 그라인드마스터가 한 제일 마지막 공연들 중 하나였을 거에요. 얼마 안 가서 스카이포저 만드셨으니까.

- 공연을 한두 개를 했어야죠.
- 혹시 스카이포져로 나오신 게 몇 년도였죠?
- 1995년도요… 왜요?
- 아니에요, 별 거 아닙니다. 제가 그 공연장에 있었거든요. 가끔 그냥 90년대 생각이 나서요. 그때 세상이… 얼마나 달랐는지도요.

그가 고개를 끄덕였다. 하지만 동시에 든 생각은, 이 양반 인생은 뭐 달라진 게 있을까, 였다. 그에게만큼은 삶이 변함없이 그대로인 것 같은데.

- 그때 그 공연에서 풀숲에서 소변 보다가 데스랑 인사한 건 혹시 기억하세요?
- 그건 정말 하나도 기억 안 나네요.
- 맥주라도 한 잔 하시겠어요?
- 뭐, 한 잔 정도는 괜찮겠네요.

그는 마치 일이 이렇게 풀릴 거라고 예상했다는 듯 조용히 미소지었다. 결국 우리는 우리집에 쟁여놨던 발메르무이자 지방의 비여과非濾過식 맥주를 동내다시피 하면서, 줄담배를 피우며 많은 이야기를 나눴다―이 모든 일은 아주 자연스럽게 진행되었다. 다비스나 슈브로프스키스같은 여느 진정한 언더그라운드의 스타들처럼, 페테리스는 친절하고 마치 왕처럼 당당했다. 우리는 발트해 연안 국가들의 민족 집단 형성, 세계 2차 대전이 발생한 이유, 그리고 미터법의 단점 등에 대해서도 토론했지만, 역시 가장 많은 이야기를 나눈 것은 음악이었다. 담배연기와 맥주거품 너머로 그를 보면서 문득 생각했다―봐, 페테리스는 해냈잖아!

그는 어떻게 해낼 수 있었을까? 대체 왜 나는 90년대의 그날 아침에 "아니"라고 답한 거였을까? 무서웠나? 아니면 게을렀나? 오만했나? 왜 나는 떠나고, 그는 여기 머물러 있었을까? 아니, 내가 떠난 게 아니었다, 세상이 끝나버렸던 거지! 하지만 지금 보니 그게 아니었을지도? 봐, 그 세상은 아직 여기 있고, 끝나지 않았잖아. 페테리스는 메탈헤드들을 위한 클럽을 운영하고 있으며—클럽 이름은 '어둠의 금요일' 공연에서 따온 '멜나 피엑트디에나Melnā Piektdiena'라고 했다—해외의 온갖 와일드한 밴드들이 그곳에서 공연을 한다고 했다. 심지어는 이제 라트비아에 메탈헤드들을 위한 야외 메탈 페스티벌도 있다고 한다. 그건 내가 꿈에서만 보던 광경인데! 누가 내 머릿속을 들여다 보기라도 한 건가? 내가 상상하던 페스티벌은 한겨울에 숲 속의 눈밭에서 하는 거였지만, 페테리스가 알려주는 것도 나쁘지 않아 보였다: 한여름, 연못가의 메탈 페스티벌.

내가 물었다:

- 지금도 그때만큼 좋은 밴드가 많나요?

그는 다시 한 번 조용히 미소지었다:

- 그때만큼은 없죠.

그러더니 그는 잠시 생각에 잠겼다. 나는 그에게 이렇게 말해주고 싶었다: 물론, 그때만큼 여전히 좋은 밴드 하나는 압니다. 말 안 해도 알고 있어요, 소총수님! 하지만 그의 입에서는 내가 예상치 못한 답이 나왔다:

- 그 밴드 하나 있어요… 타베스틱 엔테론Tabestic Enteron이라고. 걔네 정도면 그때만큼 좋다고 할만하겠네요.

- 정말요?

- 거의 그래요. 한 번 들어보세요.

- 그럴게요.

어떻게 해야 들어볼 수 있지?

- 그 밴드가 혹시 앨범을 냈나요?

— 그게, 아직 앨범은 없어요. 공연 한 번 가보세요.

참나—공연이 뭐 가면 그냥 있는 것도 아니고. 하지만 그는 이미 신이 나 있었다:

— 근데 정말 들어본 적 없으세요? 걔네 옐가바 출신인 걸로 알고 있는데.

그게 가능한 일이었다고?

— 그 페스티벌에서도 혹시 공연하나요?

— 블롬에서 하는 거요? 아마 그럴 거에요.

— 그게 언제죠?

— 내일이요.

그러고 나서 우리는 다시 반평생 동안 연락이 끊겼던 사람들처럼 수다를 떨기 시작했다. 소총수 전투와 옐가바 주변에 아직도 그 소총수들의 시체가 널려있다는 사실에 대해, 그리고 페테리스가 어떻게 소신을 굽히게 되었는지, 나는 어쩌다 나의 믿음을 접게 되었는지(도대체 무엇 때문이었는지는 좀체 기억나지 않았다)에 대해. 나는 갈수록 말수가 없어졌다. 무언가를 기억해내려고 애쓰고 있었기 때문이다. 그도 결국 말을 멈췄고, 우리는 한동안 침묵에 잠긴 채 앉아 있었다. 아직 맥주가 남아 있었지만 (그리 많이 남지는 않았었다) 페테리스가 갑자기 일어나 떠날 준비를 했다:

— 자전거 타고 가야 해서요!

그러더니 진심이 느껴지는 악수를 남기고 떠나가는 그였다. 나는 부엌으로 돌아가 맥주를 한 입 더 홀짝였다. 술이 항상 그러듯 작용하는 것이 느껴졌다. 아 맞다, 나 이제 변기 다 고쳐졌지.

폭포수의 굉음이라. 세계에서 가장 큰 폭포 이름이 뭐였더라? 다시 한 번 물을 내려보았다. 맞네, 과이라 폭포였지. 페테리스가 내 변기를 고쳐주다니. 스카이포져의 페테리스가. 우리 모두 다 결국 손을 놓았지만, 그는 포기하지 않았었다. 원래 계획대로 이 변기에 똥을 누려는 생각은 접었다. 주머니에서 내 열쇠를 꺼내서, 간만에 벽에 밴드 이름이나 새겨보려고 했다. 우리 밴드 이름이 뭐였더라? 기억이 나지 않았다. 변기통에 열쇠를 던져 버리고 나가 버렸다, 화장실 밖으로, 아파트 밖으로. 나가서 문을 쾅 하고 닫아버렸다.[10]

---

[10] 당시에 나는 "7의 폭포" 라 불리던 과이라 폭포가 오래 전에 사라졌었다는 사실을 알지 못했다. 시인 카를로스 드럼몬드 안드라데Carlos Drummond de Andrade가 그 폭포의 파괴에 대한 슬픔을 이런 글로 표현한 적이 있다: "7의 폭포가 사라져갔네, 우리는 알지도 못한 채. 아, 우린 그를 사랑하는 법도 몰랐건만. 7개의 물줄기 모두 허공으로, 7개의 유령이 되어. 산 자들의 7개 죄악이 재생再生되지 못할 생명을 앗아갔네.

3

그 페스티벌에 가기로 했다. 주말에 별다른 일정이 있는 것도 아니었으니까. 뭔가 색다른 것, 오랫동안 못 해본 것을 해보고 싶었다.

금요일에 퇴근하자마자 버스 터미널로 향했다. 이번에는 운전해서 가지 않을 생각이었다. 운전해서 갈 자차가 있는 것도 아니었지만. 사실 난 운전도 할 줄 몰랐다. 지금까지는 어디를 가던 운전해서 가는 사람이 태워준다고 했었으니까. 하지만 이번에는 같이 가는 사람이 없었기 때문에, 나는 승차권 구입 창구에서 블롬으로 가는 티켓 한 장을 주문할 수밖에 없었다. 그리고 그것이 나의 첫 관문이었다. '블롬'이라는 도시가 두 개 있었던 것이다. 내가 가야 할 곳은 어디지?

- 그… 그럼 블롬시가 각각 어디 어디에 있는 거죠?

답을 들으면 알 것도 아니면서 물어봤다.

- 방향은 같아요, 사실. 하나는 가깝고, 나머지 하나는 좀 멀고.

- 좀 더 먼 블롬 가는 거로 주세요.

내 선택에 뿌듯해 하며 승강장으로 향했다. 보아하니 내가 제대로 고른 것 같았기 때문이다—벌써부터 장발에 온통 검은 옷을 걸친 채 흐느적거리며 걷는 소년소녀들이 여기저기 무리지어 있었다. 등에는 텐트를 진 채, 돌돌 말은 침낭에 앉아 있었다. 나도 그런 걸 챙겨 왔어야 하는 건가? 전혀 생각지도 못한 준비물인걸. 뭐, 사실 그게 그렇게 중요한 건 아니었다. 나는 관찰하러 가는 거지, 자러 가는 게 아니었으니까.

내가 버스에 타자마자 여자애들 세 명이 거의 합창하듯 동시에 나에

게 물어왔다:

— 저기요, 선생님, 혹시 여기 선생님 자리예요? 우리 5, 6, 7번이거든요.

나는 저기 앉으렴, 하고 손짓한 뒤에 버스 뒤쪽으로 향했다. 내가 관찰할 대상이 바로 이런 사람들이었다. 옷 똑같이 차려 입은 머저리들. 자리 하나 못 찾아서 도와달라고 설치는 양떼 같은 족속들. 우리 때도 저런 사람들과 항상 부대껴야 하긴 했었다. 하지만, '선생님'이라니. "선생님." 이 호칭은 회사원들이나 교수한테서나 들어봤던 거였는데. 나는 세상에 나를 그렇게 부르는 건 경찰관 밖에 없었으면 하는 마음이었다. 간혹 택시 운전기사나 자동차 정비사가 나에게 반말을 하더라도 나는 전혀 기분 나쁘지 않았고, 되려 나에게 아직 어려 보이는 구석이 있다는 생각에 몰래 기뻐하기도 했었다. 하지만 이제는 진짜 젊은 사람들이 나를 "선생님"이라고 부르고 있었다. 젊은 사람들 수준 하고는… 벌써부터 이 여정에 괜히 오른 것 같은 기분이 들었다. 하지만 버스는 벌써 터미널 밖으로 빠져나왔었고, 결국 나는 내가 혼란스럽거나 달리는 대중교통에 갇혀 있을 때, 또는 둘 다일 때 하는 일을 했다: 주머니에서 책을 꺼냈다.

마치 책이 일부러 재미 없으려고 작정한 것 같은 느낌이었다. 차라리 창문 밖 풍경에 재미있는 책 줄거리라도 숨겨져 있는 양 명을 때리며 구경하기로 했다: 저 풀숲 뒤에 몸을 숨긴 누군가가 이 버스에 탄 사람을 쫓고 있을 거야. 여기 정류소 벤치에 남자가 한 명 앉아있는데, 우리 쪽을 쳐다보지를 않네. 무슨 생각을 하고 있는 걸까?

내 뒤에 앉은 패거리는 갈수록 시끄러워지고 있었다. 버스를 탈 때부터 눈에 띄었던 사람들이었다―승강장에서 봤던 무리와 일행이었다. 옷을 올블랙으로 입은 여자애 2명과 장발 남자애 2명. 똑같이들 차려입은 모습이 무슨 역병에 걸린 것, 아니면 제복을 입은 것 같아 보였다. 무리에서 튈까봐 두려웠던 건가? 그렇다고 완전히 100% 똑같은 건 아니었다: 보다 보니 이들 사이에 일종의 서열이 눈에 띄기 시작했다. 앞쪽에 앉은 뻔뻔한 여자 3명은 자세를 꼿꼿이 세운 채 조용히 앉아 있었다. 이런 공연을 처음 가보는 것처럼 보였다. 버스 가운데 쪽에는 30대의 안경을 쓴 메탈헤드가 혼자 앉아 있었다—아마 나는 이 쪽에 가까웠을 것이다. 다만 이 사람은 뚱뚱했고, 장발 머리와 청소년기의 짜증 가득한 표정을 그대로 갖고 있었다. 이 사람의 경우 공연장은 많이 다녀봤을 테지만 스스로가 어쩔 수 없는 내향형 인간이라, 지금 이 자리에 함께하지 못한 극소수의 친구들과만 조우하는 부류이리라. 마지막으로 내 뒤에 앉은 무리—안그래도 제일 시끄러웠는데 갈수록 더 시끄러워지고 있는 이 무리. 그들이 무슨 말을 나누는지 듣지도 않고 있었는데, 갑자기 여자애들 중 하나가 내 쪽을 향해 말했다:

- 와서 같이 앉아요!

정말 나한테 말한 게 맞는지 보려고 잠시 못들은 척 했는데, 결국 나는 깜짝 놀라고 말았다—대체 내 정체를 어떻게 안 거지? 나는 그들처럼 꾸미고 다니지 않은 지 꽤 됐었고, 재미없는 책도 한 권 들고 있었는데. 앞줄 사람들은 어찌저찌 속여넘겼지만 뒷줄의 현자들은 속일 수 없었나 보다. 결국 그들과 합류하기로 했다. 시그네, 엘라, 일마르스, 유스츠. 요상한 이름들이었다—그리고 그들은 이미 스스로가 술에 취해 있다고 고백했다. 엘라만 그걸 부정했지만, 시그네가 그녀에게 말했다:

- 너 지금은 그런 거 같지? 이따 내릴 때 몸 못 가누고 자빠진다. 내가 우리 얼마나 마셨는지 뻔히 아는데 무슨.

그러더니 자기들이 얼마나 마셨는지 나에게도 보여줬다. 보드카 300ml들이 병이 한 모금 정도만 남은 채 비워져 있었다. 일행은 4명이었는데 말이다. 내 새로운 동료들이 아주 '착한' 사람이라는 게 명백해지는 순간이었다. 내가 '착하다'고 하는 건 '어리다'는 갈이다. 우리 착한 동료들은 보드카를 더는 못 마시겠다며 남은 걸 나에게 건넸고, 나는 그걸 4초만에 동냈다.

일마르스는 자기가 1.5리터들이 음료수 병에 술을 타서 왔다는 걸 기억해냈다. 내 도움으로 우리 동료들은 그걸 순식간에 해치울 수 있었다. 여자애들은 와인도 가져왔다는 걸 기억해냈다. 오, 나는 말했다, 오오! 젊은 여자들은 무슨 와인을 사려나? 그리고 세상에, 그건 마티니였다. 아가씨들, 그거 와인 아니에요. 하지만 나는 별 말 없이 정중하게—그 맛대가리 없는 술을—받아 마셨고, 그 술도 금방 사라졌다. 이제 좀 알딸딸해지는 것 같던 차에 술이 떨어지니 아쉬웠다. 그리고 새로 사귄 친구들과도 한참 분위기가 좋았었다. 시그네가 내 어깨에 손을 얹었다. 나는 술기운도 올라왔고, 우리가 가는 길 앞에는 메탈 페스티벌이 기다리고 있었고, 우리 뒤에는 아무것도 없고 우리만 있었다. 가는 길에서 만난 우리, 인간 관계 중에 가장 완벽한 관계 아닌가—거의 서로 남남이라 서로에게 아무것도 바라지 않지만, 남남은 아닌. 우리의 이 세상, 진짜 세상과의 유대감과 근거 없는 자신감에 도취해버린 나는, 실수로 눈을 마주친 뚱뚱한 메탈헤드 아저씨도 우리 쪽으로 초대하기에 이르렀다. 우린 각자 자기소개를 했다—뚱뚱한 메탈헤드의 이름은 이만츠였고, 리가 블랙 발삼한 병을 갖고 있었다.

한참 그러고 있던 와중에, 앞쪽에 앉은 여자가 우리 블롬시 가는 것 아니냐고 물어왔다. 이쯤 됐으면 이 버스 승객들 중에 우리가 어디 가는지 모르는 사람이 없었다. 나는 벌써 우리 패거리의 수장이 된 것 같은 기분에, 우리는 더 먼 블롬시로 가니까 걱정하지 않으셔도 된다고 말했

종말, 그후

다. 그 블룸 방금 지났는데요, 라는 답이 들려왔다. 어쩌다 그걸 놓쳤지? 어느 역에서 내려야 하는지 분명히 안다고 한 이만츠도 못 봤다고 했다. 그 와중에 다른 승객들이:

— 맞아요, 맞아, 여기서 내려야 한다니까!

라고 외치고 있었다. 결국 우리는 버스 기사님께 버스를 잠시 세워달라 하고 배수로 옆으로 우루루 쏟아져 나왔다. 밖에는 길, 숲, 그리고 배수로 밖에 없었지만 우리에게 필요한 건 그것 뿐이었다. 이만츠는 우리를 페스티벌까지 데려다 주겠다며 핸드폰으로 전화를 하더니, 몇 분만 기다리면 자동차 한 대가 우리를 데리러 올 거라 말했다. 우리는 그 말을 믿었고, 우리라면 어딜 가던 제 때 도착할 수 있을 거라는 걸 알았기 때문에 그저 웃음을 터뜨렸다.

그리고 우린 정말 제 때 도착했다. 그런데 순식간에 나와 새로 사귄 내 친구들은 분리되고 말았다. 그들이 텐트를 세우러 가야 한다며 사라지자, 나는 짐도 없이 혼자 페스티벌에 온 사람 신세가 되었고, 이런 사람들이 입장하는 데는 훨씬 오래 걸렸다. 사람들을 들여 보내주는 입구처럼 생긴 곳을 찾았는데, 다시 보니 아닌 것 같기도 했다. 장발의 락 페스티벌 죽돌이로 보이는 사람들 몇 명이 그리로 들어가다가 경비에게 붙잡혔고, 이내 도로 나와서는 말 없이 인근의 잔디밭으로 향했다. 그 모습을 보니 납득이 됐다—페스티벌 구역 내에는 주류 반입이 금지되어있던 것이다. 입장을 거부당한 사람들은 몰래 가지고 들어가려던 술을 마셔 없애기 위해 잔디밭으로 향했고, 개중에는 술 병을 비우는 과정 중에 뻗어버리는 사람도 있었다. 잔디밭 자체가 정확히 그 용도로 쓰이는 구역이었던 것이다. 이 모습에 웃음을 터뜨리던 찰나, 내 주머니에 위스키 한 병이 있다는 것이 기억났다. 그냥 몰래 들어가 볼까 하는 생각이 들었지만, 경비들이 꽤나 진지해 보였다. 덩치도 옛날 경비들의 두 배였다, 옛날 경비라고 해서 내가 싸워 이길 수 있는 덩치도 아니었지만 말이다. 그냥 내가 점잖고 올바르게 행동하면 이런 고민을 할 필요도 없는 거였으니까, 나도 잔디밭 쪽으로 발길을 옮겼다.

잔디밭에 들어가자 마자 가까운 곳의 무리와 합류해서 위스키를 한 입 마시고 주변 사람들에게 권했다. 처음으로 내 잭 다니엘을 받은 메탈헤드가 조심스럽게 병을 받아 들며 나를 보고 물었다:

- VIP 구역 찾아 오셨어요?

농담도 참.

위스키는 금방 사라졌지만, 대화는 진전이 없었다. 내가 물었다:

- 올해 페스티벌에서 제일 기대되는 게 뭔가요? 어떤 밴드가 제일 보고 싶어요?

- 티아마트죠, 아무래도.

- 하, 90년대에도 티아마트라는 밴드 하나 있었는데. 둠메탈 꽤 괜찮게 했었죠.

- 그 밴드예요.

난 웃음을 터뜨렸다:

- 에이, 설마요. 그 양반들이 살아있을 리가 없어요.

- 그 밴드 맞대도요!

그냥 내가 따지지 않기로 했다. 이 친구들이 어려서 아직 세월의 무게를 모르는구나, 하고. 대신 다른 질문을 했다:

- 타베스틱 엔테론은요?

이건 반응이 좀 다양했다:

- 걔네요?

— 쌉 하타치죠.

— 아니야, 그래도…

심지어 취해서 자던 여자애 하나도 벌떡 일어나서 말했다:

— 걔네 제정신 아니래요.

마음이 아팠다. 다시 물었다:

— 타베스틱 엔테론이 어디 밴드죠?

— 정신병원 출신이죠.

— 옐가바였나, 무튼 그 쪽일 거에요.

계속 물었다:

— 옐가바요? 혹시 밴드 멤버 누구누구 있는지 알아요?

— 있잖아요, 파운. 아시죠? 푸씨 그라인더라던가.

— 아, 네. 물론이죠.

하지만 다 내가 모르는 사람들이었다, 파운도, 푸씨 그라인더도. 그때 누군가가 물었다:

— 옐가바 출신이세요?

— 네! 나는 정직하게 대답했다.

— 그럼 혹시 자나라는 사람 아세요?

— 자나요… 어떤 분인지 좀 알려주시겠어요?

— 뭐, 일단 16살이고요…

— 아니요, 그럼 저는 모르는 사람이겠네요.

잭 다니엘 병은 금세 비워졌다. 나에게 제일 가깝게 서 있던 메탈헤드는 유리병 달칵거리는 소리가 나는 그의 침낭에서 병을 하나 꺼내서 건넸다. 헥토르스 브랜디였다. 달콤했다, 내가 어릴 때 몰래 마시던 그 맛처럼. 그때만큼 역하고, 해로운 단맛이었다. 술은 이제 적당히 먹었으니, 페스티벌 구역으로 가보기로 했다.

주변이 온통 메탈헤드들이었지만, 내가 아는 사람은 한 명도 없었다. 내가 이 판을 뜬 지 벌써 10년이 넘었으니 그럴 만도 했다만, 그래도 난 인류학적 호기심으로 주위를 관찰하기로 했다. 먼저, 생각보다 여자들이 아주 많았다. 90년도에는 언더그라운드 판에서 여자를 찾기가 하늘의 별 따기였지만 여기는 여자 모델들이 단체로 모여 퍼레이드라도 하고 있는 것 같았다. 그땐 여자애들이 우리랑 똑같이 찢어진 청바지에 티셔츠만 입거나 장치마를 입고 다녔었는데, 여기는 무슨 카니발이었다! 검은 레이스, 각종 악세사리, 반짝이, 파우더까지!

물론 그 중에 내가 아는 사람이 있다거나 할 일은 없었다. 남자들 쪽을 보았다: 그네들은 옛날 우리 모습과 크게 다르지 않아 보였다. 다들 장발에 커다란 부츠를 신고 있었고, 화려한 밴드 로고가 그려진 티셔츠를 입고 있었다: 버줌, 아모피스, 스카이포져, 그리고 내가 알아보지 못하는 밴드들 다수. 여기저기 서 있는 남자들의 얼굴을 들여다보니 쩝스 같이 생긴 사람도 있었고 코쟁이 형처럼 생긴 사람도 있었지만, 그 사람들은 당연 아니였다. 지금쯤 그 사람들은 다 죽었을지도 몰랐다. 아니면 그냥 이런 곳에 안 오게 됐을 수도 있고. 펙시스를 닮았지만 정말 펙시스일 리는 없을 친구도 하나 보였다. 이 친구의 모히칸 머리는 펙시스 것보다 훨씬 화려했고, 덩치도 펙시스보다 훨씬 좋았다. 한참 그를 구경하고 있다 보니, 어떤 여자 한 명이 인파 속에서 걸어 나와서 나에게 손을 흔들고는 뭔가를 결심한 듯 나를 향해 걸어오기 시작했다. 어디선가 만났던 여자 같았다. 아주 옛날 같았지만, 내 기억이 이렇게 생생한 걸 보니 최근에 만난 것이 분명… 아, 시그네구나. 한 시간 전에 버스에서 처음 만나 술 같이 마신! 그녀가 나를 끌어안으며 말했다:

- 어디 갔었어요?! 한참 찾았는데!

그러게요, 하는 생각이 들었다. 나 대체 어디 갔었던 거지? 한참동안 뭘 하고 있던 걸까?

시그네와 함께 어디론가 향해 걸었다. 그녀가 나를 어디로 데려가는 것 같았다. 별 말 없이 따라가다 보니, 그녀가 나에게 물었다:

- 저 몇 살로 보여요?

그녀를 자세히 쳐다봤다. 나이 맞히는 건 젬병인데. 그래도 한 번 불러봤다:

- 18살쯤?

난 일부러 낮게 부르는 게 좋을 거라 생각하고 부른 숫자였다—여자들은 칭찬 듣는 걸 좋아하니까. 시그네는 자랑스럽게 웃으며 답했다:

- 헤헤, 사람들이 항상 나이 좀 많게 보더라고요. 저 화장하면 스무 살이라 해도 믿어요.

나는 고개를 갸우뚱했다: 무슨 이유에선가 나는 내가 그녀보다 어려진 기분이 들었다. 우린 맥주를 파는 텐트 앞에서 멈춰 섰다:

- 좋은 생각이네요, 시그네 씨. 아주 좋아요.

- 그쵸?

우린 다시 줄 서서 기다리지 않기 위해 맥주를 4병을 사서 잔디밭에 가서 앉았다. 이제 뭐하지? 나는 컵을 들어 마시며 얼굴을 가렸지만, 언제까지 이렇게 가릴 수 있을까? 시그네는 반짝거리는 눈을 하고 먼 산을 바라보고 있었다. 대체 무슨 생각을 하고 있는 걸까.

- 무슨 얘기 할까요?

- 무슨 질문이에요 그게?

짜증나는 카운터였다. 사람들이 이렇게 답할 때 내가 무슨 말을 해야 할지 몰랐다. 그래서 지금도 나는 대체 무슨 말을 해야 할지 알 수가 없었다.

　내가 이 곳에 뭘 하러 왔는지 기억이 나질 않았다. 그 와중에 고개를 들어 보니, 이런 세상에! 베놈이 거기 서 있는 것이다! 정말 베놈이 맞나? 맞았다, 대머리가 됐을 뿐. 그리고 살도 좀 쪄 있었다. 하지만 그 떨떠름한 표정은 여전했다—세상에 저런 썩은 표정을 하는 사람은 베놈 밖에 없었다. 정상인들의 세계의 것이란 깃들 수가 없는 저 표정. 시그네에게 돌아서서:

　- 잠시만요!

라고 말한 뒤, 나는 바로 베놈 쪽으로 달려갔다. 그도 나를 기억하고 있었다! 아니면 그냥 가끔 모르는 사람들이 와서 말을 거는 게 익숙했던 것일 수도 있다. 반가운 포옹을 나누기도 전에 그가 바로 나에게 말을 걸었다:

　- 그래서, 어떤 거 같아?

　- 뭐가?

　그가 무대 쪽을 가리켰다. 잠시 귀를 기울여 들어보니, 나쁘지 않았다. 거의 올드스쿨에 가까운 음악이었다. 하지만 마이 다잉 브라이드에 비할 정도는 아니었다.

　- 괜찮네. 누구야?

　- 프레일티Frailty지, 당연.

　당연 나는 이들이 누구인지 전혀 알지 못했다. 이미 말문이 한 번 막혔으니, 이제 대화를 다시 이끌어 나갈 타이밍이었다:

　- 요즘도 메탈 씬에서 뭔가 하고 있는 거야?

　- 응, 요즘에는 언론 쪽 일을 해보려고 하고 있어. 스카이포져에 대한

다큐멘터리를 제작 중이야, 카메라 3대 동원해서. 그리고 잡지에 기사도 연재하고. 뭐, 그런 거.

- 멋있네.
- 아, 그놈의 국수주의 단체들은 이제 다 때려치웠어. 새끼들이 원칙도 없고, 뭐 아무것도 없는 것 같아서. 질려서 그냥 다 탈퇴해버렸지, 싸그리 다.

이제 그는 나를 자세히 들여다보고 있었다:

- 뭐, 그런다고 개 버릇 남 주지는 못하는 거지만. 너는 뭐 하고 지냈어?

이 표현이 정말 마음에 들었다. 그가 다시 물었다:

- 뭐 하고 지냈냐니까?
- 나?
- 응.
- 그냥.
- 그렇구만.

우리 둘 다 침묵에 빠졌다. 나는 내 '개 버릇'에 대해 생각하고 있었다. 내 개 버릇은 뭐지? 남을 안 주고 나만 붙들고 있으려면 어떻게 해야 하는 거지? 결국 난 베놈에게 말했다:

- 맞다, 난 일단 그 여자분 좀 챙겨야 해서, 젠장.

하지만 시그네는 사라져 있었다. 그녀를 찾으러 맥주 파는 텐트 쪽으로 향했다. 맥주와 위스키를 사들고 주위의 여자들을 둘러보았다. 이런, 가슴과 엉덩이들 밖에 보이지가 않았다—여기서 시그네를 어떻게 찾지? 옛날에는 여자들 잘 알아봤었는데. 어차피 나는 집에서 내 여자친구랑 같이 있어야 하는 것 아닌가? 그때, 내 핸드폰이 울렸다. 마침 여자친구가 나에게 전화를 걸고 있었다. 주변이 너무 시끄러워서 무슨 말을 하는지 들리지가 않길래, 그냥 수화기에 대고 말했다:

- 아무 일 없어, 자기야, 괜찮아. 나 알잖아.

그리고 실제로 아무 일도 없었다. 난 그냥 계속 맥주 파는 텐트로 돌아가기만 했다. 내 안에 모종의 평정심이 찾아왔고, 결국 나는 그 자리의 벤치에 앉아 꾸벅꾸벅 졸기 시작했다. 지나가던 사람들이 나에게 텐트가 없으면 자기네 텐트에서 자도 된다고 말하기 시작했다. 벌써 잘 시간이 됐나? 나는 그 제안을 거절했다:

- 미안해요, 여러분. 이게 내가 편하게 자는 구라서요.

말하자 마자 나는 앉은 자리에서 바로 곯아떨어졌다. 내 꿈은 훌륭한 음악으로 가득했다. 익숙한 사운드였고, 그걸 들으니 모든 것이 아름다워 보였다, 다시는 깨어나고 않았으면, 이 노래가 영원히 끝나지 않았으면. 가사가 들려왔다:

아직도 나의 꿈을 꾸나요?

나의 침흘리는 입을 열어 중얼거렸다—네, 꿔요, 꾸고 있어요.

분명 벤치에 앉아 잠이 든 줄 알았는데, 깨어보니 웬 나무 아래에 있었다. 여자들 몇 명이 지나가며 물었다:

- 안경은 어쨌어요?

얼굴을 쓸어내렸다—진짜 없네. 안경 어디 갔지? 순식간에 머리가 맑아졌다, 안경테 디올 건데. 위를 올려다 보았다. 보니 내 안경이 낮은 나뭇가지에 걸려있었다. 참, 습관이 무섭긴 하다. 안경을 쓰고 아침거리를 찾아 나섰다.

음식 파는 텐트 앞에 벌써 사람들이 있었다. 커다란 오믈렛을 시켜 들고 자리에 가서 앉으니:

- 안녕하세요!

- 좋은 아침입니다.

- 아침이야 좋죠! 안녕하신 거 맞죠?

마치 우리가 오랜 친구라도 되는 듯한 인사세례였다. 하지만 나는 누가 누군지 하나도 알지 못했다. 그 중 하나가 나에게 물었다:

- 티아마트는 어땠어요?

- 네?

- 음악 좋지 않아요? 90년대 때 곡들도 해줘서 정말 좋았던 것 같아요.

맞네, 맞아. 그 옛날 노래 가사 같았다: "잠에서 깨어보니 현실이었네." 정말 그 옛날의 티아마트가 팔팔하게 살아 있었고, 내가 꿈속에서 듣던 노래가 바로 그들의 노래였다. 꿈이 아니었던 것이다. 일어나기 싫어하지 말 걸 그랬다. 눈만 떴으면 꿈이 현실이 될 수 있었는데 말이다.

하지만 내 주변에 나의 이 "꿈만 같은" 비극에 관심을 가질 사람은 없었다. 아직 이른 시간이었음에도 불구하고 테이블에는 반쯤 비워진 맥주잔들이 가득했고, 어떤 사람들은 조용히 노래하기 시작했다. 그들은 행복하게, 솔직하게, 과장 없이 노래했지만, 가사는 잘 모르는 것 같았다. 나도 오믈렛을 다 먹고, 맥주를 마저 마신 뒤 끼어들었다. 처음엔 겸손하게 절제해가면서 사람들이 끝에 가서 가사를 까먹을 때만 들리게 따라 불렀지만, 이내 모두가 나를 따라 부르고 있었다. 노래를 부르고 싶어도 가사를 몰라 못 부르던 참에 가사를 대부분 알고 있는 사람이 와서 부르니 신이 난 것이다. 뭐, 없는 것보단 나았다. 우리가 이 구절을 부를 때쯤:

내 형제는 전쟁에서 죽어갔지만,
밤만 되면 그의 말발굽 소리가 들리네.

내 옆에 앉은 나의 낯선 형제가, 웃통을 벗고 긴 수염을 기른 그가 엉엉 울음을 터뜨렸다. 나는 얼이 빠진 채 그를 바라보았다. 이 강인해 보이는 상남자가 이런 촌스러운 슐라거 음악을 들으며 눈물을 흘리다니. 하지만 그는 옆 테이블에서 이 노래를 마저 다 부를 때까지 눈물을 훔치고 있었다—심지어 옆 테이블은 우리보다 거의 1절은 족히 늦게 부르고 있었는데 말이다. 눈물을 다 닦고 나서 그는 내 등을 팡 팡 두드렸다. 나도 뭔가 벅차오르는 마음에 그에게 맥주와 마늘빵을 주문해주었다. 이곳 음식이 놀랍게도 꽤 괜찮았다. 오믈렛이 꽤나 먹음직했고, 마늘빵은 마늘향이 진했다.

　　그때쯤이었다. 갑자기 시작됐다. 사람들을 밀쳐내고, 마초스럽게 행동하고, 잘 나가는 사람들과 어울리고, 똑똑한 척 하고 싶어하는 욕망이. 이 욕망이 애초에 내가 여기까지 오면서 찾고자 한 것, 그것을 찾을 수 없게 된 원흉이었는데 말이다. 이제는 막 돈을 펑펑 쓰고 싶은 욕구가 끓어올랐다. 매우 순수하게 시작된 거였는데—울고 있는 낯선 사람에게 맥주와 안주거리를 시켜주는 것보다 순수한 것이 어디 있단 말인가? 훌륭한 병사 슈베이크도 했던 일인걸. 물론 슈베이크의 경우는 마지막 돈을 탈탈 털어서 산 거였고, 그렇게 하는 것이 옳은 일이었기 때문에 산 거였지만. 지금 나에게는 돈이 꽤 많이 남아 있었고, 나는 그걸 보여주고 싶었다. 어린 애들을 대충 떨쳐내고 나니, 어느새 나는 노래 부르는 내 나이 또래 아저씨들에게 포위되어 있었다. 하지만 나는 머리도 기르지 않았고, 아무것도 아니었다—나는 여전히 이방인이었고, 심지어 수 년간 그들의 적을 위해 일하던 배신자였다. 그런 내가 이런 축제에 와 그들과 한 편인 척 하려고 처절하게 애를 쓰면서, 쓸모없는 인간이 내세울 수 있는 유일한 무기를 휘두르고 있던 것이다: 이것 보세요, 저는 마늘빵을 살 수가 있답니다! 마늘빵이랑 맥주 받아가세요!

이론적으로는 이 일련의 사건, '나'라는 '탕자의 귀환'에서 우린 일말의 유대감을 형성했을 지도 모른다. 그래서였는지, 나는 더더욱 이게 얼마나 끔찍한지를 통감하기 시작했다—권위에 대한 두려움, 찬미 받는 것의 즐거움, 그리고 돈, 돈, 돈. 죄다 없애 버려야 했다. 우리 테이블에 술병이 쌓이기 시작했다. 이 곳은 빈 잔을 치우지 않는 유쾌한 관습이 있어서, 스스로가 벌인 피해를 눈으로 직접 볼 수 있었다. 나는 내 머릿속에 이는 배신자가 된 기분을 잠재우며 술을 마시는 데 집중하려 했지만, 한 잔 한 잔 넘길수록 계속 술이 깨는 것 같았다. 사람이 정말 그렇게 됐다. 나머지 사람들은 노래를 부르면서 몸이 좀 풀렸는지 신나게 대화를 나누고 있었다. 러시아 사람 하나가 국적에 대해 이야기하기 시작했다. 보통 이런 이야기를 시작하는 건 러시아 사람들이었다. 라트비아 사람들은 인터넷 상으로나 가끔 이야기하는 편인데, 이 사람은 큰 목소리로, 아주 단도직입적으로 물었다:

- 나가 러시아인인게 뭐 어떻단가?

- 누가 뭐래요. 아무도 뭐라 안 했어요.

나는 모두들의 이성을 대변하고 싶었다. 사실이었다, 정말 아무도 뭐라 하지 않았다.

- 똑똑히들 들으쇼! 우리 조부님은 무려 라트비아 독립 전쟁 참전 용사시라고!

말을 마친 그는 우리를 한 명씩 돌아가며 노려보았다. 아무도 말을 하지 않았다, 할 말이 없었기 때문이다. 결국 나만 입을 열고 말했다:

- 좋은 일 하셨네요. 조부님께 존경과 감사를 표합니다.

이쯤 되니 다들 한 마디씩 했다: 아, 그렇죠. 마땅히 감사해야죠. 허나

그때, 테이블 반대편에 앉아있던 사람이 나에게 시선을 돌렸다:

- 그런데, 누구시죠?

다른 생각을 하다가 질문을 놓쳤다. 사실 다른 생각을 했다기보다 다른 곳을 보고 있었다. 옆 테이블에 어떤 여자가 한 명 앉아있었는데, 티셔츠 한 장에 T팬티만 걸친 채 우리를 등지고 앉아 있었다. 주변 풍경에 아주 자연스럽게 녹아드는 그녀의 고요한, 야단스럽지 않은 존재감이 나를 존재론적인 사유로 이끌었던 것 같다. 나는 두 행성이 충돌하는 모습을 바라보듯 그녀를 바라보고 있었다. 곁에서 보기에는 머저리같아 보였을 테지만. 그때, 질문이 다시 한 번 날아왔다:

- 뭐 하시는 분이시냐구요?

움찔했다: 드디어 들켰구나, 하는 마음에 당황하기 시작했다. 나도 사실 그 질문에 어떻게 답할 지 몰랐다. 2라트짜리 동전으로 머리를 긁으며 답했다:

- 글쎄요, 잘 모르겠네요.

일어나서 좀 걷기로 했다. 내가 대체 뭐하는 사람이지? 머리도 안 길렀고, "개 버릇"도 없는데. 하지만 시그네는 나를 인정해준 거 아니었나? 걔는 내가 뭐하는 사람인지 묻지 않았었잖아. 대체 내 어느 구석을 보고 그런 걸까? 지금 시그네는 어디 있지? 아무리 찾아도 보이지가 않았다. 그리고 계속 뭔가를 기억해내지 못하고 있는 기분이었다. 뭔가가 내 뇌를 간지럽히면서 약올리는 것 같은. 나는 누구지? 내가 여기서 뭘 찾고 있는 거지?

언젠가부터 사람들이 내 맞은 편에서부터 몰려오고 있다는 것을 알아차렸다. 무슨 일이 일어나고 있었다. 인파가 나를 어디론가 밀어내고 있었다. 아니면 그들이 어딘가 가고 있는데 내가 길을 막은 걸지도 몰랐다. 이내 음악소리가 들려왔다—꽤 괜찮은 음악이었다! 설마? 모비드 엔젤이나 데미리치인가? 여기선 뭐든 가능할 것 같았다. 이제 나는 다른 사람들보다 앞서서 가려고 서두르고 있었다. 도착해서 보니 내가 아는 밴드는 아니었다. 멤버들이 하나같이 정상인처럼 생겼었는데, 복장은 우스꽝스러운 광대처럼 하고 있었다. 한 명은 드레스를 입고, 한 명은 묘기를 부리고, 기타리스트는 T팬티 한 장만 걸치고 있었다. 과장하는 게 아니라 정말 그러고 나왔다. 하지만 그들이 연주하는 음악, 그 음악이 너무 대단해서 믿기지가 않을 정도였다. 절로 혼잣말이 나왔다: '대가리야, 또 나 속이면 안돼. 지금 저 밴드가 무슨 노래 부르고 있니?' 나는 가사에 집중하기 시작했다.

  똥내 나는 부랄-은 못견뎌 하면서
  루바-브는 잘도 처먹지
  언젠가 되어줄게, 네 아스트랄 창녀

나쁘지 않구만. 좀 치네. 그래보이지는 않지만 시적 은유가 있는 가사였다. 그리고 나서 마지막 절이 들려왔다:

  그렇게 넌 내 불그스름한 봉알을 쓰다듬고
  우린 친구가 되어 손을 잡고 갈거야
  해가 지지 않고, 새가 주다스 프리스트를 부르는 곳으로
  나는 그저 행복하고 싶어

나는 울음을 터뜨릴 뻔했다. 진심으로. 아침에 형제 노래를 들으며 울

기 시작한 메탈헤드처럼 말이다. 마지막 솔로까지 완벽했다: 띠-리루-띠-띠! 곡이 끝나자 관객들은 내가 이미 알아챈 밴드의 이름을 구호처럼 외치기 시작했다:

- 타베스틱! 엔테론!

- 타베스틱! 엔테론!

이게 내가 여기 온 이유 아니었나? 맞는 것 같다. 그러고 보니 이 광대들이 완전히 다르게 보였다. 특히 T팬티를 입은 기타리스트가 달라 보였다. 하지만 이번에는 의상이 문제가 아니었다. 저건… 저건 옐가바에서 알던 내 친구 아르트린슈였다. 100퍼센트였다, 아닐 리가 없었다. 이제 밴드를 하고 있었구나. 왜 나를 기다려주지 않은 거지? 페테리스가 나 없이 스카이포져를 한 건 이해할 수 있었다, 나를 몰랐으니까. 하지만 아르투린슈, 날 알면서 왜 기다려주지 않은 거지?

공연이 거의 끝나가는 것 같을 때쯤, 나는 맨 앞자리를 떠나서 맥주 텐트로 향했다. 그 근처에서 서성대고 있는 하찮은 놈들을 지나 걸었다. 아직 테이블에 앉아있는 그 여자도 눈에 들어오지 않았다. 맥주를 6병 샀다. 타베스틱 엔테론에게 줄 5병, 그리고 내가 마실 1병. 내 친구들과 잔을 맞대고 싶었다, 내 성공한 뮤지션 친구들. 나는 이미 그들을 용서했다. 나는 이미 내 자신보다 예술을 더 아낄 줄 아는 훌륭한 예술가였다. 자, 이제 이리로 오고 있었다. 관중들의 시선 밖에서, 오늘의 공연이 어땠는지에 대해 이야기하며.

맥주병 다발을 품에 안은 채 들고 그들에게 다가갔다. 한 병씩 나눠주며 말했다:

- 오랫동안 메탈 팬이었던 사람이 드리는 선물입니다, 뮤지션 님들!

아르투린슈 옆에는 예쁘장한 여자가 한 명 서 있었다. 그녀가 나를 쳐

다보면서 똑같은 질문을 했다:

- 저 사람은 누구야?

아르투린슈, 아니, 우리의 푸씨 그라인더 님은, 나를 똑바로 쳐다보며 말했다:

- 내 친구야! 나보다 항상 성숙했고 현명했던 친구.

4

독자님들은 내가 블룸 가서 기분 한 번 내고 끝난 줄 아셨을 수도 있다. 하지만 전혀 아니었다. 아문 줄 알았던 상처가 다시 터지고 나니 잠이 오질 않았다. 나는 아직도 내가 찾던 것을 찾지 못했고, 아주 중요한 걸 계속 기억해내지 못하고 있었다. 과거에 있던 거였다, 중요한 건 항상 과거에 있었다. 하지만 과거는 수수께끼 같았다. 플라톤의 테아이테토스에 새장을 예로 드는 훌륭한 비유가 있다. 기억하는가, 소크라테스와 테아이테토스가 기억에 대해 이야기하는 부분 말이다. 기억은 우리 과거의 모든 사건들이 찍혀 있는 밀랍 판과 같은 게 아닐까? 어떤 기억은 깊이 새겨지고, 어떤 기억은 얕게 새겨지지만, 시간이 지나면 흐려지기는 마찬가지여서 결국 옛날에 어땠는지 알 길이 없어지니까 말이다. 1996년도 '어둠의 금요일'에 사람이 몇 명이 왔더라? 어디에 기록된 것을 보니 800명이라고 되어있었는데, 8이라는 숫자가 3이랑 꽤 비슷하게 생기기도 했으니… 하지만 소크라테스는 이 밀랍 판 비유에 반대한다: 그에 따르면 우리 기억은 새장에 더 가깝고, 그 안에 있는 새들도 순한 닭 같은 놈들이 아니라 사나운 야생의 새다. 새장에 손을 넣으면 새들은 화를 내고, 철장에 몸을 부딪히며 오르락내리락 할 거다. 한 마리쯤은 잡아서 꺼내볼 엄두를 낼 수 있겠지만, 대체 어떤 놈이 딸려 나올지는 미지수다. 당신의 기억의 새장에서 기억 한 마리를 꺼내서 보라: 신비로웠던 여자의 기억인가, 밤에 혼자 이불을 걷어차던 수치스러운 기억인가? 다른 기억도 한 번 잡아보려 해볼 수 있지만, 새들은 가만히 있는 물건들이 아니다; 동시에 매우 연약한 존재라서 자칫하면 다치게 할 수도 있고, 만약 그렇게 된다면 전과 많이 달라진다. 심지어 죽이기도 참 쉽다. 제일 사나운 놈들은 당신의 손가락을 쪼고, 한 번 쪼이고 나면 당신도 손을 잡아뺄 수밖에 없게 된다. 제일 아름다운 놈들은 꼭 유인해서 잡기 가장 어려운 놈들이다. 손이 쪼이는 고통과 알면서도 보지 못하는 것을 잡기 위해 헤매는 절박함에 당신은 이 새장에, 새들의 왕국에 얼굴을 집어넣게 되고, 그들이 덤벼들어 당신을 산산조각내리라.

어디서부터 다시 찾아봐야 할 지 알 수가 없던 참에, 크로히스에게 전화가 왔다. 그 옛날 깡패 친구 말이다. 그에게 내 전화번호가 있는 줄도 몰랐지만, 딱히 놀랍지도 않았다—크로히스 정도 되면 소식망이 따로 있겠지. 칸제이스가 아일랜드에서 돌아왔다고 전화한 것이었다. 맞다, 얼추 기억이 났다—한 10년쯤 전에 칸제이스가 아일랜드로 떠났다는 사실이. 아마 아직도 경찰에게서 도주중이겠지. 아무튼 크로히스가 길가에서 칸제이스를 만났는데, 우리 셋이 간만에 모여서 카드나 치면 어떨까 하는 생각이 들었단다. 됐네. '현재'라는 지루하고 평화로운 세상이 단순간에 움직이기 시작했다.

이 상황 자체가 말이 안되는 거였지만, 어느새 우리 셋은 어느 카페의 야외 테라스에 같이 앉아 있었다. 햇빛은 밝게 빛났고, 제인(우리 웨이트리스)도 해맑게 웃고 있었다. 이 둘이 리가 지리를 잘 몰라서 이 곳으로 잡은 것이었다. 여기 앉아 계시네, 하도 신비로워서 가끔 나도 이 사람들이 실제로 존재했었나 의문을 가졌었던 장본인들이. 여기 테이블에 고급 안경을 손에 든 채 앉아 있는 그 모습이 너무 신기했다. 크로히스는 하나도 변하지 않았었다, 약간 몸이 좋아진 것 빼고. 항상 그랬었듯 심통이 난 표정을 하고 있었고, 그래서인지 여려 보이는 다른 카페 손님들이 우리 테이블과 거리를 두고 앉기 시작했다. 칸제이스는 살이 좀 붙은 것 빼고는 그대로인 모습으로 옆에 앉아 있었다. 그가 비여과식 맥주를 마시며 끊임없이 불평했다:

- 너도 하나 시키드라고. 나가 쏜당게!

- 먹고 있어.

- 하나 더 안 먹고? 봐라, 돈은 많어야. 더 시켜!

- 이거도 아직 다 못 먹었는데.

- 아따, 싸게 마시드라고! 돈은 있으니께, 먹고픈 만큼 먹는겨. 마셔!

크로히스는 아무 말도 하지 않았다. 그는 마치 그의 성정의 전형적 발현이 된 듯했다―과묵하다 못해 말을 아예 멈추어 버린 듯한 모습이었다. 하지만 상관없었, 칸제이스 혼자 말을 2인분은 족히 했기 때문이다.

- 아일랜드에서는 기네스 마셨었는디, 여기는 없나 보네.

- 여기 없다니, 그게 무슨 말이야?

- 그럼 여기도 있냐?

- 아니, 이 매장에는 없지. 그래도 순스 펍이나 아이리시 펍 같은데 가면 있어.

- 우리 나라에 아이리시 펍이 있어야?

- 꽤 많아, 여기저기.

- 거기로 가면 안되것냐? 택시 태워줄랑게.

- 아이리시 펍은 뭔 아이리시 펍이냐? 기네스는 뭣하러 찾아? 좀만 안 먹으면 입병이 나냐? 금방 더블린 돌아갈 테니까 가서 먹으면 되잖어!

크로히스가 카드 한 통을 까서 돌리기 시작했다.

- 나 리머릭 살거던, 더블린이 아니라.

- 어, 그래, 니 똥 굵다.

- 거기 산 우리 집 얘기도 해줄까?

- 그러시든가.

- 정원도 가꿨어야, 장미꽃도 있고…

- 그걸 진짜 말하고 앉았냐. 여물어, 듣기 싫응게.

- 아따, 그럼 뭐 어쩔 것이당가? 당구나 쳐? 택시 타고 가장게, 나 전에 더블린에 있는 펍에서 로니 오설리반이랑 붙어서 3대 1로 이긴 적 있어야.

- 지랄허고 앉았네.

- 믿기 싫으면 믿지 말든가.

나는 그들이 아일랜드 이야기로 투닥대기를 마칠 때까지 기다렸다. 맥주를 2잔째 마시고 나니 좀 잠잠해졌길래, 한 번 물어봤다:

- 그때 옐가바에서 기억해?

- 암, 기억나지라. 숲에서 길 잃어버려서 보트 훔친 거?

- 아니, 내 친구들 농구하는 거 보러 갔던 거.

- 글쎄, 잘 모르겠는디.

아직 이야기할 때가 아니라는 것을 깨달았다. 카드 게임에나 집중하기로 했다. 실수를 하도 해서 내 점수를 깎아야 했다. 점수는 항상 내가 계산했었다.

- 아일랜드에는 뭐 하러 간 거야?

- 별거 안하지라. 아일랜드 직장을 잡았다는 건 아무것도 안하고 돈만 받는다는 것이여! 회사에서 언리얼 토너먼트만 하다 퇴근하는구만. 벌써 레벨 5여.

- 나는 회사에서 테트리스만 하는데. 레벨 13 찍었어.

세상에, 하는 생각이 들었다. 우리 지금 대체 뭐 하고 있는 거지? 누가 회사에서 제일 꿀을 빠는지 자랑질이라니. 칸제이스랑 나의 사이에는 진정한 친구들이 그러듯 항상 모종의 경쟁심 같은 게 있었다—하지만 이쯤 되니 작작 해야겠다는 생각이 들었다. 그때, 칸제이스가 본인 특유의 스타일로 베팅에 콜을 했다—머리를 절레절레 저으면서 "아따, 쫄리네, 쫄려!" 하면서 말이다. 이 말을 할 때마다 그렇듯 그는 꽤 좋은 카드를 갖고 있었고, 결국 이겼다. 대단한 일이라도 이룬 듯 거들먹거리며 말이다. 나도 좋은 카드를 받아서 이기고 싶었다, 아무 말 없이 포커페이스로 이겨서 카드는 이렇게 치는 거야 임마, 하고 보여주고 싶었다. 하지만 나는 계속 쓰잘데기 없는 카드만 받았고, 실수도 많이 했다. 크로히스도 나에게 눈치를 주고 있었다—옛날에 나에게 카드를 치는 법을 알려준 것도 크로히스였는데, 지금 내가 치는 모습을 보니 실망한 코치 같은 기분이 들었는지, 수 년간 정진하지 않고 뭐 했냐는 듯 나를 쳐다보고 있었다. 나도 크로히스를 자랑스럽게 해주고 싶었지만, 어찌 된 일인지 제대로 된 카드가 나오질 않았다. 칸제이스만 줄창 좋은 패를 가져가는 이 상황이 너무 짜증이 나서, 결국 내가 물었다:

　- 넌 왜 잡혀갔던 거야?

　난 이걸 꼭 알아야만 했다. 하지만 칸제이스는 아무 일도 아니란 듯 으뜸패를 내서 이기고는 건성으로 대답했다:

　- 잡혀가긴 뭘 잡혀가. 느그 어머니한테? 그건 어머니께 물어봐야제.
　- 아니, 90년도에. 뭐 땜에 잡혀갔었냐니까?
　- 어디에?
　- 어디겠어?
　- 모르겄는디?
　- 감옥 말이야! 옐가바 파를리에루페 교도소.

- 자, 62점.

칸제이스는 게임 도중에 자기 점수를 세면서 자기가 이겼다고 선언을 하는 짜증나는 버릇이 있었다. 그러고 나서 그는 다시 나에게 주의를 돌렸다:

- 다시 말해봐야.
- 진짜 왜 그래? 묻잖아, 너 그때 왜 파를리에루페 교도소에 수감됐었냐고!
- 아, 나가? 교도소에?
- 응!
- 카드 너무 잘 쳐서 너 같은 애들 혼내주다 갔제, 암.
- 장난치지 말고. 알려주면 안돼?
- 뭐하자는겨 지금?

그의 눈을 들여다보니 진심으로 혼란스러워하고 있다는 걸 알 수 있었다.

- 너 맨날 감옥 얘기 했었잖아… 도시전설이랑, 이런저런 썰이랑…
- 암, 나가 그 주제를 좋아하긴 했지라, 음악도 그 짝으로 듣고… 그럼 맨날 메탈 이야기 하던 너는 진짜 메탈이었냐?
- 당연하지!
- 어이, 메탈. 카드 똑바로 안 치냐?

크로히스였다. 내 패는 이미 망해 있었다. 크로히스가 잡패를 버리며 덧붙였다:

- 저 놈이 감옥에 가긴 왜 가야. 그런 적 없어. 정신 나갔냐, 너?

칸제이스는 빵 하고 웃음을 터뜨렸다:

- 아니, 지금 나가 참말로 전과자인 줄 알았던 거여?

- 아니, 그게 아니라… 사실 솔직히 말하면, 그랬었지.
  - 그때 나가 몇 살이었지? 열다섯?
  - 더 됐을 걸… 따지고 보면 너가 형이니까.
  - 그려, 그럼 뭐 한 열일곱 됐겄제.
  - 아니, 근데… 너희 차 몰고 다녔잖아!

이쯤 되니 칸제이스와 크로히스 둘 다 웃고 있었다.

  - 아니, 깜방도 갔다 온 줄 알았다매, 근디 면허 없이 차 모는 거는 뭔 대수당가?
  - 하, 하지만… 차가 검은 색이고…
  - 그거 우리 누나 남자친구 이고르 차구먼!

폭소가 터진 그들은 몸을 제대로 못 가눈 채 웃고 있었다. 그 틈을 타서 내가 카드를 가져가 섞고 딜링을 시작했지만, 크로히스가 나의 손을 잡았다. 나는 딜링을 멈추고, 나눠준 카드를 회수하여 다시 한 번 섞은 다음 크로히스에게 기리를 하게 하였다. 좀 진정하고 다시 카드에 집중을 좀 해보려는데, 그게 끝이 아니었다. 칸제이스가 불 붙인 지 얼마 안 된 담배를 비벼 끄더니 말했다:

  - 야, 야, 야. 왔다. 술 많이 마신 티 내지 말드라고.

아주 매력적인 여성분이 우리 테이블을 향해 오고 있었다. 그녀는 우리 모두를 오랜 친구처럼 반겨주었다. 얼굴을 자세히 들여다봤더니, 이런 맙소사, 정말 그녀였다—멜레였다, 우리 멜레! 우리 둘 다 꽤 많이 변해 있어서, 서로에게 진심으로 이렇게 말할 수 있었다:

  - 잘 지냈어? 보기 좋네.
  - 이제 돼지는 아니라는 거지?

세상에 변치 않는 것도 있나 보다. 이런 건 옛날 멜레가 할 법한 말이

었다. 그러더니 이내 설명을 덧붙였다:

— 나 어릴 때는 우리 아빠한테 반항하려고 과식하던 거야. 하도 그놈의 예쁜 딸 타령만 하니까.

드디어 아버님 소원이 이루어졌구나, 했다. 청소년기 멜레가 찌워놓은 살이 아주 적절한 곳에만 남아 있었고, 나는 거기서 좀체 눈을 뗄 수가 없었다. 진짜 멜레였다—정말 생각지도 못한 우연이었다! 나의 "전과자" 친구들에게 물었다:

— 너희 다 서로 아는 사이야?

— 알다마다!

칸제이스가 멜레를 끈적하게 바라보았다. 그녀는 차갑고, 별일 아니라는 듯 답했다:

— 얼마 전에 길 가다가 만났어. 칸제이스 라트비아 돌아온 날에.

— 아니, 근데 처음에는 어떻게 알게 된 거야?

— 너가 소개해준 거 아니었어?

— 내가 그랬나?

나는 이마를 찌푸리며 뺨을 문질렀다. 정확히 기억나진 않았지만, 충분히 가능한 일이긴 했다. 지나 보니 무슨 일이든 가능한 거였다. 칸제이스가 말했다:

— 어, 어, 맞제, 그때 만났었구만. 기억 나냐? 그랬었던 거 같어, 옐가 바에서—여기까지 말하고 그는 다시 신이 나기 시작했다—넬리야, 너 그거 아냐? 이짝이 나를 무려 탈옥범으로..

나는 황급히 손을 들어올렸다:

— 그만! 그만! 다들 동작 그만!

그리고는 칸제이스에게:

- 계산했어? 맥주 너가 산다며!

그는 즉시 지갑에서 지폐를 꺼내며 계산을 하러 달려갔다. 크로히스에게도 말했다:

- 화장실 안 가도 돼?

그는 항상 모든 일에 동일한 정도의 진지함으로 임했었다. 이런 단순한 질문에도 그는 잠시 생각에 잠겼고, 이내 답했다:

- 갔다 오기는 해야겠구먼.

그렇게 우리는 둘만 남게 되었다. 멜레의 표정이 먼 옛날의 그 퉁명스러운 표정으로 바뀌었다. 아무래도 그 표정은 컨셉이 아니었나 보다. 나도 물론 먼 옛날의 나처럼 자리에 앉아 꼼지락대고 있었지만, 그건 내가 원래 정직한 사람이어서 그런 거였다. 차라리 지금까지 일어난 모든 사건사고들이 더 컨셉에 가까웠다고 본다. 그리고 만약 그것 또한 컨셉이 아니었다고 하더라도, 어찌 됐건 그 잠깐 동안 우리는 일말의 가식 없는 옛날 그 모습 그대로였다. 내가 말을 건넸다:

- 어때?

그녀가 답했다:

- 어떻긴, 뭐가?

- 너희 언제부터 만난 거야?

- 만나? 누구를?

- 저기 저 전과자였었던 사람.

- 그게 누군데?

- 칸제이스.

- 너가 우리 소개해줬었다니까. 그리고 얼마 전에 우연히 만났어. 뭐 사귀고 그런 건 전혀 아니야. 그냥 옛날 얘기 좀 하고 그러다 보니까, 잠

깐만이라도 그때 그곳으로, 아니면 그곳 가까이라도 가보고 싶었던 거랄까. 왜, 나 옛날에 너네 패거리 사람 하나 완전 짝사랑하고 있었잖아.

여기까지 말하고 그녀는 해맑게 웃었다. 나는 좋은 기회를 놓쳤다는 사실에 가슴이 아팠다. 멜레가 이렇게 예뻐질 줄 누가 알았겠는가? 그녀에게 속은 기분이었다. 내가 말했다:

- 알고 있었어.

멜레도 그닥 놀라지 않은 눈치였다:

- 정말? 그럼 가티스도 알고 있던 거야?

- 아니. 내가 아무한테도 말 안했거든.

그러더니 멜레는 짓궂은 미소를 지었다:

- 안됐네. 가티스가 알았으면 더 좋았을 텐데.

여기부터 나는 헷갈리기 시작했다:

- 왜?

멜레도 헷갈리는 눈치였다:

- 왜라니?

나는 우리 대화의 초점을 맞추려고 애를 썼다:

- 가티스가 굳이 알 필요가 있나….

- 알아줬으면 좋았겠다, 하는 거지. 옛날의 내가 어떻게 그 말을 꺼낼 수 있었겠어? 내가 어떻게 생겼었는지 너도 기억하잖아.

초점을 제대로 맞추려고 조금 더 애를 써보았다:

- 그… 너가 좋아하던 게 누구라고?

- 알고 있었다며!

- 기억이 잘 안나서.

- 가티스라니까! 너희들이 데스라고 부르던.

나는 절로 웃음이 터져 나왔다.

- 뭐가 그렇게 웃겨?

내가 어찌 웃지 않을 수 있겠는가. 이 때, 잠시 자리를 비웠던 두 평범한 시민이 돌아와 자리에 앉았다. 나는 그들에게 물었다:

- 너흰 누굴까? 나는 누구지?

그들은 내 질문에 아무런 신경도 쓰지 않았다—내가 이상한 질문을 하는 건 옛날부터 익숙했기 때문이다. 하지만, 최소한 그 시절의 나는 주변에 무슨 일이 벌어지는지 훨씬 더 잘 알고 있었다.

칸제이스와—알았다, 알았어—넬리야는 어디론가 떠날 준비를 하면서 작별인사를 하기 시작했다. 하지만 크로히스가 갑자기 뭔가 생각난 듯 말했다:

- 잠만… 나가 생각이 난 게 있는디. 누구랑 있을 때였더라?

- 뭐가?

- 누구한테 들었던 야그 같은디… 야니스, 너 아니었냐?

- 무슨 얘긴데?

- 그 쓰레기장에 두 얼라들 야그 있잖어…

- 무슨 말이야 그게? 천천히 말해봐.

- 아따, 분명 누구한테 들었는디…

뭔가 꽂힌 게 있으면 아무도 그를 말릴 수 없었다. 결국 우린 앉아서 그의 이야기를 들어 보기로 했다.

- 자, 들어보소잉. 집에 총이 있는 얼라가 있었거야.

칸제이스가 여기서 끼어들려다 자제하는 모습을 보였다. 크로히스가 이어서 이야기했다:

- 어느 날 이놈이 그 총으로 사격 연습을 하겠다고 옐가바 쓰레기장

에 갔단 말이제. 평소에는 이짝에 아무도 오도 안해. 아침 일찍 가걸랑, 쥐쥐새끼 한 마리 안 뵐 때. 그래서 이제 총을 딱 꺼내부니까 왐마, 사람이 있네. 그런데 이놈도 지랑 똑같이 총 쏘러 온 놈 아니겠어, 총 들고 사격연습 하겠다고 쓰레기장까지 나온. 둘이 서로 마주보고 섰네? 그라고 둘 다 겁에 질린겨! 둘 다 총 한 번 쏘겠다고 안달이 난 놈들이 분명헌디, 지금 막 서로를 향해 달려오다 만난 거 아니겠어? 그라니 두 놈 다 바닥에 철푸덕 허고 엎어져 숨어버렸네. 기냥 바닥에 머리를 처 박고 굳어버린겨, 이라믄 못 보겠지, 허고. 저 놈이 뭣하러 온 놈인지 알 길이 없으니께. 나를 쏘러 온 건지, 저를 쏘러 왔는지도 모르고. 움직이지도 못하는 거제, 움직이믄 총 맞아 뒤져불 수도 있응게. 두 놈 다 이 생각을 똑같이 하고 있으니, 그냥 꼼지락도 않고 거기 누워 있는거라. 아주 오랫동안. 이런 상황에서 뭐 어쩔 수 있겠는가? 누가 이 쓰레기장으로 오는 것도 아니고. 아주 외진 곳에 있는 오래된 쓰레기장이라 누가 오지도 안해. 그냥 누워 있는거제.

- 그라서 그 둘이 안즉도 그라고 있다 안하요!

칸제이스가 결국 자제하지 못하고 외쳤다. 크로히스는 전혀 흔들리지 않고 말을 이어갔다:

- 해가 떨어질 때꺼지 그라고 누워있다 보니, 이제 몸이 너무 된거라. 잠들지도, 깨어 있지도 못하겠고, 어쩔 줄을 모르겠으니 이런 생각 안 들겠냐: 왐마, 이게 뭣허고 있는 거냐, 모지리 맹키로, 그냥 '항복이오' 하고 일어나불까? 일어나서 집 좀 가자고? 그러다 총 맞으면 우짤라고? 그때! 갑자기 누가 나타나버렸네. 총도 안 든 사람이. 웬 여자가 한 명 왔어야. 플룻인지, 리코더인지 연습을 해야 쓰겠는디 집에서 하기는 부끄럽고 해서 여기 외진 쓰레기장까지 온 것이여. 이 두 모지리들을 보지도 못하고

그 사이에 앉아서, 피리를 꺼내 들고 막 불기 시작한 것이제. 아무리 생각해도 세상에 그만한 연주회가 또 있을까, 싶네! 근디 나가 이 야그를 누구한테 들었더라?

- 이 야그는 뭣허러 하고 있냐?

칸제이스가 물었다. 크로히스가 목을 가다듬었다. 한 번에 이렇게 말을 많이 한 건 분명 이번이 처음이었을 것이다:

- 나야 모르제. 별 거 아니어라. 가자! 마누라랑 아들이나 보러 가게.

칸제이스가 점수표를 쓱 보더니 말했다:

- 나 상금 줄 걱정은 접어 두소. 안 줘도 되니까.

크로히스도 점수표를 보더니 나에게 물었다:

- 점수표에 뭔 짓을 한 거여?

아직도 크로히스의 이야기에 푹 빠져있던 나도 점수표를 한 번 바라보았다. 계속 나를 이겨먹었으면서 뭘 더 바라는 거지? 평소의 나는 점수 기록을 잘 하는 편이었지만, 오늘 일어난 모든 일에 내 머리에 과부하가 왔나보다. 승점을 이긴 사람한테만 쓴 게 아니라, 우리 셋 모두에게 다 써버린 것이다. 결국 우리 셋 다 우승을 한 꼴이 되었다. 크로히스가 내 손을 잡고 악수했다:

- 또 보자고! 점수 세는 법 꼭 배워 두고!

- 또 보자잉!

- 또 봐, 야니스.

- 또 봐!

5

나에게 일어난 모든 중요한 일들이 그저 내가 상상해낸 허구의 사건이 아니었다면, 이제 그걸 기록해야 될 때가 됐음을 깨달았다. 그렇게 나는 7일 밤낮동안 글을 써내려갔다. 그렇게 또 몇 년간 작업에 몰두했다.

작업이 완성되었을 때, 또는 내가 할 수 있는 한 완성에 가깝게 되었을 때, 나는 혹시 내가 잘못 기재한 건 없는지 철저하게 확인해야 했다. 잉크가 아직 마르기도 전에 나는 도서관의 희귀본 분과로 갔다. 그 곳에서 내가 찾던 것을 찾진 못했지만, 도서관 사서에게 내 입술을 뇌물로 바치고 나를 비밀문서고, 소위 말하는 "특수 컬렉션"이 있는 곳에 데려다 달라고 했다. 그 곳에서 나는 결국 〈메탈헤드 카탈로그〉라는 책을 찾을 수 있었다. 그 곳에서 데스를 찾는 건 어렵지 않았다. 카탈로그에는 그의 최신 주소와 전화번호도 적혀 있었다.

강가의 테라스에 같이 앉았다. 옐가바의 어느 게스트하우스였다. 데스는 내 원고 마지막 장을 옆으로 치워두고 차를 한 입 홀짝였다. 잠시 깊은 생각에 빠진 그는 이내 입을 열었다:

- 뭐, 다 사실이네.

나도 고개를 끄덕였다, 암, 그렇고말고. 언젠가부터 다시 가티스라는 이름으로 살고 있던 데스가 빈 찻잔을 내려놓으며 물었다:

- 그런데 이걸 굳이? 다 끝났잖아. 옐가바 최근에 와본 적 있어? 이제 '똥통' 근처에 집시들 안 살아. 팔리에루페 교도소도 철거 중이고.

- 그런 물리적인 게 중요한 게 아니야.

- 그럼? 그 노천극장도 사라졌고, 하다 못해 타베스틱 엔테론도 네가 이 글 쓰는 동안 해체했는걸. 노래 진짜 좋았을 것 같긴 한데, 이제 없다고. 이상도 없고, 목표도 없어.

나는 내가 왜 그러는지도 모른 채 머리를 흔들었다:

- 끝났을 리 없어.

- 끝나지 않았을 수도 있지.

그가 자기 오디오 시스템을 향해 가더니 CD를 한 장 넣었다. 존 콜트레인John Coltrane의「My Favorite Things」였다.

- 나 요즘에는 재즈만 들어.

라 말하는 동시에, 본인의 어깨 너머로 나에게 묘한 눈빛을 던지며 말하는 그였다:

- 아, 메슈가Meshuggah는 가끔 듣는다. 너무 좋아서 안 들을 수가 없더라고.

나는 그게 뭔지 몰랐다. 쓰래쉬메탈? 데스메탈?

- 따지자면 쓰래쉬지,—그가 답했다—하지만 뭐, 우리도 많이 변했잖아. 안그래?

당연하지, 친구야.

- 그런데 너 왜 퍼스트 프로스트First Frost이야기는 안 썼어?

나에게 뭘 더 바라는 거지?

- 그게 뭔데?

- 기억 안나? 엄청 중요한 행사였는데. 많은 사람들에게 일생의 이정표가 되었던.

잠깐, 있어보자. 뭔가가 기억나기 시작했다… 종말 이후에 일어났던 일이었다. 그거 우리 밴드 안 하기로 결정한 날 이흐에 일어난 일 맞지?

— 시니스터Sinister 투어 공연. 라트비아 최초의 하이 퀄리티 데스메탈 공연이었지. 나도 기억이 나기 시작했다. 이상하네, 이걸 어떻게 까맣게 잊고 있었지… 우린 분명 그 공연에 갔었다. 마지막으로, 시니스터가 온다고 하니까.

　— 세상에. 그 시절에는 느낌이 좀 달랐는데. 이 콘서트 못 가면 사는 의미가 없다, 무슨 일이 있어도 이 콘서트에 가야 한다, 이런 감성이었지.

　— 10월 밖에 안 됐었는데 눈이 더럽게 많이 내리고 있었어. 나는 혼자 오졸니에키 역에서 너희들 기다렸고. 너희 그날 진짜 많이 늦었어.

　— 눈이 좀 많이 온 게 아니잖아, 그날. 우리도 기차 타고 최대한 빨리 이동한 거라고. 그러다 그 설탕 공장 역 쪽에서 30분인가 정차하는 바람에 늦은 거야. 기다리느라 메르쿠스 반 병은 비웠을 걸?

　그동안 나는 오졸니에키 역 승강장에서 친구들을 기다리고 있었다. 역사는 문을 닫았고, 내 위로 눈만 하염없이 내리고 있었다. 기차는 연기되다 못해 오는지 안 오는지도 모르는 상태였다. 심지어 승강장에 나 말고 아무도 없었다. 그냥 걸어서 집에 가야 하나, 하는 생각이 들었다. 하지만 막상 그럴 수도 없었다—내가 떠난 지 얼마 안 돼서 기차가 오면 어떡하냔 말이다. 나 없이는 친구들 공연장 입장도 안 될 텐데. 그래서 이 미친 눈발을 뚫고 달리는 기차의 전조등이 보였을 때, 나는 거의 날아오를 듯이 기뻤다. 도착한 기차에 우당탕 하고 올라탔다. 열차 칸 하나하나를 지나 걸을 때마다, 내 몸에서 눈이 한 덩어리씩 떨어져 내렸다. 마치 눈 내리는 바깥 세상의 한 조각이 이 따뜻하고 웅웅거리는 방 안에 떨어진 모습이었다. 맨 끝에서 두 번째 칸에 와서야 결국 친구들이 보였다. 데스가 나를 불렀다:

　— 어서 와 앉아. 왜 이렇게 쫄아 있어?

자리에 앉아 보니 라디에이터 바로 윗자리였다. 친구들이 특별히 나를 위해 그 자리를 맡아놨던 것이다. 앉아 본 사람이라면 알겠지만, 오래 앉아있는 것 자체가 불가능한 자리였다. 하지만 지금의 나에게는 안성맞춤이었다. 어차피 그리 오래 앉아있지도 못했다—내가 눈사람에서 폭포수로 변해가고 있을 때쯤, 친구들이 담배를 피우고 싶대서 결국 우리는 열차 칸 사이의 공간으로 향했다.

우리는 담배를 피우며 술을 마셨지만, 다시 안으로 들어가지는 않았다. 데스가 모르는 사람들에게 둘러싸여있기 싫다고 해서 그냥 그 열차 사이 공간에 머무르기로 했다. 기차는 체나 역에 멈췄다. 데스는 혹시나 검표원이 타나 보려고 몸을 슬쩍 밖으로 내밀었고, 좀비는 당연히 그러고 있는 데스를 밖으로 밀쳤다. 아슬아슬하게 다시 올라탄 데스는 물론 좀비에게 역정을 냈다. 문이 스르륵 닫히려는데, 좀비가 또 그걸 발로 차자 다시 열려버렸다. 데스가 물었다:

- 아주 이제 달리는 기차에서 던져 버리시겠다?

- 아니, 신선한 공기 좀 쐬자고. 담배 계속 피울 거잖아. 네 말도 듣고 보니 꽤 솔깃하긴 하지만…

열린 문 밖으로 눈송이가 마구 날렸지만 걱정되지는 않았다. 세상을 저버리고 시니스터의 공연을 보러 가고 있었으니까. 모든 일은 잘 풀리고 있었고, 우리가 기차에서 쫓겨날 일도 이제 없을 거야. 내가 딱 거기까지 생각한 순간, 데스가 말했다:

- 아까 체나 역에서 검표원들 탔어.

- 뭐? 근데 왜 아무 말도 안 했어?!

좀비가 열차 안쪽을 쳐다보았다.

- 아직 아무도 안 오고 있긴 해. 다음 역에서 토끼자.

데스가 울상이 되어 말했다:

- 다음 역은 올레인 역이잖아. 거기 최악인데. 시니스터 공연 못 가면 나는 평생 웃지 못할 거야. 그냥 기차 표를 살 걸 그랬어…

- 닥치고 있어 봐.

좀비가 다시 열차 안쪽을 쳐다보았지만, 그들은 반대쪽에서 나타났다. 하지만 그들은 검표원이 아니었다: 고프닉이었다, 그것도 다섯 명.

- 아따, 이게 뭐시다냐?

우리는 아무 말도 하지 않았다.

- 라푼젤 공주님들이 여기 계셨구마잉.

우리는 아무 말도 하지 않았다.

- 내리실 때 다 됐구만. 봐, 문도 다 열렸네!

- 니들이나 내리지?

- 뭐라고?

고프닉이 좀비를 후려갈겼다. 말한 건 나였는데 말이다. 좀비가 그에게 덤벼들었지만 그놈 일행 중 한 명이 (덩치가 어마무시했다) 삼보 경기에 나올 법한 동작으로 좀비를 휘어잡더니 열차 바닥에 그를 내다 꽂아 버렸다. 어색한 침묵이 흘렀다. 대화의 맥이 끊기는 것을 염려했는지 데스가 말했다:

- 너네들 대체 왜 그러냐?

- 뭐가?

- 왜들 그러고 사냐고? 왜 돌아다니면서 가만히 있는 사람들한테 시비를 걸어? 다들 너희 싫어해. 눈에만 띄어도 보기 싫어한다고. 너희 이미 낙오자들 된 거야. 진짜 그렇게 살고 싶어?

여기까지 듣더니 그 놈이 데스도 한 대 후려쳤다. 그러더니 다른 놈들에게 손짓했다—뭣해, 가드라고! 기분이 많이 상해 보였다. 그들은 순식간에 떠나갔다.

좀비가 콧구멍에 손가락을 넣었다 빼서 들여다봤다. 빨간 색이었다.

- 지금 어떻게 된 거지? 우리 존나 처 맞은 거야?

나는 담배에 불을 붙이며 설명했다:

- 이렇게 될 수밖에 없어. 우린 그들의 숙적 같은 거야. 다른 방법은 없어, 우리가 살아 숨쉬는 한… 우린 적일 수밖에 없는 거지.

데스가 말했다:

- 개똥같은 소리하고 자빠졌네.

그때 문이 열리는 바람에 나는 화들짝 놀랐지만, 이번엔 다른 사람들이었다: 한 손에 펀치를 들고, 제복 모자를 쓴 사람들. 개중에 여자가 한 명 있었는데, 우릴 보더니 바로 이렇게 말했다:

- 여기 금연구역인데.

나는 체면을 좀 차리려고 애썼다:

- 죄송해요, 바로 치우겠습니…

하지만, 남자들이 동시에 외치기 시작했다:

- 승차권!

그리고 또 우리는 침묵에 빠졌다.

- 승차권!

- 우리 그냥 리가까지만 갈게요.

- 내려!

기차가 멈췄다. 올레인 역이었다. 데스가 말했다:

- 여기서 내리면 안돼요. 저희 시니스터 공연 가야 한단 말이에요…

- 내려!

그렇게 우리는 내렸다. 여자가 우리 뒤에 대고 외쳤다:

- 머리나 잘라!

그들은 우리가 다른 열차에 뛰어오르는 건 아닌지 꽤 오랫동안 주시했다. 우리를 괴롭히던 녀석들도 투덜대며 열차에서 쫓겨나고 있었다. 이내 문이 닫혔고, 기차는 푸른 불꽃을 일으키며 구르기 시작하고는, 금새 멀어져갔다. 오늘 밤, 이 눈보라 속에서 다음 열차를 기다리는 게 과연 의미 있는 일일까? 우린 알지 못했다. 테스가 승강장 저쪽 끝에 있는 사람들을 향해 고개를 까딱였다:

- 저기 계시네. 우리 친구들.

- 친구들이라니?

- 우리 때린 새끼들 있잖아. 쟤네도 기차에서 쫓겨났나봐.

- 그럼 우리 먼저 가자.

우리는 바로 떠났다.

- 따라오는 것 같은데.

- 가, 빨리 가!

어디로 가고 있는 걸까? 사실 우리도 몰랐다. 공연장까지 가려면 아직 20키로미터 정도 남았었지만, 우리는 신경 쓰지 않았다—기찻길을 따라 가면 그만이었다. 쉬운 일은 아니었다, 철로는 미끄러웠고 침목간의 거리는 들쭉날쭉했다. 가시거리도 너무 짧았다—사실상 눈 앞에 아무것도 보이지 않았다. 시야 확보가 안 돼서 갈림길에서 길을 잘못 들은 건가, 싶었다. 그 말인즉슨, 우린 길을 들고 자시고 그냥 아무 말도 없이 앞으로만 걷고 있었던 것이다. 좀비는 금새 따분해하기 시작했다.

- 야, 그래도 눈은 안 와서 다행이지 않냐?

당연히 눈은 오고 있었다, 아니, 개같이 퍼붓고 있었다. 아무도 받아주지 않는데도 불구하고, 좀비는 쉴 새 없이 우리에게 농담을 던졌다.

- 날이 선선하니까 입술 따갑지도 않고 좋구만!

진심으로 딱한 마음으로 물어보았다:

- 너 아까 제대로 맞았지?

- 뭐, 한 반쯤은 정타였지.

하더니 절망적인 한마디를 더했다:

- 너는 좋겠네, 이런 거 안 당해서.

- 뭐, 뭐를? 내가?

- 응. 너는 끝까지 엮이는 법이 없잖아. 맞지 않냐, 데스? 얘 맨날 쏙쏙 잘 피해가잖아?

데스가 끄덕였다.

나는 걸음을 멈췄다. 이건 아니었다. 나는 내가 욕을 먹는 것에 익숙해진 줄 알았었다. 신경 쓰지 않고 사는 법을 배운 줄 알았었다. 하지만 지금, 갑자기, 눈보라가 몰아치는 이 날 밤에, 내 친구들한테 욕을 먹다니? 이미 진솔하게 대화를 나누고 적절하게 행동할 때와 장소가 아니었다. 그래서 나는 그 순간 이전에는 꿈도 꾸지 못했을 일을 했다: 뒤돌아서 걷기 시작한 것이다. 성큼성큼 큰 걸음으로. 철로를 따라 걷는 건 어려웠고, 침목 때문에 계속 리듬이 끊겼다—제대로 된 방향으로 걸을 때와 똑같았다. 다른 건 눈발이 이제 내 얼굴이 아닌 뒤통수를 때리고 있다는 것, 그리고 앞에 있는 사람과 계속 부딪히지 않아도 된다는 것 뿐. 나는 결국 다시, 항상 그랬듯이, 홀로 걷고 있었다. 그 긴 세월동안, 너바나니, 메탈이니—데스 메탈, 둠 메탈, 블랙 메탈—하면서 계속 그들과 함께 걸으며 한 발짝도 뒤처지지 않았었는데. 그런데 알고 보니 나는 끝까지 진짜가 아니었단다. 그러려면 나는 혼자 가야 했다, 그것도 온전히 혼자서. 이

눈의 장막에 가려 얼어붙은 달조차 보이지 않았다. 내 앞의 어딘가, 말도 안되게 가까운 곳에는 적들이 도사리고 있었고, 내 친구들은 멀리에 있었다. 그때, 눈보라 너머로 데스의 목소리가 들렸다:

- 어이! 머저리! 어디 갔어? 이러다 시니스터 공연 못 간다니까!

진심 우리가 어디 갈 수 있는 상황이라 생각하고 있는 건가. 길을 잃은 게 아니라? 그리고, 하다 못해 우리 가는 쪽으로 기차가 한 대 온다고 해도, 주변에 기차역이 하나도 없는데? 우린 잘못된 방향으로 가고 있었고, 이대로는 얼어 죽는 것 밖에 답이 없는 상황인 걸 이해를 못하나? 여기서 나만 어른인 건가? 나만 이성적이고, 나만 조심스러운 건가? 다른 말로… 나만 겁쟁이인 건가? 평생 늙지 않는 이 사람들 사이에 '타인'이 하나 끼어들었었다. 사실 그는 항상 거기에 있었다—왜소하고, 항상 덜덜 떨고 있는 애늙은이 한 명. 그런 놈이 무슨 밴드를 할 수 있겠어? 됐다, 됐어, 나는 그냥 나의 시커먼 운명을 받아들이고 온전한 존재로 다시 태어나야 했다. 그렇게 나는 갔다. 눈이 더 이상 얼굴에 붙어있지 않아서 앞에 무슨 일이 일어나는지 다 볼 수 있었다. 그들이 거기 서 있었다, 회오리치는 흰 바탕앞 두 그루의 나무처럼.

여기에서부턴 내 기억이 조금 흐렸다. 가티스에게 물었다:

- 그 다음에 어떻게 됐지?

- 내가 어떻게 알아? 너가 병신처럼 돌아서서 가버린 건데. 우리는 무슨 일이 일어난 건지 알아채는 데에도 한참 걸렸어. 나도 아직 그날 어떻게 된 건지 잘 몰라.

맞는 말이었다. 나는 혼자 돌아섰었다. 사람들도 보였다, 작은 나무 두 그루처럼 서 있는. 그건 우리를 괴롭혔던 고프닉 놈들이 아닐 수도 있다는 생각이 들었다. 어두워서 우리가 잘못 본 걸수도 있지. 완전히 다른, 심지어는 우리와 친한 사람일 수도 있는 법이었다. 하지만 가까이 가서 보니 그 고프닉 놈들이 맞았다. 놈들은 나를 보더니 이를 드러내며 조소를 날렸다. 나는 아무 말도 하지 않고, 그냥 걸음걸이를 바꾸어 왼발을 앞에 둔 복싱 자세를 취한 채 조금씩 그들을 향해 다가갔다. 고프닉들은 내가 무슨 짓을 하는 지 아직 알아채지 못했지만, 어떻게 대처할 지는 알고 있었다. 내 친구들을 때린 우두머리 녀석이 앞으로 달려나와 나에게 주먹을 휘둘렀다. 하지만 내 얼굴은 이미 그 자리에 없었다. 왼쪽으로 반 스텝 가서 피했기 때문이다. 그의 주먹이 눈송이를 헤치며 엉뚱한 곳으로 날아갔고, 나는 라이트훅으로 녀석을 공격했다. 나자빠진 녀석의 다리가 눈 속에서 파르르 떨렸다. 두 번째 고프닉 녀석이 나를 향해 다가왔지만, 이 놈은 이미 겁에 질려서 얼굴까지 가드를 올리고 있었다. 그래서 배에다 주먹을 꽂아주자, 놈은 낑낑대는 소리를 내며 알콜에 절은 솜처럼 철퍽 하고 무릎을 꿇었다. 그때, 세 번째 놈의 손에 들린 칼날이 밝게 빛나며…

가티스가 내 회상을 방해했다:

- 한 1분쯤 걸으니까 나오더라고. 응, 맞아, 얼마 안 가니까 나왔어. 너도 거기 서 있었고, 걔네도 있었지.

맞네. 내 기억은 순식간에 보정됐다. 100% 내가 말한 대로 진행되지는 않았다. 사람들이 작은 나무처럼 거기 서있던 건 맞았고, 그놈들이 그 고프닉 놈들이었던 것도 맞았다. 우두머리 녀석이 물었다:

- 어… 어디 갔다 온겨?

어떻게 답을 해야 할지 알 수 없었다.

- 따… 따라가고 있었구만. 너거들은 어디로 가는 줄 아는 거 아니었냐?

알다마다, 이 낯선 사람아. 암, 알고 갔지.

- 지금 여가 어디여? 이러다 다 얼어 뒈져불겠구만!

진심으로 걱정하는 목소리였다. 이내 다른 놈들도 하나둘 끼어들기 시작했다:

- 그니까! 우리 이제 어쩐다냐?

놈들이 어찌나 겁을 먹었던지, 그 모습이 하도 우스워서 참기가 힘들었다. 가티스가 덧붙였다:

- 맞아, 나도 봤어. 거의 오줌 지리기 일보 직전이었지.
- 그럼 나는 결국 안 얻어맞고 끝난 거야? 또?
- 모르지, 그건. 도착하니까 코피는 흘리고 있던데.
- 진짜?
- 응, 진짜.

나는 웃음을 꾹 참고, 내가 그들에게 돌아온 이유를 떠올렸다. 이들은 나의 구세주가 될 수 있었다. 내가 말했다:

- 너희는… 병신이야.
- 뭐, 뭐? 안들려야, 눈보라 치는 것 안 뵈냐? 더 크게 말해보드라고!

나는 목을 가다듬고 더 큰 목소리로 다시 말했다:

- 너희는 돼지새끼들이라고!

말하고 보니 돼지들은 태생이 나쁜 생물들이 아니라는 사실이 생각나서, 말을 조금 바꾸기로 했다:

- 네놈들의 종에 대한 수치다!

고프닉들이 어리둥절해져서 서로를 쳐다보았다:

- 지, 지금 야가 뭐라고 씨부려 쌓는 거냐? 아야, 뭐라고?
- 나한테 혼 좀 나볼래?

- 뭐라고?

나는 바로 달려들어 녀석을 밀쳤다.

- 뭣하는 것이여! 이 놈이 미쳤나!

그는 이 모든 게 그저 약간의 오해였을 뿐이라고 생각하고 있는 것 같았다. 이제 나는 뭘 어떻게 해야 하지?

- 별것도 아닌 놈들이!

그리고, 드디어 누군가가 내 코에 주먹을 한 방 내다 꽂았다. 누구였는지는 보지 못했다. 눈폭풍이 불고 있어서 전혀 보이지 않았다.

그리 아프지도 않았다. 얼얼한 느낌이었다. 약간 어지러웠지만 그게 다였다. 그러더니 코에서 피가 줄줄 흐르면서 내 윗입술이 다 젖었다. 처음에는 콧물인 줄 알았는데 그게 아니었다. 푸폴스가 된 기분이었다.

그때 너희들이 나타난 거란다, 친구들아. 용서해 다오, 난 너희들이 나를 버리고 떠난 줄 알고 있었어.

- 우리가 따로 갈 데가 어디 있냐?

좀비가 말했다:

- 안녕들 하십니까, 선생님들!

그리고는 내 얼굴을 슥 보더니:

- 뭐, 시간 허투루 보내지는 않았나 보네!

하며, 다가와서 나를 끌어안았다. 고프닉들은 서로 중얼거리고 있었다:

- 나가 친 거 아니랑게!

- 나도 아니어라!

- 그럼 얘는 누가 때린 건데?

- 나야 모르제, 못 봤당께!

- 우리가 한 거 아니래도 그랴!

하지만 데스는 이미 신경을 쓰지 않고 있었다:

- 하, 씨발. 시니스터 공연 어떻게 가냐 이제? 시작한 거 아니야? 벌써 시작하고도 남았겠다! 어떻게 이럴 수가 있지? 시니스터를 놓치다니!

고프닉들은 더 큰 혼란에 빠졌다:

- 그… 그것이 뭐인디?
- 우리가 뭐 잘못한 거 아니여?
- 오늘이 무슨 날인가?

갑자기, 어둠 속에서 목소리가 들려왔다. 여자애 목소리였다:

- 시니스터 공연 없어.

고프닉들은 놀라서 펄쩍 뛰었지만, 데스는 바로 물었다:

- 뭔 말이야 그게? 우리한테만 없다는 거야?
- 아무한테도 없다고. 애초에 오지를 않았대, 겁먹어서.

목소리가 점점 더 가까워졌다: 멜레였다.

- 너는 어디 있다 왔는데?
- 우리도 아까 그 기차에 타고 가고 있었지. 그 공연 보러.

그리고 보니 정말 일행이 있었다. 이 놈의 눈보라는 정말 뭐든지 잘 숨길 수 있었다. 마음만 먹으면 옐가바도 통째로 숨길 수 있을 것 같았다. 데스가 물었다:

- 그럼 시니스터 소식은 어떻게 안 건데?

예리한 질문이었다. 멜레가 반짝이는 물건 하나를 들어 보였다.

- 전화로 들었지!

모토롤라 스타택이었다. 사실 이 기종이 무슨 의미가 있는 건 아니었다—그냥 이게 엄청 중요한 물건인 것만 알았다. 그 당시에는 정말 그만큼 소중한 게 없었다. 고프닉들도 이제 거의 차렷자세를 하고 경건히 서 있었다.
 - 전화로 뭐라는데?
 - 시니스터가 겁 먹어서 라트비아 오는 걸 포기했다고. 아예 오질 않았대.
 - 진짜로?
 - 응. 쫄아서 아예 나타나지를 않았으니까, 공연도 없는 거지.
 - 그럼 우리 아무것도 안 놓친 거지?
 - 놓칠 게 없었대도.

데스는 고개를 들어 끊임없이 눈 내리는 하늘을 바라보며:
 - 하느님, 감사합니다!

라고 말하더니, 나와 좀비를 꽉 끌어안았다. 누군가 끼어들었지만, 누군지는 나도 몰랐다. 우리는 즐겁게 웃었다, 달리 할 것이 뭐 있겠는가? 나는 누군가가 되었고, 우리 없이는 세상에 제대로 돌아가는 일이 하나도 없다는 사실도 확인했으며, 심지어는 우리 적들도 물리쳐 냈다.

가티스가 고개를 끄덕였다.
 - 맞아, 그렇게 됐었지.
 - 내가 그걸 어떻게 잊고 살았지?―진심으로 놀라워서 물었다.
 - 술 많이 마셨으니까. 그리고 거기서 술을 더 마셨었어.
 - 하지만 우리 기억나는 대로 진행된 건 맞는 거지?
 - 맞아, 맞아. 아니면 걔네가 너 그 깡패 친구들 보고 쫄아서 도망갔나 그랬을 거야. 너 깡패 친구들 있다고 하지 않았었냐?
 - 아, 아니, 아니.
 - 그런데 우리 어떻게 돌아갔더라? 계속 거기 있지는 않았을 거 아니야.
 - 모르겠네. 이건 진짜 기억 안 난다.

- 아! 그 여자애가 카를리스한테 전화했나 그랬을 거야. 그래서 부모님 차 몰고 우리 데리러 왔었어, 화가 머리끝까지 난 채로. 그 눈밭을 뚫고 말이야! 카를리스가 아니면 또 누가 있겠냐.

- 카를리스를 위하여!

- 위하여!

우린 잠시 아무 말 없이 있었다.

- 그런데… 우린 뭣 때문에 그 난리를 치고 다닌 걸까?

- 무슨 말이야?

- 아니, 우리가 결국 얻은 교훈이 뭐지? 뭘 얻기라도 했나?

- 솔직히 말해줘?

- 아니, 이빨 한 번 털어줘!

- 진짜?

- 당연 아니지. 솔직하게 말해봐.

- 나도 잘 모르겠어. 반대편으로 넘어가지 않았다는 점 정도?

- 넘어갔어야 하는 거 아니야? 그럼 사회에 더 유익한 사람들이 되지 않았으려나?

- 지금 네가 뭐 어때서?

- 별 문제 없긴 하지. 근데, 현실이라는 게 나한테는 사실 그리 대단한 게 아니더라고. 직장이니, 자리 잡는 거니 뭐니 하는 거 말이야. 우리가 배운 건 그게 아니었잖아.

- 우리가 좀 꼴통이긴 했지.

- 맞아. 또라이들이었지.

그리고 우리는 웃음을 터뜨렸다.

좀비가 테라스 밖으로 걸어나왔다―이제 다시 에드가스라는 이름을

쓰고 있었다. 살집이 좀 불었고, 머리는 짧아졌다. 나를 보자마자 그가 외쳤다:

- 어이! 금발머리!

그가 내 손을 낚아채서 힘차게 악수하며 내 눈을 바라보았다. 우린 서로 못 본 지 족히 몇 년은 됐었다. 하지만, 그는 질문 하나로 얼어붙은 시간의 장벽과 그와 나 사이의 거리, 그리고 과거에 있었던 모든 앙금을 날려 버렸다:

- 섹스는 하고 다니냐?

END